THE VALLEY 1: 편집된 1초의 영상

Krystyna Kuhn

THE VALLEY 1

편집된 1초의 영상

크리스티나 쿤 지음 • 강혜경 옮김

차 례

그레이스

끼이익—

율리아는 깜빡 잠이 들었다가 해발 2천 미터 높이에서 갑자기 멈춰 선 차바퀴 소리에 정신이 번쩍 들었다. 짐을 잔뜩 실은 스포츠 유틸리티 차량은 커브를 돌 때마다 신음하듯이 끼이익— 하고 마찰음을 냈다. 벌써 한 시간째 좁고 가파른 고갯길을 힘겹게 올라가고 있었다. 그들이 탄 랜드로버는 한눈에 봐도 연식이 상당히 오래됐음을 알 수 있었다.

"마지막에 나오는 사람이 불을 끄렴!"

가족이 다 함께 외출을 할 때마다 엄마는 입버릇처럼 말했었다. 로키 산맥의 인적 없는 작은 마을 필즈를 빠져나오자마자 진짜 누가 해를 꺼버린 것처럼 깜깜해졌다.

율리아는 먼지를 뽀얗게 덮어쓴 차창을 통해 밖을 응시했다. 오르막길이 계속되고 있어서 앞쪽 풍경은 잘 보이지 않았다. 대신 우중충하게 젖은 아스팔트가 전조등 불빛에 반사되어 번들거렸고 머리 위에선 좌우로 빽빽하게 서 있는 침엽수의 그림자가 휙휙 지나갔다.

율리아는 그렇게 큰 침엽수는 처음 보았다. 시꺼먼 하늘을 찌를 듯이 우뚝 솟은 수관들은 별이 총총 떠 있는 밤하늘을 거의 다 가리고 손바닥만 한 작은 구멍만을 겨우 남겨두고 있었다. 그 섬뜩한 선발 환영대는 오직 낯선 침입자들로부터 계곡을 지키겠다는 일념으로 서 있는 군인들 같았다.

침입자들? 혹시 나도 그들 중 한 명일까?

아니면 나무 위로 원을 돌며 서로에게 덤벼들거나 자신들의 사냥 영역에서 평화를 깨는 자동차를 향해 돌진하는 맹금들을 경계하는 걸지도 몰랐다.

불빛이 길가에 있는 경고판을 스치듯 비추고 지나갔다.

'낙석 주의!'

잠시 후 왼편의 숲이 환해지더니 하늘까지 솟아오른 가파른 절벽이 시야를 가려 순간 앞길이 보이지 않았다. 마치 차가 가파른 돌벽을 향해 달리는 듯한 착각마저 들었다. 랜드로버가 절벽을 따라 커브를 돌자마자 수직으로 떨어지는 협곡 사이를 잇고 있는 다리가 나왔다. 차가 출렁거리는 다리 위를 불안하게 달리는 동안 율리아의 몸이 저절로 시트에 바싹 붙었다. 조수석 머리 받침대에 찧을 정도로 차가 흔들려도 로버트는 잠에서 깨지 않았다.

이런! 하필이면 이런 때 다리에 쥐가 나다니.

아무 감각이 느껴지지 않았다. 율리아는 움직일 순 있는지 시험해보려고 다리를 앞으로 뻗다가 부드러운 무언가를 건드렸다. 그러자 발치에 엎드려 있던 무시무시하게 생긴 시꺼먼 불도그가 몸을 일으키고 그녀를 쳐다보았다. 차 안이 깜깜한데도 불구하고 율리아는 개의 사나운 눈빛을 느낄 수 있었다. 이케라는 이름의 불도그가 낮게 으르렁거렸다.

"미안해."

율리아는 속삭이며 개를 진정시키려고 했다.

그녀는 그다지 자연에 열광하는 타입이 아니었다. 대도시에서 나고 자랐기 때문이다.

하지만 지금은 그런 생각 할 때가 아니야.

지금은 아니야.

어쩌면 다신.

율리아 프로스트와 한 살 어린 남동생 로버트가 로키 산맥의 그레이스 계곡에 있는 그레이스 대학에 가기 위해 집을 나선 지 벌써 사흘째였다. 그들은 캘거리로 곧장 가지 않고 우선 뉴욕으로 갔다가 시애틀로 날아간 후 다시 캘거리로 가는 비행기를 타는 번거로움을 감수해야 했다. 그리고 캘거리에서 다시 밴프와 로키 지방의 명소 중 하나인 루이스 호湖로 이동

한 후 작은 헬리콥터를 타고 요호 내셔널파크로 갔다.

율리아는 눈을 감았다. 아직도 모든 것이 꿈만 같았다. 어쩌면 그 모든 일들은 로버트가 늘 입버릇처럼 말하던 평행 세계들 중 한 곳에서 일어났을지도 모른다. 벼룩시장에서 찾아낸 둥근 안경알 너머로 보이는 생각에 잠긴 듯한 눈빛. 그 안경은 로버트를 마치 세계 최연소 노벨상 수상자라도 되는 것처럼 유난히 더 진지해 보이게 했다. 외계 현상에 대한 세계적인 전문가 로버트 프로스트!

율리아가 아이팟 메모장에 '달리 어디로 가야 할지도 모르겠어'라고 쓴 순간 기기가 꺼져버렸다. 화면에 '배터리 부족'이라는 경고 메시지가 떴다.

"로버트?"

너무 어두워서 희미하게 로버트의 몸통만 알아볼 수 있을 정도였다.

"네 아이팟 좀 잠깐만 빌려줄래?"

대답이 없었다.

운전 중이던 알렉스가 조수석에서 잠든 로버트를 흘낏 쳐다보더니 씩 웃었다. 알렉스는 그레이스 대학의 상급반 학생이자 신입생들을 도와주는 튜터였다. 영재 학생들만 받는 엘리트 학교인 그레이스 대학에는 대대로 4학년 학생들이 새로 들어온 신입생들을 보살펴주는 전통이 있었다. 알렉스는 율리아 남매가 차에 올라타자마자 그레이스 대학교는 학생들 간의 연대의식을 특히 중요하게 생각한다고 설명해주었다.

필즈에 있는 작은 비행장에서 알렉스는 율리아와 로버트를 환하게 웃으며 맞이했었다. 그의 모습을 보자 율리아는 고문처럼 느껴졌던 장시간의 여행 끝에 처음으로 마음이 놓였었다. 그리고 정신없이 자고 있는 로버트를 보곤 알렉스가 재미있다는 듯 히죽 웃는 모습도 마음에 들었다. 그는 고개를 돌려 오른쪽 어깨 너머로 율리아에게 살짝 윙크를 해 보였다.

율리아는 그의 상냥한 태도에 자동 반사적으로 응했다. 당연한 일이었다. 율리아는 친절한 아이니까. 모든 이의 사랑을 받는 아이, 소위 '만인의 연인'이니까. 쾌활한 성격으로 모든 친구들을 사이좋게 어울릴 수 있게 만드는 아이. 그녀가 받은 마지막 생활기록표에는 이렇게 적혀 있었다. '천성적으로 쾌활하고 늘 평상심을 유지하는 학생.'

"와, 네 동생 정말 잘 잔다. 누가 업어 가도 모르겠어! 설마 수면제라도 먹은 건 아니겠지?"

"그럼요, 당연히 아니죠!"

율리아가 대답했다. 억지로 짓고 있던 웃음이 사라졌다.

새 학교에 도착하기도 전에 로버트한테 이상한 꼬리표가 붙으면 곤란해.

그녀는 다른 사람들의 이목을 집중시킬 만한 일은 최대한 피해야 한다고 생각했다.

"걱정 마."

백미러로 알렉스의 눈이 보였다.

"농담이었어! 이번 같은 매머드급 여행을 하면 몸이 어떻게 되는지 나도 잘 안다고. 정말이야! 그래서 너희들이 도착하면 요기를 할 수 있도록 출발하기 전에 미리 식당에다 말해놨어. 우리 학교 구내식당은 오성급 호텔의 레스토랑 수준은 아니지만 그래도 구내식당치곤 꽤 괜찮은 편이야. 그리고 내일부터 받게 될 수업들도 특별히 너희들은 편의를 봐주기로 했어."

알렉스는 진심으로 염려해주는 듯했다. 그랬다, 틀림없었다. 너무나 잘생긴 외모의 그는 전형적인 써니보이 타입이었다. 어느 멋진 해변에서 잉태되어 날 때부터 서프보드를 겨드랑이에 끼고 있었을 것만 같은 써니보니.

율리아는 완벽하게 다림질된 그의 하늘색 셔츠 깃을 가만히 응시했다. 최소한 그는 이런 다 낡아 빠진 랜드로버보단 플로리다의 해변이 더 잘 어울릴 것 같았다. 아마도 그가 가는 곳이면 어디든 여자들이 자석에 끌리듯이 따라다닐 게 틀림없었다.

그녀는 발의 위치를 바꾸려다가 차 바닥에 넓게 자리를 차지하고 있는 불도그를 또 건드리고 말았다. 불도그가 낮게 으르렁거렸다.

"쉿! 이케, 괜히 무섭게 겁주지 마."

알렉스가 말했다.

"걱정 마, 이케는 평소엔 센 척하다가도 눈치껏 꼬리도 감출 줄 아는 녀석이니까. 먼저 건드리지만 않으면 전혀 위험할 것 없어. 물론 성질을 잘못 건드리면 아무도 못 말리지만."

"선배가 키우는 개예요?"

"이케 말이야? 아냐! 원래는 철학과의 브랜던 교수님이 키우시는 개야. 하지만 실질적으로는 이케를 좋아하는 사람은 모두 이케의 주인이나 마찬가지지."

"얘 맘에 드네요!"

로버트가 길게 하품을 하며 기지개를 켜더니 창밖을 바라보았다.

"그런데 아직도 도착 안 했어요?"

그랬다. 아직 목적지까지는 한참이나 더 남은 것 같았다.

어느새 가파른 절벽은 시야에서 사라지고 없었다. 대신 숲이 살아 있는 거대한 생명체처럼 그들을 에워쌌다. 여전히 오르막이 계속되고 있었다. 율리아는 가파른 경사를 온몸으로 느끼면서 불현듯 힘겨워하는 차가 이곳 어디에서 생명을 다해 버리면 어떻게 될까 하는 생각이 들었다.

공포 영화는 늘 그런 식으로 시작되던데.

갑자기 팔뚝의 솜털이 한 올씩 곤두섰다.

정신 차려! 겁먹으면 안 돼! 한밤중에 혼자 지하철도 타고 다녔잖아. 그때가 백배는 더 위험했다고. 여긴 그냥 숲일 뿐이야.

그런데도 갑자기 숨쉬기가 힘들어졌다. 어쩌면 침엽수들이 점점 더 빼곡해지고 있기 때문일지도 몰랐다. 이젠 엄지손가락만 한 구멍조차 보이지 않았다.

벌써 한 시간 넘게 오르막길을 달려가고 있었다.

대체 이 나무들은 언제쯤 끝날까?

율리아는 손톱이 살을 파고들 만큼 세게 주먹을 움켜쥐고 있었다. 그녀는 그레이스 대학이 바깥세상으로부터 완전히 고립되어 있다는 걸 알고 있었다. 그들이 이곳을 선택한 이유도 바로 그 때문이었으니까. 하지만 고립되어 있다는 게 실제로 무엇을 뜻하는지 전혀 상상하진 못했었다. 율리아가 꾼 그 어떤 무서운 악몽보다 더 무섭고 적막하다는 것을.

"이 숲속을 달리다보면 처음엔 좀 오싹한 기분이 들 거야. 그렇지?"

알렉스가 마치 율리아의 생각을 읽기라도 한 듯이 물었다.

"하지만 곧 익숙해져. 우리 학교는 정말 쿨해. 여느 학교와 달라. 여기가 캐나다와 북미 전체에서 가장 높은 곳에 위치해 있다는 거 알고 있어?"

밝은 금색 머리카락이 그의 왼쪽 눈두덩이 위로 늘어졌다.

"이제 안심해도 돼. 조금만 더 가면 검문소가 나오고 그다음부턴 내리막길이니까."

"고도가 얼마나 돼요?"

수에 밝은 로버트가 물었다. 그는 정확한 수치를 모르곤 못 배기는 성격이었다.

"2천 5백 미터쯤? 정상은 '화이트 이스케이프'라고 불러. 뭐, 그렇다고 일부러 도망칠 필요는 없어."

알렉스는 대단한 농담이라도 한 듯 큰 소리로 웃었다. 그런데 그 웃음소리가 전염성이 강했는지 로버트도 따라 웃기 시작했다. 율리아는 다시 창밖을 내다보았다.

화이트 이스케이프, 백색의 탈출이라.

흥, 멋지네!

"우와! 그렇다면 여기서 스키는 필수로 탈 줄 알아야겠네요?"

"필수? 아냐! 스키는 이 산에서……."

로버트의 물음에 답하던 알렉스는 무슨 말을 하려다 말고 고개를 가로저었다. 뭔가를 숨기려는 것처럼 보였다.

아니면 내가 잘못 본 걸까?

"조금 있으면 여름이잖아. 그러면 대부분은 수영을 하러 가지. 우리 학교에는 어마어마하게 큰 수영장이 있거든. 그래서 학교 수영부의 대회 성적이 특히 좋아."

"호수는 어때요?"

로버트가 순진한 얼굴로 물었다.

"미러 호는 딱 한 군데만 빼곤 수영이 금지되어 있어. 이제 곧 보일 거야. 호숫가에 줄줄이 늘어서 있는 경고 팻말들은 절대로 장식용이 아니란 거 명심해둬. 저 호수엔 뭔가가 있어. 그러니까 '위험! 입수 금지'라는 팻말이 보이면 가까이 가지 않는 게 좋아."

알렉스는 지금까지와는 다르게 진지한 표정을 지었다.

"누나는 전혀 걱정할 것 없어요. 잠수 실력이 올림픽 금메달 감이거든요. 입상 경력도 아주 많아요. 그렇지?"

로버트가 자랑스럽게 말하며 백미러로 율리아의 표정을 살폈다. 하지만 율리아는 못 들은 척 아무런 대꾸도 하지 않았다. 알렉스가 감탄의 표시로 휘파람을 불곤 로버트를 쳐다보았다.

"그럼 넌 어때?"

"난 물이라면 질색이에요."

"그래? 그건 이케랑 똑같네."

"시내로 나가려면 어떻게 해야 하죠?"

율리아가 불쑥 두 사람의 대화에 끼어들었다. 로버트가 더는 자기에 대해 떠벌리지 않게 하기 위해서였다. 그는 평소에는 꿀 먹은 벙어리 같다가도 한 번씩 언어 기능을 담당하는 뇌의 일부가 고장 나기라도 한 것처럼 쉴 새 없이 떠들어대곤 했다.

"그레이스에는 자가용을 갖고 있는 학생들이 거의 없어. 어차피 혼자 시내까지 드나들기가 너무 멀고 힘드니까. 대신 일주일에 한 번씩 시내로 들어가는 버스가 있어. 그러니까 길고 험한 여정을 감수하고라도 문명 세계가 너무 그리워진다면 그 버스를 이용하도록 해. 말리진 않을 테니까."

"문명 세계라고요?"

율리아는 피식 웃었다.

"아까 오는 길에 얼핏 보니 완전 시골 촌구석 같던데요. 아직 원주민들이 살고 있다고 해도 믿겠더라고요."

"걱정 마. 여기도 웬만한 건 다 있으니까. 교내에는 큰 슈퍼마켓과 커피숍 두 곳 그리고 영화 감상실도 있어. 게다가 뭐든 언제든지 인터넷으로 주문할 수 있어. 그러니까 그런 이유 때문이라면 이 계곡에서 한 발짝도 나갈 필요가 없어. 여기서도 얼마든지 생존할 수 있단 뜻이야."

불과 몇 주 전까지만 해도 율리아는 그런 식의 설명에 과민하게 반응했을 것이다. 분명 차 문을 열고 멀리 뛰어나가버렸을 것이다.

하지만 이제는?

이제는 모든 것이 달라졌다. 지금 상황에서 그레이스 대학은 그녀에게 올바른 선택이라는 걸 부인할 수 없었다. 물론 그것도 선택이라고 할 수 있다면 말이다. 아니, 선택이라는 표현이 적절한지조차 모르겠다.

알렉스는 상향등을 켰다. 흰 불빛이 앞날을 예언하는 연기처럼 도로 위로 어른거렸다.

"그래도 경치 하나는 끝내주지? 장담하지만 일단 여기에 들어오고 나면 다시는 나가고 싶지 않을 거야. 이 산골짜기가 은근 중독적이거든."

알렉스의 말대로 율리아도 자연경관이 환상적이라는 건 인정했다. 차가 점점 천천히 가고 있었다.

"자, 드디어 고갯길이야. 이젠 진짜 얼마 안 남았어."

율리아는 고개에 이르면 계곡을 훤히 내려다볼 수 있을 줄 알았다. 하지만 꼭대기인 고갯길도 지금까지 그들이 달려온 길과 별반 다를 게 없었다. 그곳 역시 빼곡하게 들어선 전나무들이 외부로부터의 모든 시선을 차단하고 있었다. 그들이 산 정상에 도착했음을 알게 해준 건 오직 풍파에 찌든 표지판뿐이었다. '화이트 이스케이프, 2,413미터.' 그리고 아래에는 '7,916피트'라는 숫자가 적혀 있었다.

잠시 후 내리막길이 시작되는 걸 몸으로 느낄 수 있었다. 알렉스가 가속페달을 밟았다. 율리아는 그가 좁은 굽잇길을 너무 빨리 달린다 싶었다. 조금 전까지만 해도 아스팔트가 약간 젖어 있는 정도였는데 이젠 움푹 파인 물웅덩이의 물살이 치솟아 올랐고 연이은 돌길에 차가 좌우로 덜컹거리기까지 했다. 더러운 차 바닥에 누워 있는 개한테서는 노린내가 났다.

"그런데 신입생들을 맡고 있는 이사벨 힐은 너희들이 왜 이렇게 늦게 도착했는지 그 이유를 말해주지 않더라고."

알렉스가 말했다.

"입학식은 일주일 전이었다는 거 너희들도 알고 있지?"

"로버트가 많이 아팠어요. 그래서 비행기를 탈 수가 없었던 거예요."

율리아가 작은 목소리로 대답했다.

"왜? 뭣 때문에 아팠는데?"

"폐렴이요."

거짓말이 술술 나왔다. 율리아는 관심을 딴 곳으로 돌리기 위해 얼른 질문을 던졌다.

"다른 애들은 다 왔어요?"

"그럼, 당연하지. 너희 둘 빼곤 모두 첫날부터 출석했어. 넌 다른 여학생 세 명과 함께 지내게 될 거야. 하우스메이트의 이름은 데보라 빌더, 카티 베스트 그리고 로즈 가드너야. 방은 213호이고."

그 이름들은 그녀에게 아무 의미가 없었다. 율리아는 그들이 전혀 궁금하지 않았다.

"저는요?"

로버트가 물었다.

"네 방은 113호야. 율리아가 있는 곳 바로 아래에 있는 방이지. 하우스메이트의 이름은 데이비드 프리먼, 벤저민 폭스 그리고 크리스토퍼 비숍이야. 3층은 여자 기숙사, 2층은 남자 기숙사로 구분되어 있어."

알렉스가 말을 하다 말고 갑자기 웃었다.

"각층에 담당 튜터들이 있어. 3층은 이사벨 힐, 그리고 내가 2층을 맡고 있지. 문제가 생기면 언제든지 이사벨이나 나한테 말해. 우리는 한 사무실에서 함께 일하고 있어."

튜터라고? 저 사람 말투로 봐선 감시자라고 부르는 게 더 맞는 것 같은데.

불현듯 이런 생각이 율리아의 머리를 스쳤다.

그녀는 눈을 감고 조금 전 아이팟으로 들었던 노래를 떠올렸다. 에밀리 오텀의 〈끝이라는 걸 알아I Know It's Over〉였다.

모든 이로부터 사랑받는 율리아 같은 사람에게 어울릴 만한 노래는 아니었다.

***

10분이 넘도록 차 안엔 정적이 흘렀다.

"문제가 생기면 언제든지 나한테 말해!"

율리아는 자신이 처한 상황이 그렇게 절박하고 끔찍하지만 않았더라도 알렉스의 말에 박장대소했을 것이다.

'문제'란 단어는 율리아에겐 어울리지 않았다. 그건 버스를 놓쳤거나 얼굴에 여드름이 잔뜩 났다거나 또는 카드 빚을 갚지 않았을 때나 어울리는 단어였다. 그랬다, 율리아에겐 지금 문제가 생긴 게 아니었다. 그녀 자신이 체화된 재앙 그 자체였다.

끝이 없는 재앙. 바로 지금 차 밖의 저 도로처럼.

알렉스는 한 손으로 운전하면서도 속도를 줄이지 않았다. 하지만 율리아는 너무 지쳐서 그냥 내버려두었다.

그녀의 시선은 계속 같은 지점만 비추고 있는 것처럼 느껴지는, 눈이 시리게 환한 전조등 불빛을 좇고 있었다. 시꺼먼 나무들은 상향등이 스쳐 지나갈 때마다 불이 붙은 것처럼 보였다. 이 나무도, 저 나무도 모두 복제품처럼 똑같아 보였다.

도로.

미래.

전혀 예상치 못한 곳에서 방울뱀을 만났을 때 대개는 소스라치게 놀란다. 하지만 그들은 예고 없이 또 나타날 수 있다. 그건 아무도 모를 일이다.

율리아는 갑자기 로버트의 평행 우주 이론이 아주 허튼소리는 아닐 것 같다는 생각이 들었다.

"동생 잘 돌봐야 해!"

엄마는 그녀에게 거듭 말했다.

"동생 잘 봐. 저 아인 이 세상에 어울리는 애가 아니야. 우리와는 다르다고."

'그럼 저는요?'라고 율리아는 되묻고 싶었었다. '저는 어떤데요? 엄만 제가 슈퍼맨이라도 되는 줄 아세요? 아니면 스파이더 우먼이나 라라 크로포드인가요?'

"누나."

로버트가 작게 율리아를 불렀다.

"우리가 지금 몇 시간째 이러고 있는 거지?"

"글쎄."

"시간은 상대적인 거야……. 우린 48시간째 이동을 하고 있어. 하지만 난 시간이 멈춰버린 것 같은 느낌이 들어."

"로버트, 나 피곤해. 시간 현상에 대해 고민할 기분 아니야."

"난 그냥 긴 시간 동안 변한 게 없으면 시간의 흐름이 전혀 느껴지지 않을 때도 있다는 걸 말하고 싶었을 뿐이야. 또는 모든 게 완전히 변해버렸을 때도 비슷한 현상이 나타나지만! 그런데 이런 경우엔 뭘 따라야 할까? 그러니까 시간과 공간이……."

율리아는 눈을 감고 로버트의 목소리에서 신경을 끄려고 애썼다. 그가 학술적인 강연을 시작하면 아무도 맞설 수가 없었다. 게다가 율리아는 지금 그를 이기고 싶은 욕심도 전혀 없었다. 그저 빨리 목적지에 도착해서 침대에 눕고 싶을 뿐이었다. 그리고 미래가 빨리 지나가기를 바랄 뿐이었다.

그녀의 발아래 있던 불도그가 다시 으르렁거렸다.

"조용히 해, 이케."

로버트가 중얼거리듯이 말했다.

"넌 좋은 개야. 우리 앞으로 친하게 지내자."

차가 속력을 줄이기 시작했다. 율리아는 눈을 떴다.

율리아가 자기 자신을 주변 세계로부터 차단시켰던 몇 초 동안 바깥세상은 변해 있었다. 마치 누군가 자신을 전혀 다른 무대로 옮겨놓은 것 같은, 또는 다른 자리로 데려다놓은 것 같은 착각이 들 만큼.

빽빽한 숲은 뒤편으로 물러나 있었고 어느새 눈앞에는 넓은 도로가 펼쳐져 있었다. 도로변에 서 있는 가로등의 오렌지색 불빛이 밤길을 안내했다. 긴장한 탓인지 율리아는 손에서 땀이 나기 시작했다. 차는 반짝이는 거대한 지점을 향해 계속 달려갔다.

밖이 깜깜했는데도 호수는 '저기쯤 있겠구나' 짐작할 필요도 없이 시야에 선명하게 들어왔다. 스스로 발광이라도 하는 것 같았다. 마치 수면 아래 수만 개의 작은 전구가 반짝이는 것처럼. 그리고 율리아의 눈에는 호수가 계곡까지 펼쳐져 있는 것처럼 보였다. 호수와 계곡 사이에 경계가 없는 것 같았다. 최소한 그녀의 눈에는 그렇게 보였다. 하지만 물론 그럴 리는 없었다. 율리아는 아마도 주위가 너무 어두워서 맞은편의 산도 또 저 멀리 호수를 둘러싸고 있을 마른땅도 보이지 않을 뿐이라고 결론을 내렸다.

그레이스 대학은 그곳에서 0.25마일 떨어진 그 도로 끝 좌측에 있었다. 학교 건물에는 환하게 불이 켜져 있었다.

율리아는 그레이스 대학이 현대식 건물로 지어졌을 거라고 상상했었다. 하지만 실제로는 굴뚝들과 수많은 발코니, 창문들 그리고 측면의 부속 건물들 모두 개교 이래로 여러 차례 보수되거나 리모델링 된 흔적이 역력했다. 긴긴 여정 동안 첫눈에도 정감 가는 곳이길 간절히 바랐던 율리아의 기대를 비웃기라도 하듯, 학교는 그녀를 밀어내려는 것 같은 느낌을 주었고 심지어 좀 섬뜩한 기분마저 들었다. 그레이스 대학은 왠지 이 계곡에서 낯선 이방인 같은 존재, 여기에 전혀 속해 있지 않은 어떤 것 같았다. 그랬다. 율리아는 심지어 검게 반짝이는 미러 호조차 그레이스 건물을 피하고 있다는 느낌을 받았다.

알렉스가 브레이크를 밟자 차가 느려졌다.

율리아는 고개를 들었다. 전조등이 흰색과 빨간색으로 칠해진 차단기를 비췄다.

꼭 국경을 넘는 것 같네.

가만, 내 신분증은 어디다 뒀더라?

율리아는 생각했다. 범죄자처럼 나온 볼품없는 증명사진이 붙어 있는 신분증. 그래도 사진 아래에는 다행히 죄수 번호 대신 '율리아 프로스트'라고 적혀 있었다.

끼이익— 차바퀴가 마찰음을 내며 멈춰 섰다.

"잠깐만."

알렉스가 창문을 내리더니 밖으로 고개를 내밀고는 보이지 않는 스피커에 대고 소리쳤다.

"알렉스 쿠퍼예요. 차단기 좀 열어주시겠어요?"

잠시 후 차단기가 소리 없이 올라가자 알렉스는 브레이크에서 발을 뗐다. 열린 차창으로 차가운 밤공기가 들어왔다.

너무 추워. 꼭 냉동고에 들어온 것 같아.

창문 좀 닫지. 빌어먹을!

율리아가 막 불평을 하려는 순간 표지판이 나타났다. 흰 바탕에 녹색 글씨가 있는 표지판은 반짝이는 꼬마전구들로 장식되어 있었다.

한여름에 웬 크리스마스 분위기람!

'그레이스 계곡에 오신 걸 환영합니다.'

드디어 해냈다. 시간은 멈춰 있지 않았던 것이다.

***

"도착했어!"

알렉스가 뒤돌아보더니 말했다.

아니야. 우린 떠난 거야! 영원히!

율리아가 그렇게 생각하고 있는데 갑자기 로버트가 크게 소리쳤다.

"조심해! 저기 누가 서 있어요!"

알렉스의 시선이 앞으로 향했다.

키-이-익! 차가 멈춰 섰다.

그 소리에 불도그가 벌떡 일어나더니 율리아의 무릎에 두 발을 올렸다.

"뭐였어요?"

로버트가 떨리는 목소리로 물었다.

"있긴 누가 있다는 거야? 깜짝 놀랐잖아."

알렉스가 화난 얼굴로 로버트를 째려보았다.

"미안해요. 하지만 진짜 길가에 뭔가 있었어요! 하마터면 칠 뻔했다고요. 아무래도 사람이었던 것 같은데!"

율리아는 창밖을 내다보았다. 가로등은 백여 미터나 멀리 떨어져 있어서 주위를 밝히는 불빛이라곤 자동차 전조등뿐이었다. 오른쪽엔 나무들 그리고 왼쪽으로는 캠퍼스로 내려가는 언덕길이 있었는데 덤불에 가려 잘 보이지 않았다. 여기저기에 크고 작은 바위나 돌들이 있었지만 사람의 흔적은 전혀 보이지 않았다.

알렉스가 주위를 둘러보더니 고개를 저었다.

"네가 착각한 거야."

그러더니 다시 랜드로버를 출발시켰다.

"이 바위들은 컴컴할 때 보면 동물이나 사람으로 착각하기 쉬워."

"착각한 거 아니에요."

로버트의 목소리는 확신에 차 있었다.

"정말 누군가 있었다고요."

그의 목소리에서 타협을 모르는 고집이 느껴졌다.

또 시작이군.

로버트는 일단 어떤 일에 확신을 가졌다 하면 어떤 것도 어느 누구의 말도 듣지 않았다.

그의 고집스러운 확신이 그녀를 뒤돌아보게 만들었던 걸까?

미등이 어둡고 좁은 도로에 빨간 야광 테이프처럼 붉은 점을 남겼다. 알렉스가 갑자기 속도를 줄이자 브레이크등에 잠시 불이 들어왔다 꺼졌다. 그리고 저기……!

길 한가운데 뭔가가 서서 차가 지나가는 모습을 바라보고 있었다.

사람일까?

아냐. 다른 거였어.

사람보단 더 작고 넓적했는데…… 그럼 동물인가?

아니, 로버트가 옳았다!

그건 정말 사람이었다! 율리아는 눈 깜짝할 새에 자신들을 향해 흔드는 사람의 손을 알아보았다. 휠체어에 앉아 있는 사람의 손을.

알렉스와 로버트의 목소리가 아득하게 들려왔다. 하지만 그들의 목소리는 금세 시끄러운 새소리에 파묻혀버렸다. 그런데 그 소리를 내는 새의 모습은 보이지 않았다. 그래도 율리아는 새들이 바로 자기 머리 위에서 맴돌고 있다는 걸 직감적으로 알 수 있었다. 새소리는 한순간 커졌다가 차츰 작아졌다.

새들이 계곡에서 날아가고 있었다. 무언가 또는 누군가가 그들의 보금자리를 침입한 게 틀림없었다.

율리아도 그들과 함께 멀리 달아나고 싶었다.

불길한 기운

방 안 공기는 끔찍하리만큼 덥고 습했다. 로버트는 숨이 막힐 것만 같았다. 입구 경비소에서 캠퍼스까지는 그리 멀지 않았다. 그레이스 대학은 해발 2천 미터가 넘는 고지대에 위치해 있었다. 아무리 5월 말이라 해도 밤이면 덜덜 떨릴 정도로 추워야 정상인데 로버트는 오히려 땀이 났다. 기온 탓이 아니라는 건 로버트도 잘 알고 있었다.

여러 가지 생각들이 스쳐 지나갔다. 그 생각들은 기억의 메아리로부터 멀리 달아나고 있었다. 그는 알고 있었지만 어쩔 도리가 없었다. 갈수록 심해지고 있었다. 그의 생각들은 긴 미로 같은 뇌 사이를 멋대로 질주했다.

모든 게 단지 생물학적인 것에 불과해. 화학, 시냅스.

하지만 그런데도 왜 생각을 조종할 수 없을까?

뭐가 달랐던 거지?

이 생각 또한 오래 갖고 있을 수가 없었다. 대신 또다시 두려워 죽을 것 같은 환영들 중 하나가 그를 사로잡았다. 사물들을 관통해 어쩌면 아무런 해가 없을지도 모를, 하지만 또 어쩌면 위험이 감춰져 있을지 모를 다른 세계가 감지되었다.

로버트는 캠퍼스를 보는 순간 감당할 수 없을 만큼 큰 좌절감을 느꼈다.

감당하기 너무 힘들어!

그 기분을 어느 누구에게도 전달할 수 없기에, 그리고 또 그를 위로해주고 믿어줄 이가 아무도 없기 때문에 그는 더욱더 힘들었다.

그는 작은 방 창문을 통해 낯선 바깥 경관을 바라보았다. 눈부신 달빛 때문에 더욱더 선명해진 시꺼먼 하늘에 가장 높은 산봉우리의 윤곽이 선명히 드러났다.

알렉스는 그 산을 '고스트'라고 불렀다.

특이한 이름이지만 묘하게 어울렸다.

고스트는 세 개의 산봉우리로 이루어져 있었는데 그중 가운데 봉우리는 좌우의 다른 봉우리보다 수백 미터나 더 높았다. 검은 천을 두른 듯한 산봉우리들이 계곡과 미러 호를 지키는 장승처럼 의연하게 서 있었다.

로버트는 안경알 너머의 눈을 질끈 감았다. 가운데 봉우리는 진짜 유령의 얼굴 같았고 좌우의 시꺼먼 선들은 두 눈 같았다. 그리고 그 옆에 나란히 있는 산봉우리들은 마치 호수를 껴안으려고 하는 두 팔처럼 보였다.

그만해.

로버트는 스스로에게 말하며 가빠지는 호흡을 진정시키려고 했지만 소용없었다. 그래서 육지로 밀려왔다 도로 쓸려 나가는 파도 소리에 귀를 기울였다. 호수까지의 거리가 아주 가까워서 창문이 닫혀 있는데도 물소리가 들렸다. 그런데 그 소리를 가만히 듣고 있자니 꼭 물이 무슨 말을 중얼거리는 것처럼 들렸다.

말도 안 되는 소리! 망상일 뿐이야!

하지만 섬뜩한 느낌이 점점 더 강해졌다. 내면 깊은 곳으로부터 불길한 예감 같은 게 온몸으로 퍼져갔다. 조용히 들릴락 말락 하게. 덜컹거리는 창문 틈으로 들어와 방 안의 무더운 공기에도 불구하고 그를 떨게 만드는 가벼운 바람처럼 슬그머니.

그런 예감은 항상 그를 혼란스럽게 만드는 것으로부터 기인하곤 했는데 이번 경우에는 그레이스 대학의 건축양식이었다.

그는 고압적인 중앙 건물에 양쪽으로 날개처럼 두 개의 부속 건물이 달린 건축양식이 거대한 고성을 본뜬 것임을 첫눈에 알아보았다. 중앙 건물 뒤편에는 현대식 건물들, 즉 스포츠센터와 슈퍼마켓 그리고 교사와 상급생들을 위한 방갈로식

숙소가 있었다. 하지만 그 건물들은 주변 경치와 잘 어우러져서 그다지 눈에 띄지 않았다.

특히 로버트의 관심을 끌었던 건 중앙 건물의 전면이었다. 언뜻 보기엔 단순히 화려하게 치장된 느낌이었지만 보면 볼수록 수없이 많은 발코니와 지붕의 채광창, 아치 그리고 창문의 디딤대 등이 정신을 혼란스럽게 했다.

하지만 그건 화려함 때문이 아니었다.

그를 혼란스럽게 만든 건 바로 규칙적인 수의 배열이었다. 보통은 수가 로버트를 안심시켰지만 이번엔 그 반대였다.

2, 4, 8, 12, 16.

이 숫자들이 그를 불안하게 했다.

2, 4, 8, 12, 16.

양쪽의 부속 건물들은 각 4층으로 되어 있었고 발코니가 여덟 개씩이었다. 또 각 건물에는 양쪽으로 두 개씩 외부 계단이 있으므로 계단은 총 네 개였다. 중앙 건물의 경우 가운데는 커다란 통유리로 되어 있었다. 중앙 홀과 그 안쪽으로 구내식당이 있는 부분이었다. 또 좌우는 각각 창문이 열여섯 개씩 나 있었고 지붕이 있는 꼭대기 쪽에는 채광창이 열두 개 있었다.

학생들이 머무는 아파트식의 기숙사는 부속 건물에 있었고 각 호戶에는 학생 네 명이 배정되었다. 한 층에 총 8호씩 있었는데, 네 개는 건물 정면 그리고 나머지 네 개는 건물 뒤편을 보고 있었다. 각층에는 32명의 학생들이 거주하고 있고 모두 4개 층이므로 부속 건물 하나에 128명씩, 그러니까 양쪽 건물의 기숙사에 있는 학생 수는 총 256명이었다. 여기에 상급생 122명이 더 있었는데 그들은 튜터들을 제외하고 모두 캠퍼스 뒤편에 있는 좀 더 넓고 현대적인 방갈로에서 지내고 있었다. 그러니까 그레이스의 총 학생 수는 378명, 대학 소개 브로슈어에 나와 있었던 인원수와 정확히 일치했다.

역시 수칙은 단순했다. 아니, 원시적이라고 불러야 할 수준이었다. 하지만 이 건물들을 지은 건축가는 좀 더 생각을 많이 한 게 분명했다.

아니면 혹시 그 혼자만의 착각은 아니었을까? 어차피 건축술이라는 건, 아니 어쩌면 온 세상이 수와 수학적 원칙에서 기인하는 게 아니던가.

그러니까 이 모든 것이 단지 우연에 불과한 걸까?

하지만 그렇지는 않았다. 로버트는 여기에 분명 일정한 규칙이 있다는 느낌이 강하게 들었다. 그리고 바로 그 규칙이 그를 혼란스럽고 불편하게 했다. 방은 모두 똑같은 사각형이었다. 그리고 그 방들은 감옥처럼 나란히 배열되어 있었다. 한눈에 알아볼 수 있도록 질서 정연하고 언제나 잘 통제할 수 있게 말이다.

그리고 또 한 가지. 그레이스의 건물과 고스트는 거울처럼 서로 마주 보고 있었다. 그레이스는 서쪽 호수 연안 위로, 또 고스트는 동쪽 호수 연안 위로 우뚝 솟아 있었다. 그리고 로버트가 착각한 게 아니라면…… 아니, 그건 아닐 것이다. 고스트의 양쪽 봉우리와 가운데 봉우리 사이의 수 비율이 중앙 건물과 부속 건물들의 수 비율과 같을 순 없었다.

로버트는 다시 한기를 느꼈다. 그는 단번에 창가에서 돌아섰다. 두려움이 몰려오고 있었다. 그건 끝이 없는 어둠 속으로 떨어질 때와 비슷한 느낌이었다.

왼쪽 건물의 기숙사 3층을 맡고 있는 이사벨 힐이 손바닥만 한 방의 문을 열자마자 율리아는 쇼크 상태에 빠졌다. 여기까지 오는 동안은 긴 여행에 따른 피로감으로 단순히 지치고 예민해져 있었던 것뿐이었다. 하지만 앞으로 이 낯선 곳에서 지내야 한다는 생각을 하자 깊은 좌절감과 패배감이 가슴을 짓눌렀다. 또한 영영 이 느낌에서 벗어날 수 없다는 걸 알기에 더욱 절망적이었다.

밤 10시 반. 이미 늦은 시각이었다. 알렉스가 권했지만 율리아와 로버트는 아무것도 먹지 않겠다고 말했다.

알렉스는 왼쪽 건물 앞에 차를 세웠다. 그들이 도착했을 때 복도와 홀은 한산한 편이었다. 2층에 있는 알렉스의 사무실로 가는 동안 호기심 어린 눈으로 그들을 흘낏흘낏 쳐다보는 학생들 서너 명과 마주친 게 다였다. 율리아는 그들의 머릿속을 혼란스럽게 하는 여러 가지 질문들을 똑똑히 읽을 수 있었다.

저 학생들은 누구지? 왜 이제 온 걸까?

한밤중에, 게다가 학기가 시작된 지 일주일이나 지났는데.

짐 가방은 왜 또 저렇게 많은 거야?

율리아는 너무 피곤해서 주위를 둘러볼 기운조차 없었다. 그녀가 감지한 것이라곤 끝없이 긴 복도와 희미한 조명 그리고 수많은 학생들의 발길에 반질반질해져버린 마룻바닥을 덮은, 너무나 낡고 헤져서 문양을 거의 알아보기 어렵게 된 카펫이 다였다.

그런데 건물 안에서 나는 냄새가 좀 특이했다. 수십 년 동안 벽과 마룻바닥에 오물이 배어들어 아무리 강한 산성 세제를 써도 절대 빠지지 않는 그런 냄새랄까. 지독한 얼룩과 오물과의 끝없는 전쟁. 율리아의 엄마는 항상 그 전쟁에서의 승리자였다. 그건 별로 놀랄 일도 아니었다. 정리의 여왕이었던 그녀의 엄마는 늘 핸드백에 소독제와 손걸레를 갖고 다닐 정도였으니까.

"어때? 이만하면 안락하지?"

이사벨은 크고 말랐으며 금발의 짧은 커트 머리를 하고 있었다. 언뜻 보기엔 빗질도 제대로 안 한 듯 편해 보였지만 사실은 아주 비싼 미용비를 지불했을 것이며 아침마다 최소한

30분 이상 손질을 해야 하는 그런 머리였다. 율리아는 이사벨의 걸음걸이만으로도 그녀가 운동화를 신은 채 잠자리에 들고 아침 식사는 걸러도 조깅은 절대로 빼먹지 않을 것이며 하루를 정확한 운동 스케줄에 따라 보낼 정도로 운동 마니아라는 걸 알아보았다. 예전에 율리아와 크리스티안은 그런 사람들을 보면 놀려대곤 했었다. 조깅을 하는 사람들은 평생 인생으로부터 달아나고 있는 거라고.

'예전에.'

이제 그녀의 단어 저장고에서 이 단어를 영원히 지워버려야 할 때가 되었다. 그리고 '크리스티안'이라는 이름도.

"샤워실은 저 건너편에 있어. 화장실은 따로 있고. 그리고 대각선으로 보이는 유리문은 주방으로 들어가는 문이야. 물론 매끼마다 구내식당에서 먹어도 돼. 그건 네 자유야."

설명하던 이사벨이 율리아를 흘낏 쳐다보았다.

"네 방 친구들을 소개해줄까?"

율리아는 고개를 저었다.

"내일 아침에요. 차를 너무 오래 타서 그런지 너무 피곤해서요."

이사벨은 이해한다는 표정으로 고개를 끄덕이곤 의자 위에 있던 율리아의 짐 가방 중 한 개를 들어 옮겼다.

"그럴 만도 하지. 아 참, 넌 운이 좋아. 네 방이 중앙 건물로 가는 모서리에 있어서 호수가 바로 내려다보이거든. 게다가 네 방은 발코니와도 연결되어 있어서 바로 나갈 수도 있어. 물론 발코니가 북쪽으로 나 있어서 바람이 많이 불 땐 창문 덜컹거리는 소리가 좀 요란하긴 하지만. 한겨울엔 창문에 얼음꽃이 필 정도야."

율리아는 유리창 쪽으로 발걸음을 옮겼다. 조명이 밝지 않아 호수와 거대한 산등성이의 윤곽만 어렴풋이 보였다.

"아, 정말 굉장하네요."

율리아가 끄덕이곤 가볍게 웃어 보였다. 이사벨은 매트 커버와 수건 몇 장을 건네주곤 저기에 넣으라는 뜻으로 옷장을 가리켰다. 율리아는 이사벨이 책상 위에 시간표를 놓을 때까지도 계속 웃는 표정을 유지했다. 이사벨이 기숙사 규율이 적힌 책자를 건네주며 말했다.

"그레이스의 규율은 지키라고 있는 거야."

율리아는 이러다가 평생 입꼬리가 위로 올라간 채로 살게 되는 건 아닌지 진심으로 걱정되었다.

그러다가 이내 정신을 차리곤 이사벨에게 고맙다고 말했다. 그리고 이사벨이 방에서 나가자마자 침대에 몸을 던졌다. 매트리스가 바닥까지 내려갔다가 공중으로 튀어 올랐다.

방은 정말 작은 데다가 멋이라곤 찾아볼 수 없었다. 한마디로 끔찍했다. 그녀가 알기로 이 건물은 1900년대 말에 탄생되었다. 그리고 1970년대에 대학교로 바뀌었는데 그 후로 거의 손을 대지 않은 듯했다. 최소한 부속 건물들과 기숙사들은.

율리아는 방 천장에 새겨져 있는 인위적인 양각들에 진저리를 쳤다. 덜컹거리는 창문은 만성 기침을, 벌레가 우글거리는 나무 벽은 천식을, 그리고 바닥에 깔린 카펫은 알레르기성 피부병을 유발할 것만 같았다. 게다가 가구들! 1970년대 것이지만 고풍스러운 분위기를 내는 건 아무리 눈을 씻고 찾아봐도 없었다. 그녀의 마음에 드는 유일한 건 발코니 문 앞에 놓여 있는 1인용 갈색 소파뿐이었다.

하지만 그 외엔! 나무 의자와 산더미처럼 쌓인 책들을 지탱할 수 없을 것 같은 낡은 책상이 다였다. 만약 구내식당의 음식이 이 방처럼 형편없다면 율리아는 영양실조로 죽을지도 모른다는 생각이 들었다. 소재들을 오래가게 하기 위해 이 건물에 어떤 독극물이 사용되었는지는 하느님과 건축가만이 알 터였다. 그리고 엄마. 엄마라면 그녀를 당장 집으로 데려가 대체의학요법 치료를 받게 했을 것이다.

엄마.

율리아는 시간이 거꾸로 흐르는 괴로운 악몽 속에 있는 듯한 느낌이 들었다. 그녀는 눈앞에서 시곗바늘이 질주하듯이 돌아가는 걸 보았었다. 정말 미칠 노릇이었다. 그것도 거꾸로 말이다.

율리아는 무시무시했던 그날의 싸움을 잊을 수가 없었다. 아빠는 고래고래 고함을 질러댔고 엄마는 딸과 아빠 사이를 어떻게든 중재해보려고 진땀을 뺐다.

"그렇다고 애를 묶어둘 수도 없잖아요."

흥분할 때면 늘 그렇듯이 이번에도 엄마의 영어식 억양이 두드러졌다. 엄마는 영국 브리스틀 출신이었다.

"나도 저 앨 묶어두자는 게 아니야. 하지만 이제는 좀 알아들을 때도 됐잖아. 하등의 가치도 없는 사람들이랑 어울리지 말라고 내가 얼마나 자주 말했느냐고. 그런데 저 앨 좀 봐, 우리 딸 좀 보라고. 하고 있는 꼴이, 도대체 우리 딸 맞아?"

율리아는 뒤돌아서 있는 힘을 다해 문을 닫아버리곤 자기 방으로 갔다. 그리고 한참 뒤 크리스티안을 만나기 위해 몰래 집에서 빠져나왔다. 그녀 역시 한동안 그 나이의 모든 청소년들이 하는 짓을 했었다. 부모님과 거리를 두었고 일부러 외면하기도 했었다.

그리고 이제야 그녀는 자신이 잘못했다는 걸 깨달았다.

제길! 앞으로 다가올 불행을 미리 볼 수 있다면 모든 게 한결 쉬워질 텐데.

머리가 지끈거렸다.

빌어먹을 두통!

율리아는 몸을 일으켜 어둠 속에서 새 휴대전화를 더듬어 찾아 아무 버튼이나 눌러보았다.

1시 23분. 율리아는 옷도 벗지 못한 채 불편한 침대에 누워 있었지만 쉽게 잠들지 못했다. 하지만 뭘 기대했던가? 편히 잠들지 못한 게 벌써 몇 주째였다. 기껏해야 일시적으로 기절했다가 땀에 흠뻑 젖어 도로 의식을 되찾곤 한 게 전부였다. 그런데 어떻게 학교에 도착하자마자 모든 것이 변하리라고 기대할 수 있단 말인가.

그녀는 학교 건물을 비추고 있는 외부 조명 때문에 기이한 그림자들이 어른거리는 천장을 한참 동안 응시했다.

짐 가방이라도 풀어야 할 텐데. 아니면 살아 있다는 신호를 주기 위해 일어서기라도 해야 하나?

살아 있다는 신호.

그건 얼마 전부터 그녀와 로버트에게 특별한 의미가 되어버렸다.

로버트는 잘 있을까? 잠은 들었을까?

율리아는 알렉스가 그들에게 열쇠를 건네주었을 때 로버트의 얼굴에 나타났던 절망적인 표정이 떠올랐다. 로버트는 아마도 누나와 한방에서 자고 싶은 심정이었으리라. 그건 단지 혼자 있고 싶지 않아서만은 아니었다. 하지만 그는 아무 말도 하지 않았다. 왜냐하면 알렉스가 장시간의 운전으로 피곤하고 지쳐서 그들에게 더는 관심을 주지 않았기 때문이었다. 아니면 혹시 로버트가 소리를 지르는 바람에 하마터면 차 사고를 낼 뻔했던 것에 대해 아직 화가 나 있었던 걸까? 하지만 로버트가 옳았었다. 실제로 도로에 누가 있었던 것이다. 그러나 두 사람 다 알렉스에게 휠체어에 앉아 있던 인물에 대해 물어보지 않았다. 왜 그랬는지는 율리아 자신도 알 수가 없었다.

율리아는 고개를 들어 발코니 문으로 밖을 내다보았다. 밤은 마치 팽팽한 긴장감이 도는 정적과 연맹을 맺은 듯했다. 율리아는 누군가가 자신의 몸 위에 검은 천을 펼쳐서 감싸는 것 같았지만 몸이 따뜻해지지는 않았다. 그건 모든 소리를 삼켜버렸지만 오직 복도에서 들려오는 쇠를 가는 듯한 그 소리만은 남겨두었다. 율리아는 어떤 기억이 떠올랐다.

몸이 부르르 떨렸다.

어디선가 바람이 들어왔다.

그리고 또 그 쇠 가는 소리. 그 소리는 그녀의 의식 안으로 들어와 고막 속에 단단히 자리를 잡고선 쉬지 않고 집요하게 뇌 속으로 파고들었다.

그녀는 가만히 그 정체 모를 소리에 귀를 기울여보았다.

발자국 소리였을까?

쓱쓱— 또각또각—

방에 누가 있는 걸까?

그랬다.

그녀는 분명히 느꼈다. 누군가 침대 쪽으로 다가오고 있었다. 그 사람이 율리아를 바라보았다. 그리고 큰 소리로 숨을 쉬었다.

다음 순간 율리아는 스위치를 찾아냈고 야간등이 켜졌다. 아무것도 알아볼 수 없었지만 작은 웃음소리는 분명히 들렸다.

"아, 깼구나!"

또 웃음소리.

"계곡 입성을 환영해!"

율리아는 파란 눈을 깜빡이지도 않고 20초간 멀뚱멀뚱 쳐다보기만 했다. 그 순간 율리아가 느낀 감정은 경악이라기보단 혼란스러움이었다. 율리아의 뇌는 마치 지금 눈앞에 보이는 조각들로 어떤 그림을 완성하려는 것처럼 사소한 것 하나까지 모두 감지했다.

밝고 촉촉이 젖은 눈, 주근깨, 가는 목선. 갈색 머리, 119 구조요원의 재킷 색깔처럼 형광빛이 나는 오렌지색 염색 머리 한 줄기. 만약 그 촌스러운 색이 캠퍼스 안의 미용사가 저지른 만행이라면 율리아는 안 그래도 늘 차가운 발을 따뜻하게 감쌀 수 있도록 차라리 머리를 기르고 말겠다고 생각했다. 여학생은 헤진 회색 트레이닝 바지와 티셔츠를 입고 있었다.

"꼭 유령이라도 본 것 같은 눈빛이네."

그녀는 그렇게 말하더니 손을 내밀어 악수를 청했다.

그럼 한밤중에 노크를 하거나 인기척을 내지도 않고 남의 방에 몰래 들어오는 게 전혀 놀랄 일이 아니란 말이야?

그러나 율리아는 생각을 입 밖으로 내뱉지 않고 조용히 몸을 일으켜 앉았다. 그러곤 지난 시간 동안 수없이 그래왔던 것처럼 거짓 웃음을 지어 보였다.

율리아를 향해 내민 주근깨 가득한 손은 지금 막 털을 뽑은 죽은 닭처럼 싸늘했다. 여학생은 혀로 입술을 훑곤 콧물을 훌쩍 들이켰다.

"미안해, 하지만 난 노크했어. 네가 쉽게 잠들지 않을 거라 확신했거든. 그리고 어쩌면 얘기를 나눌 상대가 필요할지도 모른다고 생각했어."

사실 율리아는 그 말에서 조금의 진심도 느낄 수 없었다.

"맞아, 진짜 잠이 오지 않던 참이었어."

역시 율리아다운 대답이었다. 만인의 연인다운!

"당연하지, 너한텐 모든 게 완전 낯설 테니까."

그야 두말할 것도 없었다.

한밤의 침입자는 율리아가 뭐라 대꾸할 겨를도 주지 않고 조잘댔다. 그녀의 수다에 비하면 나이아가라 폭포는 가느다란 물줄기에 불과했다.

"그레이스에 대해 궁금한 게 있으면 뭐든 다 물어봐. 내가 얘기해줄게. 처음엔 좀 정신없을 거야. 그래도 며칠만 지나면 다 뻔해져. 정말이지 여기에 온 건 내 인생에서 최고의 사건이야. 드디어 부모님의 구속으로부터 벗어났잖아. 어떤 제약도 없고 또 내 인생에 대해 이래라저래라 간섭할 사람도 없어. 비록 여기 계곡에 온 지 일주일밖에 안 됐지만 난 벌써 여기서 나고 자란 것 같아."

그래, 왠지 모르겠지만 진짜 그래 보이네.

"조금만 옆으로 가봐!"

그 이상한 여학생은 율리아의 싱글 침대 위로 기어오르더니 아예 벽에 등을 기대고 편안하게 자리를 잡았다.

"너희들은 왜 일주일이나 늦게 왔어?"

율리아는 크게 심호흡을 했다. 진정한 거짓말의 명수, 숨바꼭질의 전문가는 상대방의 질문에 질문으로 답하는 법이다.

"네 이름은 뭐니?"

"데보라야, 데보라 빌더. 그런데 애들은 날 데비라고 불러."

데비는 앞으로 몸을 숙이더니 탁자 위에 놓인 율리아의 목걸이를 집었다.

"목걸이에 왜 금반지가 두 개나 걸려 있어?"

그녀가 반지에 새겨진 글을 보려고 하는 순간 율리아는 얼른 목걸이를 빼앗았다.

"아, 미안. 비밀을 캐려던 건 아니었어. 그런데 너 약혼했니?"

사랑하고 약혼하고 결혼하고. 그런 건 율리아의 미래에는 존재하지 않을 게 분명했다. 그럼에도 불구하고 갑자기 머릿속에 일련의 기억들이 밀려왔다.

크리스티안은 나를 벌써 잊었을까? 아니면 아직도 날 찾고 있을까? 아무런 작별 인사도 없이 어느 날 갑자기 내가 사라져버렸을 때 그는 어떤 생각을 했을까?

언젠가, 수년이 지난 뒤 어쩌면 누군가 그에게 이렇게 물을지도 모른다. '혹시 네가 처음으로 잠자리를 함께했던 그 여자애 기억하니?'라고. 그리고 그날, 불행이 찾아왔던 그 토요일 밤도 기억하느냐고.

내가 그의 기억 속에서 희미해지기까진 얼마나 걸릴까?

또 내가 누구였는지조차 잊어버리려면?

그때쯤이면 그가 말하겠지. '여자애라뇨? 누구 말이죠?'

"내 방은 바로 옆에 있어."

데비는 호기심 가득한 눈으로 방을 두리번거렸다.

"짐 가방은 왜 저렇게 많아? 여기 영원히 눌러살 것처럼. 아, 물론 여긴 70년대까지 그레이스에서 일했다가 다시 문을 열자마자 되돌아온 교수님들도 있긴 하다고 들었어."

"다시 문을 열었다고? 그럼 그 전엔 폐쇄되어 있었다는 거니?"

데비는 손을 내저었다.

"그 일은 설명하자면 좀 길어. 소위 암울했던 과거가 있었던 거지. 그것보단 차라리 현재에 집중하자고. 213호에 함께 사는 다른 두 여학생에 대해 궁금하지 않니? 우린 주방이랑 욕실을 같이 써. 이사벨은 벌써 봤을 거야, 그렇지?"

데비는 말을 하는 동안 연신 율리아의 이불보를 쥐어뜯고 있었다.

"솔직히 말하면 우린 하우스메이트에 관한 한 그다지 운이 없는 편이야."

데비는 율리아의 반응을 기다리지 않았다.

"우선 로즈라고 있어. 정말 사랑스럽고 아름답고 멋진 아이지, 대머리라는 것만 빼곤."

"대머리라고?"

데비는 키득키득 웃었다.

"응, 완전 빽빽이야. 죄수들처럼."

"어디가 아픈 거야?"

"모르겠어, 안 물어봤는데. 아니 사실은 물어봤는데 로즈가 제대로 대답을 안 해줬다고 하는 편이 맞겠다."

그러면서 데비는 오만상을 찌푸렸다.

"내가 그런 애들을 좀 아는데 말이야, 유순하고 아주 순진한 것 같지만 실은 아무도 못 건드리지. 언터처블이라고! 무슨 말인지 알겠어?"

아니. 율리아는 한 마디도 알아들을 수가 없었다. 사실 그런 것엔 관심도 없었다. 하지만 데비가 그들에 대해 이야기하는 동안엔 적어도 그녀에 대해 꼬치꼬치 캐묻지 않으리라. 어쩌면 그녀가 다른 사람을 성가시게 하는 이유도 그 때문인지 몰랐다. 입에 침이 마르도록 다른 사람에 대해 말하는 동안 자신에 대해선 한 마디도 할 필요가 없으니까.

"내 말 듣고 있니?"

데비가 율리아를 빤히 쳐다보고 있었다. 불만스럽게 입을 앙다물고 있는 꼴이 꼭 얼굴에 입술이 아니라 찢어진 구멍이 있는 것처럼 보여 왠지 섬뜩했다.

"응, 듣고 있어. 그럼 나머지 한 명은?"

율리아는 자신의 질문이 일그러진 데비의 얼굴을 원래대로 돌려놓을 거라 예상했다. 하지만 오히려 데비는 밝은 하늘색 눈을 불안하게 깜빡거렸다.

"카티 말이니?"

"이름이 카티야?"

"그래, 카티 베스트. 걘 아시아에 있는 어느 나라 출신이래. 근데 난 아시아인들은 다 싫어. 넌 어때?"

율리아는 대답 대신 어깨를 으쓱했다.

맙소사, 게다가 인종차별주의자야.

"어쨌든 카티는 가까이 하지 않는 게 좋아!"

데비가 낮게 속삭였다.

"걔 아주 이상해. 거의 아무하고도 말을 안 하거든. 늘 혼자야. 반면에 동급생 남자애들은 전부 다 괜찮아. 특히 우리 아래층에 있는 애들. 직접 보면 너도 맘에 쏙 들 거야!"

데비가 갑자기 한숨을 내쉬었다.

"아, 알렉스랑 같이 지내는 애들은 너무 좋겠다! 우린 그 이사벨인가 뭔가 하는 재수 없는 거랑 어울려야 하는데. 걘 저가 뭐라도 되는 줄 알아, 자기 부모가 이 대학 교수라는 이유만으로 말이지. '규칙은 지키라고 있는 거야.' 쳇, 재수 없어!"

데비가 이사벨 흉내를 내며 인상을 찌푸렸다. 상당히 비슷하다는 건 율리아도 인정할 수밖에 없었다.

"저가 무슨 우리 엄마라도 되나? 어쨌든 뭐, 상관없어. 그런데 너도 혹시 들었어? 목요일 저녁에……."

갑자기 찰카닥– 하는 소리에 데비가 폭포수처럼 끝없이 쏟아지던 수다를 멈췄다. 곧이어 사이렌 소리가 났다. 구 건물의 지하실에서 나는 소리 같았다. 갑자기 방 안이 깜깜해졌고 밖도 칠흑처럼 어두워졌다.

"엄마야! 갑자기 무슨 일이지?"

율리아는 자기 어깨를 움켜쥐는 손길을 느꼈다.

"나 너무 무서워!"

데비는 공포에 사로잡힌 나머지 목소리조차 잘 나오지 않는 듯했다.

"어릴 때부터 난 어두운 걸 제일 무서워했어! 난 유령을 믿거든. 밤에만 나타나는 유령 말이야."

데비의 말은 과장이 아닌 듯했다. 율리아는 큰 소리로 웃어 주고 싶었다. 하지만 곧바로 또 다른 소리가 들렸다. 율리아는 너무 놀라 입술을 깨물고 말았다.

복도를 따라 울려오는 날카로운 비명 소리.

한 가지 사실만은 분명했다. 그건 그냥 사람의 소리가 아니었다. 그건 온몸으로 내지르는 절망, 그 자체였다.

악몽

불이 다시 들어오자마자 데비는 방문을 열고 거실로 뛰어나갔다. 율리아는 뭐라 말할 수 없는 불길한 예감을 안고 그녀의 뒤를 따라갔다. 그런데 옆방 문 앞에 키 크고 마른 여학생이 서 있었다. 머리를 완전히 밀어 민머리였지만 율리아는 별다른 생각은 하지 않았다. 마찬가지로 등 뒤편에 위치한 방에서 자다 깬 부스스한 얼굴로 나온 여학생도 눈여겨보지 않았다. 그녀는 짜증스러운 표정으로 검은색 긴 머리를 쓸어 넘겼다. 데비가 싫다고 했던 그 아시아계 여학생이 틀림없었다.

전등불이 또다시 깜빡거리더니 잠시 나갔다가 다시 들어왔다. 그런데 이번에는 평소처럼 밝지 않고 침침했다. 율리아는 현관을 지나 복도로 뛰어나가 주위를 둘러보았다.

복도에는 네 개의 기숙사 호실이 두 개씩 서로 마주 보고 있었다. 호실마다 자다 깬 창백한 낯선 얼굴들이 튀어나왔다. 그들은 두 팔로 몸을 감싸고선 추위에 오들오들 떨며 서로를 쳐다보았다.

"이게 대체 무슨 일인지 누구 아는 사람?"

데비가 희극 배우처럼 두 손을 올리고 소리쳤다.

"글쎄. 하지만 무슨 일이 일어난 게 틀림없어! 나도 자다가 비명 소리에 놀라 깼거든."

파란 종이로 머리를 만 잠옷 차림의 여학생이 흥분한 목소리로 대답했다.

그런데 데비는 불과 몇 초 전까지만 해도 공포에 떨었던 모습은 온데간데없이 사라지고 이젠 물 만난 고기처럼 들떠 있었다. 그랬다, 그녀는 그 상황을 즐기고 있는 것 같았다.

"비명 소리가 밖에서 났을까? 너희 생각은 어때?"

데비가 흥분한 목소리로 물었다.

"아님 아래층에서? 아, 정말이지 너무 무서워서 하마터면 바지에 오줌 쌀 뻔했네!"

파란 종이를 머리에 만 여학생 뒤에서 이사벨이 모습을 드러냈다.

"이봐, 진정해, 아가씨들! 이제 그만 각자 방으로 돌아가는 게 어때?"

그러나 데비는 이사벨을 무시한 채 그 옆으로 지나갔다.

"아래층에 내려가서 물어보고 와야겠어!"

데비는 복도를 지나 계단을 내려갔다. 율리아는 그녀 뒤를 바싹 따라붙었다.

비명 소리. 아직도 귓가에 쟁쟁했다. 그 소리는 그녀의 머리 위를 맴돌았고 나무 벽에 둥지를 틀었으며 천장에 자리를 깔았고 카펫의 실오라기에도 매달려 있었다.

또 주위에서 들려오는 쑥덕거림과 날카로운 웃음소리. 심지어 누군가는 기도문을 중얼거렸다. 아니면 그 모든 것이 그녀 혼자만의 상상이었을까? 그녀는 잠시 눈을 감았다. 모든 것이 그 높고 날카로운 목소리, 영원히 끝날 것 같지 않은 비명 소리를 받쳐주는 화음 같았다.

누가 이 비명 소리 좀 그치게 해줄 수 없나?

스톱 버튼을 좀 눌러줬으면.

하지만 그 순간 율리아는 깨달았다. 서서히 안도하며 자기 방으로 돌아가는 다른 이들의 얼굴에서 읽은 것이다. 여전히 비명 소리를 듣고 있는 건 율리아, 자신뿐이었다는 것을.

사실 그녀를 죽을 만큼 겁에 질리게 한 건 조금 전에 들었던 그 날카로운 비명이 아니었다. 그랬다. 그녀의 귓가를 맴돌았던 건 과거로부터의 비명이었다. 그 소리가 계곡까지 따라온 것이었다.

그리고 그제야 그녀는 무슨 일이 있었는지 깨달았다.

"빨리 와, 율리아!"

데비가 불렀다.

"계단으로 가는 게 엘리베이터보다 빨라."

데비는 둔한 몸짓으로 난간을 붙잡고는 율리아보다 앞서 계단을 내려가며 쉴 새 없이 떠들었다. 전부 터무니없는 소리들이었다.

"네 생각은 어때? 아까 그 비명 소리, 남자애들 중 한 명이었을까? 다른 애들이 집단으로 때린 거 아냐? 일종의 담력 테스트 같은 거 말이야. 남자애들은 종종 그런 짓 하잖아, 안 그래? 그 비명 소리는 진짜 끔찍했어……."

그녀가 갑자기 멈춰 섰다. 2층에 도착한 율리아는 복도와 계단을 구분해놓은 큰 유리문 앞에서 하마터면 알렉스와 부딪힐 뻔했다. 그는 검은 용이 불을 내뿜는 그림이 그려져 있는 에드 하디 상표의 흰 티셔츠 위에 알록달록한 체크무늬 셔츠를 걸치고 있었다. 활활 타는 불 속에 징그럽게 웃고 있는 해골이 있었고 또…… 율리아는 눈을 감고 말았다……. 해골의 턱에서는 뱀파이어처럼 섬뜩한 피가 뚝뚝 떨어지고 있었던 것이다. 게다가 그는 고스룩 마니아처럼 은색 줄의 십자가 목걸이까지 걸고 있었다.

"데비, 여긴 네가 찾는 거 없으니까 그만 네 방으로 올라가. 그리고 율리아…… 넌 잠깐 나 좀 봐……."

알렉스는 말을 멈췄지만 율리아는 그의 눈빛에서 자신의 불길했던 예감이 맞았다는 걸 알아챘기에 단지 이렇게만 물어봤다.

"어디에서요?"

"복도 입구에 있는 첫 번째 호실, 너희 방 바로 아래야."

알렉스는 짧게 답했다.

율리아는 데비 옆을 지나 빠른 걸음으로 갔다. 남학생들의 호기심 어린 시선이 그녀 뒤를 좇고 있었다. 그녀 등에 대고 뭐라 수군거리는 학생들이 있는가 하면 어디선가 휘파람을 부는 남학생도 있었다. 하지만 율리아는 이미 그런 것에 이골이 나 있었다. 마치 주위로 보이지 않는 방어막이 둘러져 있는 것처럼 모든 말들이 튕겨 나갔다. 그녀는 113호 기숙사 앞에 도달해서야 겨우 안도의 한숨을 내쉬었다.

"야, 네 방에 여자 손님이 찾아오셨어. 문 열어줘!"

현관에 나와 있던 남학생들 중 한 명이 말했다. 그는 신혼여행 때나 입을 것 같은 흰 파자마를 입고 있었다.

또 다른 남학생이 속삭였다.

"와, 신난다! 그러니까 재가 우리 외계인 친구의 쌍둥이 누나라는 거잖아? 난 생생한 현장을 찍을 때가 제일 좋더라."

율리아가 그 남학생에 대해 본 것이라곤 털 없는 벗은 상체와 분홍색 잠옷 바지뿐이었다. 그의 얼굴은 비디오카메라 뒤에 감춰져 있었다. 그는 여전히 율리아를 향해 카메라를 들이대고 있었다.

그런데 잠시 후 또다시 전기가 나가버렸다.

율리아는 불이 금세 다시 켜지지 않아서 오히려 다행이라고 생각했다. 그사이 그녀는 깊이 심호흡을 하고 정신을 차렸다. 이 대학에서 정전은 그리 드문 일이 아닌 듯했다. 몇 분이 채 지나지 않아 학생들이 간이 조명을 준비했기 때문이다. 여기저기서 초가 켜졌고 몇몇이 손전등을 너무 심하게 흔들어 대는 바람에 율리아는 머리가 어지럽고 속이 울렁거렸다.

"네가 율리아니?"

113호 문 앞에 서 있던 키 크고 마른 남학생이 물었다. 어두컴컴한 곳에서 그는 짧은 밤갈색의 머리카락 때문인지 아주 진지해 보였다. 그는 그 늦은 시각에 제대로 옷을 갖춰 입고 있는 유일한 사람이었다. 검은 바지, 검은 운동화, 검은 스웨터. 게다가 허리띠까지 매고 있었다.

"내 이름은 데이비드야. 네 동생, 좀 이상해. 깨워보려고 했는데 내가 말을 하면 할수록 더 겁을 먹는 것 같았어. 잠에서 깨지도 않고 그러면서 몸을 건드리지도 못하게 해."

"알고 있어."

그건 율리아가 할 수 있는 유일한 대답이었다.

"평소에도 자주 그랬어?"

그녀의 등 뒤에 서 있던 누군가가 물었다. 하지만 그녀는 뒤돌아보지 않았다.

머릿속으로 오만 가지 생각들이 스쳤다. 로버트를 진정시켜야만 했다. 입을 다물게 하기 위해서라도.

혹시 잠결에 무슨 얘기를 하진 않았을까? 아무도 알아선 안 되는 그 사실을?

율리아는 마음을 단단히 먹고 데이비드 곁을 지나쳤다.

"알았어, 로버트는 내가 알아서 할게. 그리고……."

율리아가 손가락으로 뒤를 가리켰다.

"구경꾼들은 필요 없어."

"네 동생…… 오늘 같은 악몽을 자주 꿔?"

데이비드는 율리아의 부탁을 무시하고 물었다.

잠시 동안 율리아는 모든 사람들을 배려하는 착한 천사 같은 표정을 잊어버렸다.

"그냥 악몽일 뿐이야, 그게 뭐 어쨌다고?"

율리아는 날카롭게 받아쳤다.

"그것보다 먼저 저 뒤에 있는 구경꾼들 좀 가라고 해줄래?"

"진정해, 난 단지 널 도와주려고 한 것뿐이야."

데이비드가 손을 들어 화해의 몸짓을 보였다.

"도움 필요 없어! 나중에 로버트가 그 소리를 들으면 배꼽을 잡고 웃을걸."

율리아는 태연한 척하려 애쓰며 로버트의 방으로 들어갔다. 머릿속으로 '그건 아니겠지'라는 생각이 맴돌고 있었다.

로버트의 방은 한 층 위에 있는 그녀의 방과 똑같았다. 그녀처럼 로버트 역시 아직 짐 가방을 풀지 않은 상태였다. 그의 침대 옆 탁자 위에 빈 액자가 놓여 있었다. 율리아는 가슴 한

편이 송곳에 찔린 것처럼 아렸다.

마침내 그녀는 동생의 얼굴을 바라보았다. 체크무늬 잠옷에 가려진 비쩍 마른 몸이 단식투쟁을 하는 사람 같은 느낌을 주었다. 그는 등을 대고 똑바로 누운 채 흉물스러운 나무 천장을 보고 있었다. 아니, 천장을 보고 있는 건 아니었다. 눈을 감고 있었으니까.

눈꺼풀 너머로 대체 뭘 보고 있었던 거지?

그 생각을 하자 율리아는 온몸이 얼어붙는 것 같았다. 무거운 뭔가가 스르륵 풀려 그녀의 가슴 위로 떨어졌다. 영원히 없어지지 않을 그것. 그녀는 깊이 심호흡을 했다. 그녀는 공포심을 물리칠 수 있도록 긴장을 푸는 법을 연습해왔다. 호흡법, 집중력 게임 등등.

가소롭다. 정말 가소로워. 고작 이딴 호흡법으로 데비가 유령이라 부른 걸 어떻게 쫓아낼 수 있단 말이지?

"로버트, 일어나봐! 내가 왔어!"

그녀는 어둠 속에서 동생의 손을 쓰다듬었다. 그리고 로버트가 눈을 뜬 바로 그 순간 지지직— 하는 소리와 함께 전기가 들어왔다.

그의 짙은 갈색 머리카락이 땀에 젖어 이마에 찰싹 달라붙어 있었다. 그는 입술을 삐죽거리며 말을 하기 시작했다.

"무슨 일 있었어?"

"아니, 없었어."

율리아는 로버트를 안심시켰다.

"아무 일 없었다니, 그게 무슨 소리야?"

누가 율리아의 등 뒤에서 말했다. 율리아는 신음이 새어 나오려는 걸 간신히 참았다.

데이비드! 로버트와 단둘만 있게 해달라고 했잖아.

로버트는 안경을 써야만 기억이 날 것처럼 탁자에 올려둔 안경을 더듬어 찾았다.

"모든 게 뒤죽박죽이었어. 제자리에 있는 게 하나도 없었다고. 책들은 책장에서 다 쏟아졌고…… 또 책상 뒤엔……."

순간 율리아는 로버트의 말을 멈추게 하려고 손으로 로버트의 입을 막을 뻔했다. 그러다가 가까스로 참고 쾌활한 척 말했다.

"괜찮아, 꿈을 꾼 것뿐이야. 환경이 바뀌어서 그럴 거야. 아니면 혹시 잠들기 전에 또 그 이상한 책들을 읽은 건 아니지, 롭?"

율리아, 늘 웃는 얼굴을 보여야 해.

맙소사, 이 억지웃음 때문에 안면이 마비될 정도야.

게다가 갑자기 웬 롭?

그녀는 한 번도 동생을 롭이라고 부른 적이 없었다.

그래도 어쨌거나 로버트는 사태를 알아차리곤 긴장한 모습을 보이지 않으려고 애썼다. 난감한지 그는 이불을 끌어올려 덮고 데이비드에게 말했다.

"내가 너희들 잠을 깨웠다면 미안해."

데이비드는 율리아의 옆으로 다가가 로버트의 어깨를 토닥였다.

"그렇게 비명을 지르다니, 무지 무서운 꿈이었나봐."

"내가 비명을 질렀다고?"

로버트의 동공이 커졌다.

"말도 마, 꼭 창에 찔린 사람 같았어."

율리아가 재빨리 끼어들었다.

"아무래도 너는 특별히 방음이 잘되는 방으로 보내줘야 할 것 같아. 안 그랬다간 수면방해죄로 경찰에 끌려갈지도 모르잖아."

그녀는 아무렇게나 떠오르는 대로 지껄여댔다. 어떻게든 로버트가 제정신을 차릴 때까지 시간을 끌어야 했다.

등 뒤에서 즈즈즈— 하는 기계음이 들렸다. 처음엔 여전히 깜빡거리고 있는 천장의 전구 소리인 줄 알았다. 하지만 그게 비디오카메라가 돌아가는 소리라는 걸 알아채기까지는 그리 오래 걸리지 않았다. 촌스러운 분홍색 잠옷 바지를 입고 있던 아까 그 남학생이 카메라를 로버트의 얼굴 바로 앞으로 들이대며 말했다.

"좋아! 아주 좋아! 자, 이제 날 정면으로 바라봐! 그래, 바로 그거야! 우와, 너 눈동자 한번 크다! 꼭 누가 네 눈에 구멍을 뚫어놓은 것 같아."

그는 로버트 앞으로 한 발자국 더 가까이 다가가 카메라 앵글을 아래로 향했다.

"이번에는 잠들어 있는 것처럼 한번 해볼래? 네 비명 소리를 제대로 못 잡았거든. 무슨 말인지 알지?"

율리아의 가슴속에서 뭔가가 폭발했다. 거대한 불 공이 머릿속에 있는 이성이라는 이성은 깡그리 태워버린 것 같았다.

그녀의 손이 비디오를 찍고 있던 남학생의 뺨에 명중했다.

"지금 뭐 하는 거야? 너 고통을 겪고 괴로워하는 사람들 뒤꽁무니나 쫓아다니면서 재미있어하고 유튜브로 온 세상에 까발리는 그런 인간이지? 지금 당장 카메라 꺼. 안 그러면 그걸 네 똥구멍에 처박아버릴 거야!"

우와! 이렇게 시원할 수가!

율리아는 막혔던 가슴이 뻥 뚫리는 것 같았다.

"벤저민, 율리아 말이 옳아. 카메라 꺼!"

데이비드가 율리아 편을 들어주었다. 그리고 그녀의 어깨에 손을 얹으며 위로했다.

"너도 그만 진정해. 나쁜 뜻으로 그런 건 아닐 거야."

뭐지, 이 데이비드라는 애의 정체는? 그레이스 학생들의 정신적 지주라도 되나?

그의 옷차림으로 보아 그럴 가능성도 충분했다. 율리아는 이런 유의 사람을 어떻게 생각해야 할지 알 수가 없었다. 율리아가 보기에 그는 불쌍한 지구인과 그들의 검은 영혼을 구하기 위해 지구로 보내진 외계인 같았다.

그러는 사이 침대 발치에서 알렉스가 모습을 드러내자 율리아는 구세주를 만난 듯 기뻤다. 비록 그녀보다 네 살 연상이었지만 그는 이 소동을 끝낼 수 있는 권한을 가진 유일한 사람 같았다. 그리고 실제로 그랬다! 그가 시계를 가리키며 말했다.

"이제 모두 잠자리로 돌아가는 게 좋겠어! 너희들도 보다시피 로버트는 이제 괜찮아!"

데이비드와 벤저민은 서로 눈빛을 주고받더니 아무 저항 없이 방에서 나갔다. 알렉스도 그들을 따라 나가며 율리아와 로버트에게 "두 사람 모두 잘 자. 내일 아침까지 푹 자도록 해"라고 다정하게 말해주었다.

방문이 닫히자 율리아는 침대 모서리를 돌아 창가로 가서 호수를 내려다보았다.

"우린 여기 있으면 안 돼."

등 뒤에서 로버트가 속삭였다.

"이곳은 불길해. 내 말 알아들어? 불길하다고!"

문자메시지

율리아는 로버트가 하는 말을 듣고 싶지 않았다. 그의 예감도, 불길한 예언에 대해서도 알고 싶지 않았다. 다른 한편으로 그녀는 그가 대부분 옳다는 걸 알고 있었다. 로버트에게는 그녀가 모르는 것들을 감지하는 특별한 능력이 있으니까.

그녀는 한 마디 말도 없이 등을 돌려 로버트의 방에서 충동적으로 나와버렸다. 그러느라 조금 전까지만 해도 없었던 한 남학생이 갑자기 전실 문 옆에 기대서 있는 걸 알아차리지 못했다. 마치 솜으로 귀를 틀어막아놓기라도 한 것처럼 그 남학생의 목소리가 아련하게 들렸다.

"네 동생 있잖아, 상당히 영리한 것 같아. 다른 학생들은 수년이 걸려야 겨우 느끼는 걸 단 세 시간 만에 간파하다니."

율리아는 아무 대꾸도 하지 않고 그 앞으로 지나가려고 했다. 하지만 냉정을 잃지 않으려고 애쓰며 겨우 계단으로 발걸음을 옮기는 동안 자신을 뒤쫓는 게 그의 시선만이 아니라는 걸 알아차렸다. 학생들 몇 명이 복도에 모여서 수군대며 낄낄거리고 있었다.

"재가 율리아 프로스트래, 오늘 새로 들어온. 조금 전에 누구한테 살해라도 당하는 듯 비명을 지른 건 재 동생이고."

율리아는 그냥 가버렸다. 사실대로 말하자면 달아났다. 희한한 건 그게 더 맘이 편하다는 사실이었다. 로버트로부터, 아니 사실은 이곳에 있는 모든 이들이 앞으로 그녀의 동생을 괴물로 여기게 될 거라는 사실로부터 달아날 수밖에 없었다.

그 순간 그녀에게 필요한 건 신선한 공기와 생각할 시간이었다. 이 끝없는, 벽이 점점 더 가까이 다가오는 것 같고 또 천장도 그녀 쪽으로 내려오는 것만 같은 숨 막히는 복도에 더 있을 수가 없었다. 그녀는 유리문 한 개를 통과했고 또다시 한 개를 지났다. 그러자 좌우로 1층으로 내려가는 계단이 나왔다.

율리아는 오른쪽 계단을 선택했다. 하지만 1층에 다다르자 또다시 창문이 없는 긴 복도가 나왔다.

맙소사, 여긴 밖으로 나갈 수 있는 길이 아예 없는 건가?

그런 것 같았다. 대신 또 유리문들이 나왔고 양갈래로 나뉘는 복도나 계단이 이어졌다.

아까 저녁에 들어왔던 옆 출입문은 어디 있지?

갑자기 전등이 또 깜빡거리더니 꺼져버렸다. 그녀는 무시무시한 어둠 속에 홀로 남겨졌다. 멈춰 서자 심장이 콩닥콩닥 뛰었다. 소리를 지르고 싶었지만 학생들 모두를 잠에서 깨웠던 로버트의 절망적인 비명과 비슷하게 들리리라는 걸 알기에 그럴 수도 없었다.

또다시 천장의 전등이 깜빡거렸다. 잠시 밝아졌다가 다시 어두워지더니 결국 복도는 유령이 나올 것 같은 녹색 불빛 속에 잠겨버렸다. 희미한 녹색 조명등이 2미터 내지 3미터 간격으로 비상구의 위치를 알려주었다.

자신이 건물 어디쯤에 있는지조차 가늠할 수가 없었다.

아직 왼쪽 건물에 있는 걸까? 그렇다면 왜 아무 소리도 안 들리지? 발소리도 안 나고 사람 목소리도 안 들려.

그녀는 어리둥절해서 두리번거리며 주위를 둘러보았다. 그곳은 최근에 보수된 게 틀림없었다. 페인트 냄새가 났고 벽과 천장의 시꺼먼 널빤지들이 사라지고 대신 차가운 회색 벽이 있었다. 문들 역시 똑같은 색으로 칠해져 있었다. 어두컴컴한 조명 속에서 율리아는 한참 만에 팻말을 읽을 수 있었다.

강의실. 실험실. 학습 센터. 세미나실 1-5

율리아는 그레이스 대학이 전국에서 가장 좋은 시설을 갖추기로 손꼽힌다는 사실을 알고 있었다. 컴퓨터실, 도서관, 식당, 현대적인 강의실, 극장, 소극장, 슈퍼마켓, 수영장, 여러 개의 체력 단련장과 두 개의 대형 체육관 등 학생들을 위한 많은 시설들이 캠퍼스 안에 있었다. 하지만 율리아는 본관 하나만도 어마어마하게 크고 공간들이 많다는 걸 알지 못했던 것이다. 너무나 쉽게 길을 잃을 수 있다는 것을! 하루 종일 복도에서 길을 잃고 끝없이 계단을 올라가거나 엘리베이터를 타고 지구 속으로 들어간다 해도 결코 목적지에 도달할 수 없을 것만 같았다.

제길! 대체 밖으로 나가는 출입문은 어디 있는 거야?

"이곳은 불길해!"라고 외치던 로버트의 목소리가 들리는 것 같았다.

로버트, 단 한 번만이라도 모든 게 잘될 거라고 믿을 수 없니? 오, 하느님! 숨을 못 쉬겠어! 여기서 빨리 나가야 해!

공포가 그녀를 엄습하려던 그 순간 전기가 들어와 주위가 환해졌다. 복도를 따라 다음 모퉁이를 돌자 대학이라기보다는 오성급 호텔의 로비라고 해야 할 만큼 고급스럽고 큰 홀이 나왔다.

천장에는 거대한 크리스털 샹들리에가 가볍게 흔들거리고 있었다. 수많은 전구들이 내는 밝은 빛이 실내로 들어오는 가스등의 어두운 실외 조명과 뒤섞여 오렌지빛을 띠었다. 회색의 아무런 장식도 없는 돌기둥으로 떠받쳐진 천장은 높이가 6미터는 족히 돼 보였다. 좌우로 있는 두 개의 짙은 나무 계단은 위층에 있는 목재 갤러리와 연결되어 있었다. 그곳에서 내려다보면 곳곳에 안락한 의자들이 놓여 있는 현관이 보였다. 맞은편 벽에 있는 거대한 벽난로에서는 아직 남은 재들이 타고 있었다. 그곳은 수수하고 낡은 학생들의 방이나 조금 전 그녀가 도망치듯 나온 녹색의 차가운 복도와 완전히 달랐다.

홀의 모든 것이 좀 비현실적으로 보였는데 율리아는 금세 그 이유를 깨달았다. 환하게 밝힌 그 로비는 많은 사람들을 위해 만든 것이었다. 활기와 시끌벅적함, 그리고 생기 있는 삶을 위해. 하지만 실제로 그녀를 둘러싸고 있는 것들은 모두 죽은 듯 조용했고 공허했다.

율리아의 시야에 파란빛으로 깜빡거리는 출입구 옆에 있는 평면 스크린이 들어왔다. 하지만 그녀는 그 스크린의 용도를 파악하는 데 시간을 허비하지 않았다.

대신 빠른 걸음으로 로비를 가로질렀다. 운동화를 신어서인지 돌바닥인데도 발소리가 거의 나지 않았다. 그녀는 마치 건물 전체가 자신과 호흡을 맞추고 있는 듯한 느낌이 들었다.

그러곤 마침내 회전문 앞에 이르렀다. 가벼운 소음과 함께 회전문이 돌아갔을 때 비로소 율리아는 마음이 놓였고 엉엉 울고 싶었다.

***

밖은 추웠다. 5월 산골짜기의 밤은 얼음처럼 차가웠다. 율리아는 대학이 얼마나 높은 산꼭대기에 있는지 다시 한 번 절감했다. 얇은 셔츠 차림인지라 온몸을 덜덜 떨면서 그녀는 건물 안이 얼마나 덥고 답답한지 더 확실히 알았다. 숨쉬기가 힘들다고 느낀 건 결코 그녀만의 착각이 아니었던 것이다.

그녀는 두 손으로 팔을 감싼 채 주위를 살폈다. 등 뒤로 대학 건물이 우뚝 솟아 있었다. 건물은 미러 호 위로 펼쳐진 거대한 고원 위에 서 있었다. 정면이 통유리로 된 홀에서부터 나오는 빛이 자갈길과 잘 정리된 화단이 있는 넓은 잔디밭을 환하게 비추었다. 대학의 행정 책임자들은 분명 학생들의 숙소는 소홀히 하고 대신 건물 외관과 홀에 많은 돈을 투자하는 것 같았다. 무엇보다 건물의 전면이 모범적인 인상을 주어야 한다는 신념으로 말이다.

율리아는 깊이 숨을 들이마셨다. 신선한 공기를 마시자 기분이 상쾌했고 심장박동도 한결 편안해졌다. 그런데 갑자기 자신의 행동이 가소롭고 과장된 것 같다는 생각이 들었다. 그녀가 그 상황으로부터 미친 듯이 도망쳐 나온 걸 다른 학생들이 알면 어떻게 생각할까? 로버트가 진짜 괴물일까? 아니면 오히려 그녀가 미친 거 아닐까?

율리아는 고개를 젓곤 발걸음을 옮겼다. 힘찬 발걸음으로 길을 따라 아래로 내려갔다.

몸을 움직이면 머리를 비우는 데 도움이 될 거야.

갑자기 길 양쪽에 있던 공 모양의 전구들에 불이 들어왔다.

그 전구들은 아마도 센서가 달려 있어 움직임에 반응하는 모양이었다. 3백 미터쯤 걸어가자 평지가 끝나고 곧장 호숫가로 내려가는 넓은 계단이 나왔다.

율리아는 걸음을 멈추었다. 황당했다. 호수가 학교 건물과 이렇게 가까이 있을 거라곤 생각하지 못했던 것이다.

방에서 봤을 땐 훨씬 더 멀리 있는 것 같았는데.

그녀는 잠시 멍하니 서서 호수를 내려다보았다. 어둠 속에서 수면이 얼음처럼 반짝거렸다. 호수의 이름이 왜 '거울'을 의미하는지 알 것 같았다. 한밤중에도 물 위로 산등성이가 반사되어 훤히 비쳤다.

그녀는 미끄러지지 않게 조심하면서 젖은 계단을 천천히 내려갔다. 그제야 문득 바깥이 너무 조용하다는 생각이 들었다. 하지만 건물 안에서 들었던 느낌과 달리 소름은 돋지 않았다.

마지막 계단에 이르자 갑자기 머리 위쪽이 어두워졌다. 홀에 켜져 있던 불이 꺼지고 잔디밭에 있던 전구들도 꺼진 게 틀림없었다.

그녀는 오른쪽을 돌아다보았다. 하지만 그곳에선 로버트의 방이 있는 왼쪽 건물이 보이지 않았다.

대신 유리로 된 중앙 건물의 좌우로 난 창문들이 보였다. 지붕 채광창과 발코니, 굴뚝들. 어느 것 하나 이상한 건 없었다. 그런데도 뭔가가 자꾸만 율리아를 건물이 보이지 않는 곳으로 밀어내는 것 같았다. 마치 창문들이 그녀를 감시하는 수많은 눈들이라도 되는 것처럼 말이다.

사악한 건 사람이야. 장소가 아니라.

율리아는 얼른 호수 쪽으로 다시 고개를 돌렸다. 계단 아래로 호숫가를 따라 좁은 아스팔트 길이 이어지고 있었다.

그녀는 오른쪽으로 돌아 빠르게 걸어갔다. 멀리 가면 갈수록 안정을 되찾았고 꿈꾸는 듯한 비현실적인 느낌도 가셔갔다. 그녀는 물 가까이에 있으면 항상 기분이 좋았다. 그렇게 가만히 호수 연안에 부딪히는 파도 소리를 들었다. 갑자기 기억들이 수정처럼 또렷해졌다.

그제야 비로소 그녀는 그동안 일어났던 일들에 대해 생각할 여유가 생겼다. 그건 사실 간단했다. 로버트가 도착한 지 다섯 시간도 채 되지 않아 돌아버렸다는 건 이런 뜻이었다. '그들은 이곳에 머물 수 없다.' 다시 떠나야만 했다. 로버트는 이곳을 견뎌내지 못할 것이다. 바로 조금 전 있었던 일이 그 사실을 말해주고 있었다. 로버트를 지키는 건 그녀의 책임이었다. 될 수 있는 한 빨리 행동을 취해야 했다.

율리아는 굳게 결심하고 휴대전화를 꺼냈다. 로버트의 말이 옳았다. 어차피 지금쯤 연락을 취해야 했다. 그녀는 약속과 달리 그곳을 떠난 후로 아무런 기별도 하지 않았던 것이다.

시간차가 얼마나 난다고 했지?

그녀는 액정을 들여다보았다.

됐어, 지금이 딱 좋아.

외우고 있던 번호를 꾹꾹 눌렀다. 단추를 누를 때마다 삑삑 하고 기계음이 났다. 그리고 신호가 가기 시작했다.

삐— 삐— 삐— 삐— 삐— 삐—

열두 번이나 울렸지만 아무런 응답이 없었다.

제길! 소용없어!

율리아가 전화를 막 끊으려는 순간 손에 들고 있던 휴대전화가 부르르 떨렸다. 율리아는 종료 버튼을 누른 뒤 액정을 들여다보았다.

문자메시지였다.

내용을 확인하는 순간 율리아의 전신은 한기와 두려움으로 덜덜 떨렸다.

율리아,

그레이스에 온 걸 환영해.

2010년 5월 13일 목요일 저녁 8시에 보트하우스에서

파티가 있어.

로아로아

이게 어떻게 된 일이지?

그녀는 아무에게도 전화번호를 알려준 적이 없었다. 게다가 시애틀의 타코마 공항에서 이 소니 휴대전화를 산 후로 그 누구와도 통화하지 않았다.

그런데 이 메시지를 보낸 사람은 그녀의 전화번호를 어떻게 알아낸 걸까?

로아로아가 대체 누구지?

단 1초도 고민하지 않고 율리아는 휴대전화를 멀리 던져버렸다. 전화가 거울 같은 수면에 닿았을 때 율리아는 왜 거울 깨지는 소리가 나지 않는지 신기할 따름이었다. 그랬다. 호수는 전화를 단번에 삼켜버렸다. 전화는 조용히 바닥으로 가라앉았다.

그녀는 뒤돌아 계단이 있는 쪽으로 달려갔다. 계단까지 약 백 미터쯤 남았을 때 등 뒤에서 사람 목소리가 들렸다.

"넌 어째 늘 바쁜 것 같네."

그녀는 깜짝 놀라 뒤를 돌아보았다.

어둠 속에서 시꺼먼 형상이 쑥 튀어 나왔다.

"이 시간에 밖에서 뭐 했어?"

심장이 방망이질하기 시작했다.

"나? 하긴 뭘 해! 난 그저……."

"방금 물속에 뭘 던진 것 같았는데, 뭐였어?"

"아냐, 난 그냥……."

"상관없어. 그런 건 중요하지 않아!"

그가 조금씩 가까이 다가왔다. 율리아는 얼굴을 보려고 했지만 너무 어두워서 누군지 알 수가 없었다. 한 손이 그녀의 어깨를 건드렸다. 그녀는 깜짝 놀라 몸을 움찔했다. 비명을 지르지 않으려고 입술을 깨물었다.

그러자 어둠 속에서 나지막한 웃음소리가 들렸다.

"걱정 마. 난 크리스야, 크리스토퍼 비숍. 네 동생과 113호에 같이 살고 있지. 네가 조금 전에 내 앞으로 휙 지나가더라고. 마치 유령을 본 것 같은 얼굴을 하고선 말이야."

율리아는 아무 말도 할 수가 없었다. 목젖이 바싹 말라 침을 삼키기조차 힘들었다.

"네가 건물에서 나가는 걸 보고 혹시 무슨 일이라도 생길까 봐 따라와본 거야."

크리스가 말을 이었다.

"여기 처음 온 사람은 길을 잃기 쉽거든."

"고맙지만 그럴 필요까진 없었어!"

율리아가 겨우 대답했다.

"난 쉽게 길을 잃지 않아."

"진짜 자신 있어?"

크리스가 의미심장하게 물었다.

"뭐, 다른 사람들도 처음엔 다 그럴 거라 믿었었지."

초대받지 못한 파티

처음 이틀간 율리아는 기다리는 것 외엔 딱히 한 일이 없었던 것 같았다. 적어도 그녀는 그렇게 느꼈다. 그 덕분에 주변에서 일어나는 일들을 이방인의 눈으로 관찰할 수 있었다. 그런데 마치 초점이 맞지 않는 현미경으로 보듯이 산꼭대기에 있는 학교에서의 일들은 모두 이상하게 흐릿하고 희미하고 확대되어 보였다.

로버트와 율리아는 너무 늦게 오는 바람에 학장의 신입생 환영사뿐만 아니라 오리엔테이션과 관련된 중요한 행사들을 거의 접하지 못했다. 그래서 이곳의 모든 것들을 비현실적으로 느끼는 게 아닐까, 율리아는 생각했다.

그녀는 오래전, 아니 정확히 말하자면 반년 전에 영화관에

상영 시간보다 늦게 도착한 적이 있었다. 어떤 영화였는지는 기억나지 않지만, 어쨌거나 그녀와 크리스티안은 처음 10여 분 동안을 놓치고 말았고 그 결과 율리아는 영화가 끝날 때까지 스크린에서 벌어지는 사건들에 전혀 몰입하지 못했었다. 단지 처음 일부분을 놓친 것 때문에 말이다.

그런데 그레이스에서의 느낌도 바로 그때와 똑같았다. 신입생 담당 교수인 힐 여사와 신입생들의 튜터인 상급생 알렉스와 이사벨 그리고 그 밖에 많은 동급생들이 그녀를 위해 애쓰는데도 그녀는 늘 이방인 같다는 느낌이 들었다. 데비나 데이비드가 율리아에게 도와줄 일이 없느냐고 걱정스럽게 물을 때마다 율리아는 속으로 '꽤나 애쓰는군' 하고 생각하면서 은근히 짜증이 났다. 맘 같아선 '다른 사람의 도움 따윈 필요 없어'라고 쏘아붙이고 싶었지만 그러는 대신 그냥 웃어 보였는데 그런 모습이 또 그녀를 동정하게끔 했다.

전반적으로 그레이스에서는 혼자 있을 수 있는 시간이 적었다. 첫날 밤의 무서웠던 정적은 곧 바쁜 일상에 의해 밀려났다. 이틀째가 되어도 여전히 갈피를 잡을 수 없는 끝없는 복도와 입구들은 늘 학생들로 북적거렸다. 도서관과 지하 2층의 컴퓨터실도 계속 만원이었다. 체육관에서는 다양한 팀들이 훈련 중이었다. 레슬링에서부터 야구 그리고 수영에 이르기까지 없는 종목이 없었다. 또 입구 쪽 홀과 구내식당은 만남의 장소이자 동시에 온갖 소문들이 만들어지는 장소이기도 했다.

신입생들은 여전히 오리엔테이션 기간이었다. 그래서 여러 과목들이 공개 수업으로 진행되었지만 율리아가 신청한 몇몇 과목들은 이미 본 수업에 들어갔다.

율리아는 역풍에도 불구하고 앞으로 나아가려 애썼다. 늘 웃는 얼굴을 보였고 항상 감사해했으며 모든 이들에게 정중하고 예의 바르게 행동했다. 또 수업에 빠짐없이 참석했고 신입생을 위한 핸드북을 정독했다. 규율과 금지 사항을 숙지했고 동급생들과 구내식당에서 만나면 실은 역겹기만 한 캐나다 음식을 군말 없이 입속으로 꾸역꾸역 밀어 넣었다. 데비가 한 시간이 넘도록 필수과목과 선택과목에 대해 설명하거나 각 수업에서 딸 수 있는 점수가 얼마나 되는지 연설을 늘어놓을 때도 열심히 듣는 척했다.

심지어 육상부에도 가입해 아침마다 호수 연안을 8킬로미터씩 뛰었다.

"네가? 그것도 조깅을?"

크리스티안이라면 이렇게 말했을 것이다. 그를 비웃기라도 하듯이 그녀는 선발로 뽑힐 정도로 달리기가 빨랐다.

하지만 그토록 바쁘게 지내는데도 더디게만 가는 시간 때문에 괴로웠다. 지금까지 시간이 이렇게 길게 느껴진 적은 없었는데. 또 자신이 이토록 낯설게 느껴진 적도 없었다.

사실 그녀는 대학에서의 처음 일주일 동안은 제발 그들과 빨리 연락이 닿아 로버트와 함께 떠날 수 있기만을 간절히 바랐다. 그 이후의 일은 어찌 되건 상관없었다.

끔찍했던 첫날 밤 이후로 그녀를 견디게 했고 또 그녀가 꽉 붙들고 있는 유일한 생각은 바로 그뿐이었다.

이따금씩 그녀는 이제 오래 걸리지 않을 거라고, 곧 모든 게 끝날 거라고 자기 자신에게 말하곤 했다. 율리아가 첫날 밤 그들에게 전화했었다는 사실을 그들은 틀림없이 알 테니까.

그들이 연락을 취해올 거야. 곧.

하지만 전화는 오지 않았다. 그리고 시간이 가면 갈수록 율리아는 점점 더 바깥세계로부터 멀어지고 있는 느낌이 들었다.

아니, 단지 그렇게 느낀 게 아니라 완전히 떨어져 나왔다.

***

이튿날 저녁 율리아는 하우스메이트들과 로버트, 그리고 그의 하우스메이트들과 함께 구내식당에 앉아 있었다. 그녀는 참 차우더라 불리는 걸쭉한 감자수프에 숟가락을 담갔다. 그런데 뒤늦게 수프 안에 새우가 들어 있는 걸 알아챘다. 그녀는 유독 새우를 싫어했다. 꼭 다 쓴 미니 탐폰처럼 보여서. 어차피 식욕도 없었다. 아무래도 감각기관들이 전부 죽어버린 듯했다. 여전히 주변의 웅성거림이 현실처럼 느껴지지 않았다.

"그 수프 안 좋아해?"

왼편에서 데비의 목소리가 들렸다. 그녀는 율리아의 대답을 듣기도 전에 주근깨 가득한 허연 손으로 율리아의 수프 접시를 잡았다.

"어휴, 하루 일과가 이렇게 힘들 때는 평소보다 좀 더 먹어도 괜찮을 거야. 몇몇 수업은 진짜 끝장인 것 같아. 특히 수학 과목은. 무슨 말인지 한 마디도 못 알아듣겠어."

"수학은 수에 관한 거야. 말을 다루는 과목은 국어고."

율리아의 오른편에 앉아 있던 벤저민이 대답하곤 이미 시럽에 잔뜩 절어 있는 팬케이크에 아호른 시럽을 더 뿌리기 위해 카메라를 식탁 위에 놓았다.

"그리고 내가 너라면 이 신성한 식당에서 수업을 못 알아들었다는 걸 그렇게 큰 소리로 떠들어대지 않을 거야."

벤저민은 주위를 둘러보더니 데비 쪽으로 몸을 기울여 작게 말했다.

"우리 그레이스 학생들은 미래를 책임지고 이끌어갈 엘리트라는 걸 잊지 마! 신성한 입학시험을 통해 선발된 인류의 지주라고! 우리의 철학 신 브랜던 교수님의 말씀에 따르면!"

그는 팬케이크를 한 입 크게 베어 물곤 계속 말했다.

"이봐, 친구들. 난 지금까지 내가 이렇게 중요한 임무를 지녔다는 걸 꿈에도 몰랐어. 그에 비하면 미국 대통령은 단순노동직에 불과하지. 안 그래?"

그의 말을 들은 학생들이 모두 웃었다.

오직 율리아만이 휘둥그레진 눈을 들키지 않으려고 정신을 바짝 차렸다. 그녀 역시 철학 수업을 들었었고 브랜던 교수가 한 말을 들었던 것이다. 그리고 그녀는 그레이스에 재학 중인 학생들 대부분, 그리고 심지어 신입생들까지도 이미 그 교수의 말을 내면화하고 있음을 알았다.

교수들과의 수업이 진행되는 동안 학생들은 유난히 학구적이고 열성적이었다. 물론 그레이스 대학의 명성을 감안할 때 그리 놀라운 일도 아니었지만 사실 학생들에게는 전혀 다른 면이 있었다. 그들은 일단 강의실을 벗어난 후엔, 홀에서 어슬렁거리거나 교정에서 쉬거나 또는 기숙사로 가서 수다를 떨거나 하면서 온통 파티와 술 그리고 데비의 최대 관심사이기도 한 섹스에 관한 이야기로 대부분 시간을 보냈다.

"내 생각엔 여기 강사들 대부분은 괜찮은 편인 것 같아."

로즈가 듣기 좋은 나직한 목소리로 말했다.

"브랜던 교수님도 쿨하시지, 안 그래? 너희들 중에 지금까지 한 번이라도 자기 개를 강의실에까지 데리고 들어오는 교수 본 적 있어?"

웃어 보이는 로즈에게 율리아는 어쩔 수 없이 웃음으로 답했다. 율리아의 옆방에 사는 로즈 가드너는 미인, 그러니까 금세 질려버리는 그런 미인이 아니라 아주 고전적인 의미의 미인이었다. 캐서린 헤이글, 스칼릿 요한슨 그리고 율리아의 우상이기도 한 케이트 윈슬렛 같은. 갈색 피부와 고른 치아. 그에 비하면 상아는 아주 허접한 쓰레기에 불과했다. 또 미끈한 다리는 어떤가. 돈을 주고 살 수만 있다면 얼마가 되었건 율리아는 꼭 사서 갖고 싶었다.

민머리는 로즈의 아름다움에 아무런 흠이 되지 않았고 오히려 그 반대였다! 그래도 율리아는 로즈가 삭발한 이유가 여전히 궁금했다.

어쨌거나 분명한 건 삭발한 머리 때문에 로즈가 늘 눈에 띈다는 사실이었다. 하지만 그것이 데비가 말한 것처럼 그녀를 접근하기 어려운 존재로 만드는 걸까? 지금까지 율리아는 특별히 그런 느낌을 받진 않았다. 어쩌면 데비가 단순히 로즈를 질투하는 건지도 몰랐다. 왜냐하면 그녀 역시 다른 사람들의 눈, 특히 남학생들의 눈에 띄고 싶어 했기 때문이다. 하지만 로즈의 미모에 맞설 수 있는 사람은 아무도 없었다.

"로지 로즈, 너 설마 이 학교 교수들이 진짜라고 믿는 건 아니지?"

벤저민이 이마를 찌푸리며 말했다.

"아냐, 그건 아니지. 교수들은 모두 원격조종되고 있잖아."

또다시 여기저기서 웃음보가 터졌다.

"진짜야! 예를 들어 레논 교수는 오늘 수학 공개 수업에서 책 한번 들여다보지 않고 공식들을 모두 외워서 썼다고. 얼마나 많은지 다 베껴 쓰기도 힘들더라니까!"

"글쎄, 난 그다지 놀랍지 않던걸."

평소에 거의 말이 없던 카티가 간만에 반응을 보였다. 그녀는 아주 느긋한 자세로 자몽 껍질을 까고 있었다.

"잠시도 손에서 카메라를 내려놓지 않는데 노트 필기를 어떻게 하겠어, 안 그래?"

율리아는 그사이 세 번째 하우스메이트인 카티가 한국계 혼혈이며 열 살 때부터 미국에서 살았다는 정보를 알아냈다. 하지만 그게 그녀에 대해 아는 전부였다. 물론 그녀가 과일과 채소 외 다른 음식은 거의 먹지 않는다는 건 빼고.

"그야 레논 교수가 빽빽한 수학 공식들을 파워포인트로 소개하는 걸 동영상으로 찍고 싶어서 그랬던 거지."

벤저민이 히죽 웃으며 교수의 말투를 흉내 냈다.

"이 공식을 한번 증명해보도록 하죠. 만약 다음의 사실을 가정할 경우 어쩌고저쩌고…… 여러분들 모두 반례를 통해 이 공식의 역이 틀렸음을 증명하는 리포트를 2주 후까지 제출하세요. 다시 말해서 어쩌고저쩌고……."

여기저기서 키득거리는 소리가 들렸다.

"수학이란 복잡한 세상으로부터 달아나고 싶어 하는 사람들을 위한 거야."

진지한 표정으로 말하는 카티의 모습은 좀 거만해 보였다.

"그들은 세상 모든 것이 계산 가능하고 근거가 있다고 믿고 주장해. 그리고 이성과 논리적인 사고를 할 수 있느냐 없느냐의 문제일 뿐인 것처럼 보일 수 있는 시스템을 만들어서 자신과 세상을 속이려고 애쓰는 거지."

율리아는 카티를 어리둥절한 눈으로 쳐다보았다. 그녀가 이렇게 길게 말하는 걸 처음 들었기 때문이었다.

"맞아, 수학은 세상을 제 마음대로 만들어."

벤저민은 운율에 맞춰 손바닥으로 테이블을 치면서 그 말을 몇 번이고 반복했다.

"수학은— 세상을— 제 맘대로— 만들어— 수학은— 세상을……."

그 바람에 율리아 앞에 놓여 있던 물컵이 흔들렸다. 율리아는 막 넘어지려고 하는 물컵을 겨우 잡았다.

"너희들 그거 알아? 여기 그레이스의 수학과 학장이 수학계에서 아주 유명한 대가라는 거?"

데비가 끼어들었다.

"소문으론 필즈상 후보에 오른 적도 있었대. 난 전공과목이 수학인 사람들은 모두 대단하다고 생각해."

필수과목인 수학을 레논 교수가 아닌 버논 교수의 수업으로 신청한 학생은 로버트를 빼고는 유일하게 데이비드뿐이었다. 데이비드가 염두에 두고 있는 주제와 관련 있었기 때문이었다.

"충분히 그럴 수 있을 것 같아. 나도 오늘 수업 시간에 거의 미친 사람처럼 필기를 했지만 거의 절반도 못 알아들었으니까."

데이비드는 아예 먹고 있던 그릇을 옆으로 치우고 본격적으로 대화에 끼어들었다.

"난 사실 입학시험 때부터 그랬어."

그러더니 잠시 침울한 표정을 지어 보였다.

"차라리 시험에 떨어졌더라면 좋았을걸. 너는 오늘 수업 어땠어?"

데이비드가 갑자기 로버트 쪽으로 몸을 돌리더니 걱정스러운 표정으로 물었다.

"난 사실 네가 그냥 가만히 앉아 있기만 해서 좀 놀랐어. 노트 필기도 전혀 안 하고 말이야."

율리아는 동생과 눈빛을 주고받았다. 로버트는 그들 옆에 앉아 있었지만 지금까지 한 번도 대화에 끼어들지 않았다.

"난 필기를 하면 오히려 집중하는 데 방해가 돼. 필기를 하면 아무 말도 이해할 수가 없거든."

로버트가 이마를 찌푸리며 대답했다.

"네 말이 옳아."

데이비드가 고개를 끄덕였다.

"수업 내용을 복사해서 먼저 나눠주고 설명하는 게 좋을 텐데. 그러면 훨씬 더 쉬울 거라고."

"집중해서 잘 들어보면 저절로 이해가 되는 문제들이야."

로버트가 차분하게 말했다.

"그럼 넌 오늘 들은 내용들을 전부 기억할 수 있단 말이야? 수업에 나온 공식들을 전부? 그것도 수학이 전공과목인 필즈상 후보자의 수업에서?"

데비는 마치 외계인을 마주하고 있는 듯한 표정으로 로버트를 쳐다보았다.

"어."

로버트는 짧게 말하곤 안경을 고쳐 썼다.

"데비, 혹시라도 수학 강의에서 잘 이해가 안 되는 부분이 있으면……."

율리아는 로버트에게 쏠린 데비의 관심을 얼른 딴 곳으로 돌리기 위해 말을 걸었다.

"내가 도와줄게. 나도 수학은 꽤 잘하는 편이니까."

실제로 그레이스 대학의 수준은 아주 높았다. 그레이스에서 제출한 어려운 입학시험에 합격한 학생들은 모두 평균 이상의 지적 능력을 갖고 있었다. 하지만 로버트는 그들과 차원이 달랐다. 율리아는 다른 학생들이 그 사실을 너무 빨리 눈치채지 않기를 바랐다.

"우와, 그것 참 고마운 제안인데!"

데비는 만면에 웃음을 지으며 오렌지색 다이어리를 꺼내 들었다.

"너 언제 한가해? 내 방에서 같이 공부하지 않을래? 끝나면 영화도 같이 보고."

"꼭 데이트 신청이라도 하는 것 같다, 야!"

로즈는 그렇게 말함과 동시에 율리아에게 의미심장한 윙크를 보냈다. 율리아도 답례로 웃어주며 아마도 로즈를 좋아하게 될 것 같다는 생각을 했다.

"참, 데이트 이야기가 나와서 말인데."

데이비드가 말했다.

"너희들 혹시 그 고지식한 사감 같은 이사벨이 남몰래 포르스터 교수를 좋아한다는 거 알고 있었어? 정말이야. 심지어 메일로 뜨거운 연애편지까지 보냈을 거라는 데 10달러 걸어도 좋아."

그는 율리아 쪽으로 몸을 숙이더니 키득거리며 웃는 데비에게 조용히 속삭였다.

"조금 전에 배식대 앞에서 이사벨이 식판을 들고 지나가는 포르스터 교수의 엉덩이에 손을 얹는 걸 봤거든. 포르스터 교수가 꼼짝없이 당한 거지."

포르스터 교수는 불문학과장이었다. 그는 아내 애너벨 포르스터와 함께 교수진의 가족을 위해 마련된 방갈로 숙소에 살고 있었다.

"어쩌면 포르스터 교수가 이사벨의 마음을 받아줄지도 모르지. 어쨌거나 그의 아내는 그에게 전혀 안 어울려."

갑자기 로즈가 악의에 찬 표정으로 말하곤 숟가락을 내려놓았다.

"그 여자는 지금까지 내가 본 여자들 중에 최악이야. 어떻게 그 여자가 여태 이런 엘리트 학교에서 미술 교수로 남아 있을 수 있는지 정말 미스터리야."

로즈는 미술 장학금을 받고 그레이스에 입학했다. 그녀는 자신에 대해 이야기하는 걸 별로 좋아하지 않았지만 데비의 말에 의하면 그녀의 수상 경력이 화려하다고 했다.

"프랑스 인상주의가 그녀의 전공 분야라지, 아마."

로즈가 여전히 씩씩대며 말을 이었다.

"학생들의 독립적인 예술 창조 활동에 중점을 두는 진취적인 학교라고 해서 선택했더니. 겨우 드가와 모네를 적당히 섞어놓는 형편없는 교수나 앉혀놓고! 그 여자가 하는 유일한 창조 행위가 뭔 줄 아니? 하루에 세 번씩 옷을 갈아입는 거야."

"그래도 내가 받는 환경 관련 수업들보단 낫겠지."

데비가 말했다. 그녀의 전공은 지리학이었다.

"우리는 지금 로키 산맥에 있잖아. 그런데 몬순기후가 어떻게 발생하는지 내가 알아서 뭣하냔 말이야. 아마 난 졸업 시험 전까지 대부분 시간을 도서관이나 컴퓨터실에서 보내야 할 거야."

"그래, 여긴 휴양지가 아니니까."

로즈가 동조했다.

"여긴 산속에 있는 최고급 호텔이 아니라……."

"극기 훈련소에 더 가깝지."

테이블 끝에서 쉰 듯한 목소리의 주인공이 로즈의 말을 가로챘다.

율리아는 자기도 모르게 고개를 들어 소리가 나는 쪽을 보았다. 그리고 보는 이를 혼란스럽게 만드는 짙은 회색 눈동자와 마주쳤다. 얼굴은 사흘쯤 면도를 하지 않은 듯 수염 자국이 거뭇거뭇하게 남아 있었다.

그녀는 얼른 시선을 아래로 내렸다. 손바닥에서 땀이 났다. 이틀 전부터 그녀는 크리스토퍼 비숍을 피하기 위해, 아니 적어도 그를 없는 사람 취급하려고 별별 애를 다 썼지만 그가 늘 데이비드와 로버트와 함께 있어서 쉽지가 않았다.

율리아는 그와 마주칠 때마다 첫날 밤 호수에서의 일이 떠올랐다. 휴대전화가 호수에 빠질 때 나던 물소리와 그의 눈빛, 궁금해하면서 동시에 다 아는 듯한 그 눈빛.

내가 물속에 뭘 던졌는지 봤을 리가 없어.

아니야, 어쩌면 혹시?

그가 어떤 사람인지 좀 더 알 수 있다면!

데이비드는 이미 신입생들 사이에서 선한 친구로, 또 벤저민은 우스꽝스러운 광대로 인식되고 있었지만 크리스는 어떤 유인지 파악하기조차 어려웠다. 전날은 우연히 그가 어느 교실 문틀에 기대어 자신을 뚫어져라 쳐다보고 있는 걸 발견했다. 크리스는 율리아가 그 사실을 알고 있다는 걸 꿈에도 몰랐을 것이다. 그리고 또 오늘은 이른 새벽 그녀가 육상부 학생들과 함께 조깅을 나갔을 때 느닷없이 호숫가에서 모습을 드러냈다.

"정말이야, 그레이스는 그저 극기 훈련소에 지나지 않아."

그가 말하며 의자에 느긋하게 등을 기댔다.

"그런데 한 가지는 아직도 이해가 안 가. 그들은 정말 미래를 이끌어 나갈 천재들을 뽑고 싶었던 걸까? 난 말이야, 가끔 그들이 바깥세상에서 살도록 놔두기엔 너무 똑똑한 우릴 이곳에 가둬두려고 하는 건 아닌가 하는 의심이 들 때가 있어."

그는 거만하게 팔짱을 꼈다.

"네 생각은 어때, 율리아? 우리 다 같이 여길 탈출할까? 검문소 너머로? 화이트 이스케이프를? 아니면 이곳 전체를 아예 폭파시켜버리는 건 어때? 네가 하겠다면 기꺼이 도와줄게. 넌 아무래도 다른 사람의 도움이 필요할 것처럼 보여."

그가 그녀의 마음을 떠보고 있었다. 율리아는 목이 꽉 조이는 듯한 느낌이 들었다. 호흡이 가빠졌다.

그때 갑자기 큰 소리가 났다. 데이비드가 주먹으로 테이블을 내리쳤던 것이다.

"그만하지 못해, 크리스? 안 그러면 내가……."

크리스는 그를 가소롭다는 듯이 쳐다보았다.

"안 그러면 뭐, 어쩔 건데?"

갑자기 테이블이 조용해졌다.

팽팽한 긴장감을 끊은 건 벤저민이었다. 그는 하얀 행주를 집어서 아호른 시럽이 잔뜩 묻어 끈적이는 손가락을 닦고 카메라의 렌즈 뚜껑을 열었다.

"방금 그 장면 다시 한 번 연출해볼래? 지금까진 지독하게 재미없는 장면들만 찍었거든. 아, 물론 로버트 일은 빼고. 그 외엔 여긴 너무 조화롭단 말이야, 거의 절망적이지. 그러니까…… 자, 데이비드 프리먼 씨! 크리스를 뭘로 위협하실 건가요?"

"그만! 이제 모두들 그만해!"

데비는 의자에서 몸을 반쯤 일으켜 배식대 쪽을 기웃거렸다. 그사이 구내식당이 한산해졌다. 시간이 꽤 지났던 것이다.

"이봐, 친구들, 우린 감시당하고 있어! 그것도 안젤라한테, 안젤라 파인더 말이야! 그 사람은 그레이스에서 아주 유명해!"

"누구라고?"

크리스가 불안한 눈빛으로 물었다.

"휠체어 탄 여학생! 안젤라 파인더! 여태 그 사람 얘기 못 들어봤어?"

데비는 머릿속에 목소리의 크기를 조절하는 스피커를 갖고 있는 게 틀림없었다. 율리아는 데비처럼 목소리의 크기를 잘 조절하는 사람은 처음 보았다.

"맙소사, 그녀가 지금 우리 쪽으로 오고 있어!"

율리아는 왼쪽으로 고개를 돌렸다. 맨 처음 눈에 들어온 건 빨간 매니큐어를 칠한 가늘고 긴 손가락이었고 다음으로는 별자리와 취미를 나타내는 장식품 또는 심지어 여행 기념품까지 주렁주렁 매달려 있는 소위 넝마 팔찌였다.

두 손은 휠체어의 바퀴 위에 놓여 있었다. 안젤라는 값싼 청바지와 '그레이스 대학'이라고 적힌 후드 스웨터를 입고 있었다. 율리아나 다른 신입생들보다 네다섯 살은 더 들어 보였다. 하지만 진한 화장 때문에 나이를 확실히 가늠하기는 어려웠다. 염색한 머리도 손톱에 바른 매니큐어만큼이나 빨갰다.

"왜 갑자기 목소리를 낮춰, 데비?"

크리스가 비웃는 투로 묻곤 요거트 포장지를 단번에 쓱 뜯어냈다.

"그녀는 다른 사람들이 자기 얘기를 하는 거 무지 싫어하는 걸로 아는데."

"네가 언제부터 그런 거 신경 썼어?"

그녀의 등 뒤에서 크고 힘 있는 목소리가 그들의 대화를 중단시켰다.

"그거 치워! 당장!"

의자 위로 올라가 카메라를 휠체어 쪽으로 향하고 있던 벤저민 앞에 그 여학생이 멈춰 섰다.

"내 말 못 알아들어? 당장 비디오카메라 끄라고! 안 그러면 장애인을 모욕하고 명예를 훼손한 죄로 널 고소할 거야. 게다가 너는 개인의 사생활 침해와 정보보호 위반 혐의에 관한 고소장도 받게 될 테고."

이젠 그들이 앉아 있던 테이블만 조용해진 게 아니었다. 그때까지 식당에 남아 있던 몇 안 되는 다른 학생들도 호기심 어린 눈으로 이쪽을 기웃거렸다.

"진정해."

벤저민이 의자에서 내려왔다.

"여기서 이렇게 난리를 칠 정도로 휠체어를 탄 게 대단한 것도 아니잖아. 난 지금까지 별의별 걸 다 찍었다고. 난쟁이, 여장 남자 그리고 심지어 암 때문에 코가 완전히 날아가버린 여자까지."

"벤저민 폭스!"

그 여학생은 벤저민의 이름을 부르더니 곧 가늘고 창백한 손을 들어 국제적으로 가장 심한 모욕에 속하는 몸짓인 가운뎃손가락을 들어 보였다.

"두고 봐!"

"마찬가지야, 안젤라!"

다음 순간 벤저민은 돌아서더니 순식간에 헐렁한 청바지를 쑥 내렸다. 너무 순식간에 일어난 일이라 율리아는 꿈이라도 꾸는 건 아닌지 의심될 지경이었다.

여기저기서 수군대는 소리가 들리더니 곧 웃음소리가 터져 나왔다.

율리아는 로버트가 역겹다는 듯 얼굴을 찌푸리는 걸 보았다. 천성적으로 예의 바르고 내성적인 그는 선을 지키지 않는 사람들을 결코 이해하지 못했다. 그래서 다른 사람들을 놀리고 웃음거리로 만드는 벤저민 같은 사람들과 늘 불화가 잦았다.

반면 나머지 사람들의 시선은 안젤라에게로 향해 있었다. 모두 그녀가 어떤 반응을 보일까 하고 긴장된 표정으로 보고 있었다. 하지만 안젤라는 놀라우리만큼 침착했다.

"좋아. 얼마든지 상대해줄게, 벤저민 폭스. 걱정 마."

그런 다음 그녀는 지그시 두 눈을 감았는데 얼굴에 기이한 웃음이 배어 있었다. 가늘고 긴 손이 얌전하게 휠체어 바퀴 위에 놓여 있는가 싶었는데 어느새 안젤라는 바퀴를 돌려 아무 말 없이 식당에서 나가버렸다.

율리아는 황당하면서도 그 여학생의 자제력에 탄복했다. 조금 전 안젤라는 많은 사람들 앞에서 모욕과 창피를 당했다. 그런데도 화를 내기는커녕 웃고 있었다. 하지만 사실 그 웃음이야말로 누가 실제로 그 상황을 압도하고 있었는지를 분명하게 보여주었다. 그건 그 어떤 험악한 협박보다 더 효과적이었다.

그 순간 율리아는 불현듯 조금 전의 그 여학생이 누구인지 깨달았다. 안젤라는 그들이 그레이스에 도착한 날 밤 알렉스가 하마터면 차로 칠 뻔했던 바로 그 여학생이었다. 그날 밤 안젤라는 휠체어에 탄 채 도로 한가운데서 그들이 탄 차의 뒷모습을 노려보고 있었던 것이다.

"그런데 너희들, 모레 보트하우스에서 열리는 그 정체불명의 파티에 갈 거야?"

벤저민의 목소리에 율리아는 생각에서 깨어났다. 벤저민은 뜬금없는 질문으로 창피한 상황을 모면하려 하고 있었다.

"아님 내 학교 메일로 들어온 초대장이 설마 장난은 아니겠지?"

데이비드가 제일 먼저 바뀐 주제에 응해주었다.

"나도 초대장 받았어."

"나도!"

데비는 파티 생각만 해도 즐거운지 목소리가 들떠 있었다.

"넌 어때, 율리아?"

율리아는 뜨끔했다.

뭐라고 해야 하지?

율리아의 휴대전화는 호수 밑바닥에 있었다. 로버트 외엔 아무도 그녀가 휴대전화를 갖고 있었다는 사실을 몰랐다. 아니, 그는 그 이상한 문자메시지를 보낸 게 로아로아라는 인물인 것도 알고 있는 것 같았다.

"율리아! 우리 얘기 듣고 있어? 아님 여기 몸만 두고 정신은 딴 데 가 있는 거야?"

크리스의 말에도 율리아는 대꾸하지 않았다. 평소와 달리 이번엔 데비가 그 자리에 있어서 너무 다행이라는 생각이 들었다. 데비가 크리스의 질문을 무시하고 다시 떠들어댔기 때문이다.

"얘들아, 너무 기대되지 않니? 너희들은 보트하우스에서 진짜 파티가 열릴 거라고 생각해? 내 생각엔 그 초대 이면에 뭔가가 있는 것 같아. 그러니까, 어느 대학이나 신입생들을 위한 통과의례 같은 건 다 있잖아."

데비는 평소보다 더 산만하게 솟아 있는 오렌지색 염색 머리를 쓸어 넘겼다.

"그렇지만 뭐 상관없어. 난 일단 평범한 파티라고 믿어볼래. 남자 선배들을 떠올릴 때도 그렇지만 파티라는 말만 들어도 벌써 몸이 달아오르는 것 같아."

"혹시 찜해둔 남자라도 있는 거야?"

벤저민이 비웃듯이 물었다.

데비의 열에 들뜬 얼굴이 발갛게 물들어 하얀 블라우스와 대조를 이루었다.

"누가 벌써 나한테 관심을 갖겠어?"

데비는 율리아가 반박해주길 내심 기대하면서 그녀 쪽으로 시선을 돌렸다. 역시 율리아는 기대에 부응해주었다.

"무슨 소리야, 네가 얼마나 괜찮은데! 자연미가 넘치잖아."

"그럼! 썩은 생선처럼 진짜 자연적이야!"

"그것보단 공갈빵에 더 가깝지."

테이블 끄트머리에 있던 크리스가 중얼거렸다.

갑자기 율리아는 데비에게 안쓰러운 마음이 들었다. 고작만 열일곱밖에 안 되는 어린 나이에 회색 쥐처럼 오로지 민첩함만으로 남성들의 사냥 본능이나 일깨우며 살아야 한다는 건 정말 최악이었다.

하지만 그녀는 전날 저녁 벽 너머로 데비의 방에서 나는 신음 소리를 들었고 데비가 남학생들 중 한 명과 잠자리를 하고 있음을 짐작할 수 있었다.

그런데 대체 누구였을까? 예전 같으면 이 주제를 놓고 친구들과 침이 마르도록 토론을 벌였을 율리아지만 이제는 시큰둥했다.

"나도 이메일로 초대장을 받았어."

로버트의 목소리였다. 율리아는 목소리가 나는 쪽을 돌아보았다. 그는 지금껏 초대장에 대해 한 번도 언급한 적이 없었다.

"그렇지만 안 갈 거야. 절대로."

그는 단호하게 말했다. 고려해볼 여지조차 없이 확고한 목소리였다. 율리아는 로버트가 왜 그러는지 알고 있었다. 그의 시선은 그들이 있는 공간과 그녀의 감각 밖에 있는 어떤 한 점에 고정되어 있었다. 그의 눈은 그녀가 앉은 자리에서 유리창을 통해 보이는 호수처럼 파랬다.

"데비가 한 말에 괜히 겁먹지 마. 설사 상급생들 몇몇이 우릴 골려줄 계획을 짰다고 해도 별일 없을 거야."

데이비드가 로버트를 안심시켰다.

"게다가 보트하우스 앞에는 낚시하기에 아주 좋은 곳이 있대. 어렸을 땐 아버지와…… 아, 어쨌거나 자주 낚시를 하러 다녔었어. 네가 원한다면 플라잉 낚시 가르쳐줄게."

데이비드는 힐끔거리며 율리아의 눈치를 살폈다. 마치 제발 로버트를 설득해달라고 율리아에게 부탁이라도 받은 것처럼 말이다.

"여기 호수엔 물고기가 없어."

"그걸 네가 어떻게 알아?"

로버트는 어깨를 으쓱하더니 둥근 안경을 벗고 눈을 비볐다. 그는 근심거리가 생길 때마다 눈을 비비는 버릇이 있었다.

"난 로버트의 마음을 이해할 것 같아."

카티는 검은색 크로스 백을 매곤 자리에서 일어났다.

"파티라니! 그 단어만 들어도 난 벌써부터 신경이 곤두서."

자리를 뜨는 카티에 대해 아무도 신경 쓰지 않았다. 데비는 대꾸 대신 율리아의 손을 잡았다.

"율리아, 넌 어때?"

"난 파티에 대해 아는 게 하나도 없는데."

"그런데 왜 너 혼자만 초대장을 못 받은 거지?"

데비는 인상을 썼다.

"혹시 단순한 실수가 아닐까?"

율리아도 서둘러 자리에서 일어났다.

"카티, 지금 우리 방으로 갈 거니? 아님 다른 약속 있어?"

카티는 휘둥그레진 눈으로 율리아를 쳐다보았다. 눈동자가 짙은 회색에서 검은색으로 변하더니 곧 의심스러운 표정이 되었다. 율리아와 친해지길 꺼리는 듯했다.

다음 순간 율리아의 옆에 있던 크리스도 일어서더니 그녀를 뚫어지게 쳐다보았다. 율리아는 그가 왜 그러는지 알 수 없었다.

"난 호수 쪽으로 내려갈 건데. 같이 갈래?"

그가 창밖을 가리키며 율리아에게 물었다. 그는 잠시도 그녀에게서 시선을 떼지 않았다.

"나는 호수가 유리처럼 잔잔한 오늘 같은 밤이 좋아. 가끔…… 그래, 가끔 호수가 진짜 유리가 아닌지 확인해보려고 물속에 뭔가를 집어 던지기도 하지."

율리아는 두려움으로 목이 죄는 것만 같았다.

그는 알고 있었던 것이다. 그는 그녀가 호수에 뭘 던졌는지 분명히 알고 있었다! 그렇다면 문제는 그가 그녀에 대해 뭘 더 알고 있느냐 하는 것이었다.

그녀는 고개를 저었다.

"아니, 미안해……. 난…… 피곤해서."

성대가 찢어지기라도 한 듯이 목소리가 갈라졌다. 하지만 그건 다른 것들에 비하면 극히 사소한 장애에 불과했다.

벗어날 수 없는 계곡

율리아는 2층 갤러리에서 1층 홀을 내려다보며 망설이고 있었다. 그 시간의 홀은 저녁 식사를 끝낸 학생들이 삼삼오오 짝을 이루어 수다를 떠느라 시끌벅적했다. 운이 좋으면 가끔 의자 쪽 자리가 나기도 했다.

율리아는 벽난로 옆에서 서로 바싹 다가서서 웃으며 얘기를 나누고 있는 알렉스와 이사벨을 발견했다. 위에서 보니 두 사람은 놀라우리만큼 비슷했다. 마르고 큰 체형에 짧은 금발 그리고 갈색으로 태닝한 피부까지. 두 사람은 여름에는 서핑을 즐기고 겨울에는 스노보드를 타고 산을 누비는 그런 유에 속했다. 심지어 헤어스타일까지 그들이 아웃도어 마니아임을 여실히 드러내주었다. 생존을 위해 신선한 공기와 쉴 새 없는 움직임이 필요한 사람들. 하지만 율리아는 적어도 알렉스의 경우 특히 느긋해 보이는 외모가 속임수라는 걸 알고 있었다. 소문에 의하면 그는 4학년 중 최고 우등생이며 아주 욕심이 많다고 했다. 데비는 그가 심지어 예일 대학 의과에 전액 장학생으로 추천받은 상태라고 했다. 역시 율리아가 짐작한 대로였던 것이다. 그는 그 상태로 유명한 의학 드라마에 출연해도 손색없을 정도였다. 먼저 환자의 생명을 구한 다음 마라톤을 완주하고 저녁에는 또 아름다운 간호사들을 유혹하는 슈퍼맨 의사 역할로 말이다.

율리아는 시선을 옮겼다. 그 순간 로비를 가로질러 밖으로 나가는 로즈가 보였다. 그런데 놀랍게도 그 옆에 로버트가 있었다.

두 사람이 지금 뭘 하려는 거지?

그녀가 구내식당을 나왔을 때 같은 테이블에 앉아 있던 친구들은 아무도 따라 나오지 않았다. 그래서 율리아는 너무 좋았다. 크리스의 의미심장한 지적을 듣자 마음이 복잡해져서 혼자 생각할 시간이 필요했기 때문이다. 그것도 집요한 데비의 수다나 벤저민의 거슬리는 농담이 없는 곳에서 말이다.

문제는 이제부터 뭘 할까 하는 것이었다.

지금 상황으론 그쪽에서 연락이 올 때까지 무작정 기다리기로 한 전략은 적절하지 않은 것 같았다. 휴대전화를 호수에 버린 건 엄청나게 큰 실수였다. 전화가 없으면 그녀는 외부로부터 완전히 고립되었고 바깥세상과 접촉할 수 있는 확실한 방법이 없었다.

물론 이메일을 보낼 수도 있었지만 일단 그 가능성은 제쳐두기로 했다. 특히 학교 서버는 절대로 안 된다고 생각했다. 설사 예전에 쓰던 노트북이 있었다 해도 외부와의 모든 연결은 학교의 중앙 전산망을 거쳐야 하기 때문에 율리아는 그런 위험을 감수하고 싶지 않았다. 따라서 컴퓨터실에 있는 컴퓨터도 배제되었다.

또다시 케케묵은 공포심이 되살아났다. 반년 전까지만 해도 그녀는 이렇게 계속 두려움에 떨면서 살 수는 없다고 생각했었다. 아마 실제로 그렇게 '살' 수는 없을 것이다. 하지만 생존할 수는 있었다.

그녀는 한 번에 두 계단씩 건너뛰어 계단을 내려갔다.

그냥 그러고 싶었다. 일부러 계획하거나 생각해서 하는 행동이 아니라 그냥 즉흥적으로 하게 되는 그런 행동의 하나였다. 덕을 볼 때도 있었고 그렇지 않을 때도 있었다. 그 결과를 미리 예측할 수 없다는 게 매력이라면 매력이랄까.

홀에 도착하자 그녀는 '만인의 연인' 이미지를 무시하고 다짜고짜 알렉스와 이사벨의 대화에 끼어들었다.

"저기, 뭐 하나 물어봐도 될까요?"

알렉스는 심각한 표정으로 고개를 들었다.

"지금은 안 돼. 이사벨과 꼭 해야만 하는 얘기가 있어."

"미안해요, 하지만…… 내일 수업 끝나고 필즈에 가려면 어떻게 해야 하죠?"

이사벨과 알렉스는 깜짝 놀란 표정으로 쳐다보았다.

"내일 필즈에 간다고?"

"네, 왜요? 안 되나요?"

"내 생각엔 어려울 것 같은데."

이사벨이 이마를 찌푸리며 고개를 저었다.

"하지만 아주 중요한 일 때문이에요."

"여기 캠퍼스에서 해결 안 되는 일이라면 필즈에 가봐도 마찬가지일 거야. 거긴 정말 아무것도 없거든."

알렉스가 나긋하게 물었다.

"무슨 일인데 그래?"

율리아, 실수하면 안 돼!

"그게 저…… 그냥 여기서 나가고 싶어서요!"

그녀는 황당해하는 이사벨의 표정을 못 본 척 무시해버렸다.

"그야 우리 모두 다 그러고 싶지."

알렉스가 어깨를 으쓱하며 곧바로 덧붙였다.

"그래도 안 돼."

"왜 안 되죠?"

"널 산 아래까지 태워다줄 사람이 없어."

"선배가 태워다주면……."

그 순간 이사벨이 웃음을 터뜨렸다.

"어떻게 그런 생각을 할 수가 있어? 알렉스는 너희들의 튜터지 개인 운전수가 아니야. 필즈까지 가려면 두 시간씩 왕복 네 시간이 걸린다는 거 몰라?"

"그래도……."

이사벨은 기가 막힌다는 듯 눈알을 굴렸다.

"진짜, 너희 신입생들은 어쩜 하나같이 그런 희한한 생각들만……."

알렉스는 율리아가 울음을 터뜨리기 직전이라는 걸 알아차렸다.

"좋아, 율리아! 일단 여기 앉아봐, 그리고 뭐가 문제인지 우선 시원하게 털어놔."

율리아는 가죽 의자에 털썩 주저앉았다. 이를 악물었다.

정신 바짝 차려야 해.

"내가 필즈에 가야 하는 이유는요, 그러니까……."

율리아는 말을 중단했다.

"가야 하는 이유는?"

알렉스가 기대에 찬 표정으로 율리아를 쳐다보았다.

"어서 말해봐. 아님 혹시 다른 사람들이 알면 안 되는 비밀이야? 걱정하지 마. 절대로 소문 안 낼 테니까. 그렇지, 이사벨?"

"당연하지. 우린 비밀 지키는 데 도가 텄으니까."

이사벨이 의미심장하게 웃었다.

"자, 어서 털어놔봐!"

"사실은, 아주 중요한 이메일을 보낼 게 있어요."

율리아는 말을 끝내기도 전에 그들이 뭐라고 말할지 이미 알고 있었다.

"우리 학교 컴퓨터가 제일 빨라. 가장 최신이라고."

"네, 당연히 그렇겠죠. 하지만……."

아, 그녀는 말이 길어질수록 점점 더 자기가 하는 말이 터무니없이 들린다는 걸 인정할 수밖에 없었다.

알렉스는 두 손을 들어 보였다.

"그럼 뭐가 문제라는 거야?"

"여기서 나가야 해요. 더는 못 견디겠어요……."

"이봐, 여기 들어오면 누구나 처음 얼마간은 미칠 것 같은 게 당연해."

이사벨은 율리아를 빤히 쳐다보았다. 하지만 이번에는 비웃는 게 아니라 안됐다는 표정에 가까웠다.

"우리도 처음엔 다 그랬어! 하지만 좀만 지나면 이 계곡을 사랑하게 될 거야. 그래, 가끔 계곡이 미친 것처럼 이상한 현상이 나타날 때를 생각하면 사랑한다는 표현은 좀 과장이지."

율리아는 로버트가 이곳은 불길하다고 한 말이 떠올랐다.

"이상한 현상이라니, 그게 무슨 뜻이에요?"

이사벨은 알렉스를 오랫동안 쳐다보았다.

그가 율리아 쪽으로 몸을 숙였다.

"내 말 들어봐. 어쨌거나 별 이유 없이 필즈로 나가는 건 쉽지 않아. 혹시 학교 소유의 차를 쓰고 싶으면 일단 마땅한 사유를 써서 제출하고 허가를 받아야 해. 아니면 교수나 다른 학생들이 외출할 때까지 기다리거나. 과 사무실에 가서 대기자 명단에 이름을 올려놓으면 돼. 아니면 다음 주 주말까지 기다렸다가 버스를 타고 나가는 방법도 있어."

율리아는 로버트를 떠올리자 신경이 점점 더 날카로워졌다. 어찌된 일인지 성대가 다시 작동하는 것 같았다. 그녀는 마구 악쓰며 소리라도 지르고 싶었다.

"이사벨, 방금 그게 무슨 뜻이에요? 계곡이 미친 것처럼 이상한 현상이 나타난다니요?"

"진정해. 그냥 학생들끼리 지어내서 하는 이야기야. 아무튼 미안해, 그 말이 신경 쓰였다면."

"지어낸 이야기요?"

"아니, 뭐…… 여긴 모든 게 정상이 아니라는 둥."

"구체적으로 뭐가요? 뭐가 정상이 아니라는 거죠?"

상급생들은 또다시 눈빛을 주고받았다.

"그냥 여기 꼭대기는 모든 면에서 학생들이 전에 살던 곳과 다르다는 뜻으로 하는 말이야. 가령 날씨를 생각해봐. 가끔 진짜 미친 것 같거든. 넌 런던에서 살다 왔지?"

알렉스는 율리아를 기대에 찬 눈으로 바라보았다.

어떻게 안 걸까?

내가 어디서 왔는지 이 사람이 도대체 어떻게 아는 거지?

율리아가 대답을 않자 알렉스는 말을 이었다.

"내가 하고 싶은 말은, 영국은 날씨가 대체로 일정하다는 거야. 하지만 우린 지금 로키 산맥 꼭대기에 있어. 다시 말해 거친 폭풍우가 평균 이상으로 잦다는 뜻이지. 날씨 변화가 극심하다고. 강한 소나기가 내릴 때도 많고. 겨울에는 눈이 15센티미터까지 쌓여. 그러다가 또 다음 날엔 따뜻하고 건조한 서풍인 치누크가 불지. 기온이 20도까지 치솟고. 여기선 진득하게 믿을 수 있는 게 아무것도 없어."

"그럼 이런 꼭대기에 대학은 왜 세웠대요? 이런 황무지 한가운데에?"

율리아는 혼란스러워 세차게 고개를 저었다.

"그야 뭐, 그레이스는 그냥 아무나 들어올 수 있는 평범한 학교가 아니니까 그렇지. 여긴 엘리트들의 대학이라고. 뉴햄프셔에 있는 다트머스 대학을 생각해봐. 거기도 인적 드문 외딴 곳에 있잖아."

"미국 최고의 대학 중 한 곳인 예일 대학은 또 어떻고."

알렉스가 끼어들었다.

"뉴욕에서 백 마일이나 떨어진 뉴헤이븐이라는 오지에 있잖아!"

"놀 거리가 적은 곳, 그게 핵심이지. 알겠니?"

이사벨이 말했다.

"학생들이 오로지 공부에만 온힘을 쏟아부을 수 있도록. 그래서 그레이스도 모든 시설을 완벽하게 갖춰놓고 있는 거야. 서점부터 슈퍼마켓까지. 슈퍼마켓에 골프공까지 판다는 거 알아? 골프는 이 캠퍼스에서 제공하지 않는 유일한 스포츠인데도 말이야."

하지만 율리아는 마음이 진정되질 않았다.

"꼭 뉴욕처럼 번화한 도시가 아니어도 상관없어요. 그냥 외출을 하고 싶은 것뿐이에요! 다른 사람들을 만나고 싶다고요. 하지만 돌아가는 상황으로 봐서 우리는 여기 갇힌 거나 다름없네요! 예일 대학이 여기와 같다는 얘긴 한 번도 못 들어봤어요!"

"널 가둔 사람은 아무도 없어, 율리아."

알렉스가 가볍게 웃었다.

"정말이야, 전 세계 학생들이 하는 건 뭐든 이곳 캠퍼스에서도 얼마든지 할 수 있어."

이사벨이 거들었다.

"맞아. 섹스나 마약 또는 그 밖에 다른 유흥거리도. 뭐, 사실 마약은 좀 어려워. 보안 경비들의 감시가 삼엄하거든. 하지만 솔직히 말해서 안 그런 곳이 어디 있어? 그저 안 들키는 수밖에 없지."

"모든 게 이상적이네요. 나한테 계곡에서 나가는 게 허락되지 않는 것만 빼곤."

"왜 못 나가? 당연히 나갈 수 있지. 필즈로 얼마든지 갈 수 있어. 다만 늘 되는 건 아니라는 거지."

"하지만…… 만약 우리 중에 누군가 무슨 일이 생기면요? 많이 아프다거나."

알렉스는 깜짝 놀란 표정으로 그녀를 쳐다보았다.

"양호실이 있잖아. 거기 계신 분들 실력이 보통 아니야. 그 중 몇 명은 그레이스 출신인데 자발적으로 되돌아온 거라고. 그러니까 이곳 생활이 그렇게 나빴던 것만은 아니라는 거지, 안 그래?"

"내 말은 누군가 진짜 많이 아플 땐 어쩌냐는 거예요. 진짜 응급 상황이면요? 그때도 설마 구불구불한 고갯길을 넘어가야 하는 건 아니겠죠?"

알렉스는 눈썹을 찌푸렸다.

"너 혹시 헬리콥터라는 거 들어는 봤어?"

목소리에 서서히 짜증이 묻어났다.

"로키 산맥에서 헬리콥터는 아주 흔한 수송 수단이야."

"그렇다고 설마 너 하나 때문에 헬리콥터를 띄워주길 바라는 건 아니겠지? 이메일 하나 보내고 싶다는 이유로?"

이사벨은 이제 율리아를 거의 미친 사람 보듯이 했다.

"아, 물론 네 부모님이 널 위해 그 비용을 내주실 만큼 부자라면 얘기는 좀 달라지겠지."

"하지만 그런 모든 게 정상은 아니군요."

율리아는 고개를 저었다. 그녀의 반응이 상당히 신경질적이긴 했다. 하지만 충분히 그럴 만한 이유가 있었다. 알렉스는 자리에서 일어나 그녀에게 다가오더니 한 손을 그녀의 어깨 위에 올렸다. 다시 경험 많은 선배, 조언자로서의 역할로 돌아와 있었다.

"진정해. 주말이 되면 시내로 나갈 수 있어. 그리고 만약 네게 정말 중요한 일이라면 내일 아침 일찍 버스를 탈 수 있도록 조치를 취해볼게."

그는 율리아를 보며 미소를 지었다.

"게다가 넌 여기 자발적으로 온 거잖아, 그렇지? 다시 말해 넌 언제든지 나갈 수 있어. 아무도 널 여기 붙잡아두지 않아!"

율리아는 '아니야, 그게 아니야'라는 소리가 목구멍까지 올라왔지만 겨우 삼켰다. 정말이지 그녀는 순전히 억지로 여기 머물고 있었다. 적어도 그녀에게 연락을 거는 사람이 아무도 없는 한. 바로 그게 문제였다!

아, 이 빌어먹을 운명!

그녀는 절망적으로 생각했다. 신은 그녀의 멱살을 끌어 하루아침에 이 계곡에 들어앉혀버렸다. 그녀는 파충류처럼 이제 그들이 그녀를 위해 마련해놓은 사육장 안에서 살아야 했다. 그들은 그녀를 날마다 관찰하면서 실험했다.

그럴 수 있을지 모르겠지만 설사 그녀가 그 실험을 통과한다 하더라도, 그녀가 버텨낸다 하더라도 로버트는 어떻게 되는 걸까?

율리아의 시선이 그사이 곁눈질로 그녀의 눈치를 보고 있는 이사벨에게 향했다. 지금까지 그녀는 율리아의 부탁을 심각하게 받아들이지 않았다가 이제야 비로소 율리아가 왜 계곡에서 못 나가서 안달을 하는지 그 이유를 생각하고 있는 게 분명했다. 금세라도 질문을 퍼부을 듯한 기세였다.

"알았어요."

율리아는 얼른 대답하곤 빙긋 웃어 보였다.

"선배들 말이 맞아요. 처음이라 너무 긴장했나봐요. 모든 게 너무 낯선 데다가 더욱이 여긴 수업들도 다 어마어마하잖아요. 좋아요, 알아들었어요. 주말까지 기다렸다가 버스를 타고 나갈게요. 그 정도면 충분해요."

이사벨과 알렉스는 다 이해한다는 표정으로 서로 눈짓을 주고받았다. 아니면 혹시 그 눈빛이 안도감은 아니었을까?

"자, 그럼 다 해결된 거지?"

알렉스가 물었다.

율리아는 두 사람을 향해 다시 한 번 웃어 보이곤 얼른 뒤돌아섰다. 어떤 일이 있어도 그 두 사람에게 눈물을 글썽이는 모습을 들켜선 안 되기 때문이었다.

엄마는 늘 잠들기 전 짤막한 이야기를 들려주었고 율리아는 평생 이런 생각을 하면서 잠이 들었다. '모든 게 잘될 거야.' 독사과나 마법에 걸린 거미, 검은 여왕, 사악한 마녀……. 하지만 이제 그녀는 깨달았다. 해피엔드는 이야기꾼이 지어낸 거짓에 불과하다는 것을. 악몽은 현실이 되었다.

그녀는 앞 못 보는 시각장애인처럼 초점을 잃은 채 무리 사이로 지나갔다. 주변에서 들려오는 웅웅거리는 목소리들이 점점 커져 그녀의 몸을 감쌌다. 알아들을 수 없는 말들, 웃음소리, 수군대는 소리.

"재 좀 특이하지 않니?"

각각의 목소리들이 허공을 떠돌았다.

"뭔가 좀 이상해. 재한테 어떤 비밀이 있는지 내가 꼭 알아내고 말 거야."

율리아는 온 세상이 뱅글뱅글 도는 것 같았다. 하지만 알렉스와 이사벨은 그녀를 더 이상 신경 쓰지 않았다. 율리아는 조금 전 그 말을 한 사람이 알렉스와 이사벨 둘 중 하나인지 아닌지 알아내려고 애를 썼지만 결국 알 수가 없었다.

접근 금지 구역

보트하우스에서 파티가 열린 날은 유난히 날씨가 좋았다. 하늘은 율리아가 태어난 대도시에서는 결코 볼 수 없었던 짙은 파란색으로 고르게 덮여 있었다.

계곡에 온 지 나흘째 되던 날, 그녀는 처음으로 편안하게 잠을 잤다. 무겁게 짓눌렸던 마음이 차츰 풀어졌기 때문이었을까? 아니면 이곳의 분위기와 첫날의 불길했던 사건 때문에 괜히 혼자 겁먹었던 걸까?

어쨌거나 화창한 햇살 아래서 그레이스는 완전히 탈바꿈한 듯 보였다. 눈부신 햇빛이 낡은 기숙사 건물을 화려한 황금빛으로 감쌌고 칙칙했던 강의실도 현대적으로 보였다. 율리아는 갑자기 산의 풍경이 숨 막힐 정도로 아름답게 느껴졌고 호수 역시 신비로우면서도 환상적으로 보였다.

심지어 로버트도 기분이 좋은지 점심시간에 율리아에게 버논 교수가 정말 대단하고 멋지다고 칭찬을 늘어놓았다.

"버논 교수가 그러는데, 수학은 단지 논리를 다루는 학문인데 안타까운 건 인간의 사고방식과 맞지 않는다는 점이래. 모든 문제는 바로 그 때문에 생긴대."

"그러게. 그래서 미치는 건가봐."

율리아는 그렇게 말하곤 한쪽 눈을 찡긋해 보였다.

그사이 날이 저물었고, 저녁 식사 후 율리아는 자기 방으로 돌아가 옷장을 들여다보며 망설였다. 파티에 어떤 옷을 입고 갈지 쉽게 결정할 수가 없었다.

원피스? 아냐, 그건 좀 과한 것 같아. 그럼 그냥 청바지를 입을까? 그건 또 너무 평범한데.

율리아는 문득 사소한 일에도 늘 이럴까 저럴까 망설이는 자신에게 화가 났다.

그냥 좀 편하게 생각하자.

그녀는 옷장 안에 있던 옷들을 반 이상 꺼내 바닥에 늘어놓았다.

아침에 그녀는 또 호숫가로 조깅을 나갔었다. 카티와 함께였는데 그녀는 거의 한 마디도 하지 않았다. 율리아는 오히려 그편이 좋았다.

그다음엔 하루 종일 빡빡한 강의 스케줄 때문에 몹시 바빴다. 세상에, 얼마나 집중을 했던지 수업 내용들이 하루 종일 귓가를 맴돌았다. 지난 며칠간 공중에 떠 있는 듯 몽롱한 느낌에서 빠져나올 수 있었던 건 그 때문이었을까? 반복되는 바쁜 일상과 관심거리의 전환 그리고 힘든 강의 때문에?

우선 브랜던 교수의 철학 수업과 신입생들의 필수과목인 물리학개론, 그리고 로버트나 데이비드처럼 수학을 전공과목으로 선택한 모든 학생들이 들어야 하는 수업들 등등.

그 외에도 율리아는 처음으로 이사벨의 엄마인 힐 여사가 강의하는 문학 세미나를 들었는데 셰익스피어에서 현대문학에 이르기까지 학생들이 다음 학기까지 읽어야 할 어마어마한 양의 책들이 거론되었다. 그리고 점심 식사 후에는 한가로이 건물 밖 잔디밭에서 뒹굴다가 하마터면 사회학 수업에 늦을 뻔했다. 오후에는 또 알렉스가 주관하는 신입생들을 위한 전공과목과 선택과목에 관한 오리엔테이션이 이어졌다.

저녁 식사 직전에는 힐 여사의 권유로 대학 신문사에 지원하기 위해 엘리베이터를 타고 지하 2층의 그레이스 학보사 편집실에 들렀다. 그런데 놀랍게도 거기서 같은 목적으로 찾아온 벤저민뿐만 아니라 휠체어를 타고 있던 안젤라 파인더와도 마주치게 됐다. 안젤라 파인더가 그레이스 신문의 편집장이었던 것이다.

그녀는 신문사에 지원한 벤저민에게 바로 퇴짜를 놓았다. 하지만 율리아에게는 기자로서의 자질과 사전 지식을 테스트하기 위해 여러 질문을 던졌다.

율리아는 로버트의 하우스메이트인 벤저민을 알게 된 후로 그가 실없는 농담을 하지 않는 모습을 처음 보았다. 그는 몹시 분개한 표정으로 소리를 지르면서 편집실을 떠났다. 반면 율리아와의 면접은 15분 이상 지속되어 하마터면 저녁 식사에 늦을 뻔했다.

그 순간 그녀는 하루 종일 어떻게 이곳을 빠져나갈 것인가에 대해 잊고 있었다는 걸 깨달았다. 아니, 오히려 그레이스에 조금 더 머물게 될 것 같은 느낌이 들었다. 오래전부터 지속되어온 공포심을 전혀 느끼지 않고서 말이다. 어쩌면 매시간마다 주어지는 방대한 학습 양 때문인지도 몰랐다. 그건 힘든 의무일 뿐만 아니라 그녀에겐 일종의 구원이었다. 그게 그녀의 두려움을 통제할 수 있는 방법이 될 수도 있지 않을까? 그녀가 그토록 원하는 새로운 삶을 시작할 수 있는 방법이?

율리아는 시계를 보곤 바닥에 널려 있던 옷들 중 시애틀 공항에서 산 백 퍼센트 유기농 면으로 된 하늘색 블라우스를 집었다. 그런 다음 블라우스를 몸에 대고 거울을 들여다보았다.

어딘가 조금 달라져 있었다. 크리스티안의 표현에 따르면 뱀 무늬의 연갈색 눈동자가 창백한 얼굴 때문에 유난히 커 보였다. 그리고 신체적 결점 중 1순위였던 짧은 다리조차도 지금은 길고 가늘어 보였다. 그녀는 황당해서 선 채로 몸을 앞뒤로 돌려가며 거울에 비춰 보았다.

아하, 살이 빠진 거였어! 적어도 2~3킬로그램은 줄었을 것 같은데!

갑자기 웃음이 나왔다. 새로운 삶이 항상 나쁜 것만은 아니라는 생각이 들어서였다.

어제저녁까지만 해도 그녀는 오직 한 가지 이유 때문에 파티에 가보려고 했었다. 그 한 가지 이유란 바로 그 로아로아라는 수수께끼 같은 인물의 정체를 알아내는 것이었다. 하지만 어쩌면 데비가 쉴 새 없이 떠들어댄 것처럼 이번 파티가 진짜 파란만장한 대학 생활의 시작일지도 몰랐다. 게다가 신입생들 모두 초대장을 받지 않았던가. 로아로아라는 인물 뒤에 누가 숨어 있건 실상은 별게 아닌 사건일 수도 있었다.

그녀는 다시 한 번 블라우스를 살펴보았다.

아냐, 이건 안 되겠어. 블라우스라니! 그것도 하늘색에 유기농 면 소재! 내가 어쩌다가 이런 걸 샀지?

예전 같으면 이런 옷은 집게로 집기조차 꺼렸을 것이다. 그녀는 블라우스를 돌돌 말아 도로 옷장 속에 던져버렸다. 서둘러야 했다. 데비가 아래층 남학생들과 보트하우스까지 함께 가기로 약속해두었기 때문이었다. 율리아는 보트하우스가 정확히 어디에 있는지 몰랐다. 홀에는 그레이스에 있는 건물들의 위치를 한눈에 알아볼 수 있는 조감도가 붙어 있었지만 보트하우스는 없었고 아침에 조깅을 하면서 호숫가를 살펴봐도 그 비슷한 건물은 보이지 않았다. 하지만 아무도 걱정하지 않는 것으로 보아 누군가 길을 알고 있는 듯했다.

마침내 결정을 내린 율리아는 새로 산 청바지와 스팽글이 달린 빨간 탑을 골라 입었다. 그리고 나중을 위해 가방에 검은색 스웨터를 쑤셔 넣곤 캔버스 운동화를 신었다. 그런 다음 묶었던 머리를 풀어 브러시로 쓱쓱 빗어 내렸다.

"아직 화장도 안 했어?"

바로 그 순간 등 뒤에서 화난 목소리가 들렸다. 문가에 서 있는 데비, 그리고 그 뒤로 로즈의 민머리도 보였다.

"아, 화장은 안 할래. 신경 쓰여서 싫어. 계속 파운데이션이 뭉치진 않았는지, 립스틱이 이에 묻진 않았는지 아니면 또 마스카라가 번져서 판다 곰이 되진 않았는지 신경 쓰이잖아."

"그럼 립글로스라도 바르는 게 어때?"

데비가 어깨에 메고 있던 하얀색 핸드백에서 립글로스를 꺼냈다.

"마스카라는? 아, 내가 너 같은 눈을 가졌더라면……."

율리아는 회의적인 표정으로 데비를 쳐다보았다. 데비는 숱이 적은 머리카락을 세팅기로 말았던 모양이었다. 유난히 둥근 얼굴에 동그랗게 말린 머리카락 때문에 머리가 두 배는 더 커 보였다. 게다가 거의 살코기에 가까운 색깔의 몸에 딱 붙는 원피스는 뒤룩뒤룩한 살집을 더욱 두드러져 보이게 했다. 율리아는 민망해서 제대로 쳐다볼 수가 없었다.

"난 그런 거 없어."

율리아가 대답했다.

"뭐? 립글로스도 없다고?"

"그게 뭐 어때서? 꼭 갖고 있어야 할 의무라도 있어?"

"그걸 지금 농담이라고 하니?"

데비는 세차게 고개를 저었다.

"우린 지금 파티에 가는 거야! 그레이스에서 열리는 첫 번째 파티에! 우리를 위한 환영 파티라고! 오늘부로 우리는 진짜 여대생이 되는 거야. 이거야말로 역사적인 대사건 아니니? 초경을 시작한 날만큼이나 중요한 날이라고!"

"학교 화장실에서 생리를 시작한다는 걸 알았을 때 난 그다지 특별한 감정 못 느꼈는데."

문 밖에서 카티가 빈정거리며 한마디 하자 데비는 금세 눈물을 글썽거렸다.

"율리아, 원한다면 내가 화장해줄게."

로즈가 얼른 말머리를 돌렸다.

"난 웬만한 거 다 있어. 시간도 얼마 안 걸려."

"그래도, 다른 애들이 우릴 기다리고 있잖아."

이렇게 말하면서도 율리아는 솔직히 크게 신경 쓰이진 않았다. 어쩌면 다른 사람들처럼 해보는 것도 기분 전환 삼아 나쁘지 않을 것 같았다.

"남자들이 우릴 기다리는 건 당연한 거야. 그 반대가 되면 곤란해."

로즈가 말하곤 화장품이 든 파우치를 꺼냈다. 그녀가 능숙하게 아이섀도와 마스카라, 립스틱으로 율리아의 얼굴을 변장시키는 동안 율리아는 그녀의 따뜻하고 부드러운 손가락의 감촉을 느꼈다.

"벤저민이 아래층에 있는 튜터들의 사무실을 감시하고 있는 중이야."

데비가 그사이 마음이 진정됐는지 말했다.

"밖이 조용해지면 데이비드의 휴대전화로 연락한댔어."

"'밖이 조용해지면'?"

"잠깐, 말하지 마!"

율리아의 입술에 립스틱을 바르던 로즈가 말을 끊었다.

"이건 전부 비밀이란 말이야, 비밀!"

데비가 말했다.

"재수 없이 하필 이런 순간에 이사벨한테 들키긴 싫다고. 오늘 같은 날 그 사람 때문에 우리 방으로 도로 쫓겨 오는 건 상상만 해도 끔찍해! 너희들은 밤 11시까지 다시 기숙사로 돌아와야 한다는 규정에 대해 어떻게 생각해? 밤 11시라니, 그게 말이 되냐고. 우리도 이제 성인이잖아. 도대체 내 맘대로 살 수 있는 건 언제부터인 거야? 처음엔 부모님이 간섭하고 그다음엔 학교 선생님이더니 이젠 교수님이랑 그것도 모자라서 우리보다 겨우 몇 살 많은 상급생들의 감시까지 받아야 한다니. 도대체 우리의 인권은 어디 있는 거야?"

"맞아."

로즈가 맞장구를 쳤다.

"이 사실을 국제재판소에 알려야 해. 그리고 국제 인권위원회에도."

"그래도 오늘 신입생 오리엔테이션 땐 알렉스가 좀 멋있더라, 안 그래?"

역시 데비의 관심사는 오직 한 가지뿐이었다.

"그 사람은 늘 진지한 것 같아, 너희들 보기엔 어때? 참, 너희 그거 아니? 매년 예일 대학에서 전액 장학금을 받는 학생은 딱 두 명뿐이라는 거."

그녀는 다른 이들의 대답을 기다리지 않았다.

"내 생각에 내가 오늘 의대 진학을 위한 준비 과정에 대해 질문하는 바람에 그 선배 눈에 띈 것 같아."

데비는 몽롱한 시선으로 창밖을 응시했다.

"〈그레이 아나토미〉 시리즈를 너무 많이 봤네."

율리아는 자기도 모르게 고개를 젓고는 앙다문 입술로 웅얼거렸다. 그러자 로즈가 웃음을 터뜨렸다.

"입술 움직이지 말라니까!"

"어쨌거나 그 잘난 체하는 선배는 오늘 밤 무슨 일이 일어날지 훤히 다 알고 있을 거야."

카티가 말했다.

"그게 중요한 게 아니야. 어쨌거나 오늘 파티는……."

"'비밀'이라는 거지."

로즈와 율리아가 동시에 말했다. 카티는 새어나오는 웃음을 억지로 참는 듯했다.

"이제 거울 한번 봐봐."

로즈가 율리아에게 손거울을 내밀었다. 율리아는 거울 속의 얼굴이 자신이라는 걸 믿을 수가 없었다.

"완벽해!"

그 중얼거림은 진심이었다. 진짜 완벽한 변장이었던 것이다. 그녀가 오늘 밤 실행하려고 하는 계획에 완벽하게 어울리는 모습이었다.

"너 정말 같이 안 갈 거야, 카티?"

율리아가 마른 한국계 여학생 쪽으로 고개를 돌려 물었다.

"파티에 가느니 차라리 호수에 뛰어드는 게 낫지."

"좋은 추억 하나 놓치는 거지, 뭐. 나중에 다른 사람 원망하지 마."

데비가 비아냥거렸다.

세 사람은 방에서 나가 아래층으로 갔다. 아래층에서는 데이비드 혼자 엘리베이터 맞은편에 있는 계단 옆에서 기다리고 있었다. 평소처럼 오늘도 역시 검은색 옷을 입고 있었다. 밝은 갈색 머리는 샤워를 막 끝낸 뒤라 젖어서 거의 금발처럼 보였다.

"우리 어때?"

데비가 빙그르 돌며 물었지만 데이비드는 대답하지 않았다. 율리아는 그가 자신을 마치 생전 처음 보는 사람마냥 쳐다보고 있다는 걸 눈치채고 불편한 기색을 드러내며 물었다.

"로버트는 어디 있어?"

"벌써 호숫가로 내려갔어."

그렇게 대답하면서도 데이비드는 율리아에게서 눈을 떼지 않았다.

"이케를 데리고 갔어. 아니 이케가 로버트를 데리고 갔다는 게 더 맞는 표현일 거야."

율리아는 놀라서 고개를 저었다.

"내 동생이 순순히 파티에 갔단 말이야? 게다가 우릴 기다리지도 않고 혼자서?"

"당연히 파티에 간 건 아니지. 낚시하러 갔어."

그렇게 대답하며 부드럽게 웃는 데이비드를 보니 율리아 역시 따라 웃을 수밖에 없었다.

"뭐? 낚시? 야행성 물고기라도 잡겠다는 건가?"

"근데 크리스는 어디 있어?"

데비가 징징거렸다.

"이러다 늦는단 말이야!"

"여기 있어!"

등 뒤에서 낮은 목소리가 들렸다.

뒤를 돌아보자 크리스가 다 헤진 청바지 주머니에 두 손을 찔러 넣은 채 층계참에 서 있었다. 그의 시선이 데비에서 로즈를 지나 율리아에게로 향했다. 그녀는 엉거주춤한 자세로 손을 들어 보이곤 슬쩍 자기 얼굴을 만졌다.

이만하면 훌륭한 연기력이지.

율리아가 자포자기한 심정으로 생각하던 그 순간 전화벨이 울렸다. 데이비드는 휴대전화에 대고 간단히 "오케이"라고 말하더니 다른 사람들이 있는 쪽으로 고개를 돌렸다.

"튜터 사무실에 아무도 없대. 이사벨도 알렉스도 다 안 보인다네. 자, 가자."

데비가 앞장을 섰고 나머지는 그 뒤를 따라갔다. 그들은 계단을 내려갔고 1층에서 오른쪽으로 돌아 옆문이 있는 방향으로 향했다. 율리아는 자신이 이미 이곳을 잘 알고 있다는 생각에 뿌듯했다. 낮에 물리학 강의실을 찾느라 30여 분을 헤맨 덕분이었다. 처음엔 이 건물 안에선 평생 길을 못 찾고 계단을 오르락내리락하고 문이라는 문은 모두 다 열어보고 다녀야 할 거라고 믿었었는데 차츰 건물의 구조가 눈에 들어오고 있어 다행이었다.

그들은 다 함께 건물을 빠져나갔다. 밖으로 나가자 율리아는 그제야 화창했던 오후가 어느새 후덥지근한 저녁으로 변해 있음을 깨달았다. 하지만 설사 비가 내린다 해도 오늘만큼은 좋은 기분을 쉽사리 내놓지 않으리라 결심했다.

***

“크리스, 대체 얼마나 더 가야 하는 거야?”

벤저민이 뒤에서 소리쳤다.

“나도 몰라.”

크리스는 자연스럽게 무리의 선두에 서서 걸어가고 있었다. 그는 호수 연안에서 왼쪽 길로 들어섰다. 율리아는 그 길로 0.5킬로미터쯤 더 가면 북쪽의 고지대로 가는 좁은 길이 나온다는 걸 알고 있었다. 지금까지 율리아는 조깅을 할 때 늘 호수의 오른쪽 길로만 갔었다. 그 길은 호수 남쪽의 낮은 해안을 따라 수 킬로미터가 이어져 있어 조깅을 하기에 이상적이었다.

크리스는 율리아 쪽을 돌아보더니 한쪽 눈을 찡긋해 보였다. 율리아는 볼이 빨개지며 화끈거렸다. 그때까지 자신이 그를 빤히 쳐다보고 있었다는 걸 전혀 의식하지 못하고 있었던 것이다.

맙소사, 크리스 앞에선 도무지 영리해질 수가 없었다. 그에겐 그녀를 마음속 깊이 불안하게 만드는 그 뭔가가 있었다. 그의 강한 자신감 때문일까? 아니면 애매모호한 암시 때문에? 아니면 그의 독특한 옷차림 때문일지도 몰랐다. 품위와 자유로움의 기묘한 조합. 엉덩이 아래가 축 늘어진 청바지는 비록 낡긴 했지만 비싼 브랜드의 옷이 틀림없었다. 게다가 그는 그들 중 유일하게 운동화가 아닌 가죽 신발을 신고 있었다. 또 검은색을 좋아하는 데이비드와 반대로 그는 하늘색과 녹색 체크무늬 셔츠 같은 밝고 강렬한 색깔을 좋아했다.

"크리스, 이러다가 우리 늦으면 어떡해?"

데비가 소리쳤지만 크리스는 아무 대답도 없이 다시 돌아섰고 다른 이들도 그를 따라 했다.

꼭 피리 부는 사나이에 나오는 쥐 떼 같잖아.

그런 생각을 하며 율리아는 이마에 흐르는 땀을 닦았다. 그녀가 도착하던 날부터 계곡은 연일 더운 날이 계속되고 있었다. 한낮에는 20도까지 올라갔었고 저녁이 되어서도 습도만 더 높아졌을 뿐 그다지 시원해지지는 않았다.

모두들 입을 꾹 다문 채 0.5킬로미터를 걸어가자 아스팔트 길이 끝나고 빽빽한 가문비나무 숲과 호수 연안의 제방을 따라 난 좁은 길이 나왔다.

그사이 해는 거울처럼 맑은 호수 바로 위에서 기이한 오렌지빛으로 호수를 물들이고 있었다. 하늘에 유일하게 떠 있는 회색 구름 한 점이 마치 길을 잃은 듯 천천히 붉게 이글거리는 해 앞으로 다가가고 있었다.

백 미터쯤 가자 서서히 오르막이 시작되었고 제일 높은 곳은 호수 연안으로부터 높이가 20미터는 족히 되어 보였다. 거기서부터 길은 눈에 띄게 좁아졌고 왼편에는 더 이상 숲이 아니라 높은 절벽이 솟아 있었다. 그리고 앞에는 경고문이 있었다.

'낙석 주의.'

"얘들아, 여기 뭔가가 걸려 있어!"

데비가 소리쳤다.

"혹시 이게 우리가 바른길로 가고 있다는 표시인가? 너희들 생각은 어때?"

까만 끈이 절벽으로부터 자라난 나뭇가지에 매어져 아래로 길게 늘어져 있었다. 벤저민이 그들 가까이 다가와 카메라를 들이댔다.

"네 말이 맞는 것 같아. 별로 오래된 것 같지 않아 보여. 끈이 찢어지지도 않았고 낡지도 않은 걸 보면."

데이비드가 신중하게 말했다.

"다시 말해 여기 어딘가 사람이 있었던 게 틀림없어. 아니면 이 끈을 매어둔 사람이 이 절벽에서 맞아 죽었거나."

벤저민이 바닥의 뾰족한 돌을 가리키며 의미심장한 목소리로 말했다.

"그렇다면 저 아래에 그 사람의 시체가 있겠군."

크리스가 호수를 가리키며 말하자 벤저민이 덧붙였다.

"그렇다면 아직 신선할 텐데."

"전부 미쳤어! 어서 가기나 해. 나 고소공포증 있단 말이야!"

데비는 절벽 쪽으로 바싹 붙어 폭이 1~2미터밖에 안 되는 길을 따라갔다. 다른 사람들도 그녀의 뒤를 따랐다. 율리아는 너무 오른쪽으로 나가지 않도록 발끝만 보고 걸었다. 지금까지 고소공포를 느껴본 적은 한 번도 없었지만 그곳은 이상하게 기분이 안 좋았다. 자칫 헛디뎠다가는 호수 쪽으로 떨어져 다리가 부러질지도 모를 일이었다. 최소한 말이다.

다음 굽잇길에서 그녀는 뒤를 돌아보았다. 최소한 2킬로미터 이상은 떨어져 있는데도 나무들 사이로 거대한 대학 건물의 실루엣이 선명하게 들어왔다. 수평선 아래로 기울어가는 해가 수많은 유리창에 반사되어 보였다.

그 순간 물소리가 들렸다. 물은 절벽에서 거의 직각으로 떨어지고 있었다.

“폭포다! 아…… 저길 어떻게 건너가지?”

데비의 목소리조차도 폭포 소리를 능가하지는 못했다.

“저쪽에 다리가 있어!”

크리스가 소리치더니 다시 앞장섰다.

“다들 조심해. 좀 오래돼서 헐거운 나무판도 있을 거야.”

율리아는 데이비드에게 바싹 붙었다. 다리가 살짝 흔들렸고 난간은 삐딱했다. 율리아는 난간을 잡을 용기가 나질 않았다. 나무판들 사이로 깊은 골짜기가 내려다보였다.

“크리스, 나 너무 어지러워!”

데비가 울먹였다.

“아래를 내려다볼 수가 없어!”

“그럼 안 보면 되지.”

율리아를 따라오던 로즈가 받아쳤다.

"여기서부터 또 길이 나뉘어져."

크리스의 말에 율리아는 위를 올려다보았다. 다리 바로 뒤편에서 길은 나뉘어져 있었다. 오른쪽 길은 가파른 내리막으로 호수를 따라 나 있었다. 왼쪽으로는 절벽이 끝나는 지점으로부터 숲이 시작되고 있었는데 바위에 까만색의 화살표가 그려져 있었다.

"저것도 표시일까, 크리스?"

"넌 왜 항상 나한테 물어?"

데비의 질문에 크리스가 신경질을 냈다.

"네가 길을 아니까 그렇지."

"내가? 난 몰라."

"너도 보트하우스로 가는 길을 모른다고?"

데비가 불안하게 묻곤 입에 껌을 집어넣었다. 벌써 겨드랑이 쪽이 땀에 젖어 얼룩져 있었다.

"그럼 우린 지금까지 왜 널 따라온 거야?"

잠시 크리스가 어깨 너머로 뒤를 돌아보았다. 그의 시선이 율리아에게 꽂혔다.

"그건 너희들이 날 믿기 때문이지."

"하지만 아까 호수에서 처음부터 오른쪽 길로 갔어야 했을지도 모르잖아. 사실 그 길이 늘 다니는 길이란 말이야!"

"거기까지 갈 수 있는 방법이 그리 많지 않아. 그리고 호수는 둥그니까 어차피 언젠가는 목적지에 도착하게 되어 있다고. 어쨌거나 보트하우스에만 가면 되잖아. 그 보트하우스는 호수 연안에 있을 거고. 안 그래?"

"호수를 한 바퀴 다 돌려면 몇 시간이 걸릴지 몰라."

데이비드의 목소리가 심각했다.

"난 급할 거 없어!"

크리스는 그렇게 말하곤 발걸음을 재촉했다.

나머지 일행도 그를 따라 숲속으로 난 왼쪽 길로 접어들었다. 거기서부터는 더 이상 따를 규칙 같은 건 없어 보였다.

그 길은 오솔길이라고 부르기조차 어려울 정도로 너무 좁았다. 빽빽이 들어선 가문비나무 사이로 드문드문 비어 있는 땅을 겨우 찾아 밟는 정도였기 때문이었다. 그러다가 2~3미터쯤 더 가자 아예 호수조차 시야에서 사라져버렸다. 그만큼 캠퍼스로부터 멀어지고 있다는 뜻이었다.

높이 자란 나무들은 대관식을 연상시키듯 서로 꼭대기에서 둥글게 맞닿아 있었다. 여전히 바람은 한 점도 불지 않았다. 대신 소나무와 송진 냄새가 진하게 풍겨왔고 바닥에서는 축축한 이끼 냄새가 올라왔다. 수북이 쌓인 솔잎 때문에 흙바닥은 아예 보이지도 않았다.

최소한 나무들이 습하고 더운 공기는 좀 막아줘서 다행이야.

율리아는 생각했다.

대신 그곳은 호수 쪽보다 훨씬 어두웠다. 다시 말해 언제든지 길을 잃기 쉬웠다.

어쩌면 이 길이 아닌 건 아닐까? 만약 진짜 파티가 아니라 이 모든 것이 데비의 추측대로 신입생들을 골탕 먹이기 위한 테스트라면?

율리아는 늘 엄마들이 열을 올리며 '보물찾기'를 외쳐대는 생일 파티가 싫었다.

마치 그녀의 생각을 증명이라도 하듯 앞서가던 벤저민의 환호성이 들렸다. 또 하나의 검은 화살표를 발견한 것이었다.

내가 대체 여기에 왜 휘말려든 거지?

율리아는 힘겹게 수풀을 헤집고 가면서 생각했다.

그들은 빽빽한 수풀을 빠져나가기 위해 연신 몸을 숙여야 했다. 그곳은 도끼를 대지 않은 지 오래되어 보였다. 나뭇가지가 그녀의 빨간 탑을 쥐어뜯었고 가시는 맨살을 마구 할퀴었다. 그녀는 몸을 숙인 채 조심스럽게 가지를 옆으로 젖히곤 숲길을 헤쳐 나갔다.

"혹시 상급생들이 우리 미치는 꼴을 보려고 일부러 이런 곳에 집어넣어둔 건 아니겠지? 내 말은 그러니까 그건 너무 유치하다는 거야, 그렇지 않니?"

데비의 말에 율리아가 뒤돌아 쳐다보았다. 데비는 얼굴이 창백해져 있었다.

율리아는 어깨를 으쓱해 보였다.

"글쎄, 어쩌면 이게 그들의 환영 방식일지도 모르지."

"사방이 온통 나무뿐이잖아! 도대체 어떤 파티길래? 빨리 좀 도착했으면 좋겠다."

데비가 고개를 뒤로 젖히곤 하늘을 올려다보았다.

아니, 하늘이 아니었다. 하늘은 사라지고 없었으니까. 대신 보이는 거라곤 수관들뿐이었다. 도대체 얼마나 걸었을까?

율리아는 자신의 삶을 완전히 바꿔놓았던 그날 밤을 생각했다. 그리고 어둠 속에서 훌쩍이며 울던 로버트를. 그러자 나뭇가지에 닿았을 때처럼 스멀거리며 팔에 닭살이 돋았다. 하지만 그때와 비교할 순 없었다. 그녀의 몸은 정상적으로 감각을 느낄 수 있었으니까. 그때처럼 마비되지 않았으니까. 오히려 평소보다 더 긴장되고 예민해져 있었다.

"혹시 여기 악마나 괴물이 있는 건 아닐까?"

데비가 또다시 발걸음을 멈추고 속삭였다.

"그들이 우리의 비밀을 빼앗아가려고 할지도 몰라."

데비는 율리아를 보고는 기이하게 웃어 보였다. 무서워하는 표정에서 순식간에 재미있어하는 표정으로 변했다. 그 순간 율리아는 데비의 엄살이 모두 쇼였다는 생각을 떨칠 수가 없었다.

율리아는 데비에게 어떤 비밀을 갖고 있는지 물어보려고 입을 열었다가 곧 다시 정신을 차렸다. 비밀을 묻는 대신 "그래" 하고 태연하게 대답하곤 걸음을 재촉했다.

"괴물과 악마들은 상급생 중에 있는데 그 이름이……."

그녀는 하마터면 '로아로아'라고 말할 뻔했다.

"어디? 괴물이 어디 있는데?"

벤저민이 큰 소리로 물었다.

"멋진걸! 난 공포 영화가 너무너무 좋아!"

"카메라 좀 저리 치워! 진짜 짜증 나!"

데비가 쏘아붙이곤 멀찌감치 앞서버린 율리아의 뒤를 바싹 쫓아갔다.

"아무래도 재 호모인 것 같아."

"벤저민이? 왜? 무슨 근거로?"

"나도 몰라."

데비가 머리카락을 쓸어 넘기며 말했다.

"난 이야기 지어내는 게 취미야. 특히 사람들에 관한 이야기. 낯선 곳에 있는 상상을 하다보면 집 생각이 안 나거든. 그런데 넌 대체 어디서 왔니?"

율리아는 과거에서 왔다고 말하고 싶었다. 하지만 크리스 때문에 대답할 기회를 놓치고 말았다. 앞서가던 그가 갑자기 걸음을 멈췄던 것이다.

"왜 그래?"

"여길 봐!"

율리아가 묻자 크리스는 그들 앞의 철조망을 가리켰다.

"길이 끊긴 거야?"

데비가 또 징징거렸다. 그녀에겐 목소리를 한순간에 바꾸는 전환 스위치가 있는 게 틀림없었다.

"저 건너편에 또 표시가 있어!"

데이비드가 철조망 너머로 까만 끈이 매어져 있는 나무를 가리켰다.

"진짜 대단하다."

로즈가 말하곤 반들반들한 머리를 매만졌다.

"옛날부터 대학가에서 재수 없는 담력 테스트를 한다는 얘긴 많이 들었지만 그게 이렇게까지 유치할 줄은 정말 몰랐어."

율리아도 로즈의 말에 동의했다. 2미터 높이의 철조망은 굵은 철사로 되어 있었고 어디에도 문은 없었다. 가슴 높이쯤에 '통제구역. 허가 없이 출입을 엄격히 금함'이라고 쓰인 팻말이 걸려 있었다.

"호수 주변에 통제구역이 있다는 얘기는 들은 적 있어."

로즈가 말했다. 몹시 불안해하고 있다는 게 목소리만으로도 확연히 느껴졌다.

"교칙에는 이 지역에 학생의 출입을 엄격히 금한다는 조항이 나와 있어."

"교칙에는 금지 조항들이 무지 많지."

벤저민이 빈정거리는 투로 말했다.

"신입생들은 11시까지 기숙사로 돌아가야 한다는 교칙도 그중 하나잖아."

"뭘 어쩌라는 건지 도무지 모르겠어."

율리아가 말하곤 망설이는 표정으로 철조망을 훑어보았다.

"난 알 것 같아. 그냥 골탕을 먹이겠다는 거지. 테스트기도 하고."

데이비드가 말했다.

"아니면 우리가 다가가지 못하게 하려는 거거나."

데이비드의 말을 크리스가 받았다.

"무엇에?"

"그야 진실이지!"

데비가 불안한 목소리로 묻자 벤저민이 곧장 대답했다.

그 순간 율리아는 비명 소리와 함께 데비의 신경질적인 목소리를 들었다.

"야, 벤저민! 그만두지 못해!"

"난 아무 짓도 안 했어."

"방금 네가 내 어깨에 손 올렸잖아!"

"내가? 아냐! 난 계속 카메라를 들고 있었다고. 그리고 솔직히 네 어깨는 전혀 내 타입 아니거든."

"분명 누군가가 날 만졌어!"

"숲속 괴물 아닐까?"

벤저민이 깔깔대고 웃었다.

"그냥 철조망을 넘어가자. 이제 진짜 얼마 안 남았을 거야."

"넌 길 모른다며?"

크리스가 단호하게 말하자 데이비드가 날카롭게 받아쳤다.

"쉿!"

데비가 손을 들어 올렸다.

"저 소리 들려?"

율리아는 숨을 죽이고 귀를 기울였다.

고요한 숲속에서 사람들의 웃음소리가 들려왔다. 간간이 음악 소리도 들렸다.

"봤지? 진짜 파티 맞잖아. 우리가 제대로 찾아온 거야! 저쪽 어딘가에 있는 게 틀림없어."

데비는 신나 보였다.

크리스가 주위를 둘러보았다.

"저길 봐, 저 오래된 나무 위로 올라가면 쉽게 철조망을 넘을 수 있어."

크리스는 말이 끝나기가 무섭게 그곳으로 달려가선 이끼가 낀 나무 위로 잽싸게 오르더니 철망을 잡아당겨 가볍게 건너편으로 뛰어넘었다.

"이것 봐, 아주 간단해."

건너편에 선 그가 여봐란 듯 소리쳤다.

"어서 와!"

율리아는 오래 고민하지 않았다. 통제구역의 안과 밖. 이미 여기까지 온 이상 망설일 이유가 없었다. 이 모든 일들의 목적이 무엇인지 꼭 알아내고 싶었다.

그녀와 로즈가 먼저 철조망을 넘었다. 두 사람은 별다른 어려움이 없었다. 하지만 몸에 딱 붙는 원피스를 입은 데비가 문제였다. 늘 다른 사람을 잘 도와주는 데이비드조차 데비를 철조망 너머로 넘겨줄 때는 인내심을 잃고 말았다.

마지막은 벤저민의 차례였다. 그는 우선 크리스에게 카메라를 조심스럽게 넘겨주었다. 그리고 철조망을 잡더니 "악!" 하고 비명을 질렀다.

"제길, 이거 전기 장치가 있나봐. 방금 전기가 찌릿했어!"

"숲속 괴물들이 한 짓이겠지."

율리아와 로즈가 동시에 말하곤 한참을 웃었다.

빌어먹을 회색 눈동자

보트하우스는 작은 요지 쪽에 있었는데 너무 오래돼서 쓰러지기 직전이었다. 이미 수년째 아무도 관리를 하지 않은 티가 역력했다. 나무 지붕, 벽 할 것 없이 구멍이 숭숭 뚫려 있었고 벽에는 초록색 페인트가 거의 다 벗겨져 부분적으로 래커를 뿌려놓은 상태였다. 대문에 달린 유리창에도 구멍이 나 있었다. 대문 위에는 빨간색으로 '우리는 챔피언이다'라고 쓰인 팻말이 걸려 있었고 잔디 위에는 과자 봉지와 빈 병들, 촛농이 덕지덕지 붙은 병들과 잼 병들이 나뒹굴고 있었다. 한마디로 말해, 누가 봐도 버려진 티가 났고 바로 그런 점이 이곳을 대학의 통제와 힘든 일상으로부터 달아나고 싶어 하는 학생들의 이상적인 도피처로 만든 모양이었다.

지저분한 상태였지만 누군가 파티를 위해 상당히 애쓴 흔적이 보였다. 베란다에는 길게 천을 깔아놓았고 그 위에는 꼬마 전구도 달아놓았다. 그리고 춤을 출 수 있도록 플로어도 마련되어 있었다. 율리아와 다른 친구들이 도착했을 때 그곳에는 이미 많은 학생들이 다닥다닥 붙어 서서 춤을 추고 있었다.

"우와, 내가 제일 좋아하는 노래야!"

데비는 당장 노래를 따라 부르기 시작했다.

"이리 와서 파티를 즐겨요! 왜냐하면 누구도 원하지 않으니까. ……우리도 춤추자!"

그녀가 벤저민을 끌어당기자 그는 로즈에게 도와달라는 눈빛을 보냈다.

"너도 춤출 거야?"

"지금은 별로."

로즈가 율리아에게 물어보곤 주위를 두리번거리자 율리아는 망설이듯 대답했다.

"야, 저기 봐. 저 앞에 로버트가 앉아 있어."

데이비드가 호숫가를 가리켰다. 율리아는 미러 호까지 이어져 있는 목질의 보트 데크를 발견했다.

율리아는 믿기지 않는 표정으로 건너편에 있는 로버트를 쳐다보았다. 그가 진짜 파티에 올 거라고는 꿈에도 생각하지 못했던 것이다. 더군다나 통제구역 안으로 주저 없이 들어오다니. 이케를 데리고 어떻게 철조망을 넘었는지는 하늘만이 알 터였다. 하지만 이케는 그 누구보다 이곳 지리를 잘 알고 있을 것 같긴 했다.

로버트는 책에 머리를 푹 박고 있거나 빈 종이가 까맣게 될 때까지 뭔가를 끼적이는 평소의 모습과 달리 오른손을 이케의 등에 얹고선 그저 가만히 앉아 있었다. 이케 역시 로버트에게 바싹 몸을 기대고선 얌전히 누워 있었다.

율리아는 잠시 로버트에게 가볼까 고민했다. 하지만 한편으론 '그래, 우리가 샴쌍둥이도 아닌데'라는 생각이 들었다. 게다가 로버트 혼자서도 아주 잘 적응해가고 있는 듯 보였다.

율리아는 베란다에서 격렬하게 춤을 추고 있는 무리들 쪽으로 몸을 돌렸다. 기이한 숲속에서 야간 산행을 해서인지 사람들과 함께 있다는 사실만으로도 기뻤다. 파티에 온 사람들은 정말 많았다. 최소한 일흔 명 내지 여든 명은 돼 보였다. 그들 대부분은 신입생이었고 간혹 상급생들도 있었다. 율리아는 신입생들이 기숙사별로 이미 삼삼오오 단짝을 만들었다는 걸 알게 되었다. 그들의 심정이 충분히 이해가 갔다. 율리아 역시 자기 하우스메이트들이나 로버트의 하우스메이트들과 제일 친했으니까. 반면 다른 신입생들과는 그저 지나가면서 한두 마디 주고받은 게 다였다.

오는 길에 다른 학생들은 왜 한 명도 못 만난 걸까? 이상해.

누군가 손을 들어 인사했다. 알렉스였다. 그가 율리아를 보고 환하게 웃었다. 그는 오디오 뒤에 서 있었다. 율리아는 그가 있는 쪽으로 빨리 걸어가선 베란다 아래에서 멈춰 위를 올려다보았다. 그가 율리아의 의견을 묻는 듯 샤키라의 CD를 높이 들어 보였다. 〈쉬 울프She Wolf〉. 그 노래는 율리아가 좋아하는 음악 차트 10위권 안에 들진 않았지만 그래도 고개를 끄덕였다.

"기분은 어때?"

"괜찮아요."

대답을 들은 그는 만족스러운 표정으로 웃었다. 그의 치아는 데비가 아침마다 반짝반짝 윤이 나도록 닦아놓는 세면대처럼 하얗게 빛났다. 데비는 손가락이 부르트도록 세면대를 벅벅 문대며 박테리아가 페스트만큼이나 무섭다고 입버릇처럼 말하곤 했다. "모든 얼룩은 박테리아나 그 싹이 자라는 온상인 거야. 그들은 호시탐탐 우리에게 병을 옮길 기회만 노리고 있어"라고 말이다.

"진짜 괜찮은 거야? 아니면 그냥 약해 보이기 싫어서 그렇게 대답하는 거야?"

"진짜 괜찮은 것 같아요."

알렉스가 묻자 율리아는 어깨를 으쓱해 보이곤 질문을 던졌다.

"그런데 말이에요. 이 파티, 선배들이 계획한 거예요?"

만약 사실이라면 이건 그의 새로운 면모였다. 지금까지 율리아는 그를 그저 책임감 강한 선배 정도로만 생각해왔다. 신입생들을 위한 오리엔테이션을 주관하거나 또는 오리엔테이션 기간 동안 이런저런 도움을 주는 사람, 그리고 또 규정이 잘 지켜지고 있는지 감시하는 사람 정도로 말이다. 하지만 그를 완전히 과소평가한 건지도 몰랐다.

알렉스는 이마 위로 흘러내린 머리카락을 쓸어 올리며 웃었다.

"글쎄. 그저 너희들이 우리를 오직 신입생 기숙사 앞만 왔다 갔다 하는 늙다리 감시자 취급은 말길 바랄 뿐이야. 우리도 너희들처럼 신입생이었던 시절이 있었다는 걸 알아줘."

율리아는 웃지 않을 수 없었다.

"우릴 속이려고 계획한 거라면 완벽히 성공했어요. 물론 데비는 계속 이게 담력 테스트 같은 걸 거라고 투덜댔지만요."

"신입생들은 정말 못 말린다니까. 생각하는 것 하곤……."

알렉스는 활짝 웃더니 손을 들어 보이며 무고한 피해자인 척했다.

율리아는 화제를 바꾸려다가 불현듯 무슨 생각이 났다.

"그런데 선배들이 이 모든 계획을 꾸몄다면 우리한테 초대장도 직접 보낸 거겠네요. 그렇죠?"

그녀는 일부러 더 태연한 척 연기를 했다. 하지만 사실은 심장이 콩닥콩닥 뛰고 있는 걸 알렉스에게 들킬까봐 조마조마했다. 다음에 틀 음악을 찾고 있던 그는 무의식중에 고개를 들었다.

"당연하지. 그건 왜?"

"아뇨, 전 그냥 문자메시지가 와서 좀 놀랐거든요."

그녀는 순간 숨을 멈추었다.

그가 뭐라고 대답할까? 뻔한 대답? 아니면 좀 특별한 대답?

그녀는 알렉스의 눈을 날카롭게 쏘아보았다.

"문자메시지라고?"

그는 정말 황당하다는 표정으로 율리아를 쳐다보았다.

"우린 전부 이메일로 초대장을 보냈는데? 그레이스 대학 계정에 대한 신고식 겸 해서."

율리아는 방금 들은 대답을 이해하려 애쓰고 있었다. 바로 그때 이사벨이 무대를 가로질러 걸어오며 소리쳤다.

"알렉스! 혹시 아리엘 못 봤어?"

"못 봤는데. 왜, 무슨 일이야?"

"아까 되게 우울해 보였거든. 운 것 같았어."

이사벨은 어색한 웃음으로 마무리했다.

"네가 신경 좀 써줘. 안 좋은 일이 있는지도 모르잖아."

"그래, 내가 계속 찾아볼게."

"배 안 고프니?"

갑자기 로즈가 다가와 음식이 담긴 접시를 내밀었다. 그녀는 하루 종일 먹어도 살은 1그램도 찌지 않는 유였다.

"우와, 내가 배고픈 건 어떻게 알았어? 넌 역시 최고야! 정말 고마워!"

어느샌가 데이비드가 다가와 접시 위 초코머핀 하나를 날름 집어 들었다.

"야, 이거 너 주려고 갖고 온 거 아니야."

로즈가 그의 손등을 찰싹 때렸다.

"음식이랑 음료를 여기까지 어떻게 날랐지?"

율리아가 물으며 주위를 두리번거렸다.

"그러게 말이야. 어쨌거나 이 모든 걸 비밀리에 진행하기 위해선 힘든 부분이 상당히 많았을 거야. 저기 그럴싸한 하이파이 스테레오까지 있더라고. 이거 마셔볼래?"

데이비드가 율리아에게 들고 있던 잔을 건네며 웃었다.

이렇게 선한 웃음을 가진 사람이 왜 늘 까만 옷을 입고 다닐까?

율리아는 하마터면 데이비드에게 정말로 물어볼 뻔했다. 하지만 곧 생각을 바꿨다.

"혹시 콜라에 술 탔어?"

"음, 그것보단 술에 콜라를 탔다고 하는 편이 더 맞는 것 같아. 내 거랑 같은 걸 원하면 내가 하나 더 만들어 가져올게. 아니면 내 걸 그냥 마셔도 되고."

"아냐, 싫어."

"아, 율리아. 오늘 같은 날 제발 분위기 망치지 말아줘!"

데비가 플로어에서 내려왔다. 무척 숨이 차 보였다.

"오늘 밤은 제대로 즐기고 놀아보자! 우린 지금 대학에 있는 거야. 마침내 성인이 되었고 부모님의 감시로부터 자유로워졌잖아."

그래, 그래, 그래. 데비의 말이 옳다. 세상은 이제 새로운 법칙에 따라 돌아간다. 율리아는 오늘만은 즐겁게 보내자고 했던 아까의 결심이 떠올랐다. 이 파티의 이면에 뭐가 숨어 있건 상관없었다. 그녀는 일단 그 일을 제쳐두기로 했다. 오늘만 날인가. 로아로아에 대해 생각할 시간은 아직 충분했다.

"알았어. 좋아."

율리아는 웃으며 대답했다.

몇 분 후 데이비드가 돌아오더니 두 사람 모두에게 음료가 가득 담긴 플라스틱 컵을 내밀었다.

"우리의 새로운 삶을 위하여!"

"새로운 삶을 위하여!"

한 모금 들이켜자 순식간에 알코올이 율리아의 머릿속으로 치올랐다. 조금 느슨해진 마음으로 주위를 둘러보니 다른 이들의 얼굴에서도 같은 심정을 읽을 수 있었다. 마침내 정착했으면 하는 바람 같은 심정을.

다시 한 모금 마시자 갑자기 모든 이들의 얼굴이 행복에 겨워 보였다.

그녀는 자신도 모르게 보트 데크 쪽으로 시선이 갔다. 로버트의 빨간 티셔츠가 잿빛 수면과 극명한 대조를 이루고 있었다.

"잠깐 로버트한테 가봐야겠어."

율리아는 데비와 데이비드를 남겨둔 채 로버트가 있는 곳으로 걸어갔다.

***

보트 데크 위에 발을 딛자 발아래가 출렁거렸다.

내가 벌써 취했나?

율리아는 걷다 말고 멈춰서 난간을 꽉 붙잡았다. 하지만 난간이 삐딱하게 박혀 있어서 자칫하다간 물속으로 미끄러져 빠질 것만 같았다. 미러 호는 사방이 산으로 둘러싸여 있었고 그 뒤로 눈 덮인 봉우리들이 솟아 있었다. 그곳에선 침엽수들이 시야를 가려 캠퍼스가 보이지 않았다. 대신 율리아는 아까 폭포를 가로질러 건넜던 그 다리를 알아보았다.

반대편 호숫가는 훨씬 더 험하고 나무와 풀이 무성했다. 호수 위로 깎아지른 듯한 절벽이 솟아 있었고 가장자리로부터 백에서 2백 미터쯤 떨어진 곳에도 가파르고 날카로운 바위가 물속에서 우뚝 솟아 있었다. 산들은 뒤로 갈수록 점점 더 높아져서 지평선 어디선가 고스트 봉과 맞닿아 있을 것 같았다.

만약 저 봉우리 뒤에 아무것도 없다면 어떡하지?

세상이 바로 이곳에서 끝난다면?

이 계곡만 세상과 동떨어진 채 홀로 존재한다면?

매일매일이 지금 이 순간과 같다면?

만약 그렇다면 이곳에서의 삶을 견뎌낼 수 있을지도 모른다는 생각이 율리아의 머릿속에 잠시 스쳤다.

그녀는 다시 발걸음을 옮겨 로버트가 있는 곳에 이르자 아무 말 없이 그 옆에 앉았다. 이케가 고개를 들어 그녀를 흘낏 쳐다보더니 이내 다시 잠들었다. 율리아는 로버트의 눈을 책에서 멀어지게 한 게 무엇이었는지 알 수 있었다. 큰 낚싯대가 호수 위로 드리워져 있었다.

"이건 어디서 났어?"

"데이비드가 빌려줬어. 나도 하나 살 수 있을까?"

"당연하지. 요즘 인터넷으로 못 사는 게 어디 있니!"

"지금 몇 시야?"

율리아는 손목시계를 들여다보았다.

"8시 15분."

"데이비드가 저녁에 고기들이 제일 잘 잡힌댔어."

로버트가 웃으며 말했다.

"물고기가 잡히면 일단 그 불쌍한 물고기를 따뜻하게 녹여줄 거야. 물이 얼음처럼 차거든. 그런데 내 생각엔 아무것도 안 잡힐 것 같아."

둥근 안경알 너머의 두 눈이 율리아를 응시했다.

"이 호수는 죽었어."

"무슨 말도 안 되는 소리야."

그녀는 소스라치게 놀라서 덧붙였다.

"물속에는 반드시 살아 있는 생명체가 있기 마련이야. 여기는 너무 추워서 모두 숨어버렸나보지."

율리아는 무릎을 구부리곤 물속에 손을 넣어보았다. 하지만 움찔하며 금세 손을 뺐다. 로버트의 말이 옳았다! 습하고 더운 바깥 공기와 달리 호수 물은 마치 얼음덩어리를 쥔 것처럼 차가웠다.

아직 땅거미가 지려면 멀었지만 해는 벌써 산등성이 너머로 사라져버렸다. 대신 누리끼리한 커다란 구름이 미러 호 위로 다가오고 있었다.

율리아는 과거에 보았던 다른 호수들을 떠올렸다. 크리스티안과 바거 호에서 자주 물놀이를 했었는데. 그것도 주로 지금처럼 저녁 시간에. 가족들이 그림 도구와 맥주 캔을 모두 정리하고 시끄럽게 떠드는 아이들과 함께 집으로 돌아가고 나면 그때부터 호수는 청소년들의 세상이었다. 그들은 모닥불을 피워놓고 음악을 틀고 벌거벗은 채로 호수에서 수영을 했다. 율리아는 등줄기가 서늘해졌다. 그때의 호수 물은 너무 부드러워서 벗은 몸이 스르륵 녹아버릴 것만 같았다.

이곳 분위기도 보기엔 그때와 아주 흡사했다. 호수와 파티, 술. 하지만 사실은 완전히 달랐다. 그녀는 그 이유를 알고 있었다. 계곡의 정적. 말로 설명하긴 어려웠다. 음악도 있었고 웃음소리와 왁자지껄한 말소리도 들렸지만 결정적인 뭔가가 빠져 있었다.

새들의 지저귐이나 벌레들의 웅웅거림, 바스락거리는 나뭇가지 소리. 아무것도 들리지 않았다. 게다가 하늘의 구름조차 움직이지 않는 것 같았다. 마치 자연의 모든 것이 정지 상태에 있는 듯한 느낌이랄까.

로버트의 목소리가 그녀를 현실 세계로 되돌려놓았다.

"벌써 한 시간째 여기 앉아 있었지만 물고기는 한 마리도 못 봤어."

"네 말이 맞는지도 모르겠네. 이 물은 진짜 너무 차."

그녀는 수면을 가만히 응시했다.

보트 데크 아래에는 긴 수초와 어지럽게 자란 식물들이 두꺼운 녹색 카펫처럼 바닥을 뒤덮고 있었는데 그 속에 죽은 소나무 가지 하나가 삐죽 솟아 있었다. 깨끗이 핥아 먹은 뼈다귀처럼 보이는 그 나뭇가지가 일정한 간격으로 나무쐐기에 부딪쳐 탁탁 소리를 냈다.

호수는 잠잠한데 나뭇가지가 움직이는 걸 보면 저 아래 뭔가 있는 게 분명해.

율리아는 잠시 눈을 감고 엄마가 말한 것처럼 섬광 같은 환영이 떠오를 때 로버트는 어떤 느낌을 받는지 이해해보려고 했다. 그 순간은 금세 지나갔다.

"네 말이 옳아. 미러 호는 죽었어. 여긴 물고기가 없어."

율리아는 그 말을 한 주인공이 크리스라는 걸 알고 움찔했다. 점차 그가 그녀 뒤를 따라다니고 있다는 느낌이 들기 시작했다. 율리아는 뒤돌아보지 않았다.

"증거라도 있어?"

로버트가 미심쩍은 표정으로 불쑥 물었다.

"아니, 그냥 알아."

"하지만 데이비드는……."

"데이비드는 아무것도 몰라."

"난 그만 돌아갈래."

율리아는 재빨리 말을 매듭짓곤 크리스를 쳐다보지도 않고 보트하우스 쪽으로 서둘러 가버렸다. 크리스가 그녀의 뒤를 따라갔다. 불안한 마음에 발걸음을 재촉하던 율리아는 갑자기 데크 끝에서 멈춰 뒤로 홱 돌았다.

"너 스토커니?"

"그랬으면 좋겠어?"

그가 오히려 눈썹을 치켜세우며 되물었다.

얘는 도대체 정체가 뭐지? 나한테 뭘 원하는 거야?

"날 가만 내버려뒀으면 좋겠어. 알겠니?"

"내가 뭘 어쨌는데?"

그가 두 손을 들어 보였다.

답이 막 입에서 튀어나오려던 참이었다. 그의 존재가 그녀를 불안하게 만든다고, 신경 쓰이게, 하지만…… 어쩌면 그게 그가 원하는 바인지도 몰랐다.

"아냐."

그녀가 중얼거렸다.

"난 널 절대로 괴롭히지 않아, 윤리아."

그가 말했다.

아, 저 빌어먹을 회색 눈동자.

그의 눈빛은 그 흔한 스노우 볼 속 풍경처럼 맑았다. 흔들면 하얀 눈이 흩날리는 유리구슬 속 세상. 그 세상으로부터 달아나는 것 외엔 율리아에겐 다른 방법이 없었다.

***

그런 상황에서 그녀를 구해줄 사람은 데이비드밖에 없었다. 그사이 율리아는 데이비드 같은 착한 남자가 처음엔 왜 성가시게 느껴졌는지 이해할 수가 없었다. 직감적으로 그에게는 어떠한 위험 요소도 없다는 걸 알 수 있었다. 그는 보트하우스 옆에 있는 아주 오래된 낡은 소파에 앉아 있었다.

"로즈는 어디 있어?"

그녀는 마음을 가라앉히려고 궁금하지도 않은 질문을 했다. 그러자 그가 플로어 쪽을 가리켰다.

로즈와 벤저민은 서로 착 달라붙어 춤을 추고 있었다. 둘은 서로에게 말도 안 되는 춤 상대였다. 로즈가 벤저민보다 머리 두 개는 더 커서라기보단 그녀의 우아한 자태가 벤저민의 깡

충거리는 힙합 동작과 정확히 대조를 이루고 있기 때문이었다. 다음 순간 벤저민이 로즈 쪽으로 몸을 기울여 뭐라 속삭이곤 큰 소리로 깔깔대며 웃었다.

"자, 여기 내 옆에 앉아."

율리아가 데이비드의 옆으로 가서 앉자 소파가 거의 땅바닥까지 푹 주저앉았다. 흑적색의 소파는 군데군데 찢어져 솜뭉치가 튀어나와 있었고 퀴퀴한 곰팡내가 났다.

데이비드는 머리를 뒤로 젖히더니 눈을 감고 조심스럽게 물었다.

"넌 여기 왜 왔어?"

"나? 내가 여기 왜 왔느냐고?"

"응."

"그야 우릴 위한 파티가……."

"그런 뜻이 아니야."

"그럼?"

"이 학교에 왜 왔느냐고."

제발 그것만은 묻지 말아줘. 난 거짓말하기 싫어.

"그레이스는…… 평판이 좋잖아, 안 그래? 수재들, 지성 집단 등등 말이야."

데이비드는 눈을 뜨고 고개를 옆으로 돌리더니 그녀를 진지하게 바라보았다.

"부모님 때문에 온 거니?"

"우리 부모님?"

"그래. 네 늙다리들, 생산자, 유전적인 원세포, 명칭이야 뭐가 됐건, 그 사람들이 어느 날 아침 네 침대 머리맡에서 기쁨에 들떠선 '우리가 널 위해 그레이스 대학에 입학원서를 냈단다. 그곳이 비록 세상 끝에 있긴 하지만 평판은 아주 좋은 곳이잖아'라고 말하기라도 했어?"

그녀는 자신도 모르게 웃고 말았다. 그리고 처음으로 데이비드가 웃는 소리를 들었다. 오랜만에 정말 편안한 느낌이었다. 그녀는 반쯤 남아 있는 음료를 한 모금 마셨다.

"아닌데."

그녀가 중얼거리듯 말했다. 맙소사, 그녀는 금세라도 웃음이 튀어나올 것만 같았다. 음료에 섞은 술 때문이었다. 마치 정맥에 직접 알코올을 주입한 것처럼 즉시 효과가 나타났다.

"아니라니. 뭐가?"

"부모님 말이야. 우리 부모님은 그레이스가 세상 끝에 있다는 말씀은 안 하셨어."

"그렇다면 널 속이신 거지."

그러자 참고 있던 웃음이 결국 터지고 말았다. 그들의 대화는 유치하면서도 친밀했다. 그녀의 시선이 하늘을 향했다. 누리끼리한 잿빛 구름이 왠지 불안해 보였다. 마치 균형을 잃은 것처럼.

이봐.

그녀는 마음속으로 구름에게 말했다.

우리 중 그 누구도 너를 파티에 초대한 사람은 없어. 이건 우리들만의 파티야, 알아들어? 그러니까 혹시라도 파티를 망칠 생각은 하지 마.

"저기 봐, 잘난 척 씨야. 카티가 붙인 별명이지."

데이비드가 알렉스를 가리키며 말했다. 그는 데크 위를 왔다 갔다 하면서 전화를 하고 있었다.

"잘난 척 박사님이지."

율리아가 정정했다. 하얀 가운을 입고 머리를 멋지게 손질한 알렉스의 모습이 눈앞에 떠올랐다.

"저 선배는 틀림없이 외과의가 되고 싶어 할걸."

"심장의야."

데이비드가 재빨리 말했다.

"로스앤젤레스의 어느 클리닉에 있는 그의 진료실에는 나무 칠판이 있고 또 벽에는 금테를 두른 예일 대학 학위도 걸려 있겠지."

율리아가 폭소를 터뜨리며 팔꿈치로 데이비드를 쿡 찔렀다. 그녀의 시선이 또다시 로즈에게로 향했다. 로즈와 벤저민은 이제 탱고를 추고 있었다. 레이디 가가의 〈배드 로맨스 Bad Romance〉에 탱고 리듬이 그다지 잘 맞지는 않았다. 그래서 그들은 제대로 춤을 출 때보단 비틀거릴 때가 더 많았다.

"왜? 너도 벤저민이 호모라고 생각하니?"

데이비드가 물었다.

"벤저민의 잠옷이 분홍색이긴 해. 하지만 다른 건 잘 모르겠어."

두 사람은 서로를 쳐다보며 웃었다.

"그런데 너 아직 내 질문에 대답 안 했어."

그가 그녀를 뚫어져라 쳐다봤다.

"뭐?"

"네 부모님도 널 멀리 보내고 싶어 하셨느냐고."

그 질문에 대한 대답은 어렵지 않았다.

"당연하지. 세상의 모든 부모님들은 모두 십대 자녀들을 냉동고에 꽁꽁 얼려놨다가 성인이 다 된 뒤에 녹이면 좋겠다고 생각하잖아. 하지만 그게 불가능하니까 우릴 여기로 보낸 거 아니겠어?"

"무슨 얘길 그렇게 재밌게 해?"

데비는 얼굴이 벌겋게 달아올라서는 그들이 앉아 있던 소파로 다가와 풀썩 주저앉았다.

"벤저민에 대해 얘기하고 있었어."

데이비드가 대답했다.

"벤저민은 매너가 없어. 계속 로즈하고만 춤추잖아. 나하고도 한번쯤은 춰야 하는 거 아냐?"

데비는 몹시 언짢은 표정을 지었다.

"알렉스한테 물어보는 건 어때? 딱히 파트너도 없는 것 같던데."

"정말? 그거 좋은 생각이네!"

데비는 스프링처럼 벌떡 일어났다. 그러더니 무대 가까이에서 뭘 할지 몰라 망설이듯 서성거리고 있는 알렉스에게 쏜살같이 달려갔다. 율리아와 데이비드는 그 모습을 지켜보고 있었다.

"아마 오늘 밤 잠도 제대로 못 잘걸."

율리아가 먼저 말을 꺼내자 데이비드가 고개를 끄덕였다.

"알렉스한테 빠지기 직전이잖아."

"벌써 좋아하는 사람 있는 것 같던데."

"재한테 그런 건 전혀 문제도 안 될걸."

"그건 그래."

"너에 대해 좀 더 얘기해줘, 율리아."

"뭘?"

"어디서 자랐는지 등등."

빌어먹을. 데이비드는 친절해. 너무 친절해서 내 타입은 아니야.

그런데 왜 자꾸 이런 걸 묻는 거지?

"글쎄. 내 고향은 세상 전부라고 할 수도 있고 또 아예 없다고 할 수도 있어. 우리 부모님, 그러니까 우리 가족은 너무 자주 옮겨 다녔거든. 내 기억에 나랑 내 동생은 1년 이상 한 학교에 다녀본 적이 없었어."

"힘들었겠다."

"그러는 넌?"

"내가 기억하는 한 난 몬태나에서 살았어. 그레이스에 입학 시험을 보려고 결정한 그 순간까지는 말이야."

"몬태나라고? 그럼 로키 산맥 근처에서 자랐단 말이니?"

"응, 그레이트폴스라는 곳이지. 몬태나 주에서 세 번째로 큰 도시지만 인구는 5만 6천 명밖에 안 돼."

"그럼 이 외진 곳엔 왜 왔어? 밴쿠버나 미국의 다른 큰 도시에 있는 대학으로 안 가고?"

율리아의 질문에 잠시 그의 낯빛이 어두워졌다.

"그 질문에 대한 답은 생각을 좀 해봐야겠는데."

"생각을 해봐야 한다고?"

"그래."

그러더니 갑자기 큰 소리로 웃었다. 하지만 율리아는 그가 농담한 게 아니라는 걸 알 수 있었다. 자신에게 일어난 일을 말할 수 없을 때 어떤 느낌이 드는지 잘 알고 있었으니까.

잠시 후 그는 자기 잔을 들어 올리더니 그녀에게 건배를 청했다.

"건배, 율리아. 4년 뒤에 이 계곡을 떠나 어른이 되는 그날을 위해."

"건배."

그녀는 잔을 마저 비우곤 그 잔을 데이비드에게 내밀었다.

"더 마시게?"

"응. 부탁해!"

"괜찮겠어?"

"그럼."

데이비드는 그녀의 잔을 받아 들고 일어나더니 산등성이 쪽으로 서서히 몰려드는 구름을 올려다보았다.

"아무래도 비가 올 것 같네."

***

웃음소리는 그사이 드리워진 땅거미를 가득 채웠다. 율리아는 고개를 뒤로 젖혔다. 학생들 몇몇은 초를 켰다. 오래된 잼 병을 촛대 대신 사용했다. 또다시 누군가가 아리엘이라는 여학생을 봤느냐고 물었다. 아직도 찾지 못한 모양이었다. 율리아는 술기운을 느꼈지만 우울해질 거라는 예상과 달리 시간이 갈수록 기분이 좋아졌다. 그녀는 또다시 호수 쪽을 바라보았다. 거기엔 로버트가 여전히 같은 자리에 앉아 있었다. 하지만 이번엔 혼자가 아니었다. 여학생 둘이 그보다 조금 떨어진 곳에서 머리를 맞대고 앉아 있었다. 그들 옆에는 벤저민이 서 있었다. 그는 마치 호수의 전체 풍경을 담으려는 듯 호수 쪽으로 앵글을 향한 채 천천히 카메라를 움직이고 있었다.

벤저민이 자연 풍경에 대해서도 저렇게 관심이 많은 줄은

몰랐는데.

율리아는 속으로 생각했다.

그런데 갑자기 불편한 느낌이 들었다. 누군가로부터 감시를 당하고 있는 것 같은 기분이었다. 그녀는 타인의 시선이 느껴지는 왼쪽으로 고개를 돌렸다.

크리스가 베란다 아래 나무 옆에 기대서서 그녀 쪽을 보고 있었다. 그녀는 온몸에 소름이 돋았다.

또 크리스야!

그녀는 흥분하지 않으려고 무진장 애를 썼다. 마음 같아선 당장 일어나 달아나고 싶었다. 다행히도 데이비드가 돌아오는 걸 보자 마음이 좀 놓였다. 그의 웃는 얼굴은 크리스의 따가운 시선을 치료해주는 약과 같았다. 데이비드가 그녀 옆에 앉았다. 잠시 동안 둘은 바싹 붙어 앉아 있었다.

하지만 율리아는 마음이 편하지 않았다. 크리스가 사라졌길 바라면서 다시 그쪽으로 고개를 돌렸다. 하지만 그는 여전히 그녀를 쳐다보고 있었다. 율리아는 치를 떨었다.

"춥니?"

데이비드가 어깨에 걸치고 있던 스웨터를 그녀에게 건넸다.

"고마워."

율리아는 스웨터를 받아 어깨에 둘렀다. 하지만 그녀를 오싹하게 만든 건 한기가 아니라는 걸 그녀는 잘 알고 있었다.

실제로 날씨는 아까보다 더 후텁지근해졌다. 데이비드의 말대로 곧 폭우가 쏟아질 것 같았다. 율리아는 점점 더 어두워지는 하늘을 올려다보았다. 동쪽으로부터 시꺼먼 구름들이 산봉우리 위로 몰려오고 있었다. 고스트 뒤편의 빙산 지역은 더 이상 육안으로 보이지 않았다.

"아무래도 무슨 꿍꿍이가 있는 것 같아."

데이비드가 말했다.

"꿍꿍이라니, 누구 말이야?"

"누구긴 누구야, 이 자리를 꾸민 상급생들이지."

갑자기 음악이 멈추더니 춤을 추고 있던 학생들이 술렁거리기 시작했다. 하나같이 어리둥절한 표정으로 서로를 쳐다보거나 주위를 두리번거렸다. 그때 오디오 뒤에 자리 잡고 있던 검은 머리 남학생이 베란다 난간을 뛰어넘어 율리아와 데이비드가 있던 곳에서 그리 멀지 않은 곳에 착지했다. 율리아와 비슷한 키의 그는 얼굴이 백지장처럼 하얬고 비쩍 마른 데다가 특이하게 하얀 목도리를 두르고 있었다.

"저건 또 누구야?"

데이비드가 율리아를 보며 물었다.

"톰이야. 알렉스랑 이사벨 선배와 같은 학년이래."

"그런데 뭘 하려는 걸까?"

"글쎄. 나도 모르겠네."

톰은 어디선가 '기름'이라고 쓰인 양철 드럼통을 끌고 오더니 그 위에 올라섰다.

"어이, 친구들! 슬슬 지겨워지지 않아?"

우— 우—

"소박한 공연 하나 감상해보는 건 어때?"

학생들은 대답 대신 휘파람과 환호성을 보냈다.

"좋아, 그럼 잘 보라고!"

"어서, 톰! 신입생들의 기대를 저버리면 안 돼! 얼른 쇼를 시작해!"

톰은 두 팔을 활짝 벌리면서 고개를 숙였다.

"고귀하신 관객 여러분, 누굴 보길 원하시죠?"

"요다요!"

톰은 잠시 생각하는 듯하더니 두 손을 바지 주머니에 찔러 넣고 머리를 숙였다. 그리고 연신 고개를 끄덕이다가 입을 실룩이며 소리쳤다.

"하느냐 마느냐! 그것이 문제로다!"

그다음에도 〈스타워즈〉에 나오는 대사들이 쉴 새 없이 이어졌다.

"루크, 내가 이 세상을 떠나고 나면 네가 마지막 남은 제다이 기사가 될 것이다."

톰이 팔을 들어 올리자 박수갈채를 보내던 사람들이 조용해졌다.

"우리는 브랜던 교수님께 요다의 철학에 관한 세미나를 해달라고 요청해야 합니다."

우— 우—

“브랜던 교수님이 학생들한테 상당히 인기가 좋은가봐.”

율리아가 말했다.

“글쎄, 난 그분이 어떤 사람인지 잘 파악이 안 돼.”

데이비드가 대답했다.

“그 교수님은 학생들과의 게임을 즐기신대.”

그 순간 톰이 소리쳤다.

“지금까지 배웠던 것들은 모두 잊어버려.”

그 말에 율리아는 등골이 오싹해졌다.

“왜 그래? 춥니?”

데이비드의 물음에 율리아는 고개를 젓곤 다른 학생들처럼 박수를 쳤다. 톰은 드럼통 위로 몸을 굽히고 다른 역할을 연기할 준비를 했다. 그의 목소리는 신비로운 요다의 목소리에서 갑자기 쉰, 거의 속삭이는 듯한 목소리로 바뀌었다.

“연쇄살인범들 대부분은 희생자의 신체 일부를 기념품으로 간직하는 습성이 있어. 하지만 난 절대로 그러지 않았지.”

정적—

관객들은 경악하는 시늉을 했다.

“맞아요. 대신 당신은 그걸 먹었죠.”

누군가 소리쳤다.

“〈양들의 침묵〉!”

로즈가 신이 나서 소리쳤다.

"한니발 렉터야."

"특이한 헤어스타일을 한 숙녀분께 10달러를 상금으로 드리지!"

톰이 말했다.

"그대가 찾는 그 남자는 뭘 하지?"

"여자들을 죽이지."

대답을 한 건 크리스였다.

박수갈채가 터지기 직전 갑자기 어디선가 비명 소리가 났다.

크고 절망적인 비명이 호수 너머로 울려 퍼졌다.

율리아는 피가 얼어붙는 것만 같았다.

안 돼, 제발. 다시는!

솔로몬 바위

1초쯤 지났을까. 모두들 어리둥절하고 당황스러운 마음으로 숨죽여 비명 소리를 들었다. 비명 소리는 꽤 오래 지속되었고 산허리에 부딪혀 끝없이 메아리쳤다. 사납게 짖어대는 불도그의 소리조차도 비명을 잠재우진 못했다. 잠시 후 여기저기서 비명 소리의 정체를 묻는 흥분된 목소리들이 들렸고 여학생 몇몇은 신경질적으로 소리를 질러댔다. 율리아는 흥분이 점차 공포로 변해가는 걸 지켜보았다. 톰은 드럼통에서 뛰어내려와 보트 데크로 달려갔다. 그리고 많은 학생들이 그의 뒤를 따라갔다.

수많은 발 아래서 널빤지는 쿵쿵대며 울렸고 난간도 위험해 보일 정도로 흔들거렸다. 율리아는 보트 데크가 금세라도 부러져 내려앉진 않을까 두려웠다. 하지만 데크는 우르르 몰려가 멀리 호수를 내다보는 인파를 기적처럼 견뎌냈다. 호수는 석양빛 아래 짙은 청색으로 변해가고 있었다. 바람이 강하게 불어왔다.

"저쪽에 무슨 일이 생겼나봐!"

데이비드가 자리에서 벌떡 일어서더니 무리들을 따라갔다.

율리아는 그대로 앉아 있었다. 그냥 눈을 감은 채 꼼짝도 하지 않았다. 그녀는 알렉스가 자신을 이 외딴 계곡으로 데리고 왔던 첫날, 하늘에 맴돌던 맹금들처럼 그녀의 머릿속을 맴도는 공포를 가만히 지켜보고 있었다.

그 새들은 어디 있지?

새들은 그날 이후로 한 마리도 보이질 않았다. 한 번도. 단 한 번도 보이질 않았다.

그다음엔 물고기를 떠올렸다. 죽은 물고기의 눈알이 아직도 기억에 선했다. 그리고 싸늘한 물고기 사체로 넘쳐나는 호수를 상상해보았다.

"이 호수는 죽었어"라고 했던 로버트의 말이 떠올랐다.

그 속에 일종의 그리움 같은 것이 배어 있지 않았던가?

그때 누군가를 부르는 소리, 고함 소리가 귓가를 때렸다.

아냐, 나와 상관없는 소리야. 그게 아니라면 내 이름을 불렀을 테지.

율리아는 더 깊이 소파에 몸을 묻었다. 망가진 등받이의 스프링을 느끼면서 자신의 어두운 내면을 들여다보았다.

어릴 때부터 로버트는 현실과 환상의 좁은 길 사이를 아슬아슬하게 걸어왔었다. 늘 미끄러질 것 같은 위험을 안고서. 엄마는 아들이 환상과 예지가 지배하는 자신만의 세계로 완전히 넘어가버릴까봐 두려워했었다. 솔직히 말해서 율리아는 그 제로라인이라는 걸 한 번도 믿지 않았었다. 그건 그저 사랑하는 아들이 가끔씩 그의 뇌 안에서 일어나는 미지의 영역 속으로, 아무도 통제할 수 없는 곳으로 빠져드는 것에 대한 엄마의 변명이 만들어낸 허구일 뿐이라고 생각했었다.

그녀는 그 말을 믿지 않았었다. 하지만 그건 잘못이었다.

"율리아!"

누군가 그녀 앞에 무릎을 꿇고 앉아 있었다. 크리스였다.

"율리아, 내 말 들려? 왜 여기 가만히 앉아 있는 거야? 로버트가 물에 뛰어들었단 말이야! 율리아, 우릴 도와줘! 로버트가 수영은 할 줄 알아? 저기서 혼자 빠져나올 수 있을까?"

서서히, 아주 서서히 그가 한 말들이 그녀의 의식 속으로 흘러들어오고 있었다. 그녀는 힘겹게, 아주 힘겹게 현실로 되돌아왔다. 로버트는 수영을 할 수 있었다. 하지만 그는 아빠가 종용했었던 수영 대회를 죽도록 싫어했었다.

그런데 크리스가 그런 걸 왜 묻지?

"로버트는…… 물을…… 싫어해!"

그제야 그녀는 서서히 온몸에 퍼지는 전율을 느꼈다.

"아무래도 로버트가 그린아이 쪽으로 헤엄쳐 가고 있는 것 같아."

멀리서 한 여학생의 소리가 들렸다.

"그린아이라고?"

누군가 물었다.

"솔로몬 바위 아래 부분 말이야."

다른 누군가가 다급하게 대답했다.

"저기 왼쪽에 있잖아. 날씨가 맑을 땐 물속에 녹색 원 같은 게 보이거든."

솔로몬이라, 이름 한번 특이하네.

"율리아!"

또다시 크리스의 목소리가 율리아의 의식 속으로 파고들어 왔다.

"너 괜찮아? 왜 그래? 네 동생 일이잖아! 지금 빨리 도와주지 않으면 익사할지도 몰라!"

갑자기 두 손이 그녀의 팔을 붙들더니 거칠게 일으켜 세웠다. 그러자 마침내 그녀를 짓누르고 있던 마비 증세가 사라지고 그녀는 삶 속으로 돌아왔다.

율리아는 크리스를 밀치고 끝없이 멀게 느껴지는 보트 데크를 가로질러 호수 쪽으로 달려갔다. 그곳까지 가는 동안 그녀는 자신을 멀뚱멀뚱 쳐다보고 있는 수많은 사람들을 뚫고 지나가야 했다.

율리아를 쳐다보는 그들의 표정들은 아주 다양했다. 단순히 놀란 사람들에서부터 히스테리적인 호기심에 이르기까지. 작은 웅성거림과 사람들의 얼굴에서 율리아는 놀람과 경악을 읽을 수 있었다. 심지어 몇몇은 히죽히죽 웃기까지 했다. 율리아는 그들의 반응을 이해할 수가 없었다. '지금 이 상황에서 웃음이 나와?'라고 소리 지르고 싶었다.

번개가 쳐 잠시 하늘이 환해졌다. 흰 갈지자형 선. 번개는 화살처럼 호수의 아주 작은 붉은 점을 향해 내리꽂혔다. 로버트. 빨간 스웨터 차림의 로버트는 가느다란 팔로 물살을 가르며 바위를 향해 다가가고 있었다.

크리스가 무리들을 헤치고 율리아를 뒤쫓아왔다.

"제길."

크리스의 목소리가 들렸다. 그는 왼쪽을 응시했다.

"저기서 뭘 하려는 거지? 솔로몬 바위 쪽은 육지가 없는데. 1~2미터도 채 안 되는 아주 좁은 돌바닥뿐이라고. 그리고 바로 절벽 같은 바위뿐인데. 바위는 너무 가팔라서 잡고 기어오르는 게 불가능해. 절대로 올라갈 수 없어."

"걱정하지 마, 율리아!"

갑자기 어디선가 로즈가 나타나더니 율리아의 손을 꼭 잡아주었다.

"학교에 틀림없이 쾌속정이 있을 거야. 벌써 알렉스가 보안대에 연락 중이야."

뇌우는 아직 멀리 있는 것 같았다. 하지만 산봉우리 위의 하늘은 벌써 한밤중인 양 어두웠다. 바람이 더 강해졌고 거울처럼 잔잔했던 호수도 온데간데없었다. 바람이 물을 일으켜 육지 쪽으로 파도가 몰아쳤다. 빠른 속도로 무섭게 변하는 날씨는 지켜보는 이들을 겁먹게 하기에 충분했다.

율리아는 주변이 조용해지는 걸 느꼈다. 오직 데비만이 신경질적으로 울먹이며 소리쳤다.

"재 미쳤나봐! 정신이 나갔어!"

율리아는 로버트의 머리가 수면으로 떠오르는 걸 보았다. 숨을 쉬려고 안간힘을 쓰는 게 똑똑히 보였다.

율리아는 신발을 벗으려고 몸을 숙였다. 모든 걸 비현실적으로 느끼게 했던 마비 증세가 사라지자 겨우 그녀는 자신이 무엇을 해야 할지 깨달았던 것이다.

"로버트, 조금만 더 참아! 버텨야 해!"

마침내 신발과 양말을 모두 벗은 율리아는 곧 보트 데크 끄트머리에 서서 두 팔을 올리고 다이빙을 하려 했다.

"안 돼, 율리아! 그러지 마!"

그때 로즈가 나타나더니 두 팔로 율리아를 끌어안으며 말렸다.

"놔줘! 내가 가야 해……. 로버트가 점점 힘이 빠지고 있잖아. 너도 봐! 혼자서는 나오지 못해!"

맨발에 닿아 있는 널빤지는 젖어서 미끄러웠고 얼음처럼 찼다. 하지만 율리아는 신경 쓰지 않았다. 그녀는 로즈를 밀치곤 물속으로 뛰어들려고 했다. 바로 그 순간 또다시 다른 누군가가 그녀를 붙잡았다.

데이비드의 눈빛은 단호했다.

“넌 이 호수를 모르잖아!”

그는 그렇게 말하더니 율리아가 상황을 채 파악하기도 전에 물속으로 사라져버렸다. 그리고 빠르고 힘차게 로버트가 있는 쪽으로 헤엄쳐갔다.

***

“데이비드가 거의 다 갔어.”

로즈가 다시 율리아의 손을 잡으며 말했다. 로즈는 바르르 떨고 있었다. 얼굴은 백지장처럼 하얬고 얼굴에는 동정심과 공포심이 뒤섞여 있었다.

데이비드는 율리아가 생각했던 것보다 훨씬 더 빨리 로버트가 있는 곳까지 갔다. 파도가 방해되긴 했지만 그가 물속으로 팔을 담글 때마다 로버트와의 거리가 좁아졌다. 데이비드는 바람의 리듬을 느끼고 있는 게 분명했다. 그는 바람이 다음 공격을 위해 힘을 모으려고 잠잠해진 틈을 타 앞으로 성큼성큼 나아가고 있었다. 몇 초 동안 세상은 만화영화처럼 몇 개의 장면으로 나뉘어졌다.

드디어 로버트가 있는 곳까지 불과 50여 미터밖에 남지 않았을 때였다. 비명 소리와 함께 돌풍이 로버트를 휘감아 물속으로 처박아버렸다.

몇 분 사이에 미러 호는 완전히 돌변해 있었다. 마치 자신의 위대함을 인정하려 들지 않는 두 청년 때문에 화가 난 것처럼 있는 힘을 다해 그들을 억누르려고 하는 것 같았다.

로버트의 머리가 다시 수면으로 떠오르기까지는 한참이 걸렸다. 그는 숨을 몰아쉬며 두 팔을 버둥거리다가 또다시 물속으로 처박혔다. 그런데도 그는 기어이 소용돌이치는 호수 한가운데 우뚝 선 절벽 쪽으로 가고 있었다.

"포기하면 안 돼!"

누군가가 율리아의 등 뒤에서 소리쳤다.

"넌 수영 챔피언이잖아, 데이비드!"

이제 둘 사이에는 몇 미터밖에 남지 않았다. 10미터, 9미터, 8미터, 7미터…… 드디어 두 사람의 간격은 팔만 뻗으면 닿을 만큼 가까워졌다.

데이비드가 손을 뻗어 로버트의 어깨를 잡자 율리아는 안도의 한숨을 내쉬었다. 그런데 바로 다음 순간 두 사람 모두 부글거리는 파도 속으로 사라져버렸다.

그리고 오랫동안 다시 떠오르지 않았다.

"맙소사, 둘 다 빠져 죽었나봐!"

신경질적으로 훌쩍거리는 데비 때문에 율리아는 미칠 것만 같았다.

"이건 너무하잖아. 여기 온 지 겨우 일주일밖에 안 됐는데!"

"저기 다시 나왔어. 진정해, 데비. 데이비드가 로버트를 구해낼 거야. 난 알아."

로즈가 부드러운 목소리로 말했지만 데비는 진정할 줄을 몰랐다.

"걔네들 또 뭐 하는 거야, 얼른 돌아오지 않고? 데이비드! 데이비드! 여기야, 여기!"

"그건 데이비드도 알걸."

크리스가 빈정거렸다.

그런데 데크 쪽으로 돌아오는 대신 데이비드는 로버트를 끌고 빠르게 절벽 쪽으로 가고 있었다. 아까 누군가 그린아이라고 불렀던 바로 그 지점으로.

그린아이.

이름만 봐선 위험한 것 같지 않았다. 오히려 좀 유치하게 들렸다.

다음 파도가 그들을 덮치기 전에 두 사람은 육지, 아니 호수로부터 솟아올라와 있는 아주 좁은 돌바닥에 다다랐다.

"다행이네. 이제 살았어."

데비의 목소리에는 왠지 실망한 기색이 느껴졌다.

"그렇지 않아."

크리스가 중얼거렸다.

데이비드는 오른팔로 로버트를 붙든 채 왼팔로 바위 위로 올라가려 애쓰고 있었다. 하지만 파도 때문에 번번이 실패하고 말았다. 그는 수면이 좀 잠잠해지길 기다렸다가 다시 한 번 시도했다. 하지만 또 실패했다.

"왜 올라가질 않는 거지?"

이제는 로즈의 목소리도 격양되었다.

"미러 호는 아주 음흉해."

크리스가 앙다문 잇새로 내뱉듯이 말했다.

"저 아래에는 아무도 그 원리를 설명할 수 없는 기이한 소용돌이 같은 게 있어."

숨을 참고 있는 듯하던 크리스가 마침내 속삭였다.

"어서 해, 제발."

율리아가 두 손으로 얼굴을 가리기 전에 마지막으로 본 광경은 필사적으로 로버트의 손을 잡은 채 겨우 상체만 돌바닥 위에 얹은 데이비드와 수면에 솟아 있는 작은 바위를 부둥켜안고 있는 로버트의 모습이었다.

"저러다 둘 다 죽겠어!"

데비의 날카로운 목소리가 들렸다.

"맙소사! 이제 이 파티에 참석한 사람들 모두 이번 일에 대해 책임을 져야 할 거야! 난 당장 기숙사로 돌아갈래! 골치 아픈 일 생기는 거 싫어!"

다음 순간 율리아는 짝— 하는 소리를 들었다.

율리아의 눈이 휘둥그레졌다. 데비가 크리스의 손자국이 선명하게 찍힌 빰을 두 손으로 감싸고 있었던 것이다.

"제발 그 빌어먹을 입 좀 다물어. 다시 한 번 더 나불거리면 내가 무슨 짓을 할지 장담 못 해!"

무너지는 희망

마치 누군가 산봉우리 뒤편에서 불을 비추기라도 한 것처럼 지평선이 환해지더니 이내 쿠르릉 쾅— 하고 둔탁한 천둥이 울렸다. 바람이 거세게 휘몰아쳐 파도가 자꾸만 두 청년을 덮치곤 했다. 두 사람은 여전히 바위 밑 돌바닥으로 기어 올라가지 못하고 있었다. 적어도 멀리서 보기엔 둘 다 수면에 튀어나온 작은 돌부리에 필사적으로 매달려 있는 것처럼 보였다.

하지만 매분 매초가 지날 때마다 주위가 빠르게 어두워지고 있었다. 곧 칠흑 같은 어둠이 시작될 게 뻔했다.

"대체 보안대는 뭘 하느라 여태 안 나타나는 거야?"

로즈가 절망적으로 소리쳤다.

"도착할 시간이 한참 지났는데."

그때 톰이 어디선가 헐레벌떡 뛰어왔다. 머리카락이 땀에 젖어 이마에 들러붙어 있었다.

그 뒤로 이사벨이 따라오고 있었다. 얼굴은 창백했고 역시 땀으로 뒤범벅되어 있었으며 불안한지 연신 옷소매를 잡아 뜯고 있었다.

"알렉스가 지금 백방으로 애쓰고 있어. 좀만 더 기다려봐."

톰이 숨을 헐떡이며 말하자 크리스가 고개를 저었다.

"지금 당장 무슨 수를 써야 돼."

로즈는 눈으로 호수 연안을 훑었다.

"저 바위까지 다른 길로 돌아서 갈 방법은 없나요?"

톰은 잠시 생각하는 듯했다.

"연안을 따라가는 건 불가능해. 너무 가파르거든. 또 숲을 통과해서 가기엔 시간이 너무 오래 걸리고. 최소한 15분은 걸릴걸."

"상관없어요."

크리스가 결심한 듯 어깨를 펴며 말했다.

"이런 풍랑에 보트가 뜰 수 있을지도 의문이잖아요. 하지만 일단 바위까지만 가면 적어도 두 사람을 끌어올려볼 순 있어요. 호수가 더 미쳐 날뛰기 전에 서둘러야 해요."

그는 그린아이를 가리켰다. 율리아는 다른 방법이 없음을 직감했다. 바람이 점점 더 거세졌고 무서운 속도로 몰아치며 높은 파도를 일으키고 있었다. 이대로 가다간 로버트와 데이비드도 더 버티기 힘들 것 같았다. 알렉스가 그 빌어먹을 보트를 타고 올 때쯤이면 이미 때는 늦어 있을지도 몰랐다.

"뭘 더 기다리는 거야?"

율리아가 소리쳤다.

"좋아!"

톰은 이사벨과 재빨리 눈짓을 주고받았다. 이사벨은 고개를 끄덕였다.

"이사벨이 너희들에게 길을 알려줄 거야. 그리고 보트하우스에 밧줄이 있으니까 갖고 가. 난 여기서 알렉스를 기다렸다가 너희들을 뒤따라갈게."

"벤저민, 네 손전등 좀 빌려줘."

크리스가 급하게 손을 내밀자 벤저민은 그에게 손전등을 건네주었다.

"재킷이랑 스웨터를 여러 장 갖고 가. 두 사람 다 저체온증에 걸리지 않도록."

로즈가 말했다.

"내가 벤저민이랑 데비와 함께 가능한 한 많이 구해볼게."

"서둘러야 해."

크리스는 그렇게 말하더니 곧 목소리를 낮춰 율리아에게 속삭였다.

"네 동생한텐 아무 일도 없을 거야. 내가 약속할게."

그의 말은 율리아를 안심시키기 위해서라기보단 자기 자신에게 하는 맹세 같았다. 그는 무슨 말을 더 하려고 하다가 그냥 돌아서서 이미 출발해버린 이사벨의 뒤를 따라갔다.

***

율리아는 마치 지옥을 지나가는 기분이었다. 하지만 지옥은 이미 예전에 초월한지라 무섭지는 않았다.

얼마나 오랫동안 숲속을 헤매고 있는지 알 수가 없었다. 하늘은 이제 누런 잿빛을 띄고 있었는데 오히려 깜깜할 때보다 더 위협적으로 보였다. 거대한 구름이 산봉우리로부터 계곡 쪽으로 몰려오고 있었다. 모양이나 크기가 거대한 비행선 같았다. 바로 눈앞에 있는 크리스와 이사벨조차 알아보기 힘들었다. 다만 그들의 헐떡이는 숨소리와 흙바닥을 밟는 발소리, 그리고 밟혀 옆으로 튕겨나가는 돌멩이 소리만 들릴 뿐이었다.

그리고 둔탁한 소리. 계곡을 흔들던 천둥이 곧이어 비행선이 폭발하는 것처럼 불꽃을 튀며 아래로 우르르 쏟아졌다.

그리고 또 끝없이 갈 길을 방해하는 나무들. 나무들은 마치 허깨비처럼 나타나 그들이 가는 길을 방해했고 등 뒤에서 알아듣지 못할 말을 지껄여댔다. 그들은 마치 '늦었어. 너무 늦었어'라고 말하는 것 같았다.

쿠르릉 쾅—

또다시 천둥이 쳤다. 누군가가 그들의 발걸음을 재촉하기 위해 거대한 북을 울려대는 것 같았다. 참 이상했다. 호수가 보이지는 않았지만 그 소리는 들을 수 있었다. 파도가 그녀의 심장 소리에 맞춰 바위를 때리곤 그들의 오른쪽 어디쯤에 있는 깊은 곳으로 곧장 떨어지곤 했다.

"잠깐! 저 앞 어디쯤인 것 같아!"

앞서가던 크리스가 소리쳤다.

그녀는 걸어가면서 고개를 옆으로 돌렸다. 그러자 불과 20여 미터 앞에 우뚝 솟아 있는 거대한 바위가 보였다.

이사벨이 뒤를 돌아보았다. 땀에 젖은 금발이 머리에 찰싹 달라붙어 있었다.

"네 말이 맞아, 크리스. 저게 솔로몬 바위야. 그런데 일단 저 위로 올라가야 해. 올라가면 물 쪽으로 내려갈 수 있는 지지대가 있어."

또다시 환한 번개가 칠흑 같은 밤하늘을 둘로 갈라놓았다.

율리아는 멈칫했다.

'위험! 사망·사고 발생 지역!'

나무에 빨간 경고문이 붙어 있었다.

먹구름 속에서 수차례 날카로운 번개가 쳤다.

"어서 가자."

숨을 헐떡이던 크리스는 암벽을 타고 오르기 시작했다. 율리아는 아드레날린이 마구 분출되면서 새로운 에너지가 샘솟는 걸 느꼈다.

그녀는 한 발짝 한 발짝씩 위로 올라갔다. 이사벨은 그녀 뒤에서 따라오고 있었다. 율리아는 두 손으로 돌덩어리를 꽉 움켜쥐곤 온몸을 끌어올렸다. 2미터 내지 3미터쯤 올라가자 너무 힘들어서 숨이 몹시 가빠졌다.

상관없어. 계속 가야 해!

그 시간이 한없이 길게만 느껴졌다. 하지만 막상 꼭대기에 이르자 서 있을 만한 곳이 없었다. 좌우를 돌아보지 않고 조심조심 좁은 바위 모서리를 따라 앞으로 걸어갔다. 눈에 들어오는 건 오직 돌덩이들뿐이었다. 그리고 좌우로는 육지로 밀려나가는 높은 파도가 보였다.

마침내 율리아와 크리스 그리고 이사벨은 바위 능선 끝에 이르렀다. 그 앞쪽은 뱃머리처럼 뾰족하게 위로 솟아 있었다. 그들은 그곳에 잠시 멈춰 서서 눈앞에 펼쳐진 무시무시한 광경을 바라보았다.

머리 위의 하늘은 시꺼먼 화산처럼 부글부글 끓으면서 끊임없이 폭발하고 있었다. 그리고 수백 미터 아래에는 호수가 있었다.

"아, 하느님!"

"왜 그래?"

지금까지 비는 한 방울도 떨어지지 않았었다. 하지만 율리아는 사방이 어두운데도 불구하고 수위가 높아지고 있다는 걸 알아차렸다.

만약 그새 저 아래 돌바닥이 물속에 잠겨버렸으면 어쩌지?

"수위가 높아진 것 같지 않아?"

율리아가 소리쳤다.

"두 사람 다 안 보여!"

크리스는 두 무릎을 짚은 채 숨을 몰아쉬었다.

"젠장! 바위의 경사가 거의 직각이야. 저길 살아서 내려가는 건 불가능해."

율리아는 그를 빤히 쳐다보았다.

그래서 지금 나 혼자 가란 말이야? 처음부터 날 여기로 데려온 건 자기면서 이제 와서 날 돕지 않겠다고?

"그럼 돌아가! 그냥 돌아가버려!"

그녀가 소리쳤다.

"나 혼자 해도 돼! 넌 필요 없어! 아무도 필요 없다고!"

그녀의 외침에 크리스는 당황한 듯했다.

"이건 단순히 너나 네 정신 나간 남동생만의 문제가 아니야, 알겠어? 네 동생 때문에 데이비드의 목숨까지 위험하게 됐잖아!"

"그만해!"

갑자기 등 뒤에서 힘준 목소리가 들렸다.

이사벨이 바위 모서리 끝에 바싹 붙어 서 있었다.

"내가 아까 말했잖아, 아래로 내려가는 지지대가 있다고."

율리아는 몸을 더 깊이 숙여 최소한 10미터 이상은 되어 보이는 시꺼먼 구멍 같은 아래를 내려다보았다. 아래에선 파도가 미친 듯이 널뛰고 있었다. 수 미터는 족히 되어 보이는 파도가 여전히 바위를 치며 돌바닥을 훑고 가곤 했다.

"두 사람 다 안 보여!"

율리아가 바람에 맞서 소리쳤다.

"파도가 두 사람을 휩쓸어가버렸나봐!"

"아닐 거야."

이사벨이 침착하게 대답했다.

"내 눈엔 뭔가 보여. 저 아래 누군가 있다고. 내가 아래로 내려갈게. 전에도 한번 해본 적 있어."

"그럼 나도 같이 갈게요."

율리아가 너무 단호하게 말해서 아무도 반박할 수 없었다.

"그럼 내가 앞장설게."

이사벨이 말했다.

"내려가기 전 밧줄로 허리를 묶어야 돼. 이 바위는 진짜 미끄럽거든. 네가 설사 발 디딜 곳을 못 찾더라도 크리스가 위에서 밧줄을 잡고 있으면 돼. 크리스, 손전등 좀 줘!"

"나도 같이 가겠어요!"

크리스가 말했지만 이사벨은 단호했다.

"그건 안 돼. 나중에 우릴 끌어올려줄 수 있는 사람은 너뿐이야."

번개가 점점 더 짧은 간격으로 번쩍이고 있었다. 번개가 치면서 잠시 크리스의 얼굴을 환하게 비추었다. 그는 율리아를 보면서 망설였다. 그러자 율리아가 말했다.

"선배 말이 맞아. 위에서 우릴 끌어올려줄 사람이 필요해."

이사벨이 율리아를 재촉했다.

"먼저 내려갈게."

곧 그녀의 머리가 어둠 속으로 사라졌다. 크리스는 율리아의 허리에 밧줄을 감아주었다. 그런데 율리아가 돌아서려고 하는 순간 크리스가 율리아의 손을 잡았다.

"아까 그런 말 해서 미안."

하지만 율리아의 귀에는 그의 쉰 듯한 목소리가 거의 들리지 않았다.

"본심은 아니었어, 알지? 내가 꼭 잡고 있을게."

크리스는 율리아를 바라보았다. 그의 눈 속에 있는 뭔가가 그녀의 마음을 움직였다.

율리아는 왠지 모르게 그의 말을 믿고 싶어져서 아무 말 없이 고개를 끄덕였다. 그리고 돌아서서 이사벨을 따라 시커먼 심연 속으로 내려갔다.

두 손으로 뾰족한 돌덩이들을 꽉 붙들었다. 오른발이 허공에서 허둥거렸다. 그녀는 온몸을 벌벌 떨면서 디딜 곳을 찾았다. 마음을 진정시키려고 발자국을 하나씩 세었고 한 발씩 내디딜 때마다 숨을 들이쉬었다가 다시 내쉬면서 허파를 가득 채운 공기에 집중했다. 그러자 잠시나마 자신이 오직 밧줄 하나에 온몸을 맡긴 채 미러 호 위 허공에 떠 있다는 사실을 잊을 수 있었다.

드디어 아래에 도착했다. 그녀는 암벽에 등을 바싹 붙이곤 발로 축축하고 미끄러운 돌바닥 위에서 디딜 곳을 찾았다. 바람이 너무 세차서 자칫하면 균형을 잃을까봐 몹시 두려웠다. 폭풍은 연신 수면을 후려쳤고 빛이라곤 이사벨이 들고 있는 손전등의 불빛이 전부였다.

“제 동생이랑 데이비드가 보여요?”

“그래, 여기 누군가 있어.”

이사벨은 손전등으로 바닥에 꼼짝도 않고 누워 있는 사람을 비추었다. 두 다리는 물속에 잠겨 있었다.

율리아는 자신도 모르게 비명을 지르고 말았다. 그리고 단숨에 그 사람 곁으로 다가갔다.

로버트였다.

이사벨은 로버트 쪽으로 몸을 숙였다.

“괜찮아. 맥이 뛰고 있어.”

이사벨의 목소리에서 안도하는 기색이 느껴졌다.

“그런데 데이비드는 어디 있지?”

“데이비드요?”

율리아는 이사벨의 목소리에서 갑작스러운 공포를 느꼈다. 그녀는 로버트 쪽으로 몸을 숙이곤 물었다.

“로버트, 내 말 들리니? 데이비드는 어디 있어? 널 놓쳤니?

바위 위로 같이 못 올라왔어?"

"데이비드…… 데이비드는…… 그 여자를 찾으러…… 다시 물속으로 들어갔어요."

"이런, 바보같이!"

이사벨의 목소리가 두려움으로 날카롭게 찢어졌다.

호수 위로 요란한 번개가 치더니 곧이어 천둥이 울렸다. 파도가 더욱 높아지더니 갑자기 거대한 물결이 바위를 덮쳐 율리아를 뒤로 밀쳤다. 그녀는 자신도 모르게 로버트를 꽉 붙들었다. 그 바람에 두 사람은 함께 암벽에 부딪혔다.

물이 전혀 예기치 않게 그들을 덮쳤던 것처럼 그녀의 마음속에서 갑자기 분노가 치솟았다.

"너 어떻게 됐어?"

그녀가 로버트에게 소리쳤다.

"도대체 무슨 생각으로 호수에 뛰어든 거야! 만약 데이비드가……."

그녀는 생각만 해도 너무 끔찍해서 차마 말을 내뱉을 수가 없었다.

"그 여자를 도와줘야 했어."

로버트가 낮은 목소리로 말했다.

"뭐? 그게 무슨 소리야?"

"물속에 어떤 여자가 있었어. 그 여자가 물속으로 뛰어내리는 걸 봤어."

"도대체 너 지금 무슨 소릴 하는 거야?"

"그 여자 말이야!"

로버트가 신음하듯 말했다.

"여자? 여자라고?"

율리아가 거듭 소리를 질러댔지만 로버트는 힘없이 고개를 끄덕일 뿐이었다.

"너 도대체 머릿속에 뭐가 든 거니? 이제 아예 완전히 돌아버린 거야? 세상에, 너 대체 왜 그래!"

율리아는 너무 흥분해서인지 목소리가 쉬어서 제대로 말이 나오지 않았다. 마음 같아선 동생을 흠씬 두들겨 패주고 싶었다. 로버트는 몹시 충격을 받았는지 동공이 점점 더 커져갔다. 율리아는 그가 두려워하고 있다는 걸 알았다.

하지만 그녀의 몸은 오직 아드레날린으로만 차 있었다. 또다시 그녀를 공격해온 파도도 흥분한 그녀의 화를 식히진 못했다. 그녀의 분노는 그 어떤 측정계로도 잴 수 없을 만큼 이미 한계를 넘어 있었다.

이사벨이 율리아의 팔을 잡았다.

"이제 그만해! 로버트도 어쩔 수 없었을 거야! 봐, 지금 쇼크 상태에 빠진 거 안 보여? 게다가 몸도 얼었어. 빨리 위로 데려가지 않으면 폐렴에 걸릴지도 몰라."

이사벨의 말에 율리아는 비로소 정신을 차렸다.

"이제 그만해."

이사벨이 힘주어 말했다.

"일단 로버트를 밧줄로 묶은 다음 크리스한테 끌어올리라고 해야겠어."

"안돼요."

로버트가 중얼거렸다.

"데이비드를…… 기다려야 해요……. 그러겠다고…… 약속했어요."

갑자기 위에서 부르는 소리가 들렸다.

"이사벨! 두 사람 찾았어? 아무 일 없는 거야?"

율리아는 고개를 젖혀 어둠 속에서 뭔가를 알아보려고 애썼다. 하지만 보이는 거라곤 온통 바위들뿐이었다.

알렉스인가? 드디어 보안 요원들이 도착한 거야?

"데이비드가 아직 물속에 있어!"

이사벨이 대답했다.

"보트는 어떻게 됐어?"

귀청을 찢을 듯한 천둥소리가 대답을 거의 삼켜버렸다.

"폭풍우…… 너무 오래 걸려!"

그게 율리아가 들은 대답의 전부였다.

그 순간 율리아는 가슴속에서 뭔가가 와르르 무너지는 걸 느꼈다. 그건 그녀가 아직 갖고 있던 마지막 남은 한 조각 희망이었다. 그리고 동시에 머리 위의 대기가 폭발하는 듯한 느낌도 들었다. 구름이 마지막 일격을 가하려는 것처럼 점점 더 커지고 있었다. 석유처럼 새까맣게 보이는 물 위로 쉴 새 없이 번개가 내리쳤다. 그 섬광 속에서 그녀는 물 위로 떠오르는 사람의 형체를 알아보았다.

데이비드였다!

섬광 속에서 그는 마치 불길에 휩싸여 활활 타는 것처럼 보였다.

파란 머리의 여자

천장의 형광등이 켜졌다. 그러다가 곧 형광등 하나가 즈즈즈- 소리를 내면서 깜빡거렸다. 그 소리는 온통 계곡을 뒤흔들었던 천둥 번개 소리에 비하면 오히려 마음을 진정시켜주었다. 폭우는 시간이 지나면서 점차 사그라들었다. 아주 가끔씩 번개가 남은 에너지를 발산해 몇 초간 밤하늘을 밝혔고 빗방울은 113호 기숙사 창문을 편안하게 톡톡 두드렸다.

캠퍼스는 놀라우리만큼 빠르게 평정을 되찾았다. 복도에는 아직 학생들이 오가며 문을 여닫곤 했다. 그들에게 빠진 건 저녁마다 복도를 울려대던 웃음소리뿐이었다. 그레이스의 양쪽 부속 건물들은 기이한 정적으로 가득 채워졌다.

데이비드는 담요를 둘러쓴 채 율리아와 함께 2층의 작은 식탁 앞에 앉아 있었다. 그들 맞은편에는 로버트가 앉아 있었다. 로버트는 오한이 나서 몸을 부르르 떨었다. 로즈는 개수대 앞에 서서 차를 끓이고 있었다.

"가서 침대에 좀 누워!"

율리아가 아무리 말해도 로버트는 매번 고개를 저었다.

"너, 우리 찍으면 알아서 해."

율리아는 창가 쪽으로 물러나 있던 벤저민에게 으름장을 놓았다. 그러자 벤저민이 고개를 가로저었다.

"난 이런 우울한 장면보단 좀 더 스릴 있는 장면을 원해."

그러더니 그는 남학생 기숙사의 냉장고를 열어 먹을거리를 찾고 있는 데비를 의미심장한 눈빛으로 쳐다보았다.

"나는 흥분하면 뭐든 먹어야 해."

벤저민의 시선을 알아챘는지 데비가 말했다.

"너희 방 냉장고엔 우유밖에 없니? 초콜릿 같은 거 없어?"

그녀의 질문엔 아무도 답하지 않았다.

"그러니까 로버트, 넌 어떤 여자가 호수로 뛰어드는 걸 봤다는 거지?"

크리스가 본론을 꺼냈다.

"그래. 어떤 여자가 그 바위에서 뛰어내렸어!"

로버트는 고집스럽게 주장했다.

모두들 로버트를 외계인이라도 되는 듯 쳐다보았다. 사실은 진짜 그렇게 보이기도 했다. 그의 낯빛은 백지장처럼 하얬고 입술은 새파랬으며 이는 연신 맞부딪히며 딱딱 소리가 났다. 놀라고 추워서거나 아니면 아무도 자기 말을 믿어주지 않을까봐 두려워서거나.

"그래서, 그 미모의 낯선 여인이 어떻게 생겼는데?"

데비가 비아냥거리는 투로 물었다.

"그건 모르겠어……."

로버트가 말을 하다 멈췄다.

율리아는 그가 그 여자의 모습을 정확히 봤다는 걸 직감적으로 알 수 있었다. 로버트의 기억력은 늘 최고였다. 가끔 현실과 환상을 헷갈려하긴 해도 뭔가를 잊어버리는 일은 결코 없었다.

"로렐라이 같았어."

"로-렐-라-이-라고?"

로버트의 중얼거림을 들은 로즈가 그 이름을 길게 끌 듯 말했다.

"인어 같은 존재를 말하는 거야."

어쩔 수 없이 율리아가 부연 설명을 했다.

"인어? 와, 그건 진짜 낯선 존재 맞네."

데비는 벤저민이 서 있는 창가 쪽으로 가더니 그를 옆으로 살짝 밀쳐냈다.

"미러 호에 사는 인어라! 완전 〈세상에 이런 일이!〉다."

조금 전까지의 두려움에 떨던 모습은 온데간데없어진 데비는 이제 아주 노골적으로 재미있어하고 있었다.

"그녀는 머리카락이 파랬고 초록색 수영복을 입고 있었어."

로버트는 계속 말도 안 되는 황당한 이야기를 고집했다.

"파란 머리?"

벤저민은 믿을 수 없다는 듯이 눈을 치떴다.

"로버트가 끝까지 얘기할 수 있게 가만히들 좀 있어."

어느샌가 카티가 문가에 서 있었다. 그녀는 조금 전 잠시 문틈으로 고개를 내밀고 말없이 로버트와 데이비드의 상태를 확인한 뒤 다시 사라졌었다.

"신문을 시작했으면 피고한테 진술을 끝까지 할 수 있게 해줘야 하잖아."

"그래, 맞아. 네 이야기를 정확하게 다시 한 번만 더 해봐, 로버트. 그 여자를 어디서 봤니?"

데이비드의 채근에 로버트는 짜증이 나는지 이마를 찌푸렸다.

"아까 말했잖아, 솔로몬 바위 위라고. 바위 꼭대기 말이야. 꼭 하늘에서 떨어진 것처럼 갑자기 거기에 여자가 서 있었어."

그는 자신을 쳐다보는 친구들을 둘러보았다.

"그녀는 아까 알렉스와 크리스가 우릴 끌어올렸던 바로 그곳까지 뛰어가더니 가만히 서 있었어. 한 일이 초쯤 됐을까. 그러곤 호수로 뛰어들었단 말이야! 그냥 뛰어들었다고. 그런 다음 아래로 가라앉았고! 아무래도 익사한 것 같아……. 물이 그녀를 삼켜버린 거야!"

숨을 헐떡이며 더듬더듬 말하는 로버트의 목소리에서 그가 온몸을 떨고 있다는 걸 알 수 있었다.

아, 제발 울면 안 돼, 로버트!

율리아는 속으로 기도했다. 머릿속으로 여러 가지 가능성이 떠올랐다.

좋아, 바위는 상당히 높았어. 10미터는 족히 되는 것 같아, 게다가 아주 가팔랐지.

그건 바위로 올라갈 때 그녀가 직접 확인한 사실이었다.

다른 한편으론 진짜 용감한 사람이라면 꼭 거기서 다이빙을 하지 말라는 법도 없잖아. 게다가 그 시점엔 아직 폭우가 시작되기 전이었으니까.

세상에는 번지점프 같은 무모한 도전을 좋아하는 사람들도 있잖아.

하지만 그렇다고 로버트의 이야기가 더 그럴듯해질 것 같진 않았다.

"그 여자, 그 로렐라이 말이야……. 솔로몬 바위 위에 서 있었을 때 혹시 머리를 빗고 있진 않았어?"

데비가 못 믿겠다는 듯이 물었다.

"아니면 사이렌 요정처럼 노래를 불렀거나! 혹시 그 요정이 귀를 멀게 하는 노래로 널 유혹했어?"

"아니야!"

로버트는 데비가 비아냥거리고 있다는 걸 알면서도 전혀 신경 쓰지 않았다.

"그냥 거기 서 있다가 바로 뛰어내렸어."

"그 파란 머리 여자가 말이지?"

크리스까지도 조소 섞인 목소리로 로버트의 진술을 되풀이했다.

"그래! 그리고 초록색 수영복을 입고 있었어."

로버트가 고개를 끄덕거리자 데비가 날카롭게 웃었다.

"야, 다시 말하지만 너 진짜 이상해."

화가 난 로즈의 얼굴이 일그러졌다.

"지금 이 상황이 웃겨? 로버트는 누군가를 도와주려고 했어. 그러다가 목숨을 잃을 뻔했다고, 데이비드도 마찬가지고."

크리스가 고개를 저었다.

"아직도 이해가 안 가는 건 데이비드가 절벽 아래까지 무사히 도달해놓고선 왜 다시 물속으로 들어갔느냐 하는 거야. 하마터면 진짜 큰일 날 뻔했잖아."

"로버트가 말한 그 여자를 찾아보려고 그랬어."

"그러니까 넌 내 말을 믿는다는 거구나!"

로버트가 안심한 표정으로 데이비드를 바라보았다. 하지만 데이비드는 우물쭈물했다. 그의 눈빛에서 그가 로버트를 동정하고 있다는 걸 알 수 있었다.

"사실 잘 모르겠어, 로버트."

그가 어깨를 으쓱하며 말을 이었다.

"내가 상당히 깊은 곳까지 내려가봤거든. 하지만 네가 말한 여자는 없었어. 파란 머리의…… 미안해, 그런데 지금 들어보니 네가 혹시 파티에서 칵테일을 너무 많이 마셨던 건 아닌가 하는 생각이 들어."

"진짜 여자가 있었다고!"

로버트가 자리에서 벌떡 일어났다.

"그리고 난 술 한 방울도 안 마셨어!"

벤저민은 카메라를 아래로 내렸다.

"나한테 이 작은 언쟁을 끝낼 기회를 준다면 말이지."

벤저민이 이죽거리며 운을 뗐다.

"나도 그때 보트 데크에 서서 솔로몬 바위를 찍고 있었거든. 그런데 만약 거기에 파란 머리의 여자가 있었다면 당장 내 눈에 띄었을 거야."

로버트는 무슨 말을 하려다가 결국 입을 다물곤 절망적으로 고개를 저었다.

"학교에 알려야 하지 않을까? 내 말은 그러니까 만약 로버트가 본 게 사실이라면 정말 큰일이잖아."

로즈가 이마를 찌푸리며 말했다.

벤저민은 두 눈을 질끈 감았다. 평소에는 유머가 넘치던 얼굴이 갑자기 험악해졌다.

"그러니까 지금 대학 사무실에 가서 우리가 어디에 있었는지 모두 일러바치겠다는 거야? 보트하우스는 출입 금지 구역 안에 있다는 거 벌써 잊었어? 우리가 거기서 파티를 했다는 걸 말해버리면 알렉스랑 이사벨뿐만 아니라 우리 모두도 끝장이야."

"내가 그 철조망을 진짜 넘었다는 게 도무지 믿어지질 않아! 내가 그 파티에 갔었다니!"

데비의 목소리가 두려움으로 날카로워졌다.

파티에 제일 열광한 게 누군데 이제 와서 저런 말을…….

율리아는 생각했다.

밖에는 천둥이 조용히 사그라지고 있었다.

크리스는 어깨를 으쓱했다.

"이번만은 벤저민의 말이 전혀 틀리진 않아. 진짜 그렇게 되면 우리 모두 여기서 공부를 제대로 시작해보기도 전에 퇴학당할지도 몰라. 게다가 방금 벤이 한 말 들었잖아, 처음부터 계속 솔로몬 바위를 카메라로 찍고 있었다고. 어쨌거나 난 거기에 수상한 여자가 있었다는 거 못 믿겠어!"

벤저민이 고개를 끄덕이곤 손가락으로 자신의 비디오카메라를 톡톡 두드렸다.

"증거 자료가 필요하다면 이 안에 다 있어. 컬러 디지털로. 원한다면 언제든지 봐."

벤저민이 놀리듯이 로버트를 보며 웃었다.

"있잖아, 롭. 우린 네가 지금이라도 학생부에 쪼르르 달려가서 방금 네가 한 이야기를 해도 아무도 반대 안 해! 하지만 넌 그 즉시 정신병원에 갇혀서 약을 한 주먹씩 받아먹게 될 거야. 그리고 하루 종일 약 기운에 취해 살겠지."

그만, 그만해. 로버트 좀 그만 괴롭혀!

속으로 외치면서도 율리아는 방 안을 서성거리며 눈을 부라리는 벤저민을 막을 수 없었다.

"기분은 아주 좋을 거야! 그것도 무료로 말이야!"

"로버트."

율리아가 천천히 말했다.

"너도 알잖아, 가끔 네가……."

로버트는 애원하는 눈빛으로 율리아를 바라보았다. 그의 눈빛은 그녀가 동조해주길 간절히 바라고 있었다. 그녀는 동생을 믿어야 했다. 그의 믿음을 지지해주고 그를 보호해줘야 했다. 하지만 실은 율리아도 로버트를 믿지 못했다. 게다가 그녀는 다른 사람들의 호기심 어린 질문이나 바보 같은 지적 그리고 특히 학생부로부터의 취조에 노출되고 싶지 않았다.

로버트 역시 율리아의 눈에서 그 모든 것을 읽었다. 율리아는 그 사실을 알 수 있었다. 어떻게 그럴 수 있는지는 모르겠지만 어쨌거나 로버트는 다른 사람의 생각이나 숨기고 싶은 느낌을 간파해내는 능력이 있었다. 불행한 일을 예견할 수 있었고 또 집 밖에 나가기도 전에 죽음을 예감했다.

율리아는 이미 그런 일을 한 번 경험한 적이 있었다.

그래서 두려웠다.

"좋아. 이제 결정을 내려야 해."

크리스가 다시 끼어들었다.

"너희들 중에 혹시 파란 머리 여자가 호수로 뛰어들었다는 로버트의 말을 믿는 사람 있어? 또 우리가 학생부로 가서 이 사실을 알려야 한다고 생각하는 사람은?"

"로버트의 말을 믿는 사람은 아무도 없어. 학생부로 가고 싶어 하는 사람도 역시 없고."

낯선 이의 갑작스러운 출현으로 모두 우왕좌왕하기 시작했다. 문가에 알렉스가 서 있었던 것이다. 그의 얼굴은 창백했지만 목소리는 단호했다. 그가 언제부터 거기 서 있었는지는 아무도 알 수 없었다.

그는 한 사람 한 사람을 눈여겨본 후 걸어 들어오더니 로버트의 어깨에 손을 얹었다.

"지금부터 내 말 잘 들어, 롭. 네가 여기 온 후로 넌 줄곧 이상한 행동들을 보이고 있어. 네가 단지 튀어 보이기 위해서 이 모든 걸 꾸며낸 건지 아니면 네가 진짜 우리에게 없는 특별한 능력을 가졌는지는 내 알 바 아니야. 중요한 사실은 너의 그 환각이 네 목숨과 또 데이비드의 목숨을 위태롭게 했다는 거야. 그리고 지금 누군가 그 일로 학생부에 가게 되면 우리 모두가 곤란해져. 단지 네가 돌았다는 이유만으로."

그는 손을 내리고 다른 학생들을 둘러보았다.

"하지만 그런 일은 없을 거야, 적어도 여기 계곡에선. 우리 그레이스 학생들은 무슨 일이 생기든 늘 한마음 한뜻으로 움직이거든. 그것이 너희 신입생들이 알아둬야 할 첫 번째 교훈이야."

평소에는 그토록 여유 있고 느긋해 보였던 그가 너무 심각해져 있었다.

"그러니까 너희들도 이제 결정해! 어떤 걸 원해? 이미 파티고 뭐고 다 잘 끝난 마당에 이제 와서 학생부에다 로버트의 미친 이야기를 퍼뜨려서 우리 중 절반이 모두 정학받을 각오라도 했음 좋겠어?"

그는 자기 앞에 앉아 있는 신입생들의 눈을 차례로 들여다보았다. 그러자 저마다 시선을 바닥으로 떨어뜨리곤 고개를 저었다. 제일 먼저 데비와 벤저민이. 그다음엔 크리스 그리고 마지막으로 로즈와 데이비드까지. 카티는 어느새 아무도 모르게 방에서 빠져나가고 없었다.

결국 남은 건 율리아뿐이었다.

알렉스는 대답을 종용하는 눈빛으로 오랫동안 율리아를 응시했다. 율리아는 절망적으로 리놀륨 바닥을 응시했다. 그리고 결국 천천히 고개를 저었다. 그녀는 자신이 방금 한 짓이 동생에 대한 배신을 의미함을 잘 알고 있었다.

철학 수업 시간

전날 저녁의 사건으로 녹초가 된 율리아는 이튿날 아침 창문으로 들어오는 거대한 황금빛 해를 멍하니 바라보고 있었다. 밤에 내린 폭우는 검은 구름으로 얼룩졌던 하늘을 깨끗이 씻어내렸다. 이제 하늘은 새로 물감을 칠해놓은 듯 파랗게 빛났고 산봉우리와 지평선을 가렸던 안개도 흔적조차 보이지 않았다. 고스트 봉우리 뒤로 넓게 펼쳐진 빙산이 육안으로도 선명하게 보였고 여느 때보다 더 가깝게 느껴졌다.

한마디로 창문 밖 세상은 종말이 아니라 이상향 그 자체였다. 계곡은 마치 야누스처럼 상반된 두 얼굴을 보이기 위해 존재하는 것만 같았다.

무슨 터무니없는 생각이람. 계곡은 자연의 일부일 뿐 유기

체가 아니야. 그리고 폭우가 지나가면 날이 화창해지는 건 흔한 일이잖아.

간밤에 그녀는 또다시 오랫동안 잠을 이루지 못했고 깜빡 잠들었던 순간조차 밤에 보았던 장면이 악몽처럼 나타나 깨어나곤 했다. 그리고 천장만을 응시한 채 누워 있던 끝없이 긴 시간 동안 그녀는 양심의 가책을 떨쳐버릴 수가 없었다.

오, 하느님! 내가 사람들 앞에서 동생을 부정하다니!

그때 로즈가 문틈으로 고개를 내밀었다.

"벌써 일어났어?"

"아니, 아직."

"식당에 같이 내려가지 않을래?"

"그래, 잠시만."

그런데 로즈는 나가서 기다리는 대신 율리아의 방으로 들어와 침대에 걸터앉았다.

"네 동생 좀 예민한 거 아니니?"

"그래, 그럴지도."

머릿속에 또다시 엄마의 말이 떠올랐다.

"두고 봐, 너도 알게 될 테니까."

율리아의 엄마는 딸에게 늘 입버릇처럼 말했었다. "너도 곧 알게 될 거야!"라고. "네가 커서 어른이 되고 책임을 질 수 있는 나이가 되면"이라고.

그래, 이젠 엄마가 늘 말하던 그때가 됐는데.

율리아는 잠시 눈을 감았다.

뭐라도 해야 해. 이대로 가만있을 순 없어.

그레이스에 온 첫날의 사건 이후로 로버트는 캠퍼스에서 계속 주목받는 인물이 되어 있었다. 그건 율리아와 로버트가 제일 먼저 조심했어야 하는 사항이었는데…….

"내 생각엔 그냥 가만히 있으면 안 될 것 같아."

마치 율리아의 생각을 읽기라도 한 것처럼 로즈가 말했다.

"네가 아무래도…… 어, 그러니까 솔직히 말해서…… 로버트를 위해 정신과 상담이라도 받게 하는 게 좋지 않겠어? 여기 캠퍼스에 심리학 박사님도 있거든. 이사벨의 아버지인 힐 교수님인데 그 분야에서 정말 뛰어난 분이래. 그냥 그분한테 가서……."

율리아는 로즈의 말을 듣고 있었지만 무슨 뜻인지 이해가 되질 않았다.

어렸을 때는 어른이 되는 게 너무너무 재미있을 것 같았다. 햄버거를 언제 먹을지(이틀에 한 번) 새 옷은 언제 사야 할지(늘!) 또는 무슨 영화를 볼지(〈킹콩〉!)…… 항상 스스로 결정할 수 있을 줄 알았다.

그러나 곧 성인이 될 시기에 접어들자 그제야 모든 게 착각이라는 걸 깨달았다. 어른이 된다는 건 멋진 신발을 사거나 언제든지 담배를 필 수 있고 샴페인을 마실 수 있으며 다른 사람들로부터 에이즈 경고를 받지 않고 밤낮으로 섹스를 할 수 있는 게 전부가 아니라는 것을. 그녀가 어른이 되기를 거부했을 때 그리고 학업을 소홀히 하고 자기는 늘 운이 없다며 불평을 했을 때 엄마는 무척 힘들어했었다.

"네 생각은 어때? 내가 로버트한테 얘기해볼까?"

로즈의 목소리에 율리아는 과거로부터 다시 깨어났다.

"내 동생은 내가 알아서 할게."

율리아는 중얼거렸다. 내일을 생각하자 조금 맘이 놓였다.

그래, 로버트는 내가 돌볼 거야. 늘 그래왔잖아.

하루만 더 참으면 돼. 내일이면 마침내 필즈로 가는 버스를 탈 수 있어.

***

우유를 넣은 차 그리고 요거트. 율리아가 아침 식사로 선택한 메뉴였다.

마침 구내식당이 가장 붐비는 시각이었다. 뷔페식 배식대 앞은 학생들로 북적거렸다. 파티에 함께 있었던 학생들 몇몇은 매우 지치고 피곤해 보였고 실제로도 그랬다.

"나 기다려주는 거야?"

로즈는 달걀 프라이를 받으려고 길게 줄지어 선 학생들 맨 뒤로 가 서 있었다.

율리아는 고개를 끄덕이곤 로즈를 쳐다보았다. 로즈에게선 전날 밤 로버트와 데이비드가 죽을까봐 두려워했던 흔적을 찾아볼 수가 없었다.

혹시 로즈는 로버트에겐 아예 관심조차 없었던 게 아닐까?

불현듯 율리아는 이런 의문이 들었다.

어쩌면 이 아이를 너무 믿지 않는 게 좋을지 몰라.

하지만 다른 한편으로 로즈는 로버트의 상황을 제일 많이 이해해준 친구였다. 단지 그녀는 로버트를 망치는 일이라는 건 꿈에도 모르고 지금 로버트를 심리학자에게 보내려 하고 있었다.

그 순간 미처 거부할 겨를도 없이 과거의 기억들이 물밀듯이 밀려들었다. 평소에는 단순히 회상에 불과했었고 그건 얼마든지 무의식 속으로 밀어낼 수가 있었다. 하지만 이번엔 달랐다.

늦은 밤 크리스티안과 함께 집으로 왔을 때 아빠의 서재 문이 열려 있었다. 하필이면 서재 문이 말이다. 그곳은 넘어선 안 되는 죽음의 구역, 지뢰밭 같은 공간이었다. 아빠의 공간, 허락 없이는 그 누구도 함부로 들어갈 수 없는 곳.

그때 그녀는 마지막으로 삶이 지금 이 식당 배식대 앞처럼 길다고 느꼈었다. 줄을 서서 기다려야 하지만 그래도 언젠가는 원하는 걸 얻을 수 있는 게 삶일 테니까.

그녀는 또다시 공기 중에 배어 있는 그 냄새를 맡았다. 그 생각만 하면 아직도 속이 메스꺼웠다.

그녀는 서재 문을 벌컥 열었다. 서재 안은 마치 토네이도가 휩쓸고 간 것처럼 난장판이었다. 서랍과 장롱은 죄다 뒤진 것 같았다. 바닥에 수많은 파일들이 어지럽게 흩어져 있어 발 디딜 틈조차 없었다. 게다가 아빠만 열 수 있었던 서랍들은 활짝 열려선 금세라도 떨어질 듯이 대롱대롱 매달려 있었다.

아빠의 엘피 음반도 사방에 나뒹굴고 있었고 몇몇 개는 산산조각 나 있었다. 비틀스, 핑크 플로이드, 산타나…… 아빠는 1970년대를 풍미했던 이 그룹들이 마치 음악이라는 걸 처음 만들어내기라도 한 것처럼 숭배했었다.

하지만 가장 견디기 힘들었던 건 바로 냄새였다.

그리고 소리!

줄기차게 무언가를 긁어대는 소리! 그 소리는 그녀의 의식 속을 파고들어 귀청에 딱 달라붙었고 뇌 안쪽으로 줄기차게 파고들고 있었다.

"이제 달걀 프라이는 다 동났대."

율리아의 옆에 선 데비가 숟가락으로 콘플레이크를 바닥까지 긁어 먹고 있었다.

"아, 짜증 나!"

로즈가 되돌아왔다. 비록 피곤해 보이긴 했지만 그녀의 얼굴은 너무나 매력적으로 빛났고 심지어 눈 밑 그늘까지도 매력을 한층 더 돋보이게 했다.

"난 술 먹고 난 다음 날이면 항상 걸신 든 것처럼 허기져."

"나도 그래."

데비는 율리아의 식판을 쳐다보았다.

"넌 그게 다야?"

율리아는 어깨를 으쓱했다.

"뭐, 그래도 네 동생이랑 공통점이 한 가지는 있네. 로버트는 아침에 물만 마시던데. 생각만 해도 끔찍해."

데비는 주위를 둘러보았다.

"참, 지금 데이비드랑 저기 앞쪽 창가에 앉아 있어."

그들은 사람들 사이를 뚫고 지나갔다. 여기저기서 수군거리는 소리가 들렸다. 파티에 관해, 그리고 특히 지난밤 폭우에 관해.

"말세야."

상급생 중 한 명이 말했다. 율리아는 그 사람이 누구인지 알았다. 그 사람 또한 지난밤 보트 데크에 함께 있었다. 다행히도 그는 율리아를 알아보지 못했다. 사실 율리아는 누군가 자기에게 지난밤에 대해 말을 걸어주기만을 기다리고 있었다.

"난 정말 어제 같은 날이라면 밤에 밖으로 나가는 건 엄두도 못 내."

"그러니까 말이야, 가끔 진짜 이상한 생각을 하는 사람들도 있다니까."

하지만 율리아는 더 오래 듣고 있지 않았다. 왜냐하면 막 알렉스가 앉아 있던 테이블 옆을 지나가게 되었기 때문이었다.

그녀는 마을로 가는 버스에 대해 다시 한 번 물어볼까 잠시 고민했지만 그를 슬쩍 훔쳐보곤 마음을 바꿨다. 그는 피곤하고 지치고 기분이 안 좋아 보였다. 게다가 전날 밤 그가 113호 기숙사에 찾아왔었던 후로 그녀는 진짜 그에게 말을 걸고 싶지 않았다. 그가 그녀에게 강요해선 안 되는 결정을 종용한 데 대해 여전히 그를 원망하는 마음이 가시질 않아서였다. 그런데 그게 그의 잘못이었을까? 그에게 자신의 행동에 대한 책임을 모두 전가할 수는 없는 것 아닐까?

그는 그녀와 그 일행에게 눈길조차 주지 않았다. 심지어 데비가 "우리 밖에서 먹지 않을래?"라고 큰 소리로 말했을 때조차 쳐다보지 않았다.

율리아는 긴 발코니가 있는 정면 쪽을 힐끗 보았다. 몇몇 학생들이 발코니에 있는 테이블에 앉아 이른 아침 햇살을 즐기고 있었다.

로즈가 말했다.

"미쳤니? 지금 밖이 얼마나 추운데."

호수는 색깔을 바꾸어 아주 짙은 청색을 띠고 있었다. 햇빛이 산을 비춰 암벽들은 이제 위협적인 잿빛이 아니라 밝은 회색을 띠었고 그래서 조금은 비현실적으로 보였다.

율리아가 마치 이상적인 영화의 한 장면 같다고 생각하던 바로 그 순간 벤저민이 눈에 들어왔다. 그는 바깥쪽 발코니를 아우른 담장 위에 가부좌를 틀고 앉아 비디오카메라로 솔로몬 바위가 있는 북쪽 호수를 찍고 있었다. 솔로몬 바위는 간밤에 호수 안쪽으로 더 깊숙이 들어가버린 것처럼 보였다.

"벤저민 좀 봐, 또 촬영하고 있어."

데비가 중얼거렸다.

"저건 병이야, 그렇지 않니?"

로즈도 율리아도 그 질문엔 대꾸하지 않았다. 대신 그들은 식판을 로버트와 데이비드 옆에 놓았다. 둘은 서로 아무 말도 않고 앉아 있었다.

"이봐, 총각들!"

데비가 먼저 말을 걸었다.

"간밤에 파란 머리 여자애 꿈이라도 꿨어?"

그녀는 숱 없는 머리카락을 보란 듯이 쓸어 넘겼다.

"나도 이참에 파란색으로 염색해볼까?"

***

하릴없이 가만히 앉아 있는 거나 또 모두들 입을 굳게 다문 채 침묵하고 있는 것에 율리아는 괜히 초조하고 불안해졌다. 그렇다고 모두가 주시하고 있는데 로버트와 긴밀한 얘기를 나눌 수도 없었다. 그래서 우선은 차와 요거트를 얼른 먹어 치우기로 했다.

잘만 하면 수업 전에 로버트와 이야기를 나눌 기회가 있을

지도 몰라.

그녀는 데이비드와 동시에 자리에서 일어났다. 그의 얼굴은 평소처럼 진지했다. 밤갈색 머리카락이 뒷목을 덮고 있었다. 머리를 자를 때가 된 것 같았지만 데이비드는 그다지 외모에 신경을 쓰는 유가 아니었다.

크리스와는 달라.

이런 생각이 번뜩 율리아의 머리를 스쳤다.

그런데 크리스는 어디 갔지?

율리아는 어젯밤 사건 이후로 그에게 어떤 감정을 갖게 되었는지 스스로에게 물어보았다. 모든 게 그녀에겐 너무 감당하기 힘들었다. 사람도 너무 많고 새로운 느낌도 너무 많았다. 조용히 안정을 취하며 모든 것에 대해 돌아볼 여유가 전혀 없었다.

데이비드는 하품을 하곤 피곤한 얼굴로 그녀에게 손짓을 했다.

"내가 대신해줄게, 이리 줘."

그가 율리아의 쟁반을 받아 들곤 거기에 자신의 빈 그릇을 올려놓았다. 그사이 율리아는 얼른 로버트 쪽을 돌아보았지만 그는 이미 식당 밖으로 나가고 있었다.

빌어먹을!

로버트는 뒤끝이 있는 성격이었다. 그는 결코 뭘 잊어버리는 적이 없었다.

"우리 방으로 같이 갈래? 나도 철학 교재 가지러 방에 다시 올라가야 하거든."

데이비드가 묻자 율리아는 고개를 끄덕이곤 그를 따라나섰다. 두 사람은 왼쪽 건물 복도를 나란히 걸어갔다.

"잠은 잘 잤어?"

데이비드가 묻자 그녀는 중얼거렸다.

"그저 그래."

"곧 괜찮아질 거야."

그가 다정하게 위로했다.

"로버트는 네가 생각하는 것보다 훨씬 더 강해, 내 말을 믿어. 결코 보이는 것처럼 약하지 않아. 안 그랬으면 오늘 아침에 고열과 폐렴으로 일어나지도 못했을 거야. 하지만 목이 좀 부은 거랑 근육통 말곤 컨디션이 괜찮은 것 같더라고."

"그럼 넌?"

"나? 난 찬물 덕분에 오히려 더 건강해진 것 같아."

그가 싱긋 웃었다.

"너한테 고맙다는 말도 제대로 못 했어. 정말 고마워, 로버트를……."

"그런 말 할 필요 없어."

그가 갑자기 발걸음을 멈추었다. 그리고 그녀를 보더니 잠시 망설이다가 한 손을 뻗어 그녀의 이마 위로 흘러내린 머리카락을 쓸어 올려주었다. 율리아는 심장이 두근거렸다.

그 순간 그녀는 주위에 많은 사람들이 있음에도 불구하고 철저히 혼자일 수밖에 없는 자신의 운명을 깨달았다. 너무 외로웠다. 누군가와 진정한 친구가 되려면 그를 신뢰해야 하고 그 또한 그녀를 신뢰할 수 있어야 한다. 하지만 율리아에겐 불가능한 일이었다. 더군다나 데이비드가 아무리 친절하다 하더라도 그와 그런 사이가 되고 싶진 않았다.

율리아는 서둘러 발걸음을 옮겼다.

데이비드는 조용히 그녀의 뒤를 따라왔다. 그녀에게 뭔가를 묻고 싶은 기색이 역력했지만 마침 그때 크리스가 나타나는 바람에 데이비드는 목적을 이루지 못했다. 크리스는 짙은 남색의 아디다스 트레이닝 바지에 런닝화 차림이었고 어깨에는 수건을 걸치고 있었다. 막 조깅을 끝내고 온 게 분명했다.

하지만 그는 데이비드와 율리아에게 인사를 하기는커녕 눈길조차 주지 않고 그들을 못 본 체 지나쳐버렸다. 율리아는 얼떨떨한 기분으로 멀어져가는 크리스의 뒷모습을 바라보았다.

"대체 왜 저러는 거야?"

율리아가 물었다.

"왜? 크리스가 어때서?"

데이비드의 목소리가 잠겨 있었다.

"아니 뭐, 그냥 잘 알 수가 없어서. 어제저녁, 그러니까 너랑 로버트한테 그런 일이 있었을 땐 완전히 딴사람 같았거든. 평소에는 늘 조소하거나 사람을 무시하는 태도였는데 어젠……

음, 그러니까 좀 신경 쓰는 것 같더라. 걱정을 하더라고. 그런데 지금은 또다시…… 정말 갈피를 못 잡겠어!"

"아마 여기 계곡의 날씨 때문일 거야."

데이비드가 말하곤 또 싱겁게 웃었다.

"처음엔 세상이 멸망하는 것 같더니 금세 화창하게 해가 뜨잖아."

그는 다시 발걸음을 옮겼다.

"그만 가자, 서둘러야 해. 안 그러면 지각할지도 몰라."

"있잖아, 데이비드……."

율리아가 망설이며 물었다.

"로버트가 한 이야기에 대해 어떻게 생각해, 넌?"

"그 여자 얘기 말이야?"

율리아는 고개를 끄덕였다.

"그건 왜 물어?"

"왜냐고? 그건……."

"누가 걱정되는 거야? 그 여자야, 아님 로버트야?"

"로버트."

율리아는 너무나 빨리 대답이 튀어나온 것에 스스로도 놀랐다.

데이비드는 고개를 저었다. 눈빛이 어두워졌다.

"진짜 로버트가 걱정되는 거라면 로버트 편에 서야 해. 너희 둘은 한 핏줄이잖아. 슬플 때나 행복할 때나 늘 항상. 귀를 기울여주지 않으면 언젠가 너무 늦어버릴지도 몰라."

***

율리아는 부속 건물 중앙에 있는 1층 세미나실에 꼴찌로 들어갔다. 하지만 다행히 브랜던 교수가 도착하기 전이었다. 그녀는 연단이 한눈에 들어오는 위층 제일 끝 열에 가서 앉았다. 철학 수업은 신입생들 모두에게 필수과목이었기 때문에 수강 인원이 많았다. 학생들은 뒷줄로 갈수록 높아지는 계단식 강의실에 고루 앉아 있었다. 로버트는 세 번째 줄에 로즈와 데이비드 가운데 있었다. 그는 책 위로 고개를 푹 숙인 채 세상은 물론이고 자신을 향한 호기심 어린 시선들조차 전혀 의식하지 못하는 모습으로 앉아 있었다.

"안녕."

카티가 율리아의 옆으로 와서 앉았다.

"데비 있잖아, 또 난리가 났어. 어찌된 건지 어젯밤 사건에 대한 소문이 퍼졌나봐. 그래서 지금 여기저기 돌아다니면서 자기는 파티에 아주 잠시밖에 머물지 않았다고 떠들어대고 있더라."

율리아는 데비가 앉은 자리를 보려고 목을 길게 뺐다. 데비 혼자 유일하게 첫 번째 줄에 앉아 있었다. 들어오는 신입생들마다 붙들곤 변명을 하기 위한 게 분명했다.

"사실 난 그 시간 동안 줄곧 학교에 있었던 거나 다름없어."

그녀의 날카로운 목소리가 율리아가 앉아 있는 뒤쪽까지 들려왔다.

율리아는 걱정되면서도 웃음이 나왔다.

"데비는 이 학교에서 결코 살아남지 못할 거야. 이만한 일에 벌써 저렇게 열을 올리는 걸 보면. 저러다간 학교에 불을 질러서 우리 모두 건물 밖으로 피신해야 할지도 몰라."

"차라리 그러면 좋겠다! 난 어차피 브랜던 교수가 싫거든. 필수과목만 아니었다면 내 평생 이런 수업을 들을 일은 절대 없었을 거야."

"브랜던 교수님이 왜 싫어?"

"너무 교활해 보여서."

고개를 삐딱하게 트는 카티를 보며 율리아는 생각했다.

카티는 이국적인 새 같아. 새장 안에 갇혀 있는.

"맙소사!"

데비를 계속 주시하던 카티가 소리쳤다.

"쟤는 저게 얼마나 부끄러운 짓인지 전혀 모르나봐. 데비 같은 사람들은 아예 입을 열지 못하도록 금지하는 법 좀 어디 없을까?"

그 순간 카티가 입을 다물었다. 문이 열리고 브랜던 교수가 들어왔기 때문이었다. 철학 교수는 사십 줄에 접어들었지만 그 나이로 보이진 않았다. 그는 두 손을 불룩 튀어나온 재킷

주머니에 찔러 넣고 있었다. 넥타이는 삐딱했고 교재도, 가방도, 종이쪽지도 하나 없는 빈손이었다. 심지어 가슴주머니에 흔히 꽂혀 있는 펜 하나도 없었다.

이케가 우아하고 느긋한 자태로 그의 뒤를 따라왔다. 그리고 교수가 교탁 앞에 자리를 잡자 아주 당연하다는 듯 그 옆으로 가서 앉더니 조용히 세미나실을 둘러보았다.

마침내 브랜던 교수가 헛기침을 하곤 자신감 넘치는 손짓으로 교탁 위에 설치된 마이크를 옆으로 치웠다. 그는 유난히 낮으면서도 또렷한 목소리를 갖고 있었다. 그가 말을 하기 시작하면 모든 학생들이 일제히 그의 말을 듣기 위해 고개를 들었다. 그게 다가 아니었다. 브랜던은 말솜씨가 너무나 뛰어나서 그를 보지 못하고 강의만 듣는다면 틀림없이 그가 책을 읽고 있다고 생각할 정도였다.

"철학이란 그리스어로 '지혜에 대한 애정'을 의미하네. 하지만 오늘은 '진실에 대한 애정'으로 시작해야 할 것 같군. 여러분 생각은 어떤가?"

그는 교탁 앞으로 나가더니 느긋하게 교탁에 등을 기대고 선 팔짱을 꼈다. 그의 얼굴엔 여전히 웃음이 배어 있었다.

"간밤에 불법적인 파티가 열렸었다는 소문이 있더군, 보트하우스에서. 혹시라도 여러분이 잊어버렸을까봐 다시 한 번 말하자면 보트하우스는……."

그는 문득 말을 멈추더니 두 손을 바지 주머니에 찔러 넣곤 교탁 앞을 왔다 갔다 했다.

"……접근 금지 구역, 다시 말해 폐쇄되어 있는 계곡 쪽 구역 안에 있지. 심지어 그 앞에는 '통제구역. 허가 없이 출입을 엄격히 금함'이라 쓰인 팻말도 붙어 있어. 또 내 기억에 의하면 그 앞에는 철조망이 설치되어 있고. 흠- 흠."

그는 헛기침을 하곤 다시 말을 이었다.

"이 학교에 들어온 여러분은 모두 평균 이상의 높은 아이큐를 갖고 있지. 따라서 여러분 중에 그 팻말을 읽지 못하거나 뜻을 이해하지 못하는 사람은 아무도 없을 거라고 생각하네."

다음 순간 그는 갑자기 심각해졌다.

"어제 사고에 대해 누구 말해볼 학생 있나?"

……아무도 대답하지 않았다.

브랜던의 얼굴에 또다시 조롱 섞인 웃음이 나타났다.

"아, 그레이스 학생들만의 규칙 같은 건가? ……알겠네. 그러니까 여러분끼리 서로 비밀을 지키기로 합의한 거로군, 그렇지? 그러니까 더더욱 묻고 싶은 질문이 많아지네. 여러분은 안 그런가? 바로 우리 강의 주제에 딱 맞는 질문이지. 즉 '배신은 언제 시작되는가?' '책임은 언제 져야 하는지 또 우리 그레이스 같은 공동체 안에서 규칙이란 어떤 의미를 갖는가?' 그리고 또 '서로서로 의지할 수밖에 없는 외딴 계곡에서 살아야 할 때 규칙이란 구체적으로 어떤 의미인가?' 등등 수도 없이 많은 질문들을 해볼 수 있어. 자, 여러분은 어떤 생각이 드는가?"

"서로가 없이는 아무것도 할 수 없다는 거요."

벤저민의 목소리였다.

"그래서 특히 섹스를 하기에 좋은 기회가 되겠죠?"

사방에서 웃음소리가 터져 나왔다.

브랜던은 눈썹을 치켜세웠다.

"친애하는 폭스 군, 내 강의에서 농담을 할 수 있는 유일한 사람은 나 한 사람뿐이라는 걸 명심하길 바라네. 하지만 이 수업에 꼭 귀중한 기여를 하고 싶다면 지금 즉시 오늘의 주제를 결정해보는 건 어떤가?"

브랜던은 손으로 교탁을 가리켰다.

"내 자리로 나와서 말해도 좋아. 어떤가? 이견 있는 사람?"

벤저민은 의자에 기대앉더니 팔짱을 꼈다.

"왜 제가 직접 만들지도 않은 규율을 따라야 하죠?"

"그건 세상에 너 혼자 사는 게 아니니까 그런 거 아닐까?"

제일 앞쪽에 앉아 있던 학생이 대답했다.

"공동체가 유지되려면 그럴 수밖에 없는 거지."

"하지만 함께 살고 싶은 사람을 선택할 순 있어야 하는 거 아닌가요?"

카티의 한마디에 많은 학생들이 동조하는 의미로 책상을 두들겼다.

"바로 그거야."

벤저민이 카티의 말을 받았다.

"공동체라고 말하면서 정작 규칙이라는 건 소수의 사람에 의해 만들어지잖아요. 그레이스 대학의 경우 대체 합격과 불합격은 누가 정하는 거죠?"

그는 다른 학생들 쪽으로 얼굴을 돌렸다.

"여러분, 우린 사실 따지고 보면 소수의 엘리트 집단에 의해 지배당하고 있다는 사실을 직시해야 해요. 여기에서 일어나는 일들은 이미 늙고 높은 사람들이 결정하죠, 그게 다예요."

대부분 동조의 의미로 웃음을 지었다.

율리아는 로버트가 고개를 들더니 마침내 자리에서 일어나는 걸 보았다.

"우린 단순히 규칙에 대해 이야기해선 안 된다고 생각합니다. 그것보단 원인과 결과를 생각해봐야죠. 'A라는 사실이 있으면 B이다' 하는 식으로요. 논리학에서는 이걸 함축이라고 합니다. 결과를 설명해놓지 않은 규정은 불완전할 뿐이에요. 인간은 그 결과에 대해 알고 난 후에 규정을 지킬 것인지 말 것인지 자유롭게 결정할 수 있어요."

"칸트!"

부스스한 금발의 곱슬머리 여학생이 소리쳤다.

"그거 임마누엘 칸트가 한 말이잖아. 그 괴상한 독일인은 자기가 살던 동네에서 한 발짝도 나와본 적이 없대. 그가 했던 유명한 말이 뭐더라?"

"계몽이란……."

로버트가 문구를 인용했다.

"인간이 미성숙으로부터 탈출하는 것이다, 라고 했어."

"맞아. 다시 말해 머릿속이 텅 비어서 그저 아무 전문가나 시키는 대로 따라 하는 사람은 미성숙하다는 뜻이지."

"하지만 우린 그렇게 멍청하지 않죠."

벤저민이 덧붙여 말했다.

"그러니까 여러분은 칸트의 학설로 모험을 하는군."

브랜던 교수의 얼굴에 흡족한 듯한 웃음이 나타났다. 그가 원하던 방향으로 토론이 진행되고 있는 게 분명했다. 그가 막 학생들 쪽으로 얼굴을 돌리려고 하는 순간 누군가 노크를 했다. 젊은 여직원이 들어오더니 마이크 쪽으로 가서 손에 들고 있던 쪽지를 읽었다.

"로버트 프로스트."

그녀가 말했다.

"잠시 학생부로 와주시기 바랍니다."

거짓말

율리아는 온몸이 얼어붙는 듯했다. 강의실 안 여기저기서 수군대는 소리가 들렸다. 무슨 일이래? 학생부에서 로버트를 왜 부르는 거지? 혹시 로버트가 금지된 파티나 어제 있었다는 사고랑 무슨 연관이 있는 거 아냐?

로버트는 자리에서 일어나더니 그를 측은하게 바라보는 로즈 옆을 지나 열 밖으로 나갔다. 로버트는 계단을 내려가 여직원의 뒤를 따라가는 동안 줄곧 침착했다.

율리아는 꼼짝하지 않았다. 수군대는 소리가 강의실 전체로 퍼지더니 심지어 몇몇 학생들은 고개를 돌려 율리아를 쳐다보았다. 하지만 그녀는 아무런 반응을 보이지 않았다.

왜 하필 로버트를 부른 거지?

파티에 간 학생들은 여럿이었어. 그런데 로버트만 부른 건 로버트가 어제 한 말이 학생부로 들어갔기 때문이 아닐까? 로버트가 헛소리라도 하면 어떡하지?

로버트는 자신이 옳다고 생각하는 일에는 고집을 꺾지 않는 지독한 외골수였다. 그녀는 로버트에게 그가 보는 미래에 대한 환영을 속이라고 설득할 수가 없었다. 그래서 집을 떠나기 전 그녀는 로버트에게 최소한 과거의 일에 대해서만이라도 침묵하라고 부탁했었다.

로버트는 오랫동안 고민하더니 결국 이렇게 대답했다.

"좋아, 과거에 대해선 한 마디도 안 할게. 하지만 미래에 관한 한 절대로 거짓말하지 않을 거야!"

그러고선 시계를 들여다보았다.

"지금은 2010년 4월 13일 18시 14분 7초야. 그리고 바로 이 시간부터 미래가 시작되는 거야."

그런데 그를 불러낸 이유가 파티 때문이 아니라 개인적인 이유 때문이라면 어쩔 것인가? 율리아는 갑자기 로아로아가 떠올랐다. 동시에 "어떤 경우에도 절대 안심해선 안 돼"라고 귀에 못이 박히도록 강조했었던 그들의 말도 생각났다.

이윽고 마음을 굳게 먹은 율리아가 벌떡 일어나 가방을 챙기자 카티가 깜짝 놀란 눈빛으로 쳐다보았다.

"왜 그래?"

"나 좀 지나갈게!"

율리아는 가방을 꼭 끌어안곤 자리에서 일어났다. 덜컥 소리를 내며 자동 의자가 접혔다. 율리아는 카티 옆을 지나 계단을 내려가선 교수에게 이렇다 할 사과의 말도 없이 문밖으로 나가버렸다.

로버트가 학생부 사무실 문을 두드리는 순간 율리아도 이미 그의 등 뒤에 도착해 있었다. 로버트는 깜짝 놀란 듯 그녀를 바라보았다. 하지만 그 순간 방문이 열리고 학생부 주임인 발덴 학장이 나타났다.

"절 부르셨다고요?"

로버트가 말했다.

"자네가 로버트 프로스트인가?"

"네."

"그럼 자네는?"

발덴은 혼란스러운 눈빛으로 율리아를 쳐다보았다.

"율리아 프로스트예요."

"내가 부른 건 로버트 프로스트 군이었는데."

"우린 서로 비밀이 없거든요."

그러면서 율리아는 '만인의 연인'에게나 어울릴 듯한 표정을 지어 보였다. 항상 상냥하게 웃을 것. 그래도 안 통하면 순진한 척할 것. 그녀는 무슨 수를 써서라도 로버트와 함께 들어가야 한다고 생각했다.

"그렇다면 할 수 없지."

그는 한숨을 내쉬더니 문을 활짝 열었다.

"어차피 자네들 둘 다 부르려고 했다네."

"그건 왜죠?"

로버트는 아주 침착했다. 마치 자기가 왜 첫 번째로 불려왔는지 다 안다는 듯한 태도였다.

"그러니까……."

발덴이 이마를 쓸며 천천히 입을 열었다.

"내가 자네들을 보자고 한 이유는 여학생 한 명이 실종되었기 때문이네."

***

사무실의 커다란 창문을 통해 미러 호의 아름다운 장관이 한눈에 들어왔다. 짙은 남색 물 위로 햇빛이 반사되어 반짝거렸다. 무심코 천장을 올려다본 율리아는 흠칫하고 뒤로 물러났다. 공중에 고라니의 머리가 가볍게 흔들리고 있었기 때문이었다. 그것은 흉물스러운 샹들리에의 일부였는데 율리아는 처음에는 그냥 평범한 사슴뿔인 줄로만 알았다.

누구의 취향인진 모르겠지만 정말 역겹네!

"두 사람 다 자리에 앉게!"

발덴은 책상 앞에 있는 의자 두 개를 가리켰다. 그의 목소리는 엄격하다기보단 불안하게 들렸다.

율리아는 그때까지 발덴을 그저 먼발치에서 본 게 다였다. 겨우 165센티미터가 될까 말까 한 단신에 날을 세워 다린 양복은 너무 커 보였다. 아니면 그가 양복에 비해 너무 작은 거거나. 외모로만 보면 그는 집에서 늘 슬리퍼를 신고 있고 코 스프레이 없이는 결코 집 밖으로 나가지 않으며 손지갑에 사무실 열쇠를 넣어 다니고 하루 세 번씩 치실을 사용하는 전형적인 '나약한 종족' 같았다. 머리는 가르마를 타지 않았는데 그 이유는 원래 가르마가 없는 헤어스타일이라서가 아니라 게을러서 빗질을 하지 않아서였다.

율리아는 얼른 정신을 차렸다.

지금은 이 사람의 머리 모양 따위를 평가할 때가 아니야!

방금 발덴은 실종된 여학생이 있다고 말했다.

로버트가 본 게 사실이었으면 어떡하지? 또는 사실이 아니라면?

그는 남매를 번갈아가며 쳐다보고 있었다. 율리아는 그의 촉촉한 파란 눈 속으로 사라질 것만 같은 느낌이 들었다.

"로버트, 자네가 어젯밤 어떤 여자가 물속에 빠진 걸 봤었다는 소문이 돌고 있네. 보트하우스에서 멀지 않은 곳에서 말일세."

그가 입을 실룩거렸다.

"난 자네가 그곳에서 뭘 하고 있었는지는 전혀 알고 싶지 않아. 지금은 그것 말고도 신경 써야 할 일이 많거든. 그러니까 지금부터 내게 어젯밤에 있었던 일을 차근차근 얘기해주길 바라네."

누구지? 대체 누가 떠들고 다닌 거야?

누구든 소문을 낸 장본인이 될 가능성은 있었다. 비록 알렉스가 파티에 참석했었던 학생들 모두에게 침묵에 맹세하도록 강요하긴 했지만 모두를 입단속시키기엔 참석자가 너무 많았다.

"발덴 학장님, 죄송하지만 소문을 잘못 들으신 것 같네요."

로버트는 고개를 저었다.

"그래? 그럼 누군가 내게 거짓말했다는 건가?"

발덴은 이마를 찌푸렸고 율리아 역시 당황스러운 표정으로 로버트를 쳐다보았다.

무슨 소리를 하려고 저러는 거지?

로버트는 목소리를 낮추었다.

"그 여자요, 그녀는 호수에 빠진 게 아니라 뛰어든 거예요! 스스로 말이죠!"

"스스로 물속으로 뛰어들었단 말인가?"

발덴은 몸을 앞으로 기울였다. 그는 몹시 혼란스러워 보였고 그래서인지 어두운색의 커다란 나무 책상 뒤에서 더욱 왜소해 보였다.

"맞아요."

로버트는 확신에 찬 목소리로 대답했다.

발덴은 오른손으로 머리카락을 쓸어 넘겼다. 오른쪽 손가락에 낀 결혼반지는 살 속에 거의 파묻혀 있었다. 문득 율리아는 그가 절대 이혼 따위는 하지 않을 거라는 생각이 들었다. 갑자기 든 엉뚱한 생각 때문에 율리아는 웃지 않으려고 이를 악물었다. 그녀의 신경세포는 철사처럼 질기기는커녕 오히려 종이처럼 찢어지기 쉬웠다.

발덴은 두 손을 가지런히 포갰다.

"좀 더 자세히 말해주게."

로버트는 깊이 숨을 들이쉬었다.

"저는 보트하우스 앞 데크에 앉아서 낚시를 하고 있었어요. 거기 있는 내내 물만 쳐다보면서 물고기가 나타나기를 기다렸죠. 다시 말해 바위에서 단 한 번도 눈을 뗀 적이 없다는 뜻이에요."

"바위라니, 무슨 바위를 말하는 건가?"

"솔로몬 바위요. 그런데 그게 그 바위의 진짜 이름은 맞나요? 도서관이랑 인터넷으로 이 지역의 지도를 찾아봤지만 그런 이름은 없더라고요."

"그 바위는 이름이 없네."

발덴은 얼른 대답했다.

"그러니까 자네는 보트 데크에 앉아 있었다는 거지?"

"맞아요! 보트하우스는 거기서 그다지 멀지 않아요. 기껏해야 150미터 내지 2백 미터?"

발덴은 한숨을 내쉬었다.

“그래서?”

“그런데 갑자기 어떤 여자가 바위 끝에 서 있는 거예요. 뱃머리처럼 위로 치솟고 경사가 직각에 이르는 바로 그 위치에요.”

“‘갑자기’라고?”

“이미 해가 지고 있었고 게다가 날이 많이 흐렸어요. 곧 폭우가 쏟아질 거라는 걸 알 수 있었죠. 그 여자는 진짜 땅에서 솟아난 것처럼 갑자기 거기 서 있었어요.”

“그 바위 위에는 얼마나 오래 서 있었나?”

“아주 잠시였어요. 한 일이 초쯤?”

“그런데도 자넨 그녀를 봤다는 거지?”

그는 믿기지 않는다는 듯한 말투로 물었다.

율리아조차 그를 원망할 수가 없었다. 하지만 로버트는 개의치 않았다.

“제가 그 여자를 발견한 바로 그 순간 벌써 뛰어내려버렸어요. 그리고 잠시 동안 물속에서 버둥거리더라고요. 그러다가 뭔가가 그녀를 아래로 잡아당겼어요.”

율리아는 로버트를 뚫어져라 쳐다보았다. 지금까지 그 이야기는 한 적이 없었기 때문이었다. 발덴은 두 손으로 책상을 짚곤 몸을 앞으로 더 기울였다.

“뭔가가 그녀를 물속으로 잡아당겼다고 했나?”

로버트는 눈을 비볐다. 갑자기 너무 피곤하고 지쳐 보였다.

"크리스토퍼 비숍이 오늘 아침 저한테 그 바위 앞이 가장 수심이 깊은 지점이라고 알려줬어요. 크리스는 그 지점을 그린아이라고 불렀어요. 저희 기숙사 발코니에서 보면 실제로 눈처럼 보여요. 혹시 지도가 있으면 제가 정확한 위치를 알려드릴게요."

발덴은 고개를 젓더니 로버트의 진술을 반복했다.

"그 여학생이 그러니까 거기 서 있었다는 거지? 그러고 나선 뛰어내렸다?"

저 표정은 미흡한 설명에 대한 불만일까, 아니면 의심일까, 아니면 둘 다일까?

"네, 전 처음에는 일부러 그러는 줄 알았어요. 수영을 아주 잘하는 것 같았거든요. 안 그랬다면 왜 물속으로 뛰어들었겠어요? 어쨌거나 높이가 10미터가 넘는데. 저는 그 지점을 계속 주시했어요. 그런데 그 여자는 다시 수면 위로 올라오지 않았어요."

"그 말을 지금 나더러 믿으라는 건가?"

발덴의 이마에 깊은 주름이 파였다.

"사실이에요!"

발덴은 일어서더니 책상 모서리를 돌아 왼손을 로버트의 어깨 위에 올리곤 몇 초간 가만히 있었다.

"차라리 자네가 거짓말을 하는 거라면 좋겠네."

율리아는 데이비드의 말이 떠올랐다.

"진짜 로버트가 걱정되는 거라면 그의 편이 돼줘. 너희 둘은 한 핏줄이잖아."

전날 그녀는 동생을 배신했었다. 하지만 이번에는 그의 편이 되어주기로 했다. 그녀는 지금까지 조심스러웠던 태도를 모두 내려놓고 발덴에게 쏘아붙였다.

"로버트의 말이 거짓이 아니라 사실이라면 어떡하실 거예요? 학장님도 방금 여학생 한 명이 실종되었다고 말씀하셨잖아요! 그러면서 어떻게 가만히 앉아 계실 수가 있죠?"

그 순간 발덴의 얼굴에 율리아가 익히 아는 거만한 표정이 떠올랐다. 어른들은 자기의 지식을 자랑할 기회가 있을 때마다 늘 그런 표정을 짓는다. 그들은 만으로 스무 살이 안 된 아이들에게 너희들은 아직 미성년이라는 걸 일깨워줄 기회가 보이기만 하면 여지없이 그들을 짓밟아버린다.

"그래, 실제로 여학생 한 명이 실종됐지. 어젯밤 이후로 그녀를 본 사람이 아무도 없고 오늘 밤에도 자기 방에 나타나지 않을 게 분명하네."

"그렇다면 제가 말씀드린 게 맞잖아요!"

율리아는 확신으로 이글거리는 로버트의 눈빛을 보았다.

"그런데 말일세……. 그 여학생은 어젯밤부터 감쪽같이 사라진 게 맞긴 한데 그 바위에서 뛰어내렸을 가능성은 전혀 없다네."

발덴은 단호하게 고개를 저었다.

"그건 불가능해!"

"하지만……."

"하지만이 아니야!"

그는 자리에서 일어나더니 창가로 걸어갔다. 그리고 마치 호수에 자리를 빼앗겨 뒤로 밀려난 듯한 산등성이를 바라보았다. 그가 다시 로버트의 눈을 날카롭게 쏘아보았을 때 그의 눈은 더 이상 촉촉하지도 흐리지도 않았다.

"프로스트 군, 난 자네의 말을 믿을 수가 없네. 혹시라도 자네가 전신마비로 휠체어를 타고 다니는 사람이 그 바위 위로 어떻게 올라갈 수 있는지, 그것도 모자라 바위 꼭대기에서서 뛰어내릴 수 있는지에 대해 나에게 명확한 설명을 해준다면 모를까."

***

안젤라 파인더?

사라진 여학생이 안젤라 파인더였어?

율리아는 갑자기 머릿속이 어지러워졌고 실망감으로 입이 썼다.

역시 사실이었어! 로버트가 또 꾸며낸 이야기를 했던 거야.

한 번만 더 침착하게 생각해봤더라면. 동생을 배신했다는 죄책감 때문에 머리가 혼란스럽지만 않았어도 분명 알아차렸

을 텐데.

"하지만……."

로버트는 말을 더듬거리며 율리아에게 도움을 청하는 눈빛을 보냈다. 하지만 율리아는 반응을 보이지 않았다. 발렌 학장은 다시 제자리로 돌아가선 두 손으로 책상을 짚고 몸을 앞으로 숙였다. 하지만 그의 눈에는 더 이상 부드러움이라곤 찾아볼 수가 없었다.

"난 이미 경찰에 신고했네. 계곡으로 들어가는 길은 쓰러진 나무들 때문에 더 이상 통행이 불가능해. 이 계곡에 어젯밤과 같은 폭우는 진짜 오랜만이야. 하지만 보안 요원이 오늘 새벽부터 파인더 양을 찾으러 다니고 있다네."

그는 잠시 침묵하더니 다시 말을 이었다.

"로버트 군, 이제 내게 진실을 말해주게."

율리아는 숨이 멎는 것만 같았다. 하지만 로버트는 여전히 침착했다.

"죄송합니다. 저는 도와드릴 수가 없네요. 제가 본 건 다른 여자였어요. 제가 봤던 그 여자는 휠체어에 앉아 있지 않았거든요. 그 여자는 파란 머리에 녹색 수영복을 입고 있었어요."

두 사람은 복도로 나와 강의실로 되돌아갔다.

율리아가 참지 못하고 입을 열었다.

"로버트. 진심으로 말하는데, 제발 그만둬."

"뭘?"

로버트가 놀란 표정으로 그녀를 쳐다보았다.

"그런 이야기 지어내는 거."

그는 발걸음을 멈추더니 고민을 하는지 고개를 갸웃했다.

"그건 옳지 않아. 어쩌면 내가 진짜 환상과 환영에 시달리고 있는지는 모르겠지만 한 가지만은 확실하거든……."

로버트의 목소리가 커졌다.

"그 여자가 스스로 뛰어들었다는 거. 그리고 그 여잔 안젤라가 아니었어. 난 거짓말 안 해!"

그녀는 다시 발걸음을 옮기려는 로버트의 어깨를 거칠게 잡았다.

"네 인생 자체가 거짓이야. 그거 잊었어?"

그가 등을 돌려 가버리기 전 그녀에게 던진 눈빛은 그녀를 뼛속까지 얼어붙게 만들었다.

그녀는 절망감으로 앞이 캄캄해져 돌아서다가 하마터면 그녀의 등 뒤에 서 있던 데비와 부딪힐 뻔했다. 데비의 눈 속에 어마어마한 호기심이 번뜩이고 있었다.

이케

로버트가 수학에 흥미를 갖는 이유는 엄격한 정확함과 규칙 때문이었다. 하지만 더 근본적으로는 수학이 증명에 근거한다는 것 때문이었다. 지난 몇 달간 일어난 사건들 후로 그 모든 것이 그에게 그가 그토록 찾던 확실성을 부여했다. 즉 아무리 복잡한 문제일지라도 결국엔 답이 있다는 것이다. 그리고 그건 현재 그의 삶과 정확히 상반된 것이었다.

증거가 없으면 어떤 주장도 소용없다!

그날 아침 로버트의 머릿속에는 오직 이 말만이 맴돌고 있었다.

그는 율리아의 눈에서 의심과 실망 그리고 두려움을 읽었다. 그리고 오직 객관적인 증거들을 제시해야만 그녀의 의심이 사라질 거라는 것도 알았다.

그는 자신도 모르게 한숨을 내쉬었다. 데이비드와 지내는 건 율리아와 지내는 것보다 훨씬 수월했다. 데이비드는 로버트에 대해 아무것도 몰랐다. 그래서 모든 것을 다 의심하진 않았다.

그는 고개를 들고 정면을 응시했다. 그 복도는 어딘가 이상했다. 마치 끝이 없어 보였다. 가까이 가면 갈수록 모든 게 점점 더 멀어지는 도피점으로 향하도록 건축가가 설계해놓은 듯이. 건물의 광학이 어딘지 이상하다는 사실은 이미 여러 차례 로버트의 눈에 띄었었다. 창문을 통해 해가 비쳐 들면 벽들은 바깥 방향으로 휘어져 보였고 긴 복도들 역시 그랬다. 그는 그 점에 대해서도 고민을 해야만 했다. 그 이유를 찾아야만 했다.

갑자기 목이 간질간질했다. 게다가 두통까지 있었다. 호수물이 너무 찼다. 아니, 얼음 같았다. 마치 얼음 조각들이 둥둥 떠 있기라도 한 것처럼. 동상이라도 걸린 것처럼 살갗이 따끔거렸고 아직도 추웠다.

하지만 지금은 그 일에 대해 생각할 때가 아니었다. 그는 눈을 감고 집중을 했다. 문과 문 사이의 간격은 4미터 정도였다. 그는 돌아섰다. 뒤쪽으로 문이 여섯 개 있었고 앞에도 마찬가지로 여섯 개가 있었다. 그는 걸어가면서 계산했다.

그러니까, 이 복도의 총 길이는 약 64미터.

로버트는 계산을 하면서 계속 걸어갔다.

천장까지의 높이는 320센티미터.

그건 이미 침실에서 재보았다.

모든 계단은 열두 개의 층계참으로 이루어져 있고.

그레이스 대학교가 개교한 해는 1969년이었다. 벽에는 1969년부터 1977년까지 총 열 개의 사진들이 걸려 있었다. 그 후 잠시 폐교했다가 다시 운영되기 시작한 게 2009년이었다. 아직 2010년의 사진은 없었다.

모든 걸 맞는 차원에 끼워 넣고 숫자로 바꿔 규칙을 찾는다.

로버트는 머리가 맑아지는 걸 느꼈다.

증거는 논리적인 연관성을 요구한다. 항상 사실에 입각해야 한다. 그렇게 간단하다.

그는 입구 쪽 홀을 지나갔다. 로버트는 그곳이 나머지 건물들에 비해 지나치게 우아하다는 생각을 했다. 마치 누군가를 속이려는 것처럼. 없는 것을 있는 척 꾸미려는 것처럼.

그는 얼른 그곳을 통과해 밖으로 나갔다. 중앙 건물 입구 앞에 보안 요원이 서 있었다. 그의 유니폼에 그레이스 마크가 반짝거렸다. 그는 휴대전화로 통화를 하고 있었다. 얼핏 그가 '알았어, 그럼 다시 연락 줘'라고 하는 것처럼 들렸다.

그는 로버트의 존재에 대해 신경 쓰지 않았다. 그때 멀리서 계곡의 정적을 깨고 헬리콥터 소리가 들려왔다.

타— 다— 다— 다—

그 시간에 학생들 대부분은 수업을 듣고 있었지만 평소와 달리 건물 앞 잔디밭은 텅 비어 있지 않았다. 로버트는 두 명의 교수를 둘러싸고 있는 학생들 중 몇몇을 알아보았다. 그리고 앞쪽에는 로즈가 카티와 함께 앉아 있었다.

그는 얼른 두 손을 바지 주머니에 넣고 계단 아래로 내려갔다. 그를 알아본 학생들 몇 명이 그를 호기심 어린 눈으로 쳐다보았다. 다 함께 머리를 맞대고 앉아 있는 모습이 마치 로버트를 그레이스 대학 신문 다음 호의 화제 인물로 선정할지 말지 의논하고 있는 것처럼 보였다.

하지만 로버트는 그들이 뭐라고 생각하든 상관없었다. 전혀. 그는 이미 사람들이 자기를 괴물로 여기는 데 익숙했다. 예전부터 그랬고 이제 또다시 그럴 모양이었다. 아마도 그건 영원히 변하지 않을 것이다.

그러니까 그냥 이 자리를 뜨자.

그는 고민할 장소가 필요했다. 아무도 없는 조용한 곳 그리고 시간이.

그래, 출입 금지 구역!

머릿속에 불현듯 그곳이 떠올랐다.

아무나 쉽게 들어올 수 없는 출입 금지 구역이 딱이야.

"롭, 안녕!"

로버트는 가던 길을 멈췄다.

하필 이럴 때 알렉스라니!

"잠깐 기다려."

로버트는 못 들은 척 걸음을 재촉했다. 그와 얘기할 기분이 아니었다. 특히 지금은.

헬리콥터 소리가 더 커졌다. 알렉스는 걸음을 멈추고 고개를 젖혀 하늘을 보았다. 로버트도 그를 따라 했다. 나무들 위로 헬리콥터가 나타나더니 학교 건물 쪽으로 다가왔다.

주립 경찰 유니폼을 입은 남자들이.

로버트는 전에도 이런 장면을 한번 본 적이 있었다. 그런데 또다시? 영원히 끝나지 않을 것인가?

알렉스는 잠시 망설이는 것 같더니 방향을 돌려 옥상에 헬리콥터 착륙장이 있는 체육관으로 갔다.

로버트는 안도의 한숨을 쉬었다.

그 순간 장딴지에 개의 축축한 코가 와 닿았고 철사같이 뻣뻣한 두꺼운 털도 느껴졌다.

"이케!"

로버트는 덩치가 큰 개를 쓰다듬었다. 이케는 그의 앞에 앉더니 충직한 눈빛으로 그를 물끄러미 바라보았다. 로버트는 이케가 반가웠다. 개들은 거짓말을 못 한다. 이렇게 간단한 것을. 인간은 너무 복잡하다.

"왜 그래, 이케?"

그가 조용히 물었다.

"나랑 같이 갈래?"

둘은 함께 왼쪽 길로 접어들었다. 좀 더 빨리 가기 위해 로버트는 말끔하게 손질된 잔디밭을 가로질렀다. 인공적인 자연, 그 잔디밭이 그랬다. 플라스틱으로 만들었다 하더라도 별다를 바가 없을 정도였다.

학교 입구에서 호수 연안까지는 대략 560미터였다. 동쪽 연안의 다리까지 가는 데는 25분쯤 걸렸다. 보트하우스가 있는 출입 금지 구역은 그 다리 건너편에 있었다.

이케는 로버트의 앞에서 타박타박 걷고 있었다. 그는 아무런 망설임 없이 개의 뒤를 따라갔다. 그의 등 뒤에서 헬리콥터가 착륙했지만 로버트는 신경 쓰지 않았다. 학교로부터 멀어질수록 주변 공기가 더 가벼워져 그는 마침내 편히 숨을 쉴 수 있었다.

아래쪽 호숫가에 다다르자 로버트는 잠시 멈춰 서서 주변을 살펴보았다.

저 호수가 어떤 힘을 갖고 있는지 아무도 짐작 못 할 거야.

하지만 로버트는 호수가 순식간에 변해 무서운 힘으로 그를 아래로 끌어당긴 것을 직접 경험했다. 그때 데이비드가 없었다면 살아날 수 있었을까?

한 인간의 힘은 단순히 수치화될 수 없다. 각자 살고자 하는 의지가 얼마나 강한가에 따라 달라지기 때문이다.

가끔 로버트는 자신이 두 가지 생각을 동시에 할 수 있다고 생각했다. 제대로 집중을 하면 그에게 특별한 일이 생기곤 했다. 그것은 뭐라고 설명하기 어려웠다. 하지만 어쩌면 그에 대해서도 아직 아무도 밝혀내지 못한 논리적인 해명이 있을지 모른다. 언젠가는 밝혀내리라. 과학은 항상 새로운 사실을 발견해내니까.

예전에 그는 늘 자신이 전혀 있지도 않은 것을 본다고 생각했었다. 하지만 그사이 그는 그 상태가 모든 것이 확대되어 보일 때와 비슷하다고 느꼈다. 즉 사소한 건 흐릿하게 감지되지만 중요한 건 명확하고 분명하게 세세한 것까지 모두 보였다.

오늘 아침 식사 시간까지만 해도 구름이 없었는데 또다시 구름들이 하나둘씩 빙산 위로 몰려들고 있었다.

이제 로버트는 대학 건물로부터 멀어졌고 아스팔트 길도 지나왔다. 길가로 솟아 있는 절벽들을 따라 위쪽 연안으로 가는 오르막길을 올라갔다.

그가 서 있는 오른쪽에는 호수가 있었고 왼쪽에는 절벽이 있었다. 이대로 15분 정도만 더 가면 다리에 도착할 것이었다.

로버트는 걸어가면서 호수 아래를 흘낏 내려다보았다. 그러자 또다시 뼛속까지 얼 듯한 한기가 느껴졌다. 보트 데크에서 물속으로 뛰어들었을 때 숨쉬기가 힘들었던 건 바로 그 추위 때문이었다. 로버트는 여자를 찾기 위해서뿐만 아니라 살기 위해 죽어라 팔을 휘저을 수밖에 없었다.

그 여자는 결코 안젤라가 아니었다. 그럴 리 없었다. 안젤라는 전신마비였으니까. 오직 휠체어에 의존해 있었으니까.

그때 또다시 이곳에 도착했던 날처럼 랜드로버의 차바퀴 소리가 들리는 것 같았다. 분노에 찬 안젤라의 목소리가 기억 속에서 되살아났다. 그리고 구내식당에서 벤저민과 싸웠을 때 그녀의 표정도 함께.

안젤라 파인더. 그녀도 파티에 있었던가?

아니, 당연히 아니었다. 보트하우스까지의 길은 휠체어로 오르기엔 너무 가파르고 험했다. 물론 철조망은 더 말할 것도 없었다. 그녀는 아스팔트 길이 끝나는 지점까지밖에 올 수 없었을 것이다.

그때 갑자기 이케가 짖기 시작했다. 이케는 로버트가 거의 감지하지 못한 아주 미세한 소리를 들었다. 그 소리는 먼지를 일으키는 바람 소리와는 살짝 달랐다. 물소리가 점점 가까워졌다. 발밑의 돌들이 자그락자그락 소리를 냈다. 이케의 소리가 점점 더 커졌다.

"쉿! 이케, 조용해! 안 그러면 생각에 집중할 수가 없다고."

안젤라는 결코 여기까지 올 수 없었을 것이다.

적어도 혼자 힘으론!

혹시 누가 휠체어를 밀어줬다면 또 모를까.

울퉁불퉁한 경사 길과 암벽을 지나 로버트는 주위를 둘러보았다. 비록 길이 험하긴 해도 폭은 휠체어가 올라오기에 충분했다. 그래, 그건 가능했다.

로버트는 자신도 모르게 고개를 가로저었다.

단추부터 틀렸어.

실존 인물인 안젤라 파인더와 오직 로버트만이 목격한 또 한 명의 여자.

달라! 동일 인물이 아니야!

두 명! 여자는 둘이었어!

눈앞에 폭포가 나타났다. 로버트는 작은 다리를 건넜다. 다리 건너편에서 로버트와 이케는 숲이 있는 왼쪽 길로 갔다. 오른쪽으로는 호수로 내려가는 가파른 제방 길이 있었다. 그곳에선 비록 물이 파랗긴 해도 물속이 들여다보이진 않아 호수 바닥까지 볼 수가 없었다.

눈을 감아. 그러면 밝아질 거야.

로버트의 심장이 뛰기 시작했다. 갑자기 속이 메스꺼웠다. 어둠은 사라질 것이다. 하지만 그는 보고 싶지 않았다.

이케가 제방을 넘어 달려왔다. 입에 뭔가를 물고 있었다. 그 물체가 햇빛을 받아 반짝거렸다.

그러자 그 순간이 지나갔다. 로버트의 이성이 환상을 밀어낸 것이다.

"이케, 이리 와!"

이케는 잠시 머뭇거렸다.

"이리 와, 어서! 뭘 물고 있는 거야? 나 좀 보여줘!"

이케는 조용하고 침착하게 로버트에게 다가왔다. 그는 이케의 주둥이에 물린 반짝이는 뭔가를 발견했다.

"착하지, 네가 뭘 찾아냈는지 나도 좀 보자!"

로버트가 다가가자 이케가 주둥이를 벌렸다. 그러자 반짝거리는 물체가 툭 떨어졌다.

팔찌, 장신구가 주렁주렁 매달린 넝마 팔찌였다.

로버트는 팔찌를 주워 자세히 살펴보았다.

그의 눈에 맨 처음 들어온 건 해골 장식이었다.

유희이론

어디 갔지?

율리아의 동생이 벌써 한 시간째 보이질 않았다.

대체 혼자 어디서 뭘 하고 다니는 거야?

율리아는 보안 요원들과 헬리콥터를 타고 온 경찰관들이 캠퍼스 전체를 샅샅이 수색하고 다니는 모습을 불안한 마음으로 지켜보았다. 신이 그녀에게 이런 고통을 안겨주는 걸 보면 그녀를 상당히 괘씸하게 생각했던 게 틀림없다. 그녀는 경찰복을 보는 것조차도 견딜 수가 없었다. 그래서 일종의 쇼크 상태에 빠진 것처럼 컴퓨터실의 인터넷 속 가상 세계로 도피해 버렸다.

다른 신입생들이나 상급생들도 대부분 율리아와 같은 생

각을 한 것 같았다. 몇몇 학생들은 보안 요원들의 수색 작업에 합류하려고 했지만 발덴 학장은 단호히 거절했다. 아마도 과도하게 몰린 지원자들이 도움이 되기보다는 오히려 방해가 될까봐 걱정스러웠던 모양이었다.

지하 컴퓨터실은 학생들에게 상당히 인기가 많은 곳이었다. 벽이 접이식으로 되어 있어서 필요에 따라 공간을 나눌 수 있었기 때문에 혼자 또는 그룹으로 사용이 가능했다. 학생들은 그곳에서 에세이 숙제나 강의 준비를 하기도 하고 또는 계곡 밖에 있는 친구들과 페이스북으로 연락을 하거나 또는 그저 인터넷 서핑을 하는 등 많은 시간을 보냈다.

로버트가 혼자 사라져버린 뒤로 율리아는 문득 어떤 생각이 들어 온몸에 전율이 일었다. 전날 밤 너무 흥분했던 나머지 로아로아에 대해 잠시 잊고 있었던 것이다. 그녀는 그제야 알렉스에게 파티 초대에 대해 되물었을 때 돌아온 그의 대답이 떠올랐다.

그는 다른 사람들이 모두 메일로 초대를 받았다고 했다. 그런데 유독 율리아만 문자메시지로 받았다.

그리고 로버트의 이야기만큼이나 터무니없어 보이면서도 이상하게 율리아의 머릿속을 떠나지 않는 생각이 한 가지 더 있었다.

만약 이 모든 소동을 일으킨 장본인이 자기 남동생이라는 사실이 단순한 우연이 아니라면? 이 모든 게 율리아와 로버트가 겪었던 그 일과 관련 있는 더 큰 계획의 일부라면?

말도 안 돼! 그럴 리 없어.

속으로 외쳐보았지만 율리아는 그 생각을 떨쳐버릴 수가 없었다. 그녀는 아랫입술을 깨문 채 모니터를 들여다보았다. 로아로아라는 글자를 구글에서 벌써 세 번째 찾아보고 있었다. 하지만 그녀는 번번이 로아로아가 기생충의 라틴식 학명이라는 답밖에 얻지 못했다.

'로아로아: 사람의 눈에 붙어 기생하는 벌레.'

생각만 해도 끔찍했다.

하지만 그 배후엔 틀림없이 누군가 있었다. 그리고 그가 그녀의 전화번호를 알아냈다. 율리아는 고개를 들고 컴퓨터실 안을 훑어보았다.

로아로아란 이름 뒤에 누가 숨어 있는지 어떻게 알아내지?

그런데 로버트는 대체 어디 간 거야?

"7천만 년 전에 이곳에서 무슨 일이 일어났었든 나랑 무슨 상관이야?"

율리아의 바로 옆자리에서 데비의 목소리와 함께 한숨 소리가 들려왔다. 데비는 컴퓨터 키보드를 요란하게 두들겨대고 있었다. 그녀는 하루 종일 만나는 학생들마다 붙들고 얘기한 대로 로키 산맥의 유래에 대한 에세이를 쓰는 중이었다.

"과거에 대한 일은 여든 살쯤 먹었을 때 관심을 가져야 하는 거 아냐? 난 이제 겨우 만으로 열일곱이라고."

데비의 말에 대꾸하는 사람은 하나도 없었다.

율리아의 오른쪽에서는 크리스가 자기 노트북 모니터를 뚫어져라 들여다보고 있었다. 그는 아침과 마찬가지로 여전히 율리아의 존재를 무시했다. 그녀는 그가 뭘 보고 있는지 알아내려고 가늘게 실눈을 떴다.

그런데 그가 갑자기 고개를 왼쪽으로 돌렸다.

"무슨 일이야?"

"아, 아무것도 아니야."

율리아의 얼굴이 빨개졌다.

"그냥 네가 뭘 하나 궁금해서."

"게임."

그가 짧게 대답했다.

"무슨 게임인데?"

율리아는 자리에서 일어나 그쪽으로 몸을 숙였다. 담배 냄새가 코를 찔렀다. 율리아는 늘 서재에 앉아 파이프 담배를 피우던 아빠가 떠올랐다.

하지만 크리스는 얼른 창을 꺼버렸다. 그러자 화면에 그레이스 학보사 홈페이지가 나타났다. '그레이스 대학 신문 편집장 실종'이라는 글자가 헤드라인 기사로 떠 있었다.

바로 어제 율리아는 안젤라에게 학보사에서 일하고 싶다는 지원서를 제출했었다.

"와, 기사 한번 빠르네."

"그래, 여긴 다른 사람들보다 뭐든 빨리 듣고 알아내는 사람들이 있어."

"그게 무슨 뜻이야?"

크리스는 어깨를 으쓱했다.

"그냥 그렇다고."

"야, 너희들끼리 무슨 얘길 그렇게 속닥거려?"

데비가 대용량 요거트의 포장지를 뜯으며 큰 소리로 묻자 학생들 몇몇이 고개를 들어 못마땅한 눈길로 그녀 쪽을 쏘아보았다.

"우리한테 네가 알아선 안 되는 비밀이 있다고 생각해."

크리스가 말했다.

"오, 난 비밀 진짜 좋아해!"

"아, 그래? 그건 전혀 몰랐네."

그들과 등을 맞대고 앉아 있던 카티가 말했다.

율리아는 카티에 대해서 정말 궁금했다.

말 걸기조차 힘든 저런 사람들은 대체 어떤 생각을 하면서 살까?

카티는 여간해서 눈을 마주치지 않았다. 게다가 외부의 자극에도 거의 반응하지 않았고 웃는 일도 개기일식만큼이나 드물었다. 그에 비하면 벤저민은 정반대였다.

그 순간 그가 컴퓨터실 안으로 기운차게 들어왔다. 율리아는 그가 대단한 작업을 시작하려 한다는 예감이 들었다.

"혹시 빈 컴퓨터 있어? 지금 급하게 재생해봐야 할 영상이 있는데."

"넌 정말 언제나 영화 생각뿐이구나? 너한텐 인생 자체가 시나리오지?"

로즈가 물었다.

"맞아, 난 현실 세계는 절대로 사절이야."

벤저민이 히죽거리며 대답했다.

데비는 아직도 그 유치한 분홍색의 딸기맛 요거트를 숟가락으로 떠먹고 있었다.

"참! 시나리오 얘기가 나와서 말인데, 경찰들이 지금 안젤라의 하우스메이트들을 취조하고 있는 거 알아? 이러다가 진짜 스릴러 영화처럼 되는 거 아닐까? 너희들 생각은 어때?"

데비가 흥분해서 눈을 반짝거렸다.

"어쩌면 안젤라가 늘 외부로부터 끊임없이 우편물을 받았던 게 실종과 관련 있을지 몰라. 오늘만 해도 안젤라 앞으로 큰 봉투가 여섯 개나 왔었단 말이야. 요즘처럼 이메일이 흔한 시대에 누가 그런 우편물을 주고받니? 내 생각엔 그 사실만으로도 의심스러워. 생각해보니 경찰한테 그 사실을 말해줘야 할 것 같아."

로즈가 신음 소리를 냈다.

"맙소사, 네 그 빈 깡통 같은 머리에서 나오는 뉴스들에 이젠 신물이 날 지경이야. 네가 그 웃기지도 않는 이론을 퍼뜨리고 다닐 동안 불쌍한 안젤라는 캠퍼스 어딘가에서 사고를 당해 꼼짝 못하고 있을지도 모른다는 생각은 안 해봤니?"

그사이 다시 제자리에 앉아 모니터를 보고 있던 율리아는 크리스가 자신을 관찰하고 있다는 걸 느끼곤 얼른 뒤를 돌아보았다. 율리아의 느낌대로 크리스는 생각에 잠긴 표정으로 그녀를 보고 있었다.

그녀가 그 이유를 물어보려는 순간 크리스가 갑자기 미소를 짓더니 오직 율리아만 알아들을 정도의 아주 작은 목소리로 말했다.

"너 혹시 현재가 너무 부조리해서 과거가 완전히 다른 시각으로 보이는 그런 느낌 알아?"

율리아는 숨이 멎는 것 같았다.

도대체 이 앤 뭐지? 이건 또 무슨 소리야? 대체 나에 대해 뭘 알고 있는 거야? 혹시 크리스가 로아로아인 거 아닐까?

율리아는 그가 어제 보트하우스에서 쇼크 상태에 빠져 있는 그녀를 깨웠던 일이 떠올랐다. 그의 손길. 가슴을 파고들던 말들 그리고 로버트를 도와주겠다는 약속. 그건 진정 그의 진심인 것 같았다.

그런데 지금에 와서 크리스는 그녀가 도무지 짐작할 수 없는 암시들과 말들을 하고 있었다. 게다가 그날 아침 복도에서 그녀를 완전히 무시해버렸던 그의 행동까지.

만약 크리스가 전형적인 다중 인격자라면 어쩌지?

그녀는 진짜 그런 것 같은 느낌이 들었다.

"내 이론이 웃기다고?"

그때 율리아 옆에 있던 데비가 소리쳤다.

"너희들! 조용히 좀 할 수 없어?"

뒤쪽 어딘가에서 알렉스의 목소리가 들려왔다. 율리아는 그가 컴퓨터실에 있다는 걸 전혀 모르고 있었다.

데비는 연극배우 같은 톤으로 작게 속삭였다.

"안젤라가 그레이스 대학 신문의 편집장이라는 거 잊었어? 기자들의 삶은 원래 위험한 거야. 만약 안젤라가 영영 나타나지 않으면 내가 그 자리에 지원해볼까? 너희들 생각은 어때?"

"네가 아예 편집부로 방을 옮긴다면 난 대찬성이야. 편집부도 여기 지하 어디에 있다고 들었는데. 그러면 네 얼굴을 지금처럼 자주 안 봐도 되잖아."

크리스가 말했다.

그 말을 들은 데비의 눈이 촉촉해지더니 금세 굵은 눈물방울이 뚝뚝 떨어졌다. 뺨은 풍선처럼 부풀어 올라 터질 것만 같았다.

"너 어떻게 그런 말을 할 수가 있니, 크리스!"

로즈가 말했다.

"안젤라한테 진짜 끔찍한 일이라도 생겼던 거면 어쩌려고?"

"안젤라라니?"

크리스의 목소리가 신경질적으로 변했다.

“대체 그 안젤라라는 사람이 누군데? 혹시 너희 중에 그 여자한테 관심 있는 사람 있어? 아니면 그녀를 잘 아는 사람이나. 아니면 그 사람이랑 말이라도 섞어봤어?”

이번에도 대화를 중단시킨 사람은 알렉스였다.

“야, 거기 앞에 있는 신입생들! 그렇게 할 일이 없어? 다른 사람들 여기서 공부하고 있는 거 안 보여?”

크리스는 어깨를 으쓱하곤 다시 모니터 쪽으로 고개를 돌렸다.

하지만 바로 그 순간 컴퓨터실 문이 벌컥 열렸다. 무슨 일인지 율리아가 미처 파악하기도 전에 이미 로버트가 문턱에 서서 초록색 발판 위에 토를 해버렸다. 정확히 말하자면 위액이 나올 때까지 모두 게워냈다.

***

데이비드가 발판을 닦는 동안 율리아와 로즈는 로버트를 기숙사 방으로 데리고 갔다. 벤저민이 따라오면서 줄곧 카메라로 촬영했지만 신경 쓰는 사람은 아무도 없었다. 데비가 순순히 자기 방으로 돌아가지 않은 건 당연했다. 그녀는 머릿속에 있는 수다 신경들과 소문 시냅스가 끝없이 에너지를 공급받아야만 살 수 있는 사람 같았다. 율리아는 왜 갑자기 크리스에 대한 마음이 바뀌었는지 정확히 알 순 없었지만 어쨌거나 그가 곁에 있다는 게 기뻤다.

"좀 괜찮아? 아직도 너무 창백해."

로즈가 로버트의 맥을 짚어보며 물었다.

"창백하다고?"

벤저민이 끼어들더니 고개를 절레절레 저었다.

"시체라고 해도 믿겠다. 한마디로 진짜 끔찍해."

"왜 자꾸 너한테만 이런 일이 생기는 건지 정말 궁금해. 왠지 네가 무서워!"

신경질적으로 짜증을 부리는 데비에게 데이비드가 한마디 했다.

"그런 거 물어볼 시간 있으면 양동이나 갖고 오지그래, 바닥이 온통 토사물로 엉망이 되기 전에."

로즈는 진심으로 화를 냈다.

"데비, 로버트 좀 그만 괴롭혀!"

율리아는 의자에 앉아 로즈가 젖은 수건으로 자기 동생의 이마를 식혀주는 모습을 지켜보았다. 벤저민의 말이 옳았다. 로버트는 마치 유령이라도 본 것 같은 얼굴이었다. 하지만 그 외에 또 다른 뭔가가 있는 것 같았다. 그는 어떤 문제에 사로잡혀 해답이 나올 때까지 고민하는 상황에서 늘 그런 표정을 짓곤 했다.

"괜찮아."

로버트가 말했다.

"진짜야! 별거…… 아니었어. 팔찌를 발견한 건 이케지 내가 아니니까. 이케가 계속 짖길래 무슨 일인가 하고 가본 것뿐이야, 그런데……."

"그러다가 팔찌를 발견했다고?"

데비의 입가에 여전히 분홍색 요거트가 묻어 있었다.

"뭐? 로버트가 뭘 발견했단 거야?"

데이비드와 카티가 문가에 서 있었다. 로즈는 로버트를 대신해 그들에게 팔찌를 내밀어 보였다.

"이거야."

"어디서 났어?"

율리아가 물었다.

"다리 바로 지나서."

로버트는 둥근 안경알 너머로 율리아를 쳐다보았다. 그의 시선은 진지하면서도 생각에 잠겨 있었다.

"안젤라 거야. 식당에서 벤저민이랑 싸울 때 팔에 차고 있던 걸 봤어."

"싸운 거 아니야!"

벤저민은 화가 나서 얼굴이 일그러졌다.

율리아도 그때 안젤라의 팔목에 걸린 팔찌를 보았었다. 의심의 여지가 없었다.

데이비드는 방으로 들어와 의자에 앉았지만 카티는 일정한 선을 넘지 않으려는 듯 문가의 자리를 고수했다.

"그런데 호숫가엔 뭐 하러 간 거야?"

데이비드가 앞으로 몸을 숙여 로버트에게 물었다.

"해답에 대해 고민하고 있었어. 방정식에 대한 답."

"방정식이라니, 무슨 방정식?"

데비가 소리쳤다.

"같은 날 두 여자가 사라졌어. 이 문제에 대해 어떤 답이 있어야 하잖아."

팽팽한 긴장감이 흘렀다. 율리아의 눈에는 끊어지기 직전의 팽팽한 실과 같은 긴장감이 보이는 것 같았다. 아무도 두 번째 여자에 대해 믿지 않았다. 하지만 로버트의 목소리가 너무 확신에 차 있어서 아무도 반박하지 못했다.

"어떤 여자가 갑자기 바위 위에 나타나서는 호수로 뛰어들었어. 그 여자는 머리가 파랬고 녹색 수영복을 입고 있었지. 난 똑똑히 봤어. 그러니까 그녀는 진짜 있었던 거야. 그리고 두 번째 여자는 휠체어를 타고 있었어. 즉 걷지 못한단 말이지. 뛰지도 못하고 물속으로 다이빙을 할 수도 없지. 파티에 온 적도 없었고 솔로몬 바위 위에는 더더욱 올 수 없었어. 그런데 그녀가 사라졌어. 이건 고전적인 모순이야, 안 그래?"

아무도 대답하지 않았다.

"내 실수는 그 두 여자가 동일 인물이라고 굳게 믿었던 데 있었어. 말도 안 되는 거였는데."

로버트의 음성에서 승리감 같은 기운이 느껴졌다.

"실제로 두 여자가 존재했던 거야. 아니 한 배역을 두 여자가 맡았다고 하는 게 더 정확하지."

모두가 어리둥절한 얼굴로 로버트를 바라보았다.

"수학의 유희이론이라는 것에 대해 들어본 적 있어?"

"아니. 빙글빙글 돌리지 말고 결론부터 말해."

크리스가 재촉했다.

"휠체어를 탄 여자는 실제로 있었어. 수학적으로 말하자면 그녀는 상수, 즉 고정값이야. 이해하겠어? 반면 바위 위에 서 있던 여자는……."

"로렐라이 말이야?"

데비가 빈정대며 물었다.

"그래, 그렇게 부를 수도 있겠지. 어쨌거나 그 로렐라이는 이 미해결 방정식의 변수인 거야."

"무슨 소리인지 하나도 모르겠네."

데비가 중얼거렸다.

그러니까 수학적으로 말해 그 로렐라이는 점차 숫자 영에 근접해가는 값이라는 거지.

율리아는 생각했다. 그녀는 어떤 상황에서도 흔들리지 않는 동생이 무척 자랑스러웠다.

"변수들은 자리만 메우고 있을 뿐이야. 다시 말해 그 자리에는 뭐든 다 대입할 수 있다는 뜻이지."

로버트는 참을성 있게 설명했다.

"로렐라이는 존재하지 않아, 그건 너희들 말이 맞았어. 하지만 반대로 로렐라이는 누구든 될 수 있었어."

"'누구든'이라고?"

로즈가 이맛살을 찌푸렸다.

"그래, 안젤라만 빼고. 왜냐하면 그 여자는 휠체어에 타고 있었으니까. 내가 너희들에게 이 이야기를 했을 때 뭐가 제일 거슬렸어? 너희들은 왜 내가 헛소리를 한다고 생각했지?"

"그거야, 파란 머리에 녹색 수영복이라는 게……."

벤저민이 눈썹을 치켜세웠다.

"바로 그거야! 파란 머리카락! 혹시 파티장에서 누가 계속 아리엘을 찾아다녔던 거 기억나? 아리엘, 동화에 나오는 인어 말이야. 아리엘과 로렐라이는 동일 인물이야, 알아듣겠어? 그리고 상급생들 중 몇 명은 그 사실을 알고 있었던 거야."

로버트 말이 맞아!

율리아는 생각했다.

그래, 그거였어. 파티와 담력 테스트 어쩌고 했던 거.

그건 모두 계획됐던 일이었어.

"말도 안 돼."

벤저민은 회의적이었다.

"네 말이 사실이라면 왜 난 그 여자를 못 본 거지? 나도 계속 네 옆에 있었잖아, 이 비디오카메라를 들고."

로버트가 그를 쳐다보았다.

"그럼 네 카메라 좀 보여줘봐."

벤저민은 비디오카메라 전원을 켜서 사건이 있었던 당시 시점으로 되감았다. 모두들 화면 위로 몸을 숙였다. 보트 데크와 호수, 더 정확히 말하면 물속에 잠겨 있는 낚싯대를 보고 있는 로버트. 그리고 그의 오른쪽 옆에는 여학생 두 명이 앉아 있었다. 율리아는 그중 한 명을 알아보았다. 그녀는 율리아와 마찬가지로 신입생이었고 수학 강의를 함께 듣고 있었다. 다른 여학생은 상급생인 것 같았다. 두 사람은 로버트와 반대 방향을 보며 앉아 있었다.

그러더니 화면이 보트하우스 쪽을 비췄다. 한 손에 플라스틱 컵을 들고 데이비드와 나란히 소파에 앉아 있는 율리아의 모습이 잠시 스쳤다. 정말 편안해 보였다.

그다음 화면은 다시 많은 학생들로 북적이는 플로어를 비췄다. 지극히 평범한 파티였다.

"벤저민, 넌 어디 서 있었어?"

데이비드가 물었다.

"보트 데크 가운데, 이 여자애들 옆."

"여기야!"

갑자기 로버트가 외쳤다.

"바로 이때라고! 모두들 잘 봐."

톰이 퍼포먼스를 보여주기 위해 드럼통 위로 올라갔다. 잠시 동안 모든 학생들이 그에게 시선을 집중했다. 그런 다음 카메라는 사람들을 지나 로버트와 호수 위를 비췄다. 왼편에는 그린아이, 그리고 마치 벤저민이 2배속 버튼을 누르기라도 한 것처럼 빠르게 시꺼먼 먹구름이 몰려들고 있는 고스트가 보였다. 제방 뒤에 있는 다리도 보였다. 그리고 또 뭔가가 보였는데 순식간에 지나가버려서 율리아는 뭔지 정확히 알 수가 없었다.

그리고 다시 로버트가 나왔고 솔로몬 바위와 왼편 뒤로 그린아이가 보였다. 율리아가 보기에 바위 위에는 아무도 없었다. 물속으로 뛰어든 사람은 더더욱 없었다. 하지만 꼭 그렇다고 단정하기도 어려웠다. 왜냐하면 벤저민의 촬영 방식이 좀 독특해서 어떤 장면은 유난히 오래 찍다가 또 아주 짧은 순간에 다른 장면들로 바뀌곤 했기 때문이었다.

화면 속 로버트는 자리에 앉아 있지 않고 보트 데크에 서서 왼편의 바위 위를 응시하더니 물속으로 사라져버렸다. 그 모든 일이 이삼 초 정도로 아주 짧은 순간에 일어났다.

그때부터 벤저민은 로버트를 카메라의 눈에서 잠시도 놓치지 않았다. 그들은 로버트가 물과 힘겹게 씨름하는 모습을 볼 수 있었다. 율리아는 그날 밤에 겪었던 공포심이 되살아났다.

영상이 잠시 끊어졌다가 다시 율리아가 로즈와 함께 데크 앞에서 서 있는 장면이 나타났다. 데이비드가 모여 있는 사람들 사이를 뚫고 나타났다. 그는 달려오면서 신발을 벗어던졌다. 그런 다음 율리아의 어깨에 손을 얹곤 로버트를 따라 물속으로 뛰어들었다.

벤저민이 카메라를 껐다.

"역시 아무것도 없어."

그러자 로버트가 곧장 말했다.

"그 장면에서 카메라가 흔들렸어. 너 눈치 못 챘어? 그 부분으로 다시 돌려봐."

벤저민은 로버트가 시키는 대로 했다.

"내가 신호를 보낼 때 멈춰, 알았지?"

또다시 영상이 재생됐다. 구름들, 그들이 왔던 호숫가 길. 아무도 없는 솔로몬 바위와 그린아이…….

바로 그 순간 로버트가 소리쳤다.

"멈춰!"

이제 율리아의 눈에도 보였다. 바로 그 순간 카메라가 잠시 아래로 미끄러졌던 것이다!

"그 부분, 슬로모션으로 보여줄 수 있어?"

"그럼, 당연하지."

벤저민은 로버트가 시키는 대로 했다. 이제 모두가 로버트가 말한 부분을 알아볼 수 있었다. 잠시 화면이 흔들리면서 솔로몬 바위가 사라지고 대신 보트 데크와 그린아이 사이에 있는 바위의 앞부분이 나왔다. 그런 다음 카메라는 자리에서 일어난 로버트 쪽을 향했다.

벤저민이 휘파람을 불었다.

"아, 이제 생각났다!"

그가 말을 이었다.

"하필 그때 뒤에 앉아 있던 여자애들 중 한 명이 나를 쳤던 것 같아. 그래서 내가 걔들을 째려봤었거든. 하지만 그 순간에 촬영을 놓친 건 몰랐네."

"이게 결정적인 증거야!"

로버트는 의기양양하게 말하더니 카메라 렌즈의 뚜껑을 닫았다.

"이 모든 게 하나의 놀이였어!"

"대체 뭣 때문에?"

"유희이론에서 놀이의 근거가 되는 건 항상 자신들이 내린 결정으로 서로에게 영향을 미치게 되는, 즉 참가자들의 결정 상황이야."

그때 창문을 통해 바깥에서 날카로운 비명 소리가 들려왔다. 꼭 고양이가 처절하게 우는 소리처럼 들렸다.

율리아는 창문 쪽을 돌아보았다.

호수 위로 맹금이 선회하고 있었다. 꼭 구조를 요청하는 것처럼.

맹금. 이케를 제외하고 율리아가 계곡에서 처음 봤던 동물이었다. 그제야 그녀는 그 사실을 깨달았다. 마치 계곡 전체가 죽어버리기라도 한 것처럼, 살아 있는 유일한 생명체는 오직 그들뿐이라는 것. 그들 모두. 율리아는 등줄기가 서늘해지는 걸 느꼈다.

"로버트의 말이 맞아. 실제로 우린 너희들을 속이려고 했었어. 그냥 재미로 말이야."

어느새 문가에 알렉스가 와 있었다. 그는 두 손을 들어 올리며 힘없이 웃어 보였다.

"정말 미안! 일이 이렇게 될 줄은 몰랐어!"

목숨을 건 장난

율리아는 방 창가에서 다른 친구들의 이야기를 들으며 동시에 창밖의 교정을 바라보고 있었다. 그사이 오후가 되었지만 밖에는 여전히 헬리콥터가 돌고 있었다. 그리고 도처에 보기만 해도 두려워지는 경찰복을 입은 사람들이 보였다.

예기치 않은 사건으로 한순간 계곡은 고요함이 사라지고 분주해졌다. 그런데 이전까지의 고요함이 율리아를 긴장시켰음에도 불구하고 그녀는 그 고요함이 그리웠다. 방과 기숙사, 아니 캠퍼스 전체를 덮고 있던 침묵은 답답하다기보단 오히려 빈 듯 가벼웠기 때문이었다.

"단순한 장난이었어."

알렉스는 깊이 숨을 들이마신 후 떨리는 손으로 자신의 금발 머리를 쓸어 올렸다. 구릿빛 피부에도 불구하고 그는 무척 지쳐 보였고 써니보이 특유의 이미지도 온데간데없었다.

"고백할게. 일이 이렇게까지 커질 줄은 정말 몰랐어."

"그게 무슨……."

"우선 그거 좀 꺼줄래? 그럼 다 설명할게."

알렉스는 벤저민의 비디오카메라를 가리켰다.

"왜 꺼야 하는 거죠?"

"자꾸 질문하지 말고 그냥 하라는 대로 해. 대체 내가 무슨 일에 말려든 건지 빨리 알고 싶으니까."

크리스의 협박에 가까운 말에 벤저민은 어깨를 으쓱했다. 그리고 이미 익숙해져버린 카메라 돌아가는 소리가 드디어 멈췄다.

"자, 이제 말해봐요!"

크리스가 발코니 문에 등을 기대곤 팔짱을 꼈다.

"잠깐, 곧 이사벨이 올 거야."

알렉스의 말이 끝나자마자 이사벨이 방으로 들어왔다.

"너 벌써……."

이사벨이 묻자 알렉스는 짧게 말했다.

"얘들한테 보여줘."

이사벨은 배낭을 열더니 뭔가를 꺼냈다.

"이제 알겠어?"

알렉스가 그렇게 말하는 동안 이사벨은 배낭에서 가발을

꺼내 썼다. 파란 머리카락이 어깨 위로 길게 늘어졌다.

"선배였어요? 당신이 그 여자였다고요?"

로버트가 두 눈을 가늘게 뜨고 물었다.

"선배가 물속으로 뛰어들었던 거란 말이죠?"

"빙고!"

잠시 방 안에 정적이 감돌았다.

"이사벨은 프로급 수영 선수야."

알렉스가 말을 이었다.

"이사벨은 바위에서 뛰어내린 후 물속에서 바위 뒤로 돌아 나온 거야. 바위 뒤쪽으로 백 미터쯤 가면 남들에게 들키지 않고 물 밖으로 나올 수 있는 지점이 있거든."

"대단해요!"

벤저민이 소리쳤다.

"그러니까 그 모든 게 그냥 장-난이었다는 건가요?"

크리스는 '장난'이라는 단어를 일부러 강조해 발음했다.

이사벨이 어깨를 으쓱했다.

"원래는 별 탈 없을 거라 생각하고 계획한 일이었어."

"장난이었다니요?"

율리아는 데이비드가 그토록 심하게 화를 내는 모습을 본 게 처음이었다.

"대체 그게 누굴 위한 장난이었는지 설명 좀 해줄래요? 우린 하나도 못 알아듣겠는데요. 대체 그런 짓을 왜 한 거죠? 맙소사, 난 그 여자를 찾으려다가 죽을 뻔했다고요!"

"이번 파티의 콘셉트는, 말하자면 살인자 미스터리였어."

이사벨이 말했다.

"살인자 미스터리요?"

데이비드가 얼음처럼 차가운 목소리로 되물었다.

"응, 말하자면 그래. 너희들 혹시 그레이스 계곡에 대한 소문 들었니?"

"소문이라뇨?"

데비가 잔뜩 긴장한 표정으로 입술을 깨물었다.

"호수에 대해서, 여기 호수 아래 바닥이 아주 위험하다고. 가끔 이유도 없이 수위가 높아지고 소용돌이가 생기는데 아무도 그 이유를 설명할 수가 없대. 그래서……."

"이번 일은 정말 미안해."

알렉스가 이사벨의 말을 끊었다.

"진심이야, 믿어줘."

하지만 그의 말을 제대로 듣고 있는 사람은 아무도 없었다.

"솔로몬 바위를 택한 것도 그 때문인가요? 그린아이가 이 호수에서 가장 깊은 곳이라는 이유 때문에?"

"그래, 그것도 한 가지 이유야."

크리스가 묻자 이사벨이 다시 대답했다.

"하지만 가장 결정적인 이유는 거기가 보트하우스에서 잘 보이기 때문이었어. 게다가 솔로몬 바위에서 뛰어내리는 게 제일 극적일 것 같기도 했고. 하지만 그곳을 잘 아는 사람에겐 절대로 다이빙하는 게 위험하지 않아."

"살인자 미스터리 파티라니."

로즈가 너무 어이없다는 듯한 표정으로 나머지 아이들을 돌아보았다. 율리아는 그녀가 무슨 생각을 하는지 알 것 같았다. 이제야 그 모든 사건의 의미가 분명해진 것이었다.

이사벨과 알렉스 그리고 톰은 전날 밤 단순히 겁에 질려 있었던 게 아니었다. 그들이 바로 이 모든 사건을 일으킨 장본인이었다!

율리아는 이사벨이 한참이나 늦게 나타났던 사실이 기억났다. 게다가 급하게 껴입은 듯한 옷차림과 유난히 축축하게 젖어 있던 머리카락도.

"목적은 오직 하나. 너희들을 놀라게 만들려던 거였어."

알렉스는 신입생들의 이해를 구하려고 애를 썼다.

"이해하겠니? 약간의 소동 말이야. 한 여자가 물속으로 뛰어들더니 다시는 떠오르지 않았다, 그로 인해 유발되는 긴장감과 혼란, 공포 등등."

"그럼 그 시각에 퍼포먼스를 했던 것도 모두 계획된 거였군요? 요다의 대사를 인용한 것도요. 그 이후 사건들이 좀 더 극적이고 섬뜩하게 느껴지게 하려고."

벤저민이 줄줄 얘기하자 알렉스는 힘없이 어깨를 으쓱할 뿐이었다.

"그래, 로버트가 보트 데크에 앉아 있었는데……."

이사벨이 말을 하다 말고 잠시 멈칫했다.

"……우리가 보기엔 로버트가 영웅 역할에 가장 적합하다고 생각했어."

"영웅이라니……."

율리아는 속에서 화가 치밀어 오르는 걸 느꼈다.

"다들 머리가 어떻게 된 거 아니에요? 당신들 때문에 내 동생은 엄청나게 충격을 받았다고요. 게다가 로버트와 데이비드가 하마터면 목숨을 잃을 뻔했어요. 그런데 이제 와서 그냥 가발만 벗어던지면 모든 일이 끝날 거라고 생각하는 건가요? 당신들이 알기나 해요? 로버트가 지난 몇 달간 어떤 시간을 보냈는지……."

로버트의 시선이 율리아를 주춤하게 만들었다. 그녀는 입술을 지그시 깨물었다.

"우리라고 그 순간에 로버트가 그 여자를 살리려고 얼음처럼 차가운 물속으로 뛰어들 거라고 예상할 수 있었겠어?"

이사벨은 변명을 하려 애썼다.

"내가 미끼였던 거로군요, 그렇죠? 밑밥 말이에요."

로버트는 화가 나긴커녕 오히려 안심한 듯 보였다. 그의 얼굴에는 실제로 어려운 수학 문제에 대한 답을 알아냈을 때와 같은 표정이 담겨 있었다.

"선배들이 보기엔 내가 나약한 애송이에다가 루저였던 거예요, 맞죠? 내가 물속으로 뛰어들 거라곤 전혀 생각해본 적이 없었던 거라고요, 안 그런가요?"

"정말이지 그건 그냥 장난이었어! 원래 계획은 모두들 우왕좌왕하는 가운데 결국 누가 이 문제를 풀어내는지 보려고 했던 것뿐이야."

알렉스가 말했다.

"파티가 끝날 때는 사건의 전말을 다 공개하려 했다고."

"그런데 왜 공개하지 않은 거예요?"

데이비드의 목소리는 거의 절규에 가까웠다.

"폭우가 쏟아지기 시작한 데다가 갑자기 사건이 생각지도 못한 방향으로 흘러갔기 때문이야. 다행히 결국엔 잘 끝났지만. 로버트와 데이비드가 물속에서 무사히 나왔잖아."

율리아는 분노에 찬 눈초리로 상급생들을 쏘아보았다. 훤칠한 키에 잘생긴 외모, 브랜드 청바지에 자신만만하고 흠잡을 데 없는 인물의 소유자들 그리고 그들의 튜터! 신입생인 그들이 대학 생활에 잘 적응할 수 있도록 도와줘야 할 의무를 가진 사람들인데 그런 이들이 대체 무슨 짓을 저질렀던 것인가? 그들은 신입생을 위험에 빠뜨렸을 뿐만 아니라 그 사실을 먼저 자백하지도 않았다.

"그럼 오늘 아침에는요?"

로즈가 따져 물었다.

"로버트가 자기 말을 아무도 믿어주지 않았을 때 심정이 어땠을 것 같으냐고요?"

"그야, 그땐 이미 안젤라가 실종되어버렸잖아."

이사벨이 자신 없는 목소리로 대답했다.

"일이 더 복잡하게 꼬여버린 거지."

크리스가 발코니 문에서 떨어져 방 가운데로 들어왔다. 그의 진회색 눈동자는 어떤 생각을 하는지 가늠하기 어려웠다.

"상황을 한번 정리해보죠. 그러니까 당신들은 우리를 파티에 초대했어요. 겉으론 조금도 위험해 보이지 않는 환영 파티인 척했지만 사실은 우릴 긴장하게 만들어놓고 몰래 즐기려 했던 거죠. 그리고 당신들이 살인자 미스터리 파티라고 불렀던 그 사건에서 두 사람은 목숨을 잃을 뻔했고요……."

"그건 원래 우리 계획에 없었던 거야."

알렉스가 크리스의 말을 가로막았다.

"내 말 아직 안 끝났어요."

크리스는 화가 잔뜩 난 것 같았다.

"두 사람은 목숨을 잃을 뻔했어요! 그리고 이 전체 사건의 클라이맥스는 당신이 어젯밤 심지어 우리한테 학생부에 가서 이 사건을 꼰지르면 안 된다고 협박까지 했다는 거예요. 로버트의 말이 다 사실이라는 걸 알았으면서!"

그 대목에서 크리스는 율리아를 흘낏 쳐다보았다.

"그건 말이야."

알렉스는 초조하게 두 손을 비벼댔다.

"지금까지 매해마다 선배들이 입학 첫 주에 신입생에게 했던 선례를 그대로 따랐을 뿐이야. 그것도 소위 그레이스의 전통이라고 할 수 있지. 살아도 같이 살고 죽어도 같이 죽는다는 뭐 그런 맹세 같은 거."

그때 로버트가 다시 끼어들었다. 로버트는 그 자리에 있던 사람들 중 유일하게 침착함을 잃지 않았다. 그는 처음 며칠간 갈구했던 확신을 오히려 앞서 일어난 사건을 통해 되찾은 것 같았다.

"이번 파티에서 제일 중요한 건 바로 그거였어요, 그렇죠?"

로버트가 말을 이었다.

"맹세 말이에요. 우리가 어떻게 나오는지 보려고요, 우리 중 누굴 믿을 수 있고 누굴 믿을 수 없는지 알아보기 위해서. 아니면 우리 중 누가 학생부로 달려가는지 보려고요."

이사벨이 고개를 끄덕였다.

"그 빌어먹을 …… 통과의례 따위로 대학의 지침을 어겼단 말이에요?"

카티가 믿기지 않는다는 듯한 표정으로 그들을 노려보았다.

"만약 그 사실이 밝혀질 경우 알렉스 선배는 예일 대학의 장학금도 취소될 수 있어요."

율리아는 사고에 대해 보안 요원에게 알리긴 했었는지 알렉스에게 물어보려다가 그만두었다. 분명 자기방어가 더 우선이었을 테니까. 스스로 자신의 미래를 위험하게 만들고 싶진 않았으리라.

알렉스는 손으로 자신의 얼굴을 쓸었다.

"아까 말했듯이 일이 완전히 빗나가버렸던 거야. 처음부터 계획했던 게 아니라고."

율리아는 갑자기 피로감이 몰려들었다. 그냥 아무 침대에나 드러누워서 눈을 감고 싶었다.

이사벨은 가발을 벗었다.

"정말 미안해. 그건 처음부터 잘못된 생각이었어."

"그럼 안젤라는 어떻게 된 거죠?"

데이비드의 목소리였다.

"혹시 선배들이 그 괴상한 장난을 계속할 수 있도록 아직도 숲속 어딘가에 혼자 있는 거 아니에요? 이번에도 안젤라의 팔찌를 발견하는 영웅 역할로 로버트를 선택한 건가요?"

"그건 아니야, 진짜! 안젤라는 이번 파티와 아무 상관도 없어. 걔는 파티에 아예 오지도 않았어. 안젤라는 이런 장난은 유치하다고 싫어했으니까."

이사벨이 문득 말을 하다가 멈추었다.

"그런데 팔찌라니? 무슨 팔찌?"

로즈가 안젤라의 팔찌를 꺼내 보여주었다.

"로버트가 이걸 호숫가에서 발견했어요. 혹시 이 팔찌 본 적 있어요?"

알렉스는 안색이 창백해졌고 이사벨은 갑자기 깊은숨을 들이마셨다.

“물론이지. 그건 안젤라 거야! 하루도 빠짐없이 늘 차고 다녔거든. 지난여름부터였어. 확실해.”

데이비드가 제일 먼저 상황의 심각성을 깨달았다.

“로버트, 지금 당장 우리와 함께 이 팔찌를 발견했던 곳으로 가봐야겠어.”

멈추지 않는 메아리

기온이 또다시 떨어졌다. 대학 건물 입구에 매달려 있는 거대한 온도계가 12도를 가리켰다. 아침 해가 사라지고 계곡에는 마치 불투명한 덮개를 씌워놓은 듯 짙은 안개가 드리웠다.

로버트와 일행들은 다리가 있는 곳으로 즉시 출발했다.

"안젤라를 발견하면 틀림없이 상을 받을 거야. 그리고 학생부 서류에 실종됐던 여학생을 찾는 데 내가 특별히 큰 공헌을 했다고 써주겠지."

"맞아, 시체를 찾은 건 네 인생에 대단한 이력이 될 거야."

"꼭 죽었으리라는 법은 없잖아."

"그래도 죽었다면 네 공이 더 커지겠지."

율리아는 로버트를 쳐다보며 잠시 걸음을 멈추라고 눈짓을 보냈다. 그러자 로버트가 왜 그러느냐며 묻는 듯한 표정을 지었다.

“너 정말 이 일에 계속 휘말릴 작정이야?”

율리아가 작게 속삭이자 로버트가 고개를 끄덕였다. 그의 얼굴은 여전히 창백했지만 목소리는 진지하고 단호했다.

“다시는 발덴 학장한테 거짓말쟁이로 낙인찍히고 싶지 않아. 그 사건이 계획된 장난이었다는 것도 내가 밝혀냈잖아. 이젠 안젤라 사건의 진상을 알고 싶어.”

다른 학생들에게 안젤라를 직접 찾아보자 설득한 건 다름 아닌 로버트였다. 카티와 크리스, 벤저민 그리고 데이비드는 즉시 함께 가겠다고 나섰다.

“우린 로버트가 시키는 대로 따라야 해, 로버트는 그럴 자격이 충분하니까.”

카티의 아주 단순 명료한 말에 다른 이들은 고개를 끄덕였다. 망설인 사람은 오직 데비뿐이었지만 그녀도 이내 마음을 바꾸었다. 함께 가지 않았다가 중요한 구경거리를 놓치게 될까 봐서였다.

일행들이 막 출발하려던 순간 알렉스도 함께 가겠다고 나섰다. 크리스와 데이비드가 반대했지만 알렉스는 꿈쩍도 하지 않았다. 그래서 결국 모두 알렉스를 못 미더워하면서도 함께 가는 걸 받아들일 수밖에 없었다.

율리아는 상급생들이 전날 저녁 했던 짓을 아무래도 이해할 수가 없었다. 아마도 여전히 알렉스를 굶주린 눈빛으로 바라보고 있는 데비를 제외하곤 다 마찬가지 생각인 것 같았다.

"로버트, 얼른 와!"

데이비드가 소리쳤다. 로버트가 앞쪽으로 나갔다.

"지금부턴 네가 앞장서서 가다가 이케가 팔찌를 물고 나왔다는 그 지점이 나오면 알려주는 게 좋겠어."

로버트는 고개를 끄덕이곤 다시 한 번 율리아를 힐끔 봤다. 그러더니 울퉁불퉁한 좁은 길을 걸어가고 있던 다른 이들을 앞질러 걷기 시작했다.

"있잖아, 율리아."

크리스가 율리아의 곁으로 다가오더니 알렉스를 못 미더운 듯 쳐다보며 말했다.

"이번 이야기에 대해 넌 어떻게 생각해? 알렉스와 이사벨이 거짓말을 하는 걸까, 아님 안젤라가 어디 있는지 진짜 모르는 걸까?"

"모르겠어."

율리아가 대답하곤 잠시 생각했다.

"그 생각은 아직 안 해봤어. 난 그냥 너무 화가 나. 네 생각엔 진짜로……."

그 순간 율리아는 크리스가 그녀는 모르는 많은 일들에 대해 알고 있다는 사실이 떠올랐다.

"아니 그러니까, 너도 생각해봐! 로버트는 이케가 다리 바로 근처에서 팔찌를 찾았다고 했잖아. 하지만 안젤라는 혼자서 휠체어로 이렇게 멀리까지 올 수 없었을 거야. 안 그래? 여기 좀 둘러봐!"

율리아는 크리스가 무슨 말을 하려는지 알 것 같았다. 그 길은 휠체어가 다닐 수 있을 정도로 넓긴 했지만 결코 안젤라 혼자 힘으론 올라올 수 없었다. 아스팔트가 끝난 지점부터 호수의 상부 연안까지는 경사가 너무 가팔랐다. 바닥에 나무뿌리와 돌이 많은 건 물론 말할 것도 없었다.

"우리 내기할래?"

벤저민이 앞에서 소리쳤다.

"난 안젤라가 죽었다는 데 50달러 걸게!"

"너 어디 아픈 거 아니야? 어떻게 사람의 목숨을 두고 내기를 할 수가 있어?"

로즈의 목소리가 호수 위로 울렸다.

"못할 건 또 뭐야? 이 외로운 산꼭대기에서 아직도 흔한 윤리나 휴머니즘 같은 게 통해? 난 어차피 윤리니 도덕이니 하는 것들이 다 조작이라고 생각해."

"외롭다고?"

데비가 놀랍다는 듯이 반문했다.

"여긴 4백여 명이나 되는 학생들과 교사들이 살고 있어. 우리들만 살고 있는 게 아니란 말이야."

"맞아, 유감스럽게도 바로 그게 문제지."

크리스가 작게 말했다. 그리고 곁눈으로 율리아를 힐끔 쳐다보았다.

그때 율리아는 처음으로 그의 눈이 단순히 회색이 아니라 각도에 따라 회색으로 보이기도 하고 더 검어 보이기도 한다는 걸 깨달았다.

"난 너랑 단둘이 있을 수만 있다면 어떤 대가라도 지불할 수 있어."

순간 율리아는 가슴이 철렁했다.

방금 들은 말이 진짜 크리스가 한 말이었나? 아님 나 혼자 상상을 한 건가?

하지만 그 말은 크리스의 입에서 나온 게 확실했다.

……문제의 토요일이 오기 전날, 크리스티안도 똑같은 말을 했었다.

"너랑 단둘이 있을 수만 있다면 어떤 대가라도 지불할 수 있어."

그 말을 한 다음 그는 율리아에게 키스를 했었다.

율리아는 눈을 감았다.

"율리아, 왜 그래?"

갑자기 아주 가까이서 크리스의 목소리가 들렸다. 걱정스러운 목소리였다.

"얼굴이 너무 창백해."

율리아는 걸음을 멈췄다.

크리스가 잠시 그녀의 어깨에 손을 올렸다.

"난 널 혼자 둘 수가 없어."

그의 목소리가 아까보다 더 날카로워졌다.

"율리아 프로스트, 네 곁엔 널 지켜줄 누군가가 필요해."

***

율리아는 다리 너머 숲속으로 들어서던 순간 안젤라 파인더도 로버트도 잊고 있었다. 대학에 대해서나 일행들 중 어느 누구에 대해서도 마찬가지였다. 심지어 크리스에 대해서도. 그녀는 그의 존재를 손쉽게 털어 잊었다.

율리아는 오직 자신에 대해서만 생각했다.

그녀는 숲속으로 그냥 돌진했다. 제대로 된 길조차 없고 나무들만 빽빽이 서 있는 그 속으로. 보트하우스로 가는 굽잇길도 잊고 그저 산을 따라 올라만 갔다. 좀 걷기 쉬운 오솔길을 마다하고 신발이 긁히고 청바지가 더러워져도 전혀 아랑곳하지 않은 채 곧장 산 위로 올라갔다.

높이 올라가면 갈수록 숨이 차면 찰수록 기분이 더 나아졌다. 마치 계곡을 벗어나면서 그녀의 근심과 걱정, 두려움, 악몽도 모두 떨어져나가는 것만 같았다.

가문비나무들이 빽빽하게 서 있었지만 이번에는 나무들이 서로 단결해 그녀를 따돌리려 한다는 느낌은 들지 않았다. 오히려 그녀를 잘 보호해주고 보살펴주는 듯했다.

한참 아래에 있는 다른 친구들의 목소리가 차츰 멀어져갔지만 그녀는 걸음을 멈추지 않았다. 머릿속 한 켠에서 이런 속도로 산에 오를 힘이 대체 어디서 나오는 건지 스스로 놀랍다는 생각이 들었다. 하지만 사실상 그녀는 머릿속이 점점 비어가는 걸 느끼며 숨 가쁜 움직임을 즐기고 있었다. 그래서 오히려 죽음의 경사가 완만해지기 시작하고 갑자기 땅이 평평해졌을 때 살짝 실망하기까지 했다.

그런데 그 순간 놀라운 광경이 나타났다. 갑자기 눈앞이 환해지며 양지가 나타났는데 그곳은 자연적으로 형성된 게 아니라 인위적으로 꾸며놓은 곳이었다. 누군가 그곳에 나무 여러 그루를 베어내 널찍한 공간을 만들어놓았던 것이다. 덤불과 관목들도 세심하게 다듬어져 있었다. 그리고 이상한 게 또 하나 있었다. 적어도 율리아의 눈에는 딱히 그 안으로 들어가는 길이 보이지 않았던 것이다. 마치 숲 한가운데 저절로 생겨난 것처럼 말이다.

율리아는 갑자기 몸이 따뜻해지는 걸 느꼈다. 그래서 자신도 모르게 위를 올려다보았다. 짙은 안개 사이로 햇살이 그녀의 머리를 비추고 있었다. 레이저 광선처럼. 현실 같지 않고 왠지 신비로웠다.

〈천국으로 가는 계단Stairway to Heaven〉. 아빠가 자주 듣던 노래 같아.

율리아는 햇볕이 드는 곳 바로 아래에 서서 고개를 하늘로 향한 채 눈을 감았다.

정적이 그녀를 압도했다. 아무 소리도 들리지 않았다.

이상해. 이건 정상이 아니잖아.

완벽한 고요함이란 없다. 숲속 어디에도. 하지만 만약 그런 게 있다면 분명 미쳐버릴 것이다. 견디지 못할 것이다.

그녀는 완벽히 자신의 내면에 침잠한 채 몇 분간 서 있었다. 그래서 다시 눈을 떴을 때 그곳 가장자리에 있던 커다란 돌멩이가 갑자기 하늘에서 떨어진 게 아닌가 싶은 착각이 들었다.

그녀는 앞으로 몇 발자국 나갔다. 발아래에서 바스락거리는 나뭇잎 소리가 들리지 않았다. 그때 갑자기 어떤 목소리가 들렸다. 그것도 바로 등 뒤에서.

“대체 여기서 뭐 하는 거야? 혹시 태양신한테 기도라도 올리는 거니?”

카티였다.

“너 미쳤어?”

율리아는 소스라치게 놀랐다.

“너 때문에 간 떨어지는 줄 알았잖아!”

“일부러 그런 건 아니야.”

“그런데 넌 여기서 뭐해?”

“그 질문은 내가 너한테 하려던 거야. 네 뒤를 따라왔어.”

그 말을 들은 율리아는 잠시 깊은 숨을 내쉬었다.

카티가 고개를 삐딱하게 기울였다.

"놀란 척 그만해. 난 그냥 궁금했을 뿐이야."

율리아는 그녀를 빤히 쳐다보았다.

"네가? 궁금했다고?"

"그래, 네가 뭘 하고 있나. 내가 데비처럼 수다스럽지 않다고 해서 사람들에게 아예 관심이 없는 건 아니거든."

율리아는 눈을 가늘게 떴다.

"그게 무슨 뜻이야?"

카티의 얼굴에 스핑크스를 연상시키는 엷은 웃음이 번졌다.

"뭐, 아무것도 아니야."

그녀는 가볍게 대답했다.

대답 한번 멋지네.

율리아는 답답해서 소리라도 지르고 싶었다.

대체 왜 모두들 우리한테 관심을 갖는 거지? 처음엔 크리스가 수수께끼 같은 질문을 하나둘씩 던지더니 이젠 카티까지!

카티는 지금까진 한 번도 율리아를 신경 쓰이게 하지 않았던 유일한 존재였다.

카티는 주위를 두리번거렸다.

"그런데 여기가 어디쯤일까?"

"글쎄."

율리아가 퉁명스럽게 대답했다.

그녀는 잠시 카티를 버려두고 혼자 갈까 고민했다. 조금 전까지의 행복했던 기분이 깡그리 사라지고 말았다.

"특이한 곳이야, 그렇지?"

카티가 말하곤 앞으로 몇 발자국 걸어갔다.

"이런 숲속에 뜬금없는 양지라니. 누가 일부러 나무를 베어 낸 것 같은데. 게다가 저 앞에 있는 돌도 우연히 저기 있는 것 같진 않은걸. 꼭 비석 같잖아."

카티는 담쟁이덩굴로 덮여 있는 바윗덩어리를 유심히 보았다. 그러더니 그곳으로 걸어가 바위를 덮고 있던 연두색 잎사귀를 한 움큼 뜯어냈다.

그러자 바위 한가운데 교회나 묘지 또는 성지 등에서 흔히 볼 수 있는 움푹한 구멍이 보였다. 그런 것들과 차이가 있다면 성모마리아상 대신 석판이 있다는 거였는데 그 석판 위에는 글씨가 새겨져 있었다. 이름 같았다.

"와, 이거 진짜 추모비였네. 숲 한가운데 이런 게 있다니."

카티가 중얼거렸다.

율리아도 비석이 있는 곳으로 가까이 다가갔다. 비석에 새겨진 글씨에 시선이 머물렀다. 연도가 새겨져 있었다. 아니, 정확한 날짜까지.

'1974년 9월 10일.'

율리아는 추모비에 새겨진 이름들을 차례로 훑어보았다. 하지만 긴 세월 동안 풍파에 깎여 음각이 희미해져 있었다. 군데군데 지워진 글자가 많아서 대충 유추할 수밖에 없었다.

제일 끝에 쓰인 이름을 보자 율리아는 순간 멈칫했다. '마크'라는 이름이었다.

그럼 성은?

30여 년이라는 긴 세월 동안 추모비는 온갖 먼지와 비, 바람, 눈에 깎일 대로 깎이고 닳아 있었다. 게다가 이끼까지 앉아 퍼렇게 변해가고 있었다.

"이건 무슨 이름들일까?"

율리아가 혼잣말처럼 중얼거렸다.

"어쩌면 그 당시 실종됐던 학생들의 이름 아닐까?"

율리아는 놀란 눈으로 카티를 쳐다보았다.

"학생들이라니, 무슨?"

"너 그 얘기 여태 몰랐어?"

율리아는 고개를 저었다.

"언젠가 데비한테 들었어. 아마도 너랑 로버트가 오기 전이었나봐. 1970년대에 있었던 일인데 우리 학교에 다녔던 학생 여덟 명이 고스트 산 등반에 나섰다가 실종됐대. 정말 끔찍하지?"

"무슨 일이 있었대?"

"자세한 건 밝혀지지 않았나봐. 시간이 지나자 실종자들을 찾는 일도 그만두었대. 그러고 얼마 후 대학은 문을 닫았어. 그 당시엔 여기가 솔로몬 대학이었다지. 그건 알고 있었어?"

율리아는 또다시 고개를 저었다.

"불과 얼마 전까지 난 그레이스 대학이라는 곳이 세상에 있다는 사실조차 몰랐었어."

"어쨌거나 학교 측은 그 일이 바깥세상에 알려지지 않게 하려고 갖은 노력을 다했지만 결국 실패했다나봐. 신문들마다 기사가 대문짝만하게 났고 물론 부고도 나갔대."

"그런데 그 학생들은 고스트 산에 왜 갔대?"

카티는 놀랍다는 표정으로 율리아를 보았다.

"그야 꼭대기까지 가보려고 그랬겠지, 뭐가 또 있겠어? 등산의 유일한 목적은 정상에 오르는 거 아니겠어? 세상에. 난 그들이 정말 대단하다고 생각해."

율리아는 등골이 오싹해지는 걸 느꼈다. 갑자기 머리가 지끈지끈 아파오기 시작했다. 담쟁이가 가시관처럼 이마를 죄어오는 것 같았다. 그런 느낌이 들자 머리가 터질 것만 같았다.

그 순간 아까 들었었던 새소리가 또 들렸다.

깍— 깍—

소리는 율리아의 머리 바로 위에서 났다. 그녀는 눈을 떠 하늘을 올려다보았다. 새가 머리 위 해 주위를 뱅글뱅글 돌고 있었다. 맹금. 그녀는 눈을 감았다. 그리고 다시 눈을 떴을 때 율리아는 양지에 혼자 서 있었다.

카티는 어디론가 가버리고 없었다.

마치 공기 중으로 사라져버린 것처럼. 또는 아예 처음부터 그곳에 없었던 것처럼.

***

누군가 그녀를 부르는 소리가 계곡 아래로 울려 퍼졌다. 또 한 번, 또다시. 그리고 절벽에 부딪혀 끝없이 메아리쳤다.

율리아는 여전히 혼자였고 숲은 끝이 없어 보였다.

눈앞이 빨갰다. 온통. 끔찍한 뱀파이어의 피 같은. 과거와 현재.

'율리아, 지금 어디 있는 거야? 무슨 일이야?'

빨간 매니큐어를 칠한 손이 앞쪽 소나무 뒤에서 불쑥 튀어나와 그녀를 향해 손짓했다. 차갑고 오싹한 뱀파이어의 피처럼 빨갰다.

그녀는 어디서 왔는가?

어디로 가야 하는가?

그녀를 붙드는 나뭇가지들. 산. 언덕.

그녀는 잠시 멈춰 섰다. 그러다가 다시 달렸다. 그냥 달아나고 싶을 뿐이었다.

목소리가 들렸나? 누군가 그녀를 불렀던가?

바닥에서 새빨간 안개가 피어올랐다. 나무 사이로 튀어나오는 손. 새빨간 뱀파이어의 손톱이 바닥을 파헤치고 쓱싹거리는 소리에 그녀는 숨이 멎는 것만 같았다.

달아나자, 여기서 멀리.

하지만 숲은 미로 같았다. 아니다. 나무들은 살아 있었다.

그들이 그녀의 길을 가로막았다. 그녀가 출구를 찾았다고 생각할 때마다 나무들이 불쑥불쑥 그녀 앞을 막아 세웠다. 그랬다. 나무들이 그녀의 눈앞에서 점점 불어나고 있는 것 같았다.

또다시 목소리가 들렸다. 혹은 그녀의 이름을 부르는 게 나무들이었을까?

그녀는 정신을 차리려고 애썼다.

'율리아! 율리아! 율리아!'

그 목소리를 듣지 않으려고 율리아는 카티를 불렀다.

아까 그녀가 거기 있긴 했었던 걸까? 설마 공기 중으로 사라져버린 건 아니겠지?

아니라고? 그럴 리가 없다고?

왜?

불가능한 건 없다.

그녀는 그런 일을 직접 경험했다.

엄마의 입에 달려 있던 빨간 실. 뱀파이어처럼. 그리고 그 아래 십자가가 달린 목걸이.

아무 소용 없었다.

나무들이 그녀의 생각을 읽은 것 같았다.

'혼자야.'

나무들이 속삭였다.

'혼자, 넌 혼자야.'

가문비나무가 그녀를 향해 나뭇가지를 뻗었다.

숲이 그녀를 둘러싸고 뱅글뱅글 돌고 있었다.

그녀의 손이 위로 올라가 귀를 막았다가 다시 아래로 내려갔다.

그녀는 귀를 기울여보았다.

끝났을까?

아니! 저기 또 나타났다. 누군가가 절망적으로 이름을 불러댔다.

그 소리는 사방에서 들려왔고 아주 천천히 멀어져갔다. 메아리가 사라질 때쯤에야 율리아는 알아들었다.

그건 율리아를 부르는 소리가 아니었다.

'안젤라.'

안젤라를 부르는 소리였다.

피가 그녀의 귀와 가슴 속에서 요동쳤다. 그녀는 피가 요동치는 소리, 안젤라의 이름과 함께 규칙적으로 요동치는 소리를 들을 수 있었다. 함께 작아졌다가 커졌다가 또다시 작아지는 모습도.

안젤라.

그 이름 속엔 절망이 있었다.

그녀를 뒤쫓는 맹금에 대한 두려움 때문에 호흡이 가빠졌다. 새의 부리가 그녀의 머릿속에 구멍을 뚫어 제대로 생각을 할 수가 없었다.

율리아는 계속 달렸다. 산 아래로.

가팔라, 너무나 가팔라.

그러다가 율리아는 넘어졌다. 땅 위에 거미줄처럼 뻗어 있는 담쟁이가 그녀의 발을 휘감았다. 그녀는 몸을 주체할 수 없어 넘어지고 말았다. 한 손으로 뭔가를 붙들어보려 했지만 마치 유체 이탈의 순간처럼 그녀는 넘어지는 자신을 보았다. 그리고 돌부리에 머리를 찧는 자신을.

눈앞이 깜깜해졌다. 그녀가 마지막으로 생각한 건 지금 빨리 일어나지 않으면 그녀를 뒤쫓아왔던 새가 공격할 거라는 것이었다.

***

'율리아. 율리아.'

메아리가 그치질 않았다.

서서히 의식이 돌아왔다.

"율리아?"

익숙한 냄새가 올라왔다. 숲, 나무, 담배. 그녀는 머리를 들고 눈을 떴다. 그녀의 얼굴을 만진 건 크리스의 손이었다.

"세상에! 괜찮아, 율리아?"

그가 물었다.

잠시 그녀는 누운 채로 생각했다. 포기하는 게 더 쉽다고.

"율리아, 어디 다친 데 없어?"

여전히 멍한 상태로 율리아는 고개를 저었다.

일어서려고 해봤지만 눈앞이 뱅글뱅글 돌았다. 그러자 누군가의 팔이 그녀를 부드럽게 안아 받쳐주었다.

"그냥 앉아 있어, 알았지? 그 자리에서 꼼짝도 하지 마. 곧 괜찮아질 거야. 내가 약속할게."

크리스였다. 그는 율리아의 어깨를 쓰다듬으며 자기 쪽으로 끌어당겼다.

품이 참 따뜻해.

율리아는 잠시 눈을 감고 모든 걸 맡기고 싶었다. 약간의 안정과 편안함에 취해.

아까 그가 뭐라고 했더라?

"율리아 프로스트, 네 곁엔 널 지켜줄 누군가가 필요해."

갑자기 그녀는 그의 품에서 빠져나왔다.

"난 괜찮아. 아무렇지도 않아!"

하지만 크리스는 그녀를 놓아주기는커녕 오히려 더 세게 끌어안았다. 그녀의 머리가 그의 가슴에 닿았다. 그의 숨소리가 들렸다. 그의 손이 그녀의 손 위에 있었다. 율리아는 마음이 편안해졌다.

"난 항상 네 곁에 있어, 율리아."

그가 속삭였다.

"내 말 들려? 두려워할 것 없어. 내가 널 지켜줄게."

그녀는 무슨 말인지 이해할 수가 없었다.

"왜?"

"왜인지 몰라?"

그녀는 고개를 저었다.

그는 그녀의 눈을 보기 위해 살짝 몸을 일으켰다. 그의 얼굴에 뭐라 표현할 수 없는 오묘한 표정이 떠올랐다.

이게 가능한 일일까? 쿨하고 자신만만하고 속을 알 수 없는 크리스가 상처를 받는 게.

"율리아, 정말 몰라서 이래? 나…… 난 널 좋아해. 널 처음 본 그 순간부터. 널 많이 좋아하는 것 같아. 어쩌면 그러지 않는 편이 우리 둘 다에게 더 나을지도 모르지만."

율리아는 몸이 얼어붙는 것 같았다. 무슨 일이든 다 일어날 수 있을 거라고 예상했지만 이것만은 아니었다.

"네가 날 좋아한다고?"

율리아가 묻자 그가 고개를 끄덕였다.

그녀는 그의 품에서 완전히 빠져나왔다. 이번에는 그도 그녀를 놔주었다. 그녀 뒤편으로 다리가 있었다. 자신도 모르는 사이 산 아래로 달려 내려온 모양이었다. 아래쪽 길에는 아무도 없었다. 다른 일행들은 보이지 않았다.

율리아는 다시 크리스 쪽으로 시선을 돌렸다.

"네가 날 진심으로 좋아한다면, 왜 난 네가 어떤 사람인지 전혀 알 수가 없는 걸까?"

"그건 아마 나도 네가 어떤 사람인지 모르기 때문일 거야."

그의 눈빛에 그늘이 드리웠다.

"율리아, 이젠 정말 알아야겠어. 너 혹시 데이비드랑 무슨 일 있어?"

율리아는 그를 빤히 쳐다보았다.

"데이비드랑?"

"그래, 어제저녁 보트하우스에서도 그렇고 또 오늘 아침 복도에서도…… 아, 나도 잘 모르겠다."

그는 난감한 얼굴로 이마에 흘러내린 머리를 쓸어 올렸다.

"난 네가 내가 아닌 데이비드와 즐거워하고, 내가 아닌 데이비드를 보며 웃는 걸 볼 때마다 화가 나서 미치겠어. 넌 데이비드와 함께 있을 때마다 행복해 보여. 뭔가가 널 괴롭히고 있다는 것도 알아. 네 그 행복해 보이는 얼굴 이면에 틀림없이 뭔가가……."

그녀의 호흡이 빨라졌다.

이 남자, 내가 알던 그 크리스 맞아?

그녀가 호수에 휴대전화를 던졌을 때 그 장면을 목격한 사람, 또 자신도 모르는 일에 대해 암시를 했던 그 사람이 바로 그녀가 알던 크리스였다.

아무도 믿지 마! 절대로! 아무도!

"그런 거 없어!"

율리아는 고개를 젓곤 눈을 질끈 감았다.

"나 혼자 있게 내버려둬!"

"하지만 내 짐작이 맞지, 안 그래? 넌 어떤 일을 겪었던 게 틀림없어, 아무에게도 말하고 싶지 않은."

그의 목소리는 침착하면서도 집요했다.

"율리아, 네게 어떤 문제가 있는지 말하면 훨씬 더 편해질 수도 있어."

율리아는 몸이 굳으며 경련이 일어날 것만 같았다. 그녀의 온몸이 그에게 말하라고 소리쳤다. 진짜 그렇게 느껴졌다. 그는 비밀을 잘 지켜줄 거라고.

그녀는 이를 꽉 물었다.

"아니야. 너 혼자 착각한 거야."

그녀는 그를 홀로 내버려두곤 자리에서 일어났다.

바로 그 순간 익숙한 숲의 소리가 다시 들려왔다. 바람결에 흔들리는 나무 소리. 그리고 사람들의 목소리. 벤저민과 알렉스의 목소리가 아주 가까이에서 들렸다. 하지만 그들이 뭐라고 하는지는 알아들을 수 없었다.

그리고 곧 카티가 눈앞에서 사라진 적이 없었던 것처럼 자연스럽게 나타났다.

"어디 갔었어?"

율리아가 물었다.

"가긴 내가 어딜 가?"

"갑자기 없어졌잖아!"

"아니야."

카티는 등을 보이며 돌아섰다.

"갑자기 가버린 건 너야. 난 널 찾으러 다녔어."

"크리스, 율리아, 카티? 어디 있어?"

겁에 질린 로즈의 목소리였다. 모습은 보이지 않았지만 아주 가까운 곳에 있는 것 같았다.

"여기야."

크리스가 주위를 두리번거리며 대답했다.

다음 순간 그들은 무성한 수풀을 헤치며 다가오는 로즈를 보았다. 로즈는 숨을 헐떡이며 그들 앞에서 멈춰 섰다. 아름다운 얼굴이 겁에 질려 일그러져 있었다.

"안젤라를 찾았어!"

로즈가 숨을 몰아쉬며 말했다.

"어디서?"

"저기 아래서."

크리스가 묻자 로즈는 등 뒤편을 가리켰다.

"아직 살아 있어?"

로즈는 대답하지 못했다. 그냥 고개만 가로저었을 뿐.

***

율리아는 미러 호를 가만히 내려다보았다. 언뜻 보기엔 모든 게 평범해 보였다. 알렉스는 호숫가에 쪼그린 채 앉아 있었고 벤저민도 같은 자세로 앉아 동영상을 찍고 있었다. 데이비드는 휴대전화를 든 채 통화 중이었고 로버트는 바위 위에 앉아 그런 그들을 보고 있었다. 얼굴이 하얗게 질려 있었다.

율리아는 제방을 따라 달리고 있다기보다 거의 넘어질 듯 비틀거리며 뛰어가고 있었다. 크리스가 그 뒤를 바싹 따라가고 있었다.

그때 그들 앞에 데비가 불쑥 나타났다.

"그 사람이 저기 물속에 있대!"

데비가 신경질적으로 소리쳤다.

"무서워! 너무 무서워서 보지도 못하겠어!"

벤저민이 사람들을 향해 말했다.

"저쪽이야! 보여? 저 아래라고! 휠체어도! 휠체어의 바퀴가 보이는 것 같아. 바퀴가 저 혼자 돌아가고 있어! 대단해! 저 아래 호수 바닥에서 말이야!"

율리아가 먼저 움직이자 크리스가 그녀의 어깨를 붙잡으려고 했다.

"너 진짜 볼 거야? 왜?"

"나도 모르겠어."

그녀가 속삭였다.

호수에 석양빛이 반사되어 반짝였고 수면은 바람 한 점 없이 잔잔하기만 했다. 거기서부터는 거의 절벽과 다를 바 없는 가파른 내리막이 시작되었다. 호수의 수심이 분명 8미터 또는 그 이상일 텐데도 밑바닥까지 훤히 들여다보였다. 물은 유리처럼 맑고 투명했다.

벤저민이 옳았다. 은색 바퀴가 투명한 호수 바닥에서 저 혼자 돌아가고 있었다. 그런데 그 정도의 기이함으로는 성이 안 찼는지 미묘한 움직임마저 느껴졌다.

수초처럼 마치 춤추듯 천천히 움직이고 있는 건 사실 수초가 아니라 머리카락이었다.

긴 머리카락. 온몸에 퍼져 있는 수많은 신경들처럼 물속에 퍼져 있는 긴 머리카락.

"깜짝이야! 너희들, 저거 보여? 안젤라의 머리카락이야."

율리아는 그렇게 말하면서도 크리스의 팔이 자신을 붙들고 있다는 걸 뇌의 한 부분으로 감지했다. 그동안 알렉스는 바닥에 무릎을 꿇은 채 토를 하고 있었다. 돌멩이 하나가 또르르 굴러 물속으로 떨어졌다. 호수 바닥에 누워 있는 여학생의 몸은 퉁퉁 불어 누군지 알아볼 수조차 없었다.

"데이비드! 구조대원들은 대체 언제 오는 거야?"

통화를 방금 마친 그에게 데비가 신경질적으로 외쳤다.

"구조대원이라니?"

크리스는 율리아를 붙들고 있던 두 손을 거둬 청바지 주머니에 깊숙이 찔러 넣었다.

"그런 거 필요 없어."

이상하게도 율리아는 크리스의 말이 예전처럼 냉정하게 들리지 않았다. 그가 말하는 방식, 객관적이고 적당히 거리를 두면서 조금은 조소적인 태도가 이번엔 편안하게 느껴졌다. 그런 그의 태도가 마치 율리아에게 '너는 이 죽음과 아무런 상관도 없어'라고 확인시켜주고 있는 것 같았다. 율리아는 안젤라에 대해 아는 게 거의 없었다. 따라서 앞으로 일어날 수사나 취조의 과정들은 그녀의 삶에 어떠한 영향도 주지 않을 것이었다.

"그럼 안젤라가 진짜 죽었다는 거야?"

데비는 이해할 수 없다는 표정이었다.

어쩜 저렇게 멍청할 수가 있지?

"그럼 지금 저기서 잠수라도 하고 있는 줄 알았어?"

율리아가 참지 못하고 소리를 질렀다.

"안젤라는 죽었어, 완전히. 그녀를 물에서 끌어낼 때 난 옆에 있고 싶지 않아. 익사한 시체보다 더 끔찍한 건 없거든."

크리스가 침착하게 말했다.

거짓과 진실

다음 날은 흐리고 우중충했지만 오히려 이번 사건에는 더 잘 어울리는 날씨였다. 고스트 산에는 전날보다 눈이 더 많이 쌓였고 안개 사이로 멀리 보이는 나무들은 하얀 도화지 위에 연필로 그려놓은 것처럼 흐릿했다.

바위 위의 여자는 장난에 불과했지만 안젤라는 호수에 빠져 죽었다. 그들이 파티를 열었던 장소와 그리 멀지 않은 곳에서 말이다.

보안 팀은 호수 주변을 폐쇄했고 학생들은 캠퍼스로 돌아갔으며 경찰은 안젤라의 시체를 가져갔다. 데비의 말에 의하면 안젤라의 시체는 헬리콥터에 실려 밴쿠버로 이송됐다고 했다. 데비는 마주치는 사람들마다 시체를 나르는 헬리콥터를 보았는지, 혹시 그런 헬리콥터는 운구용 차량처럼 검은색인지를 심각하게 물어보고 다녔다.

그레이스에는 수많은 추측들이 난무했다. 사고사에서 자살 가능성 그리고 심지어 살인에 이르기까지 모든 가설들이 나돌았다. 지금까지 학장은 사건에 대한 공식적인 입장 발표는 하지 않았고 다만 그사이 정리된 길을 통해 계곡으로 들어온 경찰들이 작업하는 데 방해가 되지 않도록 호수 근처에 가지 말라고만 했다. 경찰들이 한두 차례 건물 안을 돌아다녔고 아침에 학장이 교내 스피커를 통해 지시 사항을 전달했다. 그의 목소리가 오래된 건물 안에서 웅웅거리며 크게 울려댈 때마다 율리아는 소름이 쫙 돋았다.

"오늘 수업은 평소와 같이 진행됩니다. 이번 사건에 대해 뭔가 알고 있는 학생은 반드시 학년 대표를 통해 알려주기 바랍니다. 모두 진실대로 말해야 할 의무가 있습니다. 여러분, 최선을 다해 경찰들의 업무를 돕기 바랍니다. 하지만 방해가 되어서는 절대로 안 됩니다."

왠지 그레이스 안에서 기이한 소문이 나도는 게 그다지 놀라운 일은 아닌 것 같았다. 휠체어의 제동장치가 갑자기 이상해져서 저절로 움직였다는 둥 또는 숲속에 미친 연쇄살인범이 살고 있다는 둥 황당한 소문들도 허다했다.

하지만 근본적으로 학생들은 실제로 무슨 일이 있었는지 알려주기만을 기다리고 있었다. 그래서 브랜던 교수가 토요일 아침 강의실로 들어왔을 때도 강의실에는 긴장된 정적이 감돌았다.

율리아는 하필이면 첫 수업이 철학이라는 게 운명의 아이러니 같았다.

타이밍 한번 기가 막히게 잘 맞네.

이런 생각이 머리를 스쳤다.

하지만 교수는 학생들과 안젤라의 죽음에 대해 한 마디도 언급하지 않았다. 마치 아무 일도 일어나지 않았던 것처럼. 그는 전날과 다를 바 없이 수업 시작을 알렸다.

"자, 오늘은 어떤 존재론적인 질문에 대해 토론을 해볼까?"

교수는 두 손을 바지 주머니에 넣은 채 강단 앞을 왔다 갔다 했다. 이케는 커다란 머리를 쳐들고선 마치 그의 말을 알아듣기라도 하는 것처럼 그를 주의 깊게 바라보고 있었다.

가장 먼저 주저 없이 손을 든 건 로즈였다. 그녀는 첫째 줄에 앉아 있었는데 노트를 펼쳐놓지도, 심지어 펜조차 꺼내놓지 않은 채였다. 로즈는 청바지와 자기 이름에 걸맞은 색의 블라우스를 입고 있었다. 이제 조금씩 자라고 있는 머리카락은 막 솜털이 나기 시작한 어린 병아리를 연상시켰고 안색도 평소와 달리 창백했다.

"가드너 양, 말해보게."

"진실을 알 권리도 있나요?"

브랜던 교수는 한동안 로즈를 보며 고민하는 듯하더니 다른 학생들 쪽으로 시선을 돌렸다.

"여러분 생각은 어떤가?"

누군가 소리쳤다.

"늘 그렇듯이 그때그때마다 다르다고 생각합니다."

"'그때그때'라니?"

"상황마다 다르단 거죠."

데비가 말했다.

"가령 삶과 죽음에 관한 일이라면요?"

로즈의 목소리는 부드러우면서도 힘이 실려 있었다.

율리아는 얼굴이 뜨거워졌다. 삶과 죽음. 거짓과 진실.

아, 그녀는 이 말, 이에 대한 담론에 이미 질릴 대로 질려 있었다!

브랜던 교수는 로즈가 앉아 있는 쪽으로 가더니 그녀 바로 앞에서 멈춰 섰다. 그러더니 낮고 성우처럼 좋은 목소리로 톤도 바꾸지 않고 물었다.

"정확히 하고 싶은 말이 뭐지?"

"안젤라 파인더에게 어떤 일이 있었는지 우리는 알 권리가 없느냐 하는 거예요."

브랜던은 눈썹을 치켜세웠다.

"그 일에 대해 얘기하고 싶은 건가?"

"저희는 그 일에 대해 말하고 싶은 게 아니라 답을 알고 싶어요."

브랜던이 뭐라고 말하기도 전에 로즈는 계속 말을 이었다.

"사고였나요?"

브랜던은 등을 돌려 다시 앞으로 갔다.

"경찰은 지금까지 그런 걸로 추측하고 있네."

"그게 다인가요?"

로즈는 쉽게 포기하지 않았다.

율리아는 갑자기 부드럽고 아름다운 로즈 안에 그녀가 지금까지 전혀 알지 못했던 아주 단단한 씨가 들어 있는 것 같은 느낌이 들었다.

"교수님께선 안젤라가 휠체어를 타고 혼자서 어떻게 거기를, 그러니까 우리가 그녀를 발견했던 그곳까지 갔는지 생각조차 해보지 않으셨나요?"

"그 부분도 곧 풀릴 거야."

브랜던의 대답은 느긋했다.

"현재 그에 대한 조사가 진행 중이라 들었네."

"그런데 왜 전 교수님이 우리에게 진실을 말하지 않으려고 한다는 느낌이 들죠?"

"난 진실을 몰라."

율리아는 그의 목소리에서 조바심 같은 것을 감지했다.

"사고 장소에 대한 조사와 특히 시신 해부가 완전히 끝나기 전까지 우린 진실을 알 수 없어. 우리 중 어느 누구도."

이번에는 로버트가 손을 들었다.

"프로스트 군은 오늘 어떤 이론으로 우릴 행복하게 해줄 계획이지?"

브랜던의 목소리에서 비아냥거림이 느껴졌다.

로버트는 할 말이 있을 때마다 늘 그랬듯이 자리에서 일어났다.

"교수님께선 방금 진실이 오직 데이터와 사실에 기인한다고 말씀하려고 하셨습니다. 그런데 진실이라는 건 그저 확보된 증거자료에 지나지 않는 건가요?"

"너도 사고라고 믿어?"

크리스가 옆에서 작은 소리로 물었다. 우연처럼 그의 오른손이 그녀의 왼손에 닿아 있었다.

율리아는 뭘 믿어야 할지 알 수가 없었다. 그녀가 보기엔 불행한 일들이 연쇄적으로 일어나고 있고 그녀가 그 사슬을 억지로 끊어내지 않는 한 결코 끝날 것 같지 않았다.

"이 일에 로버트가 깊이 관여하지만 않았다면 난……."

"……아무런 상관도 없다고?"

크리스가 조용히 웃었다.

"그럴 줄 알았다니까. 너도 사실은 나처럼 자기 자신 말고 다른 것엔 전혀 신경 쓰지 않는 사람이구나."

"비숍 군은 뭐가 그리 우습지?"

브랜던이 그들이 있는 위쪽을 보며 물었다.

"이젠 대학 규정상 학생들이 마음대로 웃지도 못하는 건가요? 사실, 뭐 별난 규정이나 교칙들이 그리도 많은 걸 보면 별로 놀라운 일도 아니지만요."

"혹시 안젤라의 죽음이 로버트가 지난 시간에 요구했던 그 증거라는 뜻인가요?"

율리아는 처음 본 아주 깡마른 여학생이 질문했다.

"규칙은 논리의 법칙에 따라 작용한다는 그 '만약-그러면'이라는 가설 말예요."

밖에서 새 울음소리가 들렸다. 율리아는 창밖을 내다보았다. 큰 새가 날개를 활짝 펴고 미러 호 위를 선회하고 있었다. 율리아가 그 새를 본 게 벌써 세 번째였다. 이제 율리아는 그 새가 항상 같은 새인지 궁금해졌다.

그 순간 종료 벨이 울렸고 동시에 탕! 하는 총소리가 계곡을 뒤흔들었다. 새가 아래로 곤두박질치더니 순식간에 미러 호 속으로 사라져버렸다.

"저 빌어먹을 보안 요원들, 언젠가는 내가 목을 졸라버릴 거야."

브랜던이 화를 내며 중얼거렸다.

안젤라와 데비

율리아가 구내식당에서 점심을 먹고 있던 중, 사망 사건과 경찰 조사 때문에 필즈로 가는 버스가 취소되었다고 알렉스가 알려왔다.

율리아는 그 소식으로 상당히 충격을 받았다. 일주일 내내 계곡을 벗어날 순간만을 기다려온 터였다. 여전히 어떤 소식도 전하지 못했고 누군가 그녀와 로버트에 대해 알고 있다는 위협 요소는 아직 남아 있었다. 그런데 그것이 예기치 못한 사망 사건 때문에 뒤로 밀려난 것이다.

게다가 크리스의 일까지 있었다. 율리아는 이제 늘 크리스의 존재를 의식하게 되었다. 그가 숲에서 안아주었을 때 그녀는 정말 기분이 좋았다. 따뜻했고 더 이상 외롭지 않았으며 무엇보다 가장 중요한 건 크리스는 율리아가 쓰고 있던 '만인의 연인' 가면을 인정하지 않는다는 점이었다. 다시 말해 그 앞에서 율리아는 자신을 속일 필요가 없었던 것이다. 그런 점에서 그는 크리스티안과 닮았다.

일요일 내내 헬리콥터 소리가 들렸다. 경찰차의 깜빡거리는 불빛이 호수 위에 반사되어 물이 종종 오렌지빛으로 보이곤 했다. 보안 요원들은 대학 건물의 출입구에 배치되었다. 그리고 '호수의 좌측 연안은 다음 지시가 있을 때까지 장기 폐쇄됩니다. 경찰들의 업무를 방해하지 않도록 주의 바랍니다'라는 방송이 반복적으로 나왔다.

그로 인해 대학 내의 긴장감과 불안감이 증폭되는 건 당연한 일이었다. 학생들은 로비에 앉아 있거나 또는 복도에서 서성거리며 사건에 대해 토론을 벌였다. 구경하길 좋아하는 많은 학생들이 식당 앞 발코니에 서서 작업 중인 경찰들을 지켜보았다. 벤저민은 경찰이 FBI보다 훨씬 더 악랄하다는 카티의 경고에도 끄떡하지 않고 모든 걸 촬영했다.

"네가 이런저런 것들을 촬영하고 있다는 걸 그들이 알면 아마 카메라를 압수할걸."

하루 중 대부분을 율리아는 로즈와 데이비드와 함께 보냈지만 저녁이 되자 소문과 추측들에 질려 저녁 식사를 포기하고 차라리 방으로 돌아가기로 결정했다. 귀에 이어폰을 꽂은 채 그녀는 먼저 욕실로 들어갔다. 욕실은 네 사람이 쓰기에는 너무 좁고 불편했다. 그래서 가능한 한 샤워만 빨리 끝내고 나오려고 했다. 흑갈색 타일은 1970년대 것이었는데 그 생각을 하자 율리아는 숲에서 본 비석이 떠올랐다.

마크.

그 이름이 머리에서 떠나질 않았다.

그 생각을 떨쳐내려고 그녀는 아이팟의 볼륨을 최대로 높였다. 늘 그랬듯이 음악은 위로가 되었다. 아니, 위로란 적절한 단어가 아니었다. 음악은 혼자라는 느낌을 떨칠 수 있게 해주었다.

'죽음은 새로운 탄생이야— 실종은 곧 새로운 생존이야—'

에밀리 오텀의 가사는 마치 율리아만을 위해 쓰기라도 한 것처럼 그녀의 심정과 기가 막히게 잘 들어맞았다. 이상하게도 가사들이 그녀의 머릿속에 떠오르는 것들과 정확히 들어맞았다.

율리아는 물컵과 칫솔 그리고 치약을 꺼내 양치를 시작했다. 그러면서 지금 자신이 처한 기막힌 상황에 대해 또다시 생각했다. 정말 모든 것이 그녀를 미치게 할 만큼 황당무계했다.

데비가 문을 벌컥 열었을 때야 비로소 그녀는 깜짝 놀라 생각에서 깨어났다.

제길, 문을 잠그는 걸 깜빡했어!

데비는 그녀가 놀라든 말든 전혀 상관없어 보였다. 그녀는 두 번째 세면대 앞에 서서 자기 물건들을 하나씩 꺼내기 시작했다. 데비는 저녁마다 복슬복슬한 면으로 된 회색 트레이닝 바지를 입었는데 그걸 입은 그녀는 마치 하나의 거대한 밀가루 반죽처럼 보였다. 다시 말해 그 바지는 그녀의 몸매의 결점을 그다지 가려주지 못했다. 게다가 '실수는 계산기 앞에 앉아 있다'라는 글씨가 쓰인 흰 후드 티도 마찬가지였다.

카티의 표현을 빌리자면, 데비가 아침저녁으로 거의 종교의식에 가까운 세안을 하는 모습은 놀랍다 못해 공포스러웠다.

그녀는 먼저 고무장갑을 낀 손으로 정체를 알 수 없는 흰 액체를 얼굴에 덕지덕지 묻혔다. 그런데 오늘따라 데비는 율리아에게 할 말이 있는 듯했다. 흰 액체를 바른 입술이 달싹이는 것 같았는데 그 위로 수없이 작은 금들이 생겨 끔찍해 보였다.

율리아는 한쪽 귀에서 이어폰을 뺐다.

"나한테 뭐라고 했어?"

"안젤라 사건 때문에 경찰이 우리 모두를 신문할 거래."

아, 드디어 올 게 왔구나.

이제 막 진정되기 시작한 율리아의 심장이 또다시 빨리 뛰기 시작했다.

"난 뭐라고 해야 할지 전혀 모르겠어. 파티에 대해 말해야 할까? 네 생각은 어때?"

"그거야 이미 모든 사람들이 다 알고 있는걸. 누군진 몰라도 그다음 날 바로 학장한테 가서 찔렀잖아. 난 그게 누군지 궁금할 뿐이야."

여전히 팩을 뒤덮은 얼굴로 데비는 치실을 하기 시작했다.

데비의 눈빛은 변하지 않았지만 율리아는 그녀가 왠지 수상한 느낌이 들었다. 멍한 눈빛으로 거울 속 자신을 들여다보고 있는 모습이.

"너지, 맞지?"

그건 밑도 끝도 없는 추측이었다. 확신도 없이 그냥 던져본 것뿐이었는데 정확히 과녁을 맞힌 것이다.

데비는 잇새에서 적당한 변명을 찾아내려는 것처럼 열심히 치실질을 해댔다.

'그러니 영원한 헤어짐인지 영원인지— 너의 운명을 선택해—'

에밀리 오텀이 노래하고 있었다.

오랫동안 아주 꼼꼼히 이를 닦은 후에야 데비는 율리아를 마주 보고는 새침하게 말했다.

"안젤라가 없어졌다는 소식을 들었을 때 학장님께 파티에 대해 먼저 말씀드리는 게 낫겠다고 생각했어. 학장님이 나중에 알게 돼봐, 우리 모두를 의심할 거 아냐?"

율리아는 눈썹을 치켜세웠다. 율리아는 사건이 있던 날 밤 데비가 몽롱한 눈으로 알렉스를 바라보며 학장님에게 파티에 대해 일러바치지 말라는 알렉스의 말에 열심히 고개를 끄덕였던 걸 정확히 기억하고 있었다.

하지만 다른 한편으론 데비가 배신자라는 게 그녀의 성격에는 딱 맞았다. 다만 율리아는 데비가 배우처럼 그렇게까지 위장을 잘할 거라고는 상상도 하지 못했다.

"그 대가로 적어도 넌 학장과 유리한 거래를 했겠네?"

율리아가 빈정댔다.

"학장이 네가 파티에 있었던 사실을 눈감아주기로 하고 대신 넌 로버트와 우리를 꼰지른 거니?"

"아냐!"

데비는 새로운 치실을 꺼내 손가락에 감았다. 상당히 불안해 보였다.

"학장은 그저 고맙다고 했을 뿐 거래 같은 건 없었어. 네 그 영리한 동생한텐 아무 일도 없었잖아. 게다가 어차피 처음부터 문제는 안젤라였어."

율리아는 화가 치밀어 올랐다.

"어련하실까. 진짜 안젤라가 안중에 있긴 했어?"

율리아는 흥분해서 목소리가 갈라졌다.

"넌 여기 온 지 겨우 2주밖에 안됐잖아, 안젤라하고 개인적으로 얘기해본 적도 없었겠지."

데비는 입을 삐죽거렸다.

"난 너랑 달라. 안젤라를 보면 측은했어. 휠체어를 타고 있어서. 무슨 사고로 4번 경추 밑으로 전부 마비됐대. 안젤라가 직접 말해줬어. 그러니 평소에도 모든 사람들에게 그렇게 날카로웠던 게 당연하지."

"날카로웠다고?"

"내 말은, 방어적이었다는 뜻이야. 난 항상 그녀에게 친절하려고 했었는데 받아주질 않더라고."

설마 네가 퍽이나 그랬을까.

율리아는 속으로 생각했다. 데비가 친절했던 건 오직 한 사람, 즉 자기 자신뿐이었다.

율리아는 칫솔과 세면도구를 장 안에 넣었다.

"네가 늘 나대는 모습이 얼마나 꼴불견인지 혹시 누가 말해준 적 있어?"

율리아는 데비와 싸우는 게 현명하지 않은 행동이란 걸 잘 알고 있었다. 그런데도 데비를 보면 화가 나서 참을 수가 없었다. 특히 로버트를 부르는 방식이 너무 거슬렸다.

"너 왜 갑자기 안젤라의 절친이라도 되는 것처럼 굴어? 그렇게 튀고 싶어? 그래봤자 안젤라는 이미 죽었어. 죽었다고! 알겠어?"

데비의 눈이 가늘어졌다.

"내가 여기 오기 전부터 안젤라와 알고 있었을지도 모른다는 생각은 안 해봤어, 이 헛똑똑이야?"

그 말을 하는 순간 데비의 눈에 후회의 빛이 스쳤다.

율리아는 그녀를 뚫어져라 쳐다보았다.

두 사람이 예전부터 서로 아는 사이였다고? 데비의 말이 사

실일까?

하지만 그녀의 말은 어느 것도 믿을 수가 없었다. 어쩌면 율리아의 말에 난처해져서 거짓으로 둘러댔을지도 모를 일이었다.

"예전에 서로 만난 적이 있었다고? 언제 그리고 어디서?"

"어디긴 어디야?"

데비가 신경질적으로 대답했다.

"진짜 쿨한 사람들끼리 만나는 곳, 인터넷에서지."

"서로 인터넷에서 만났단 말이야?"

"넌 아무것도 몰라. 안젤라는 컴퓨터광이었어. 인터넷 해커들 사이에선 유명했지. 내가 말 안 했어?"

'들킬까 두려운 거짓말이야말로 가장 안전해—'

율리아의 왼쪽 귀에서 여전히 오텀이 노래하고 있었다. 오텀은 그녀의 대화를 엿듣고 있는 게 틀림없었다. 늘 절묘한 타이밍에 적절한 코멘트를 날려주니 말이다.

"해커였어? 안젤라가?"

율리아의 등 뒤에서 로즈의 갸름한 얼굴이 나타났다.

"게다가 유명하기까지 했다고?"

로즈는 율리아의 오른쪽 귀 밑으로 늘어져 있는 이어폰을 잠시 자기 귀에 갖다 댔다. 그러더니 이내 이어폰을 빼버리곤 손으로 짧은 머리카락을 쓸었다.

"그 얘길 왜 이제야 하는 거야, 데비? 다른 때는 늘 남들 얘기에 열을 올렸으면서."

"나한테 대체 뭘 원하는 거야? 나도 안젤라에 대해 그렇게까지 잘 알진 못해. 날 이제 가만 좀 내버려둬!"

데비는 커다란 화장품 가방 안에 도구들을 아무렇게나 쑤셔 넣곤 욕실에서 나가버렸다.

얼굴엔 여전히 흰 팩을 하고 있었다. 율리아는 데비가 팩을 씻어내는 걸 잊어버린 건지 아니면 너무 화가 나서 다른 사람들 앞에서 팩을 씻어내기가 싫어졌는지 알 수가 없었다.

카티의 방

경찰은 일주일 가까이 캠퍼스를 발칵 뒤집어놓았다. 경찰차가 정문 앞에 수시로 대기하고 있었고 경찰관들이 건물 여기저기를 쑤시고 다니거나 학생들을 취조하듯 했으며 기숙사와 신문사에 있던 안젤라의 물건들을 압수했다. 하지만 경찰이 사건에 대해 어떤 결론을 내렸는지는 알려지지 않았다. 수사가 길어질수록 학생들은 점점 더 안젤라의 죽음이 단순한 사고가 아닐지도 모른다고 의심하게 되었다. 설사 안젤라가 파티에 가려고 했을지라도 혼자 힘으로 그 높은 산길을 올라갔을 리는 만무했다. 게다가 단순한 사고사였다면 경찰도 일찌감치 철수했을 터였다.

율리아는 괜히 경찰의 신문이 겁났었다. 그녀의 사생활에 대해 조사하고 캐묻고 미심쩍게 쳐다보는, 그 '좋은 경찰-나쁜 경찰 놀이'가 두려웠던 것이다. 하지만 실제로 경찰은 그녀에게 사건 당일 저녁 어디에 있었는지 그리고 시체를 어떻게 발견하게 되었는지에 대해 물은 게 전부였다. 또 안젤라와 아는 사이였는지에 대해서도 물었다. 율리아는 사건 당일 저녁 식사 전에 대학 신문사에서 안젤라와 면접을 봤었다고 대답했다. 그들은 율리아가 말한 시각을 메모했다. 그리고 그녀를 보내주었다.

모든 것이 끝났을 때 율리아는 마침내 가슴을 짓누르고 있던 돌덩어리가 떨어져 나간 듯 홀가분해졌다. 로버트의 경우도 율리아와 별반 다르지 않았다고 했다. 다만 안젤라의 팔찌를 발견하게 된 시각과 경위에 대해 상세히 서술해야 했고 그들은 토씨 하나 빠짐없이 받아 적었다고 했다.

한 주가 너무나 힘들었던 율리아는 서서히 엘리트 학교에 다닌다는 게 어떤 건지 깨닫게 되었다. 학생들 대부분이 방대한 학습량, 꽉 찬 수업 계획과 숙제 또는 에세이 때문에 한숨지을 때가 많았다. 매일 저녁마다 율리아는 밤늦도록 공부를 해야 했고 아침에는 새벽 일찍부터 육상부 또는 카티와 함께 조깅을 하러 갔다. 한편으론 사건들로부터 무관심해지기 위해서기도 했고 또 다른 한편으론 자정쯤 침대에 눕자마자 곯아떨어지기 위해서기도 했다. 그러는 사이 그녀는 신물 나게 연습했었던 예전의 역할로 돌아갔다. 즉 '만인의 연인'으로.

월요일 저녁 문학 수업이 끝나자 율리아는 로즈와 크리스와 함께 마지막으로 강의실에서 나왔다.

"저 헬리콥터 소리나 경찰복을 정말 더는 못 참겠어."

크리스가 끙끙대며 말했다.

"가끔 내가 브루스 윌리스가 나오는 영화 속에 들어가 있는 듯한 착각이 들 정도라니까."

"브루스 윌리스가 누구야?"

로즈가 물었다.

"뭐? 아, 아냐. 아무도!"

그들은 창가에 앉아 있거나 강의실 앞 복도에 서서 저녁 식사 시간이 되기를 기다리고 있는 학생들 앞으로 지나갔다.

"난 방으로 올라가지 않고 식당으로 바로 갈래. 율리아, 나랑 같이 갈래?"

크리스가 태연하게 물었다. 지난 며칠간 두 사람은 서로 볼 기회가 별로 없었다. 율리아는 그 사실에 대해 좋아해야 하는 건지 아니면 실망을 해야 하는 건지 알 수가 없었다. 그런데 바로 그 순간 그가 또다시 그녀의 속을 훤히 꿰뚫어 보는 듯한 진회색빛 눈으로 그녀를 바라보았다. 불현듯 그녀는 언제부턴가 그가 로아로아일지도 모른다는 생각을 잊은 자신을 발견했다. 솔직히 말하자면 여전히 그럴 수도 있다는 의심이 들기도 했다. 아니다, 그는 좀 달랐다.

크리스1은 느긋하고 쿨하고 조소적이며 심지어 가끔은 나쁜 남자인 척 굴었다. 율리아 역시 지금까지 그런 그의 모습만 알았다. 그런데 언제부턴가 가끔씩 섬세하고 공감하는 크리스2가 슬쩍슬쩍 나타났다.

"아니, 미안해. 식욕이 없네."

율리아가 대답했다.

"칠면조 고기라면 얘기가 다를걸."

로즈가 히죽 웃으며 크리스에게 의미심장한 눈빛을 보냈다. 그러곤 두 사람에게 인사를 하고 자리를 떠났다.

"이따 봐!"

잠시 율리아와 크리스는 아무 말 없이 나란히 서 있었다.

"네가 우리 캐나다인들의 대표 음식인 칠면조 고기를 좋아하지 않는다니, 정말 끔찍하다."

크리스가 먼저 침묵을 깨고 한마디 하자 율리아가 얼굴을 찌푸렸다.

"어디 그것뿐이겠어? 치즈를 뿌린 감자튀김은 어떻고? 게다가 찐득한 소스까지 잔뜩 끼얹다니…… 으으으."

그는 웃었다. 크리스2가 그녀를 보며 웃고 있었다. 그리고 부드럽게 말했다.

"우리 서로 못 본 지 일주일이나 됐어."

"하루 종일 수업 내용과 숙제에 시달리는데 다른 생각 할 여유가 어디 있겠어?"

율리아는 태연하게 보이려고 애썼다.

"어쩔 땐 화장실 가는 것도 잊어버릴 정도야."

"그게 바로 그들의 전략이야. 우리에게 생각할 겨를을 주지 않으려는 거지, 특히 바깥세상이 어떻게 돌아가는지에 대해서 말이야."

크리스는 율리아를 진지한 표정으로 바라보았다.

"혹시 나중에 나랑 스타벅스에 가서 커피 한잔할래? 아니면 산책을 가거나. 호수 쪽 산책길이 이제 다시 열렸다고 들었는데."

"오늘 저녁에? 문학 교수님이 내준 숙제를 해야 하는데."

"그 뒷말은 안 해도 내가 알아. '해야 하는데 나도 몰라. 될 대로 되라지.' 아냐?"

크리스가 아이처럼 해맑게 웃었다.

"좋아. 그럼 우리 데이트하는 거지?"

크리스는 율리아가 대답할 때까지 기다리지 않았다.

"8시에 네 방 앞으로 갈게!"

"데이트라고? 너 방금 스타벅스에서 커피 마시자고 하지 않았어?"

"그래, 내가 미리 자리 맡아둘게!"

그는 입이 귀에 걸리도록 활짝 웃고 있었다. 그의 그런 모습을 보자 율리아는 마주 웃어줄 수밖에 없었다.

"그럼 당연하지. 제일 좋은 자리가 아니면 안 갈 거야!"

***

데이트가 생겼다. 크리스와. 율리아는 그게 좋은 징조인지 나쁜 징조인지에 대해 생각하지 않기로 했다.

그래, 생각할 필요 없어. 그냥 좋은 거야.

그녀는 기뻤고 그런 기분을 맘 편하게 즐기기로 했다.

그녀는 들뜬 기분으로 샌드위치와 차를 가지러 주방으로 갔다. 8시까지는 아직 두 시간이나 더 남아 있었다. 지금부터 제대로 집중만 하면 그때까진 에세이를 마무리할 수도 있을 것 같았다.

그래. 여기에 비하면 스타벅스는 오성급 카페나 마찬가지지.

율리아는 찻주전자에 물을 받으며 생각했다.

기숙사에 딸린 주방 역시 다른 건물들과 마찬가지로 아주 소박했다. 흑갈색 벽에 목재틀. 주방이라는 목적에 맞게 모자라지도 넘치지도 않는 인테리어. 화구가 두 개인 핫플레이트. 학생들에게 한 칸씩 배정되어 있는 작은 냉장고. 공동으로 구매해서 쓰는 식료품은 우유와 빵 그리고 생수뿐이었고 나머지는 각자 구입해서 자기 칸에 보관했다.

율리아는 핫플레이트에 찻주전자를 올려놓고 식탁에 앉아 『맥베스』를 뒤적거렸다.

데이트가 생겼어.

스타벅스를 떠올리자 또다시 웃음이 나왔다.

모든 게 혼란스럽고 무질서했던 한 주가 지나고 이제 드디어 새로운 시간이 시작되는 건 아닐까?

찻주전자가 부글부글 소리를 내며 요란하게 끓기 시작했다. 율리아가 불을 끄고 차를 넣으려고 자리에서 일어서는 순간 복도에서 소리가 들렸다. 쾅! 하고 거칠게 문이 닫히는 소리였다.

바람이 불고 있었나? 전혀 몰랐네. 방금 전까진 해가 났었는데.

율리아는 식탁 위에 차를 올려놓고 의자에 앉아 다시 책을 펼쳤다.

탁…… 탁…… 탁……

이런.

어디선가 창문이 덜거덕거리고 있었다. 이런 상태론 집중을 할 수가 없었다. 율리아는 짜증스러운 기분으로 마루를 지나쳐 자기 방으로 갔다.

혹시 내가 발코니 문을 열어놨었나? 그럴 리 없는데.

그녀는 호수 쪽을 힐끔 쳐다보았다. 밖은 조금 전 그대로였다. 해가 기울어가고 있었고 짙어진 색의 구름 몇 점이 마치 긴 여행을 하려는 듯 보트하우스 주위를 떠돌고 있었다. 바람이 분 흔적은 전혀 없었다.

탁…… 탁…… 탁……

가문비나무가 가볍게 흔들렸다. 마치 원무圓舞를 추고 있는 것처럼 보였다.

원무라니. 이런 표현은 셰익스피어나 쓰는 거지 너한텐 안 어울려.

그녀는 이제 겨우 대학생이 된 나이의 사람들한테 셰익스피어를 읽으라는 건 너무 큰 부담이라고 생각했다. 『로미오와 줄리엣』이라면 또 모를까.

탁…… 탁…… 탁……

율리아는 그 소리 때문에 신경이 거슬려 미칠 것만 같았다! 그래서 잠시 고민을 하다가 로즈의 방문을 노크했다. 하지만 방에는 아무도 없었다. 창문도 굳게 닫혀 있었다. 이상이 없었다. 방에서 다시 나올 때 달콤한 바닐라 향이 났다.

데비는 아직 수업이 남아 있다는 걸 율리아는 알고 있었다. 하지만 그럼에도 데비의 방을 노크해보았다. 그리고 예상대로 아무 소리도 들리지 않자 율리아는 문고리를 돌렸다.

잠겨 있었다.

역시 데비다워. 다른 사람들 일에 일일이 참견하고 다니면서 정작 남은 믿지 못하지.

이제 카티의 방만 남았다. 율리아는 조금 망설였다. 카티는 의심이 많진 않았지만 가까이 다가가기가 어려웠다.

아냐, 그렇지 않을지도 몰라.

아침 조깅을 할 때 카티는 말이 없긴 했지만 그래도 늘 율리아와 함께 뛰었다.

그런데 숲속에서의 일은?

그건 여전히 풀리지 않는 수수께끼로 남아 있었다.

탁…… 탁…… 탁……

율리아는 결심을 하고 문고리를 돌렸다.

카티의 방에 들어온 건 처음이었다. 방 안은 율리아가 생각했던 것과 완전히 달랐다. 율리아는 평소 카티의 모습대로 질서 정연하고 사적인 물건이라곤 전혀 없는 휑한 방을 상상했었다. 그래서 그들 중에서 기숙사 방을 진짜 방처럼 꾸며놓은 유일한 사람이 바로 카티였다는 걸 확인하자 율리아는 어안이 벙벙할 수밖에 없었다.

벽에는 수많은 사진들이 걸려 있었다.

가슴이 답답해질 정도로 많았다. 모두 비슷한 모티브의 사진들이었다. 탑과 다리. 그리고 장롱의 한쪽 면에는 전신주 사진까지 붙어 있었다. 책상 위에는 산을 찍은 사진이 걸려 있었고 침대 위에는 카티와 한 소년의 사진이 있었다.

거참 희한하네. 카티가 사진 찍는 걸 한 번도 본 적이 없었는데.

탁…… 탁…… 탁……

안쪽 창문이 열려 있었고 오른쪽의 덧창문도 고정시켜놓질 않아서 계속 안쪽 창문에 부딪혔다. 율리아는 바깥쪽 덧창문을 고정시키려다가 문득 아래 현관 앞 잔디에서 학생들 몇 명이 격렬하게 토론을 하고 있는 걸 발견했다. 그들 사이에 크리스가 보였다. 크리스는 마침 손가락 사이에 담배를 끼우고 뱅글뱅글 돌리고 있었다. 그는 어떻게 그녀의 시선을 알아차렸는지 위를 올려다보곤 손짓을 했다. 그리고 손목시계를 가리키더니 열 손가락을 모두 쫙 펴 보였다.

저건 무슨 뜻이지? 10분이란 뜻인가? 우리가 만나기로 한 시간은 8시였잖아.

상관없었다. 그녀는 고개를 끄덕이곤 창을 닫았다. 그리고 돌아섰다.

그런데 열려 있던 창문 사이로 바람이 불어 카티의 책상 위에 있던 종이 더미가 휘날렸다. 율리아는 종이를 주우려고 허리를 숙이다가 우연히 종이 위에 인쇄된 내용을 보게 되었다. 그건 이메일 출력물이었는데 율리아는 거기 적힌 여덟 글자를 발견하곤 피가 솟구쳤다.

***

'난 너의 과거를 알아.'

율리아의 두려움은 착각이 아니었던 것이다. 근거 있는 두려움이었다. 율리아는 어찌할 바를 모른 채 들고 있는 종이를 응시했다. 문자메시지 사건 이후로 그녀는 계곡에 있는 누군가가 자기 뒤를 캐고 있다는 느낌을 지울 수가 없었다. 하지만 이 이메일 출력물 한 장이 그녀의 생각을 완전히 바꿔놓았다.

왜냐하면 로아로아의 희생자는 율리아 혼자만이 아니었기 때문이다.

이 이메일 역시 율리아가 첫날 아무도 그 번호를 알 리 없는 그녀의 휴대전화로 받았던 문자메시지와 발신인이 같았다.

따라서 로아로아는 그녀뿐만 아니라 카티의 뒷조사도 하고 있었던 것이다. '난 너의 과거를 알아'라는 글 뒤에 숨어 있는 게 무엇이건 간에 그건 협박이었다.

율리아는 머리카락을 귀 뒤로 넘기곤 메일을 다시 한 번 훑었다.

수신인 주소는 'K.west@hotmail.com'. 발신인은 'loa.loa@gracecollege.ca'였고 그 아래는 신입생이 입학했던 날의 날짜가 적혀 있었다. 카티 역시 율리아처럼 아주 특별한 환영 인사를 받았던 것이다.

율리아는 종이를 책상 위에 올려놓으려던 순간 카티가 메일 출력물 맨 끝에 특이한 필체로 적어놓은 이름을 보았다.

오, 하느님! 이건 또 무슨 뜻이지?

율리아는 종이를 내려놓고 급히 방에서 나와 1층으로 내려갔다. 그리고 옆문으로 건물을 빠져나갔다. 그런데 문을 나서자마자 누군가와 부딪쳤다.

벤저민이었다. 그의 얼굴은 화가 나서 잔뜩 일그러져 있었고 안색은 백지장처럼 하얬다.

그녀는 놀란 눈으로 그를 쳐다보았다.

"누가 내 카메라를 가져갔어. 혹시 그게 누군지 너 짐작 가는 사람 있어? 두고 봐, 찾아내기만 하면 죽여버릴 테니까."

율리아는 고개를 젓곤 그냥 지나가버렸다. 그저 카메라일 뿐이었다. 그건 카티가 로아로아의 정체를 알아낸 것에 비하면 아무 일도 아니었다.

***

율리아가 길을 따라 호수 쪽으로 내려가려고 할 때 막 빗방울이 떨어지기 시작했다. 얇은 스웨터 한 장만 걸치고 있었던 율리아는 몸이 덜덜 떨렸다. 하지만 그건 추워서라기보단 두려움 때문이었다.

안젤라 파인더가 로아로아였다니.

안젤라. 슈퍼 해커, 그리고 그레이스 학보사 편집장. 추측건대 그녀는 살해당한 게 틀림없었다. 율리아는 경찰에게 그녀와 개인적인 교류가 거의 없었다고 말했었다.

실제로 그건 사실이었다. 하지만 그럼에도 불구하고 그녀에게도 안젤라를 죽여야 할 동기가 있었던 것이다. 다만 그러지 않았을 뿐이었다.

그런데 카티는?

문득 카티는 그들 중 유일하게 파티에 가지 않았었다는 사실이 떠올랐다. 따라서 안젤라와 만나기로 약속을 잡을 만한 기회가 있었다.

어쩌면 파티에 데려다주겠다고 제안한 게 아닐까?

그리고 사고가 났던 오르막길에 이르렀을 때 그곳에 두 사람뿐이었다면…….

또 한 가지 기억이 떠올랐다. 숲속 양지에서의 일.

카티는 왜 나를 뒤쫓아 왔을까?

그 일 역시 의심스러웠다.

말도 안 돼! 혼자 소설 쓰지 마!

율리아는 스스로에게 소리쳤다. 만약 진짜 살인 사건이라면 범인은 누구든 될 수 있었다. 그레이스 대학에는 3백 명이 넘는 학생이 재학 중이었다.

그렇지만…… 동기는 동기였다.

심장이 온몸과 연결된 듯한 느낌이 들었다. 몸 전체가 쿵쿵 울렸다.

지금 당장 내 과거를 아는 사람과 의논해야 하는데!

"네가 지금 이 순간 무슨 생각을 하고 있는지 알 수만 있다면 내 뇌세포의 10퍼센트를 기꺼이 바칠 거야."

율리아는 깜짝 놀라 소리를 질렀다. 갑자기 크리스가 시야에 들어왔던 것이다.

"지금 막 네 방으로 올라가려던 참이었어. 네가 이 거친 비바람을 맞으면서 밖에 나와 있을 거라곤 상상도 못 했거든."

그의 말에 율리아는 대답 대신 어깨를 으쓱했다. 그러자 웃고 있던 크리스의 표정이 어두워졌다.

"왜 그래? 무슨 일 있어?"

율리아는 고개를 저었다. 크리스에게 그사이 일어난 일에 대해 어떻게 설명할 수 있단 말인가?

"이상해. 한 시간 전까지만 해도 네가 날 좋아한다고 확신했는데."

율리아는 뺨이 화끈거렸다. 그녀는 시선을 캠퍼스에서 호숫가 산책길로 옮겼다. 그런데 하필이면 그곳에 서로 껴안고 입을 맞추는 연인들이 서 있었다. 그들은 내리치는 비에도 아랑곳하지 않았다.

"혹시 넌 어깨에 보이지 않는 짐이 얹어져 있는 느낌 알아? 공기가 생각했던 것보다 훨씬 더 무거운 느낌……?"

"자기 자신을 볼 때 거대한 지구에 자기 혼자 서 있는 듯한, 그것도 절벽 아래 나락을 보고 있는 듯한 느낌 말이야? 그럼. 당연히 나도 알지."

그가 한 걸음 가까이 다가왔다. 독한 담배 냄새가 풍겼다.

"그런데 우연히 나만큼이나 외로워 보이는 또 한 사람을 만난 거야. 그랬더니 나쁜 생각들이 순식간에 사라져버렸어."

'나쁜' 생각이라니, 그건 율리아가 생각한 단어가 아니었다. 하지만 그녀는 반박하지 않았다.

그가 그녀를 부드럽게 끌어안았다. 율리아의 얼굴과 옷이 젖어 있는데도 전혀 신경 쓰지 않았다.

셔츠의 윗 단추 두 개가 풀려 있었다. 그 사이로 그의 맨살이 보였다. 율리아는 자신도 모르게 몸이 경직되면서도 다른 한편으로 그곳에 뺨을 대고 싶은 충동이 강하게 일었다. 그녀는 그 충동에 지지 않으려고 버텼다.

율리아는 크리스를 사랑하지 않았다. 적어도 크리스티안을 사랑했던 것과 같진 않았다. 그랬다, 크리스와의 관계는 완전히 달랐다. 낯설고 익숙하지 않고 두려운 느낌. 모든 것이 계곡에서 받은 느낌과 똑같았다.

그러면서도 율리아는 안정감과 포근함이 너무 그리웠다. 그래서 아마도 그가 두 손으로 그녀의 얼굴을 감싸고 그를 바라보도록 했을 때도 가만히 있었던 걸 테다.

율리아의 엄마는 언젠가 사랑하는 남자의 눈을 통해 그 내면을 들여다볼 수 있다고 주장했었다. 율리아가 크리스티안과 만나기 전날 밤 엄마에게 누군가를 사랑하는지 아닌지 알 수 있는 방법에 대해 물었을 때 엄마가 해준 대답이었다.

"그 사람의 눈을 봐, 그럼 알 수 있어."

그건 상당히 쉽게 들렸다.

지금 율리아는 크리스의 눈을 정면으로 들여다보고 있었다. 반짝이는 진회색 눈, 실제로 그의 머릿속에 있는 생각을 반영이라도 하듯 색이 달라지는 것처럼 보이는 그 눈.

그리고 그는 그녀에게 키스를 했다.

오랫동안. 강렬하게.

그녀의 감정은 그 순간까지 작아질 대로 작아져 있었다. 그랬다, 그녀의 내면은 차가웠다. 마치 고스트 산 위를 떠도는 얼음 조각 같았다. 그녀는 이 순간이야말로 자기 내면에 있는 얼음 조각을 순식간에 녹여줄 무엇이라는 느낌이 들었다.

그 순간이 지나고 두 사람은 서로를 끌어안은 채 한동안 가만히 서 있었다. 여전히 비가 내리고 있었지만 율리아는 불쾌하기는커녕 오히려 비가 두 사람을 감싸주는 베일처럼 따뜻하고 부드럽게 느껴졌다.

먼저 침묵을 깬 건 크리스였다.

"자, 이제 무슨 일이 있었는지 말해봐."

율리아는 깊이 숨을 들이쉬었다.

"혹시 로아로아에 대해 들어본 적 있어?"

그는 잠시 망설이더니 또 다른 질문을 했다.

"그게 뭔데?"

"닉네임 같은 거야."

율리아가 설명했다.

"그럼 진짜 이름도 알아?"

"안젤라 파인더."

"무슨 말인지 하나도 못 알아듣겠어."

크리스가 말했다.

"오늘 스타벅스에서 데이트하기로 한 거 아직도 유효해?"

율리아가 그의 손을 잡으며 물었다.

그녀는 결정했다. 그에게 모든 이야기를 해주기로. 아니, 모든 이야기가 아닌 괴상한 문자메시지가 왔던 그 이후의 이야기를.

우편물

다음 날 저녁 메뉴는 또 아호른 시럽을 뿌린 팬케이크였다. 율리아는 팬케이크에 벌써 질려버렸다. 그녀는 로즈와 카티, 데이비드 그리고 벤저민과 한 테이블에 앉아 누군가가 자기 카메라를 못쓰게 망가뜨렸다며 징징거리는 벤저민의 푸념을 듣고 있었다.

"화장실 가느라고 아주 잠깐 올려놨던 것뿐인데."

벤저민은 같은 말을 하고 또 했다.

"진짜 그랬어?"

카티가 놀리듯이 말했다.

"난 네가 잘 때도 카메라를 껴안고 자는 줄 알았는데."

로즈는 킥킥거렸고 데이비드는 이죽거렸다.

모두들 그다지 중요하지 않은 일에 대해 얘깃거리가 생겨서 신난 것 같았다.

멀리서 율리아는 알렉스가 우편물을 가지고 연단 앞으로 가는 걸 보았다. 그는 마이크가 있는 곳으로 갔다.

율리아는 이 의식이 조금 유치하다는 생각이 들었다. 그녀는 처음에 학생들마다 개인 우편함이 있는 줄로만 알았었다. 하지만 저녁 식사 후 튜터가 우편물을 나눠주는 일은 그레이스의 성스러운 의식 중 하나로 자리매김해왔다. 지금까지 늘 그렇게 해왔고 아무도 그에 대해 이의를 제기하지 않았다.

그녀는 포크로 팬케이크를 뒤적이다가 역겨워서 얼굴을 찌푸렸다. 어차피 아무것도 소화시킬 수가 없었고 특히 이 팬케이크는 위에 들러붙어 떨어질 것 같지 않았다.

그녀는 자꾸만 어젯밤 크리스와 있었던 일이 생각났다. 그에게 키스를 했던 순간이 떠오르자 배 속에 나비가 들어온 것처럼 간질거렸다. 그 키스 이후 모든 게 변했다. 그리고 그녀는 앞으로 어찌해야 할지 알 수가 없었다.

그녀는 어젯밤 스타벅스에서 크리스에게 로아로아에 대해 이야기했다. 크리스는 율리아가 이야기하는 동안 묵묵히 들어주었다. 이러저러한 추측을 하지도 않았고 또 카티와의 일에 대해서도 단 한 마디 거들지 않았다. 하지만 10시쯤 돼서 율리아와 헤어질 때는 이상하리만큼 무성의한 태도를 보였다. 아니, 혼이 나간 사람 같았다는 표현이 더 적절하겠다. 그는 그녀의 이마에 건성으로 입을 맞추더니 허둥지둥 자기 기숙사로 가버렸다. 그래서 율리아는 그를 믿고 비밀을 털어놓은 게 과연 잘한 행동인지 스스로에게 묻고 또 물었다.

알렉스가 우편물 주인의 이름을 차례차례 불렀다.

"나한테 우편물이 왔더라도 난 대답 안 할 거야."

벤저민이 부루퉁하게 말했다. 그는 카메라 때문에 여전히 기분이 저조했다.

"어차피 나쁜 소식이나 카드 명세서뿐일 테니까."

"난 편지 받는 거 좋아. 꼭 선물 상자를 풀 때 같은 기분이잖아, 너희들은 안 그래?"

유일하게 로즈만이 정기적으로 편지를 받았다.

"팔리, 프레도스, 페데르만, 파인더."

알렉스는 호명을 하다 말고 머뭇거렸다. 그러자 벤저민이 눈썹을 치켜세우며 말했다.

"와! 표정 좀 봐, 꼭 귀신을 본 사람 같잖아."

"그야, 죽은 사람한테 우편물이 왔으니까 그렇지."

로즈가 말했다.

율리아의 시선이 연단 쪽으로 향했다. 알렉스는 여전히 말없이 우편물을 쳐다보고 있었다. 몇 초 정도가 흐른 다음에야 그는 봉투를 다시 상자 안에 넣고 다음 이름을 불렀다.

"프로스트."

율리아는 움직이지 않았다.

"어이."

벤저민이 율리아의 옆구리를 쿡 찔렀다.

"너 부르잖아."

"나 말이야?"

"율리아 프로스트, 로버트 프로스트!"

알렉스가 이름을 반복해서 불렀다.

우편물이 왔다고? 나한테?

전혀 예상하지 못했던 일이었다.

"율리아, 안 나오고 뭐해?"

알렉스가 율리아에게 소리쳤다.

"내가 엽서 내용을 큰 소리로 읽어줄까? 아님 직접 가져가서 볼 거야?"

"아니, 그것보단 차라리 학생 게시판에 붙여두는 게 어때요?"

키가 크고 곱슬머리인 한 학생이 소리쳤다. 요란한 웃음소리를 들으면서 율리아는 앞으로 서둘러 나가 엽서를 받아 들었다. 주소를 힐끗 보니 발송지가 런던으로 되어 있었다.

율리아는 엽서의 뒷면을 재빨리 읽어 내려갔다.

잘 지내고 있니?

엄마, 아빠가

그게 다였다.

그녀는 태연하게 엽서를 청바지 뒷주머니에 쑤셔 넣었다. 돌아서려는 순간 우편물이 들어 있는 상자 속 제일 위쪽에 갈색 우편 봉투가 눈에 띄었다.

'브리티시 컬럼비아 주의 그레이스 계곡에 위치한 그레이스 대학의 안젤라 파인더 양에게. P.O. 박스10.'

그리고 발신인을 보았다. 우편물이 누구로부터 왔는지 알아차리는 순간 율리아는 너무 놀라서 하마터면 비명을 지를 뻔했다.

'독일 10963 베를린의 아스카니셔 광장 3번가에 있는 타게스슈피겔 신문사에서.'

***

한밤중에 율리아는 악몽에서 깨어났다. 탁자 위에 놓인 전자시계가 4시 22분을 나타내고 있었다. 눈을 뜨자마자 그녀는 엽서 생각이 났다. 그녀는 그 엽서를 로버트에게 보여주지 않았다.

당연히 갈색 봉투에 대해서도 말하지 않았다. 죽은 사람에게 여전히 우편물이 온다는 사실만으로도 소름 끼치는 일이었다. 하지만 그 내용을 생각하면 진짜 공포가 엄습했다.

타게스슈피겔 신문사.

안젤라가 하필이면 그 신문사와 무슨 관계가 있었을까?

그건 그렇고 대체 그 우편물은 지금 어디에 있지?

갑자기 그녀는 무슨 생각이 떠올라 자리에 일어나 앉았다.

경찰이 안젤라의 모든 물건을 압수했잖아!

만약 그 우편물도 경찰의 손에 들어가면 어떻게 되는 거지?

대학 사무실에서 경찰에 알릴 게 분명했다.

율리아는 단숨에 침대를 빠져나왔다.

알렉스가 그 봉투를 곧장 행정 사무실로 돌려보냈을까?

하지만 사무실은 오후 5시면 문을 닫았다. 그 시각 이후부터는 튜터들이 학생들의 질문이나 문제들을 담당했다.

그렇다면 알렉스가 그 우편물을 일단 자기 사무실로 가져가지 않았을까? 내일 행정 사무실이 문을 열면 갖다주려고?

그녀는 청바지와 스웨터를 입으면서 살짝 망설였다.

내가 좀 오버하는 건가? 어쩌면 이 모든 일이 그냥 우연은 아닐까?

하지만 늘 그랬던 것처럼 일단은 확인해봐야만 했다.

잠시 후 율리아는 조용히 기숙사에서 빠져나왔다. 전실 오른쪽 벽에 걸려 있는 손전등을 챙기는 것도 잊지 않았다. 개인적으로는 첫날 딱 한 번 겪은 일이었지만 그레이스에서는 항상 정전에 대비해야만 했다.

튜터들의 사무실은 왼쪽 건물 2층, 즉 남자 기숙사와 같은 층에 있었다. 계단을 통해 내려가는 동안 건물은 쥐 죽은 듯 조용했다. 그래서 율리아는 일부러 신발을 벗고 걸어가고 있는데도 건물의 제일 끝 구석까지 자기 발소리가 들리는 것만 같았다.

마침내 큰 글씨로 '튜터 사무실'이라 적힌 갈색 나무 문 앞에 다다랐다.

'상담 시간: 13:00-14:00, 18:00-20:00'

문 옆에는 커다란 사무실에 누가 있는지 확인해볼 수 있는 쪽창이 있었다. 안은 깜깜했다. 하지만 사무실 뒤편의 모니터에 불이 들어와 있었다. 처음에는 알렉스나 이사벨이 컴퓨터를 끄는 걸 깜빡했나보다고 생각했다. 하지만 잠시 후 그 앞에 누군가 앉아 있다는 걸 알아차렸다.

잠시 율리아는 고민했다. 어떻게든 사무실 안으로 들어가서 우편물을 갖고 와야만 했다. 그래서 일단 계단 쪽으로 돌아가 사무실이 빌 때까지 기다리기로 했다. 그런데 그 순간 위층에서 누군가 내려오는 소리가 들렸다.

이젠 어쩌지?

그녀는 한밤중에 남자 기숙사가 있는 곳에서 뭘 하고 있는지에 대해 해명하고 싶은 마음은 추호도 없었다.

그래, 화장실!

좋은 방법이었다. 사무실 바로 맞은편에 화장실이 있었다. 다음 순간 그녀는 어둠 속에서 더듬더듬 화장실을 찾아 얼른 안으로 들어갔다. 발소리가 계단 바로 위에서 멈췄다.

그녀는 뒷걸음질 치다가 뭔가에 부딪쳤다. 그래서 얼른 손전등을 켰다.

남자 소변기. 그랬다, 거긴 남자 화장실이었던 것이다.

냄새로 알아차렸어야 했는데.

발소리가 아주 가까이에서 들렸다. 누군가 바로 문 앞에 서 있었다. 율리아는 속이 뒤집힐 것 같았다. 보안 요원들이 안젤라 사건 이후 정기적으로 복도를 살피고 다녔다. 요원 한 명이 그녀의 바로 눈앞에서 소변을 보았다.

맙소사!

심장이 쿵쿵 뛰기 시작했다. 자기 심장 소리에 건물 안에 있는 사람들이 모두 깰 것만 같았다.

하지만 다행히 그런 일은 일어나지 않았다. 주위는 여전히 조용했다.

호기심이 그녀를 문 쪽으로 다가서게 했다.

다시 발소리. 하나, 둘, 셋.

목소리.

남자의 굵은 음성.

"여기서 지금 뭐 하는 거야? 지금은 한밤중이야! 여긴 네가 관심 가질 만한 게 전혀 없어."

상대편의 대답은 잘 들리지 않았다.

"아, 그래?"

남자가 비웃는 투로 말했다.

또다시 불분명한 웅얼거림. 어딘지 좀 울먹이는 것처럼 들리기도 했다.

그러더니 목소리가 작아졌다. 의자 옮기는 소리가 들리고 뭔가가 바닥에 떨어졌다. 다시 발소리, 그리고 계단. 문이 닫힌 다음에야 그 층은 다시 조용해졌다.

***

율리아는 5분 정도 더 기다렸다가 조용히 문을 열었다. 일단 그곳에서 빠져나와야만 했다. 오줌 냄새 때문에 제대로 숨을 쉴 수가 없었다.

그녀는 조심스럽게 복도를 손으로 짚으며 걸어갔다. 직감적으로 더는 아무도 없다는 걸 알아차리고는 안심하고 손전등을 켰다.

그런데 잠시 후 알렉스와 이사벨의 사무실 문이 열려 있는 걸 보곤 깜짝 놀랐다. 사무실에는 아무도 없었다.

행운일까 아니면 운명일까?

뭐든 상관없었다. 가끔 살아가다보면 생각 자체를 아예 접어둬야 할 순간들이 있는 법이다. 그녀는 다시 계단 쪽을 살폈다. 조용했다. 보안 요원의 그림자도 보이지 않았다.

좋아. 이삼 초면 충분해.

그녀는 사무실 안으로 들어갔다.

알렉스가 우편 봉투를 어디에 뒀을까?

오른편 벽 쪽으로 책상 두 개가 있었다. 율리아는 책상 모서리를 돌아 파일들이 꽂혀 있는 책장으로 갔다. 파일들은 꼼꼼하게 알파벳 순서대로 정렬되어 있었다. 그 아래 칸에는 상자들이 있었다. 첫 번째 상자 안에는 대학에서 제작한 대학 선전용 카탈로그가 들어 있었다. 그리고 옆 상자에는 학기 초에 신입생들에게 나눠주었던 강의 시간표가 들어 있었다.

드디어 빨간색과 파란색이 선명한 캐나다 우편 봉투가 든 빨간 플라스틱 상자가 눈에 들어왔다.

그녀는 재빨리 상자를 꺼내 편지와 우편 봉투들을 뒤적여 보았다.

이건 아냐, 이것도, 그리고 이것도 아냐.

율리아는 희미한 손전등으로 사무실 안을 비춰 보았다. 전에 사무실에 잠시 들렀을 때 왼쪽 책상에서 일하던 이사벨을 보았다. 왼쪽 책상 위에는 그녀가 학교 수영장에서 찍은 사진도 세워져 있었다. 손에는 트로피를 들고 있었다. 그렇다면 다른 하나가 알렉스의 책상일 것이다. 이사벨의 책상 위에는 서류와 명단들이 어지럽게 널려 있는 반면 알렉스의 책상은 티끌 하나 없이 완벽하게 정리되어 있었다.

역시 알렉스야.

율리아에게는 행운이기도 했다. 물건을 찾기가 좀 더 수월했기 때문이다.

율리아는 서랍을 차례로 열어보았다. 필기도구, 용지, 양식들, 강의 자료, 예일 대학에 관한 브로슈어가 꽂힌 파일, 그리고 제일 마지막 서랍에서 마침내 찾던 물건을 발견했다. 큼직한 갈색 우편 봉투.

'브리티시 컬럼비아 주의 그레이스 계곡에 위치한 그레이스 대학의 안젤라 파인더 양에게. P.O. 박스10.'

율리아는 누가 볼 새라 재빨리 봉투를 스웨터 속에 집어넣었다. 움직일 때마다 차가운 봉투가 옷 속에서 바스락거렸다. 율리아는 책상 서랍을 닫았다.

이런, 제길!

서랍이 걸려서 잘 들어가질 않았다.

상관없어! 이런 걸로 씨름하다가 들킬 순 없지.

율리아는 손전등을 끄고 얼른 사무실에서 나온 뒤 이삼 초 만에 3층까지 올라갔다. 그리고 조용히 자기 방문을 닫고 나서야 멀리서 개가 목이 쉬어라 짖어대는 소리가 들렸다.

잊을 수 없는 경고문

로버트는 추위를 느꼈다. 몸이 꽁꽁 얼어붙을 것 같았다. 등에 거친 카펫 같은 천이 닿아 있었다. 그리고 좁았다. 갑갑하리만큼 좁았다. 손과 팔은 두꺼운 테이프로 묶여 있었는데 빠져나오려고 몸부림치면 칠수록 더 조여드는 느낌이었다. 그는 절망적으로 두 손을 뻗어 금속판을 두드렸다. 그중에서도 제일 견딜 수 없는 건 냄새였다. 불쾌하고 메스꺼운 냄새를 맡지 않기 위해 로버트는 최대한 입으로만 숨을 쉬었다. 목구멍을 죄는 듯한 느낌에 가쁘게 숨을 몰아쉬어봤지만 폐로 들어오는 건 공기가 아니라 다른 무엇이었다. 그는 헉헉거렸고 연신 기침을 했다.

휘발유. 이건 휘발유 냄새야.

번뜩 이런 생각이 들었다.

로버트는 그제야 깨달았다. 자신이 한때 아빠의 소유였던 낡은 벤츠의 트렁크 안에 갇혀 있다는 것을.

그는 창문 바로 밑에서 짖어대는 개 소리에 놀라 악몽에서 깨어났다.

온몸이 땀에 흠뻑 젖은 채 깨어난 그는 주위를 두리번거렸다. 그는 기숙사 자기 방 침대 위에 누워 있었고 아직 깜깜한 밤이었다.

내가 또 꿈을 꾸면서 소리를 지른 건 아닐까?

마치 로버트가 큰 소리로 물어보기라도 한 것처럼 크리스가 문틈으로 고개를 들이밀곤 잠에 취한 목소리로 구시렁거렸다.

"야, 이제 겨우 5시밖에 안 됐는데 뭐 때문에 그렇게 소리를 지르는 거야? 제발 좀 그만해라."

"미안."

로버트는 크리스가 그만 가주길 바랐다. 하지만 크리스는 문간에 서서 걱정스러운 목소리로 다시 물었다.

"율리아라도 불러올까?"

"괜찮다고 했잖아."

왜 빨리 안 가는 거야?

로버트는 원래부터 크리스를 썩 좋아하지 않았지만 특히 율리아와 함께 있는 모습을 자주 목격한 후로 더욱 싫어졌다.

"그렇게 화낼 것까진 없잖아. 나는 단지 널 위해 물어본 것뿐이야."

크리스는 돌아서서 문을 닫았다.

크리스는 누구를 위해 무슨 말을 할 타입이 아니라고 로버트는 확신했다. 99퍼센트는. 하지만 항상 1퍼센트 정도 틀릴 가능성도 배제할 순 없었다.

로버트는 자리를 박차고 일어나 창틀에 걸터앉았다. 그새 잠이 확 달아나버렸다.

너무 어두워서 호수는 검은 유리판처럼 윤곽만 알아볼 수 있을 뿐이었다. 이곳에 온 첫날 밤 로버트가 율리아에게 여기가 불길하다고 말했을 때만 해도 그건 단지 느낌에 불과했었다. 하지만 이젠 날마다 하나씩 그 증거가 드러나고 있었다.

이제 그는 상세한 계곡의 지도를 제작하는 데 몰두했다. 결코 쉬운 작업은 아니었다. 특히 참고할 만한 자료가 없었기 때문에 더더욱 어려웠다. 도서관에도 지리학과에도 문의를 해보았지만 도움이 될 만한 지도는 찾지 못했다. 또 중앙 홀에 걸려 있는 스크린에서 볼 수 있는 지도는 어느 면으로 보나 엉망진창이었다. 그 지도는 맞는 게 하나도 없었다. 전혀, 아무것도 말이다. 그 지도는 로버트가 세 살 때 그린 그림보다 더 형편없었다.

미러 호는 거의 원에 가까웠다. 그 사실만으로는 그다지 별다를 게 없었다. 혜성의 추락으로 종종 이곳처럼 원형 모양의 호수가 생성되곤 했다. 물론 수백 년 전에 말이다. 가령 180만 년 전에 탄생한 캐나다의 서드베리 호수는 지름만 2백 킬로미터가 넘었다. 그곳에 떨어진 소유성은 크기가 10킬로미터에 달했다. 정말 상상을 초월하는 크기였던 것이다. 그에 비하면 미러 호는 작은 웅덩이에 불과했다.

또다시 개 짖는 소리가 들렸다. 이케의 소리가 틀림없었는데 무엇 때문인지 몹시 불안해하고 있는 것 같았다. 그 검은 개는 유난히 예민하고 귀가 밝았다.

로버트는 창밖을 응시했다. 오렌지색 가로등 불빛 아래 호숫가 산책길이 보였고 두 사람이 서 있었다.

이런 한밤중에 누구지?

그는 창틀에서 일어나 책상 맨 아래 서랍을 열어 아빠의 망원경을 꺼냈다.

정확히 두 사람이 시야에 들어오기까지는 한참이 걸렸다.

키 큰 남자와 그 옆에 바싹 붙어 서 있는 여학생.

이 기숙사에서 그렇게 울퉁불퉁한 몸매를 하고 걸음걸이가 사람보단 코끼리에 가까운 여학생은 딱 한 명뿐이었다. 바로 데비였다.

그런데 저 남자는…… 대체 누구지?

형체로 봐선 크리스와 상당히 비슷했다.

하지만 다른 사람도 아닌 크리스가 새벽 5시에 자발적으로 데비와 산책을 나가는 일은 상상도 할 수 없었다. 게다가 그는 바로 직전에 그의 방에 들렀지 않은가.

로버트는 생각에 잠긴 채 망원경을 도로 서랍에 넣었다. 하지만 잠시 후 그는 조금 전의 일을 기억 속 어느 서랍 안으로 넣어버리고 다시 원래 갖고 있던 문제에 몰두했다.

해답을 찾던 중에 로버트는 너무나 무서운 어떤 것에 부딪쳤기 때문이었다. 그건 이 그레이스 계곡이 전혀 조화롭지 않음을 알려주는 가장 강력한 암시였다.

대학의 지도와 날짜 때문에 막혀버리자 로버트는 곧장 구글 어스를 통해 계곡의 정확한 지도를 만들기로 했다. 하지만 구글 어스는 인공위성을 통해 필즈 쪽 주변이나 북쪽 숲은 세세하게 파악하는 반면 계곡 전체와 고스트 산은 검은 점으로만 인식했다. 로버트가 좀 더 크게 확대해보려고 할 때마다 경고문이 떴다. 로버트는 그 문구를 잊을 수가 없었다.

'접근 금지!'

주니어 체스 챔피언

율리아는 다시 잠자리에 드는 걸 포기했다. 어차피 자긴 글렀다는 걸 알고 있었다. 소파에 앉아서 해가 뜨기를 기다리는 동안 오만 가지 생각들이 떠올랐다. 봉투를 당장 열어보고 싶은 마음이 굴뚝같으면서도 뭔가가 자꾸 걸렸다.

날이 밝자 율리아는 얼른 채비를 하고 밖으로 나갔다. 하지만 그녀를 본 친구들의 반응은 명확하고 냉정했다.

"너 꼭 시체 같아."

현관에서 마주친 로즈가 말했다.

데비는 그 말을 들었는지 욕실에서 고개를 내밀곤 이렇게 말했다.

"차라리 시체가 낫지. 정말 끔찍하다, 야. 밤새도록 토라도 했어? 왠지 섬뜩하기까지 해."

"그만해, 데비!"

로즈가 데비의 말을 끊고 율리아의 어깨에 팔을 둘렀다.

"몸이 안 좋아? 어디 아파? 오늘은 좀 누워서 쉬는 게 낫지 않을까?"

율리아는 고개를 저었다.

"난 괜찮아."

그러자 다시 데비가 끼어들었다.

"샤워는 한 거야? 아무렇게나 살 생각은 아예 하지 마. 난 떡 진 머리로 다니는 사람하곤 절대로 한집에서 못 사니까."

"난 입 냄새 심한 사람이랑은 못 살겠던데."

카티가 중얼거리자 데비는 금세 얼굴이 새빨개지더니 눈물이 그득해졌다.

"야, 그만들 해!"

로즈가 두 사람을 말렸다.

율리아는 하우스메이트들끼리 아웅다웅 다투는 걸 보고 있을 만한 기분이 전혀 아니었다. 그래서 도망치듯 기숙사를 빠져나왔다. 하지만 로즈가 걱정스러운 표정으로 뒤따라와서는 데비와 마찬가지로 하루 종일 율리아를 주시했다. 적어도 율리아가 느끼기엔 그랬다.

최소한 카티가 그녀에게 특별한 관심을 갖지 않는 것만으로도 다행이었다. 카티의 방에서 이메일 출력물을 발견한 후로 그녀를 어떻게 대해야 할지 알 수가 없었다.

또 그날 아침에는 크리스와도 오전에 함께 듣는 수업이 없었다. 마음속 깊이 그가 보고 싶고 그의 목소리를 듣고 싶었다. 하지만 다른 한편으론 그녀가 로아로아에 대해 이야기했을 때 그의 멍한 표정이 자꾸만 떠올랐다. 그런 그의 태도에 대해서도 어떻게 생각해야 좋을지 알 수가 없었다.

정오에 그녀는 로버트에게 이 모든 사실을 말할까 잠시 고민했다. 하지만 그는 컴퓨터실에 앉아 노트북과 씨름하고 있었다. 그렇다면 말을 걸어봤자 아무 의미가 없었다. 로버트는 일단 어떤 고민에 빠지면 일반적인 세상사를 모두 잊어버렸다. 그에겐 존재하지 않는 거나 마찬가지였던 것이다.

그날의 마지막 수업은 오후 3시에 끝났다. 율리아는 얼른 방으로 가서 옷장 속에 숨겨놓았던 봉투를 꺼냈다. 그런 다음 하우스메이트들 중 그 누구와도 마주치지 않고 기숙사를 빠져나왔다.

5분 후 그녀는 학교 건물 밖으로 나왔다. 최근 들어 경찰들이 뜸해졌고 캠퍼스는 거의 예전 모습으로 돌아왔다. 지난 며칠간 기온도 다시 상승했다. 하늘에는 구름 한 점 없었다. 공기도 상쾌했고 산꼭대기의 날씨는 흔치 않게 맑았다.

율리아가 공원 광장에서 필즈로 가는 도로 쪽으로 돌았을 때 뒤에서 차 한 대가 다가오더니 멈췄다. 2주 전 알렉스가 공항까지 두 사람을 데리러 나올 때 몰았던 바로 그 랜드로버였는데 이번에도 역시 알렉스가 몰고 있었다. 그 옆에는 크리스가 앉아 있었고 뒷좌석에는 벤저민이 앉아서 율리아를 보곤 활짝 웃고 있었다.

알렉스가 차를 멈추자 크리스가 차 문을 열었다.

"율리아! 드디어 만났구나! 하루 종일 널 찾고 있었어! 우리 지금 필즈로 갈 건데. 벤저민은 카메라를 고칠 거고 알렉스 선배는 중요한 볼일이 있대. 너도 같이 갈래?"

율리아는 고개를 저었다.

차에서 내려 그녀 쪽으로 한 걸음 다가온 크리스의 입가에서 갑자기 웃음이 사라졌다.

"우리 어제도 오늘도 거의 못 봤잖아."

그가 낮은 목소리로 말했다.

그녀는 침을 꼴깍 삼켰다.

"나도 알아."

그는 이마를 찌푸렸다. 그의 회색 눈이 속마음까지 꿰뚫어 보려는 듯 그녀를 주시했다.

"내 생각엔 한번쯤 여기서 벗어나는 게 너한테도 좋을 것 같아."

그는 잠시 쉬었다가 다시 말했다.

"우리 둘 다에게 도움이 될 거야."

율리아는 망설였다.

그래, 나도 그럴 것 같아. 게다가 필즈로 갈 수 있는 절호의

기회잖아!

드디어 그들에게 연락을 할 수 있고 안젤라 파인더에 대해서도 말할 수 있을 것이었다. 그동안 오직 이 순간만을 기다려 온 참이었다. 하지만 지금 당장은 품속에 숨겨둔 갈색 봉투가 그녀를 가로막고 있었다. 율리아는 스웨터 속에 있는 뻣뻣한 종이봉투를 느끼며 그 안에 들어 있을 내용에 대한 두려움에 가슴이 무거워졌다.

"아니, 다음에 갈게!"

그녀는 가능한 한 태연한 척 보이려고 애썼다.

"미스터 플로리다와 네 시간씩이나 같은 차에 앉아 있고 싶진 않아."

그건 사실이었다. 율리아는 알렉스가 신입생들을 상대로 했던 변태적인 장난을 결코 잊을 수가 없었다. 그가 아무리 잊게 하려고 발버둥을 쳐도 소용없을 것이었다.

"그리고 난 지금 막 조깅을 하러 가려던 참이었어."

"그런 차림으로?"

크리스는 그녀의 캔버스 운동화와 청바지를 물끄러미 쳐다보며 물었다.

"내 차림이 어때서?"

율리아는 웃으며 받아쳤다.

"알았어. 하지만 이 부근에선 발목 조심해. 잘못하면 부러질 수도 있으니까."

크리스의 말투가 갑자기 날카로워졌다. 그리고 작별 인사도 없이 돌아서서 차에 타버렸다. 잠시 후 랜드로버는 다음 굽잇길을 돌아 사라져버렸다.

율리아는 입술을 깨물었다. 또다시 둘의 관계를 망쳐버렸다. 그것도 완전히. 이런 일만은 일어나지 않길 바랐는데.

하지만 만약 그가 진짜 날 좋아한다면, 아니 심지어 사랑한다면 내 의사를 존중해줘야 하는 거 아니야?

그녀는 뭘 해야 할지 결정하지 못한 채 주위를 두리번거렸다. 그녀가 서 있는 바로 그 자리에서부터 차도가 끝나고 아래 호숫가까지 가는 넓은 산책로가 시작되었다. 수많은 꼬마전구들로 장식된 팻말이 서 있는 곳이었다. 율리아가 이곳에 도착했던 첫날 그녀를 반겼던 바로 그 팻말.

'그레이스 계곡에 오신 걸 환영합니다.'

그녀가 안젤라 파인더를 처음 본 장소도 바로 그 자리였다.

율리아가 아는 한 사건에는 아무런 진전이 없었다. 학장인 발덴은 여전히 공식적인 입장 표명을 하지 않았고 교수들 역시 침묵으로 일관했다. 신문 기사도 학생들도, 모두가 다 아는 뻔한 사실들에 국한되었다.

율리아는 숲과 호수 사이로 난 익숙한 산책로로 들어섰다. 호수 연안은 나무로 둘러싸여 있었고 넓고 평평한 자갈밭이 아래 물가로 이어지고 있었다. 이곳은 유일하게 정식으로 수영이 허용된 곳이기도 했는데 율리아는 아직 호수에서 수영을 하는 학생은 한 명도 보지 못했다. 중앙 건물 뒤편에 있는 스포츠센터의 수영장에서 훈련을 하는 이사벨이 아직 수영을 하기엔 호수가 너무 차기 때문이라고 설명했었다.

율리아는 망설이는 기색 없이 운동화를 벗어버리곤 맨발로 물속에 들어갔다.

그녀는 물이 얼음처럼 차가울 거라 예상하고 단단히 각오를 했었다. 하지만 놀랍게도 미지근했다. 수온이 아마 18도 내지 19도는 될 것 같았다.

일주일 만에 물이 이렇게 따뜻해지다니.

최근 해가 자주 나긴 했지만 이 정도일 줄은 상상하지 못했던 것이다.

율리아는 한동안 가만히 서서 멀리 수평선을 바라보았다. 수평선을 오래 바라보고 있을수록 마치 미러 호가 양쪽으로 갈라지듯이 하늘과 점점 멀어지는 것처럼 느껴졌다.

그건 물론 착각이었다.

하지만 육지로 다시 나가려고 돌아서는 순간 물이 벌써 무릎까지 차 있었다.

수면이 올라오고 있었던 것이다.

파티를 했던 그날 밤과 똑같아.

차이가 있다면 그날과 달리 오늘은 폭풍우가 불지 않았다.

지리학에서 배운 대로라면 호수는 정지해 있다. 그건 다시 말해 물이 흐르지 않는다는 뜻이다. 호수는 개울들이 모여 이루어진다. 미러 호의 경우 대부분 고스트 빙하에서 녹은 물로 이루어진 게 분명했다. 지금은 얼음이 녹는 봄이었다. 따라서 수위가 상승하는 게 그다지 이상한 일은 아니었다.

하지만 이렇게 빨리? 물에 발을 담근 지 몇 분이나 지났다고?

시계를 들여다보진 않았었다. 하지만 기껏 해봐야 10분 정도에 불과했다.

율리아는 서둘러 안전한 물가로 나왔다.

하지만 아스팔트 길에 있지 않고 숲으로 들어가는 오른쪽으로 접어들었다.

율리아는 봉투를 열어보고 싶어 안달이 났지만 어떤 이유에서인지 학교를 벗어나야만 할 것 같았다. 수많은 굴뚝이 있는 검은 지붕, 하얀 발코니 난간 그리고 꼭대기 층의 밝은 채광창이 율리아가 서 있는 곳에서도 여전히 아주 선명하게 보였다. 물론 그곳에선 율리아가 잘 보이지 않을 것이었다. 혹시 망원경을 사용한다면 또 모를까. 길은 금세 가파른 오르막으로 바뀌었고 곧 꼭대기에 이르렀다. 나무들 사이로 건너편에 있는 보트하우스가 보였다.

이곳 숲은 반대편 연안보다 더 밝았다. 이곳에는 가문비나무와 소나무 같은 침엽수뿐만 아니라 활엽수도 있었다. 땅은 이끼와 지난가을에 떨어진 낙엽으로 덮여 있었다. 여러 개의 나무 벤치를 지나 30여 분 만에 최근에 나무들을 베어낸 환한 장소에 이르렀다.

그곳에서 길이 두 갈래로 나뉘었다. 풍파에 퇴색된 표지판이 나무에 걸려 있었지만 글자를 썼던 페인트가 거의 벗겨져 무슨 글자인지 알아볼 수가 없었다.

율리아는 위로 올라가는 길을 선택했다. 거기서부터 전망이 점점 더 장관을 이루고 있었다. 나무들 사이로 여전히 호수가 보였고 오른쪽으로는 하얀 눈에 덮인 산봉우리들이 하나둘씩 나타나기 시작했다.

율리아는 철조망 가까이에 다가가서야 그곳에 철조망이 있는 걸 알았다. 철조망에는 작은 금속 경고판이 붙어 있었다.

'위험! 고압전기!'

그건 반대편 접근 금지 구역에 있던 철조망처럼 높고 촘촘하진 않았다. 정확히 말하면 목장에서 흔히 볼 수 있는 것처럼 나무쐐기 사이에 쇠줄을 쳐놓은 것에 불과했다.

율리아는 가문비나무 아래에 빽빽한 덤불과 키 큰 관목들이 펼쳐져 있는 철조망 너머를 가만히 응시했다.

이 울타리는 뭐지? 야생동물들이 계곡 안으로 들어오지 못하게 하려고 쳐둔 걸까?

첫 번째 철사는 땅에서 손바닥 두 뼘 정도 높이에 걸쳐 있었고 두 번째 줄은 그녀의 가슴 높이에, 세 번째 줄은 머리 높이에 있었다. 즉 마음만 먹으면 쇠줄 사이로 얼마든지 넘나들 수 있었다. 율리아는 잠시 망설이다가 철조망을 넘었다.

아무 문제 없이, 상처를 입거나 감전되지 않고 반대편으로 건너가긴 했지만 결국 알아낸 건 더 이상 길이 없다는 사실뿐이었다. 그녀는 나무가 그리 빽빽하지 않은 왼쪽 길로 방향을 바꿨다.

길고 뾰족한 솔잎에 맨살이 찔리고 긁히면서도 율리아는 아랑곳하지 않고 계속 걸어갔다. 사실 그녀 자신도 왜 그냥 대충 아무 곳에나 앉아서 봉투를 뜯어보지 않는지 이해가 안 갔다.

대체 왜 그러는 거야, 율리아?

두려워서 그런 거지? 너무너무 두려워서!

이건 모두 계곡의 영향이라고 그녀는 생각했다. 이 계곡이 자신을 미친 사람처럼 굴게 만든다고. 달아나게 만든다고. 끝없이 위로, 그냥 본능적으로. 그녀가 안젤라를 처음 발견했던 날도 그랬었다. 그리고 지금도 또 그랬다.

"율리아, 우리 함께 달아날까? 네 생각은 어때?"

이건 크리스가 그녀에게 했던 말들 중 하나였다.

갑자기 덤불이 끝나고 숲이 환해졌다. 그리고 점점 더 밝아지더니 갑자기 눈앞에 다 쓰러져가는 오두막이 나타났다. 숨을 가쁘게 몰아쉬며 그녀는 오두막 앞에 있는 낡은 벤치에 앉았다. 호흡이 진정되길 기다리면서 주위를 둘러보았다.

믿기지 않을 만큼 조용했다.

공기가 스르륵 소리를 내는 것처럼 들렸다. 진한 소나무와 송진 냄새가 감각을 마비시키는 것 같았다.

마약처럼.

마약.

머릿속에서 뭔가가 톡 튀어 오르더니 마치 문자메시지를 받았을 때처럼 잊었던 기억이 떠올랐다.

'마약.' 그건 그녀를 평생 두렵게 했던 단어였다.

봉투는 묵직했다. 죽은 자에게 보내진 편지.

이 경우에도 사생활 침해 조항이 적용될까?

아니다. 죽은 자는 더 이상 비밀을 가질 권리가 없다. 더군다나 그녀가 로아로아로 밝혀진 이상.

율리아는 떨리는 손으로 봉투를 뜯었다. 첫눈에 들어온 건 독일어로 된 영수증이었다.

수신인은 안젤라 파인더였고 청구된 금액은 15유로였다. 영수증을 발행한 곳은 타게스슈피겔 신문사의 영업부였다.

드디어 율리아는 신문 기사의 복사본을 끄집어냈다.

기사의 내용을 파악하기까지는 몇 분 정도가 걸렸다.

기사에는 사진도 있었다.

테이블을 사이에 두고 마주 앉아 있는 두 소년의 사진.

그들 앞에는 체스 판이 놓여 있었다.

율리아도 아는 사진이었다.

기사 제목은 '주니어 체스 챔피언'이었다.

그녀는 기사를 읽지 않아도 내용을 알고 있었지만 그래도 다시 읽었다.

> 랄프 드 빈센츠가 올해 유럽 주니어 챔피언의 영광을 안았다.
> 금년 만 15세인 랄프 드 빈센츠가 유럽 주니어 챔피언의 영예를 안았고 이란 출신 삼 듀스켓이 2위를 차지했다. 챔피언을 가리는 체스 경진 대회는 4월 중순 베를린에서 큰 호응을 얻으며 종결되었다.

율리아의 심장이 격렬하게 뛰기 시작했다.
안젤라는 어디서 랄프를 알게 된 걸까?

편집된 1초의 영상

안젤라 파인더는 그레이스 계곡에서 일어나는 모든 사건들의 실마리를 쥐고 있었다. 그녀의 죽음은 결코 우연일 수 없었다. 사고는 더더욱 아니었다.

그녀는 그레이스 학보사의 편집장이었다. 그렇기 때문에 다른 사람들이 얻을 수 없는 정보들에 접근할 수 있었다. 하지만 그보다 더 중요한 건 그녀가 유명한 해커라는 것과 그로 인해 데이터 시스템에 연결되어 있는 모든 네트워크망에 들어갈 수 있었다는 사실이었다.

상황을 보아하니 안젤라는 실제로 아무 양심의 가책도 없이 일을 저지른 것 같았다.

율리아의 휴대전화 번호를 알아냈고 카티에 대한 정보도

갖고 있었다. 왜 그랬고 무슨 동기 때문에 그랬는지는 알 수 없지만 확실한 건 뒷조사를 한 대상이 율리아와 카티만은 아니었다는 것이었다.

연약하고 불쌍해 보였던 휠체어에 앉은 여학생이 사실은 어마어마한 권력을 손에 쥐고 있었던 셈이었다. 교수, 직원, 학생 가릴 것 없이 누구나 피해자가 될 수 있었다. 왜냐하면 누구나 살아가면서 약점이 될 만한 것 하나쯤은 갖고 있기 마련이니까.

진짜 그랬던 걸까? 만약 그게 사실이라면 도대체 왜? 무엇 때문에? 안젤라는 대체 왜 다른 사람들을 쥐고 흔드는 일에 재미를 느끼게 된 걸까?

흔히 그렇듯이 돈 때문에?

그렇겠지, 아마도.

기자로서의 경력 때문에?

그건 절대로 아닐 거야.

율리아는 그레이스 학보가 그다지 전망 있는 신문사가 아니라는 걸 느낀 게 한두 번이 아니었다. 그녀가 보기에 신문에 나타난 대학 생활은 너무 형식적이고 표면적이었다.

문제는 안젤라가 무엇 때문에 그런 짓을 했느냐는 거였다.

문자메시지를 대체 왜? 율리아에게 비밀 전화번호가 들통났음을 알려서 뭘 어쩌려는 거였을까?

안젤라가 한 행동의 목적을 알기 위해선 그녀와 좀 더 가까

이 지냈어야 했는데. 이젠 그럴 기회가 없으니, 제길!

사실 율리아가 그녀에 대해 아는 사실이라곤 그녀가 자의식이 강하고 심지어 상당히 거만해 보였다는 것뿐이었다. 그건 학보사에 들어가기 위해 안젤라 파인더와 면접을 보면서 받은 느낌이었다.

혹시 모든 사람들을 향한 복수는 아니었을까? 평생 휠체어에 의존해서 살아야만 하는 원한 때문에? 아무런 사고 없이 정상적으로 살아가는 사람들에 대한 시기와 질투심?

어쨌거나 안젤라 파인더의 행동에 대해선 수많은 이유가 있을 수 있었다. 또는 그냥 다른 사람들을 괴롭히는 게 재미있어서 그랬을 수도 있었다.

율리아는 깊이 심호흡을 했다. 자신이 서서히 사건의 핵심에 접근하고 있음을 느낄 수 있었다. 여러 가지 생각과 감정들이 한꺼번에 몰려왔지만 그중에서도 유독 사라지지 않고 먼저 다가오는 생각이 있었다. 만약 그레이스 계곡에 있는 모든 이들이 안젤라 파인더의 희생양일 수 있었다면 가해자 역시 그들 모두일 수도 있었다. 심지어 그녀 자신도.

그리고 카티도. 그건 율리아가 지금까지 애써 외면하려 했던 생각이었다. 하지만 율리아의 하우스메이트인 그녀에게는 안젤라를 죽일 만한 분명한 동기가 있었다. 물론 그 이유가 단순히 안젤라 파인더가 메일로 카티를 협박했기 때문만은 아닐 것이다. 아마도 카티가 역으로 안젤라의 정체를 알아냈기 때문일지도 몰랐다. 그 사실 역시 메일에 있는 메모가 증명하고 있었다. 그리고 카티에게는 안젤라를 죽일 수 있는 기회가 있었다.

경찰이 매체에서 안젤라의 죽음에 대해 밝힌 유일한 공식적인 사실은 그녀가 죽은 시점뿐이었다. 마지막 해부 결과 안젤라는 저녁 6시부터 10시 사이에 죽었다. 율리아 자신도 그녀를 저녁 식사 전까지 봤었다는 사실을 감안할 때 안젤라는 파티와 폭풍우가 몰아치기 시작한 시점 사이에 죽은 게 분명했다.

그리고 카티는 파티에 오지 않았다. 따라서 알라바이가 없었다.

그녀는 등을 곧게 펴고 하늘을 올려다보았다. 하늘은 마치 그녀의 어두운 생각을 조롱하기라도 하듯 파란색으로 환히 빛나고 있었다.

왜? 경찰은 왜 지금까지 이 모든 사실들을 알아내지 못했을까? 대체 왜?

율리아, 진짜 그 이유를 몰라서 묻는 거야? 경찰을 믿어? 아빠를 생각해봐! 살아남기 위해 길러야 할 가장 중요한 능력이 바로 다른 사람을 믿지 않는 능력이라는 거 직접 경험했잖아. 네 동생과 네가 지금 이런 운명에 처한 것도 모두 그들이 저지른 실수 때문이었잖아. 정말 끔찍한 실수였지!

율리아는 벤치에서 일어나 오두막 앞을 서성거렸다. 창문이

긴 세월 동안 먼지로 뒤덮여서 오두막 안이 전혀 보이질 않았다. 대문은 경첩에 매달려 대롱거리고 있었다. 누군가 문고리를 억지로 부순 흔적이 역력했다.

율리아는 등줄기가 오싹해졌다. 그건 자신이 힘없는 여학생을 잔인하게 죽인 살인자와 한 공간에 살고 있다는 사실을 깨달았기 때문만은 아니었다.

다른 뭔가가 있었다.

계곡에 온 이후 몇 주 동안 그녀가 배운 게 있다면 바로 이 계곡은 많은 비밀을 품고 있으며 특히 이 계곡에선 그녀의 이성 밖에 있는 일들이 벌어지고 있다는 것이었다.

율리아는 단호히 돌아섰다. 철저한 불신만이 그녀와 로버트의 생존을 보장하는 것이긴 하지만 그렇다고 자신의 문제를 혼자 해결할 순 없었기 때문이었다. 사람은 누구나 나름의 방식으로 다른 사람들의 도움을 받고 산다. 한 걸음 한 걸음 학교로 다가갈수록 그 사실은 더욱 분명해졌다.

미러 호에 다다른 그녀는 얼굴을 씻었다. 하지만 물에 비친 건 만인의 연인이 아닌 자신의 운명을 스스로 책임지기로 결심했던 예전의 그녀였다.

***

시계를 보니 5시 55분이었다.

가장 먼저 해야 할 일은 '그들'에게 연락하는 것이었다. 엽서에는 사실 그녀와 로버트가 아직 연락이 없어 걱정하고 있다는 메시지가 숨어 있었다. 또 그녀가 오두막에서 대학으로 돌아가는 동안 했던 수많은 생각들 중에는 해커의 여왕이자 월드와이드웹의 여왕인 안젤라 파인더가 왜 타게스슈피겔 신문사의 기사를 우편으로 받았느냐는 의문도 속해 있었다.

온라인으로 모든 걸 알아볼 수 있는 사람이 왜 굳이 우편을 이용했을까?

대답은 오히려 명쾌했다. 안젤라 파인더 같은 사람은 인터넷에 흔적이 남는다는 사실을 누구보다 잘 알고 있을 터였다. 그래서 황당하리만치 간단한 해결책을 선택한 것이었다. 달팽이처럼 느리긴 해도 가장 신뢰할 수 있는 방법으로.

율리아가 기숙사로 돌아왔을 때 그녀의 하우스메이트들과 다른 대부분의 학생들은 구내식당에서 저녁을 먹고 있었다. 크리스, 알렉스 그리고 벤저민은 아마도 필즈에서 밥을 먹고 저녁 늦게야 돌아올 것이었다. 이동 시간만 해도 거의 두 시간이 걸리니까.

율리아는 슈퍼마켓에서 엽서를 산 뒤 스타벅스로 갔다. 그 시간의 스타벅스는 거의 텅 비어 있었다. 그녀는 주차장과 캠퍼스가 훤히 보이는 창가 앞자리를 골라 앉았다. 주소는 다이어리에 적혀 있었다.

'영국 런던 SE14, 6NW 뉴 크로스. 루이셤 웨이에 위치한

런던 대학의 윌리엄 골드 씨.'

주소를 적은 뒤 율리아는 끝에 이렇게 썼다.

저희들은 잘 도착했어요!

여기서 예전 친구들을 많이 만났어요!

율리아와 로버트 올림

그들은 엽서의 내용을 이해할 것이었다.

***

그녀는 엽서를 사무동 앞 우편함에 던져 넣고 다시 스타벅스로 돌아왔다. 그리고 카푸치노를 연거푸 마시면서 꽤 오랫동안 시간을 보냈다. 어쩌면 침대에 앉아 뜬눈으로 밤을 새야 할지도 몰랐다. 그런데 10시가 되기도 전에 그들을 태운 랜드로버가 주차장으로 들어오더니 잠시 후 캠퍼스를 가로질러 오는 알렉스와 벤저민 그리고 크리스가 보였다.

율리아는 허둥지둥 카페에서 뛰어나오다가 뒤에서 점원이 큰 소리로 부르는 바람에 계산하는 걸 깜빡했다는 걸 알아차렸다.

달려오는 그녀를 보고 크리스가 손짓을 했다. 살짝 취했는지 기분이 좋아 보였고 낮에 주고받은 대화는 까맣게 잊은 듯했다.

"율리아, 진짜 너도 같이 갔어야 했어. 오랜만에 문명 세계로 나가니까 얼마나 좋았는지 몰라."

"너한테는 겨우 그게 문명 세계야?"

벤저민이 빈정거렸다.

"필즈는 코딱지만 한 읍에 불과해. 거기 주민 수는 우리 학교 재학생 수보다 더 적다고."

"어쨌거나 너도 새 카메라를 샀잖아."

알렉스가 중얼거렸다.

"신용카드를 내밀기만 하면 원하는 건 다 얻을 수 있지."

벤저민은 거만하게 머리카락을 쓸어 올렸다.

"하지만 우리 아버지가 카드 명세표를 보기 전까지의 얘기지. 보자마자 당장 카드를 정지시켜버리실걸."

"그래도 거기 맥주가 끝내준다는 건 인정해요. 게다가 스테이크도. 와, 진짜 스테이크가 얼마나 맛있던지, 꼭 직접 소를 잡은 것 같더라고요."

크리스가 오랜만에 알렉스에게 기분 좋게 말을 걸었다.

"하하하, 그건 송아지였어."

알렉스가 웃으며 말했다.

"난 이제 슬슬 사무실로 돌아가봐야겠다. 오늘 저녁 상담은 내 담당이었는데 땡땡이를 쳐서 이사벨이 무지 화나 있을 거야. 최소한 내가 이사벨 대신 서류 정리라도 해줘야지."

그러더니 그는 손을 흔들고 기숙사로 들어가는 옆 출입문 안으로 사라졌다.

율리아와 벤저민과 크리스는 중앙 홀로 갔다. 그런데 건물 안으로 들어가기 전 율리아가 갑자기 걸음을 멈췄다.

"있잖아, 사실은 지금까지 너희들이 오기를 기다렸어. 벤저민, 네 도움이 필요해."

크리스가 그녀를 유심히 쳐다보았다.

"이제 제발 무슨 일인지 얘기 좀 해줄래? 틀림없이 뭐가 있는 거지, 그렇지? 너 아까 낮부터 진짜 이상했어."

크리스가 율리아를 얼마나 잘 꿰뚫어 보는지 무서울 정도였다.

"그날 밤 네가 찍은 장면을 다시 한 번 봐야겠어, 벤저민."

"그건 뭣 하러?"

또다시 크리스가 끼어들었다.

"저번에 봤잖아!"

율리아는 처음 동영상을 봤을 때 이상한 기분이 들었던 게 생각났다.

"그땐 몰랐는데 뭔가가 떠올라서 그래."

"그게 뭔데?"

"지금 여기선 곤란해. 너희들한테도 보여줄게."

"전에 쓰던 카메라에 내장되어 있던 칩, 아직 갖고 있어?"

크리스가 벤저민에게 물었다.

"지금 날 뭐로 보는 거야!"

벤저민이 버럭 소리를 질렀다.

"미디어실로 가는 게 좋겠어. 거기에 가면 큰 스크린이 있으니까."

***

물이 수면 위로 솟아오른 바위에 부딪혀 철썩이며 물보라를 일으켰다. 바위들은 마치 누가 일부러 열을 맞춰 세워놓기라도 한 듯 일정한 모양을 이루고 있었다. 하지만 누가 그 바위들을 진짜 호수 속에 쏟아부었다 해도 그건 오래전의 일이 틀림없었다. 바위에는 이끼가 잔뜩 끼어 있었기 때문이었다. 진액처럼 미끌미끌해 보이는 그 수초들은 끊임없이 빈 공간을 찾아 자라나고 있었다. 율리아는 물이끼가 맨살에 닿는 느낌이 상상만 해도 끔찍해서 소름이 끼쳤다.

물론 그 생각은 터무니없었다. 그 생각은 오직 율리아의 머릿속에만 존재했다.

벤저민은 영상을 찍을 때 육안으로는 잘 보이지도 않는 세부적인 것에 앵글을 너무 오래 고정시키고 있어서 나중에는 그걸 보는 것조차 견딜 수 없게 만들곤 했다. 너무 조용해서 더는 침묵을 견딜 수 없게 됐을 때 그 침묵을 뛰어넘기 위해 청각이 존재하지도 않는 소리를 지어내게 되는 것과 같은 식이었다.

"맙소사! 벤저민, 계속 이 장면뿐이야? 저 퍼런 수초들만 쳐다보고 있으려니까 눈꺼풀이 감길 지경이야."

크리스가 투덜거렸다.

"넓은 자연경관은 누구나 다 찍을 수 있어. 하지만 중요한 건 세부적인 거란 말이야! 항상!"

말은 그렇게 했지만 벤저민은 테이프를 고속으로 돌렸다. 드디어 파티 장면과 그들이 도착하는 장면, 무대 쪽에 있던 알렉스, 데비, 숲속으로 사라진 크리스, 율리아 그리고 데크 위에 앉아 있는 로버트가 나왔다.

그다음 율리아가 기다리던 그 장면이 나왔다. 보트하우스, 율리아와 데이비드, 댄스 플로어, 바글거리는 인파. 드럼통 위로 올라서는 톰, 혼자 있는 로버트, 나무, 나무, 나무, 물, 물, 물. 학교로 가는 길. 율리아는 처음 보자마자 눈에 띄었던 바로 그 장면이 곧 나오기를 기대하며 화면에 집중했다. 다리.

바람이 전혀 불지 않는데도 호수에 물결이 일고 있었다.

"너 저때 벌써 술을 꽤 마셨었나봐. 화면의 움직임이 굉장히 굼뜨네."

벤저민은 대꾸하지 않았다.

율리아는 아주 사소한 장면들까지 놓치지 않으려고 애썼다. 그러다가 갑자기 소리쳤다.

"저거야! 멈춰!"

율리아가 벌떡 일어나자 크리스가 스크린을 응시했다.

"대체 뭐가 이상하다는 거야?"

"너희들 눈엔 안 보여? 저기 다리 뒤편 호숫가! 벤저민, 혹시 저 부분 확대해볼 수 있어?"

"거긴 물밖에 없잖아!"

크리스가 말했다.

"그거야."

율리아의 목소리가 커졌다.

"바로 그거!"

그녀는 세 걸음 앞으로 다가가선 뭍에 인접해 있는 물가에서 보글보글 올라오고 있는 기포를 가리켰다.

"그게 뭐?"

"아직도 모르겠어? 바로 이 앞 장면에서만 해도 수면은 아주 잔잔했잖아, 안 그래?"

"맞아."

벤저민은 미간을 찌푸렸다.

"그런데 이 기포가 왜 갑자기 올라온 걸까? 왜 물이 갑자기 소용돌이를 일으키는 거냐고. 이상하잖아."

"율리아 말이 옳아."

크리스가 황당한 표정으로 위를 올려다보았다.

"저긴 바로 우리가 안젤라 파인더를 발견한 곳이야. 기억나지? 한번만 더 앞으로 돌려봐, 벤저민."

"그리고 시간을 잘 봐!"

율리아가 말했다.

동영상은 처음부터 다시 재생됐다. 물은 소용돌이를 일으키다가 아주 서서히 가라앉았다. 10:10, 10:11, 10:12, 10:13.

이젠 조금씩 작아지는 원밖에 보이지 않았다. 10:14, 10:16.

"잠깐!"

율리아가 소리쳤다.

"1초가 사라졌어."

한동안 침묵이 흘렀고 크리스가 입을 뗐다.

"이런 일이 가능해, 벤저민?"

"누군가 그 부분을 삭제해버렸어."

크리스와 율리아는 서로를 빤히 쳐다보았다.

"그게 그렇게 간단한 일이야?"

크리스가 다시 묻자 벤저민은 고개를 갸웃거렸다.

"영상 기술에 대해 조금만 알면 가능하긴 해."

그는 짤막하게 대답하며 어깨를 으쓱했다.

"그런데 어차피 칩은 도둑맞았었는데, 저런 수고를 왜 했지?"

"글쎄."

율리아는 머리카락을 쓸어 올렸다. 비밀에 한발 다가선 느낌이 들어 불안한 마음에 서성거리기 시작했다.

"저게 무슨 뜻인지 알겠어? 안젤라의 죽음을 암시하는 증거가 있었다는 거야! 이 영상에 틀림없이 뭔가가 있었어. 누군가 여기서 1초, 단 1초 분량을 잘라내는 수고를 할 수밖에 없었던 뭔가가 있었다고."

그녀는 영상을 보기 전까지 짜릿한 환희를 느끼고 있었다. 몸속의 아드레날린이 막 파티를 열 준비를 하고 있었는데 그것이 한순간에 좌절되어버렸다.

"쳇, 이젠 아무 소용 없잖아. 증거가 날아가버렸으니."

크리스가 침울한 목소리로 말했다.

***

남자 기숙사에서 시끄럽게 웅성거리는 소리가 들렸다. 그리고 곧 샴페인 마개 열리는 소리가 났다.

크리스와 율리아 그리고 벤저민이 막 현관문을 열고 들어오는데 주방에서 데비가 나왔다.

"그 소식 들었어? 드디어 끝이야. 경찰 수사가 종결됐대! 이젠 다시 예전처럼 돌아갈 수 있게 된 거지. 그래서 축하 파티를 하려고. 너희들도 막 부르러 가려던 참이야."

율리아는 주방 쪽을 흘낏 쳐다보았다. 거기에는 로즈와 데이비드, 카티 그리고 로버트가 종이컵에 거품이 흘러넘치도록 샴페인을 붓고 있었다.

"다행이다!"

로즈가 느긋하게 율리아에게 손짓을 했다.

"뉴스랑 신문이 온통 안젤라 파인더 이야기를 떠들어대는 통에 우리 부모님이 날 데리러 오시겠다고 했었어, 집으로 돌아가자고. 우리 빼곤 온 세상이 이 사건에 대해 다 알고 있었던 거야."

로즈의 파란 눈동자가 어두워졌다.

"하지만 상관없어, 난 어차피 집에 돌아가지 않았을 테니까."

율리아는 로버트와 눈짓을 주고받았다. 주방에 있던 사람들은 로버트만 빼곤 하나같이 모두 들떠 있었다. 물론 로버트 역시 율리아만큼이나 경찰들이 돌아갔다는 사실에는 마음을 놓았겠지만 수수께끼가 아직 풀리지 않았다는 사실 또한 여전히 마음을 짓누르고 있었을 것이다.

망할 놈의 필름! 벤저민이 그걸 처음 보여줬을 때 좀 더 신경 써서 봤더라면 좋았을 걸!

"자, 네 거 여기 있어!"

로즈가 종이컵을 율리아에게 내밀었다.

그녀는 무의식적으로 컵을 받았다. 그런데 그 순간 벤저민이 주방으로 들어오는 걸 보았다. 그의 손에는 노트북이 들려 있었다. 아마도 방으로 그 노트북을 가지러 갔었던 모양이었다. 떠들썩한 주변 분위기에도 전혀 신경 쓰지 않고 벤저민은 테이블에 앉아 노트북을 열고 인터넷을 연결했다.

그 순간 알렉스가 문틈으로 고개를 내밀고 호기심 어린 눈빛으로 쳐다보며 물었다.

"파티라도 하는 거야?"

"네, 파티요!"

데비가 호들갑스럽게 소리치며 그를 안으로 끌어들이더니 알렉스의 손에 유리잔을 쥐여주었다. 그가 다정하게 웃으며 고맙다고 말하자 데비는 귀까지 빨개졌다.

율리아는 그런 데비를 한심하게 여겼지만 내색하지 않으려고 애썼다. 데비가 알렉스에게 대놓고 추파를 던지는 꼴이 차마 눈뜨고 봐줄 수 없을 지경이었다. 게다가 알렉스도 자신을 찬양하는 데비의 태도에 민망해하기는커녕 오히려 우쭐해했다. 율리아는 미스터 플로리다가 데비 같은 여자의 찬양을 필요로 할 거라곤 전혀 생각하지 못했다.

데이비드가 벤저민에게 샴페인이 든 종이컵을 내밀었다. 그런데 벤저민이 실수로 그걸 치는 바람에 식탁 위로 샴페인이 모두 쏟아져버렸다.

"야, 너 왜 그래?"

데이비드가 물었다.

"너희들은 모두 내가 어수선하고 정신없는 애라고 생각하겠지만 나도 내 일에 있어서만큼은 철저한 원칙주의자라고."

벤저민이 구시렁거렸다.

율리아가 벤저민을 위로하려고 그쪽으로 몸을 기울였다. 그러자 크리스가 예민하게 반응했다.

"그게 무슨 뜻이야?"

"내가 찍은 모든 비디오 자료들은 인터넷에 저장되어 보안으로 잠금 설정이 되어 있단 말이지. 그건 캐나다의 로열뱅크 세이프도 못 건드려."

"그래서 어쨌다는 거야? 빨리 결론부터 말해."

"다시 말해서 나한테는 조작되기 이전의 영상이 남아 있다는 거야. 그건 아무도 풀 수 없으니까."

벤저민이 거만하게 고개를 끄덕였다.

"빙고! 여기 있다. 2010년 5월 13일 보트하우스."

그제야 다른 이들도 그사이 문제가 있었다는 걸 눈치챘다.

"지금 무슨 얘기를 하는 건지 좀 알아들을 수 있게 말해봐."

데이비드가 조바심을 냈다.

"누가 왜 내 카메라를 망가뜨리고 그 안에 있던 메모리 칩을 조작했는지 그 이유를 알아냈다고. 그건 안젤라 파인더의 죽음이 우연이 아니라는 증거이기도 해. 그래, 그 모든 게 내 비디오 안에 들어 있어!"

율리아는 이마를 찌푸렸다.

왜 이런 자리에서 모든 걸 말해버리는 거지? 혹시 이 중에 안젤라의 죽음과 관계있는 사람이 있으면 어쩌려고.

그녀는 의심스러운 눈초리로 카티를 슬쩍 쳐다보았다. 그녀는 창틀에 기대서 샴페인을 홀짝거리고 있었다. 그러니까, 이 모든 일이 자신과는 아무 상관 없다는 듯이 행동하고 있었다.

그 무관심은 꾸며낸 건지 아니면 카티의 원래 모습인지 판단하기가 어려웠다.

그런데 벤저민은 뭐지?

갑자기 율리아는 이런 생각이 들었다.

혹시 자기가 바로 그 사람이기 때문에 일부러 더 예민한 반응을 보이는 건 아닐까? 식당에서 안젤라와 싸웠을 때도 좀 과하다 싶었는데.

게다가 학보사 면접이 있던 날, 벤저민은 안젤라 파인더에게 무슨 모욕을 당했는지 몹시 분개하면서 사무실을 나갔었다. 그는 비디오 전문가일 뿐만 아니라 컴퓨터도 그 누구보다 잘 다루었다. 안젤라처럼. 혹시 두 사람 사이에 어떤 관계가 있었던 건 아닐까? 다른 한편으론 벤저민보다 더 확실한 알리바이를 갖고 있는 사람은 없었다. 너무 확실했다. 그는 파티장을 잠시도 벗어나지 않았다. 그가 만든 그 영상이 바로 가장 유력한 증거물이었다. 따라서 벤저민은 안젤라 파인더의 살인자일 수 없었다.

하지만 왜 좀 더 신중할 수 없는 거야? 우리가 알고 있는 걸 모든 사람들에게 떠벌리는 게 과연 잘하는 짓일까?

"율리아가 알아낸 거야."

벤저민이 마침 설명하고 있었고 다른 이들은 입을 벌린 채 멍하니 듣고 있었다.

"율리아만 유일하게 파티에서 찍은 동영상의 일부가 잘려

나간 걸 눈치챘어."

"하지만 왜 영상을 조작한 걸까?"

로즈가 눈을 크게 뜨고 물었다.

"벤저민의 말을 끝까지 들어보는 게 어때?"

카티가 불쑥 끼어들었다.

"누군가 영상의 일부를 잘라냈어. 시간상으로 본다면 겨우 1초야, 1초. 그건 모르는 사람이 보면 거의 눈치챌 수 없을 만큼 아주 짧은 부분이지. 하지만……."

벤저민이 손가락으로 노트북을 톡톡 쳤다.

"원본이 여기 있어."

"뭘 기다려?"

크리스가 말했다.

아홉 명이 동시에 노트북 위로 고개를 숙였다.

다시 파티의 첫 장면으로 돌아갔다. 보트 데크에 있는 로버트, 오디오 뒤의 알렉스, 로즈, 데이비드 그리고 율리아, 숲으로 걸어가고 있는 크리스, 그들 쪽으로 오고 있는 데비. 풍경, 호수, 산, 통화 중인 알렉스. 침울한 표정의 크리스. 카메라에 대고 헉헉거리고 있는 이케.

이런저런 장면들이 어지럽게 지나갔다. 어떤 특별한 것도 보이지 않았다. 하지만 그 이면에선 분명 어떤 끔찍한 일이 벌어지고 있었고 그들은 그 정체를 밝히려 하고 있었다.

"지금부터 잘 봐."

벤저민이 중얼거리며 키보드 몇 개를 눌렀다. 그러자 장면이 평균 속도로 지나가기 시작했다.

아홉 명 모두 뭐에 홀린 사람처럼 노트북 화면에 집중했다. 율리아는 마음속에서 또다시 저항감이 느껴졌다.

여긴 사람이 너무 많아!

이론상으론 안젤라의 죽음에 수백 명이 관여돼 있을 수도 있지만 어쨌거나 율리아는 느낌이 개운하질 않았다.

그녀는 화면을 쳐다보았다.

수면 위에 소용돌이가 일더니 서서히 잠잠해졌다. 10:10, 10:11, 10:12, 10:13. 여전히 점점 더 작아지는 원밖에 보이지 않았다.

10:14, 10:15.

"저거야."

크리스가 낮은 목소리로 말했다.

"저 부분 확대해줄 수 있어?"

원 안에 뭔가가 보였다.

모두 경악한 표정으로 그 장면을 지켜보았다.

"그냥 나뭇가지일 수도 있어. 호숫가 앞엔 나무들이나 뿌리, 나뭇가지들이 많잖아."

"좀 더 크게 안 돼?"

로즈의 말에도 아랑곳 않고 데이비드가 소리쳤다.

"안 돼, 이게 최대로 확대한 거야."

벤저민이 말했다.

하지만 사실 더 확대해볼 필요도 없었다. 화면을 오래 보고 있으면 있을수록 모두들 더 조용해졌다. 다 같이 석상이라도 된 것 같았다. 율리아는 온몸이 덜덜 떨렸다.

화면에 잡힌 건, 비록 흐리긴 했지만 물 위로 뻗은 손이었다.

눈처럼 흰 손.

수면 아래로 서서히 꺼져가는.

율리아는 구역질이 날 것만 같았다. 왜냐하면 그건 죽은 사람의 손이 아니라 죽어가는 사람의 손, 뭔가를 꽉 거머쥔 손이었기 때문이다.

물속에서

"제길!"

크리스가 말했다.

"네가 찍은 거야! 네가 진짜 안젤라 파인더가 죽어가던 장면을 찍었던 거라고!"

"하지만 난 몰랐어!"

대답하는 벤저민의 목소리가 쉬어 있었다. 율리아는 잠시 그가 울음을 참고 있는 게 아닐까 생각했다. 하지만 다음 순간 그는 기이하고도 신경질적으로 웃기 시작했고 좀처럼 진정될 줄 몰랐다.

"내가 살인 장면을 찍었어. 그러고도 전혀 몰랐다니. 제길! 이 사실을 우리 아버지가 아셨더라면! 나 아예 이 길로 나서

볼까? 쇼핑센터의 카메라 감시원 어때? 카메라만 있으면 뭐든 다 볼 수 있잖아. 여자들 치마 속도 찍고 진열장 안에다 몰래 오줌을 싸는 남자들도 찍고."

벤저민은 쉴 새 없이 떠들어댔다. 아마도 정신적인 충격을 이겨내기 위한 나름의 방법인 것 같았다.

데비는 히스테리 환자처럼 흐느꼈다. 그 소리에 결국 로즈도 인내심을 잃고 말았다.

"제발 그 입 좀 다물 수 없니?"

"안젤라 손에 뭔가 있어."

로버트가 무표정한 얼굴로 대화에 끼어들었다.

모두 다시 스크린을 들여다보았다.

그건 누가 봐도 사람의 손이라는 걸 분명히 알 수 있었다. 게다가 진짜로 뭔가를 꽉 거머쥐고 있었다.

"좀 더 선명하게 볼 순 없어?"

알렉스가 물었다.

"그러려면 이걸 실험실로 보내야 해요."

로버트가 침착하게 설명했다.

"저게 뭐든 경찰이 찾아냈을까? 혹시 누구 뭐 들은 사람 없어?"

카티의 질문에 모두 한결같이 고개를 저었다. 그러곤 마치 약속이나 한 듯이 알렉스 쪽으로 고개를 돌렸다. 하지만 알렉스도 모르겠다는 의미로 어깨를 으쓱할 뿐이었다.

"나도 너희들처럼 모르는 건 마찬가지야. 어쨌거나 학장님도 이번 일에 대해 분명한 입장을 밝히셨거든. 다른 학생들은 물론이고 우리들에게도 일절 이 일에 대해 언급하지 않겠다고 말이야."

"저걸 찾는 게 좋겠네."

카티가 조용히 말했다.

"어디서?"

로즈의 물음에 카티가 뭐라 말하기 전에 이미 모두 그 대답을 알고 있었다.

"호수 바닥."

"우리 중에 그런 미친 짓을 할 사람이 누가 있어?"

데이비드가 물었다.

"나."

카티가 담담하게 말했다.

카티가? 하필이면 왜? 특별히 찾는 거라도 있는 걸까? 다른 사람들이 찾기 전에 먼저 찾아야 할 증거물이라도? 아니면 괜히 다른 사람들을 부추기려는 건가?

하지만 그런 생각을 하다가 율리아는 문득 다른 사람들 눈엔 자기도 그렇게 보일지 모른다는 생각이 들었다. 자신을 드러내지 않는 사람들은 항상 의심을 사는 법이니까.

"안 돼!"

데이비드가 반대를 하고 나섰다.

"나도 호수에 거의 빠져 죽을 뻔했어. 넌 호수 안이 어떤지 상상도 못 할 거야."

"내가 뭘 하든 네가 상관할 일은 아니잖아."

카티는 태연하게 말했다.

"저 호수는 수심이 50미터가 넘는 곳도 있어. 넌 살아남지 못해."

"우리가 안젤라를 발견했었던 곳은 별로 깊지 않아. 기껏해야 10미터일 거야. 안 그랬다면 안젤라를 발견하지도 못했었겠지."

"저 호수는 좀 이상해. 수심이 변하거든. 게다가 수심 10미터당 압력이 1바씩 증가해. 다시 말해 그보다 압력이 더 커지면 위험하다는 뜻이야."

로버트가 설명했다.

"내 일은 내가 알아서 할게."

카티는 고집을 꺾지 않았다.

율리아는 그 눈빛에서 그녀를 말릴 수 있는 사람은 아무도 없다는 걸 알아챘다. 카티에게는 율리아를 감탄하게 만드는 뭔가가 있었다. 그것은 예전에 율리아가 자아와 함께 잃어버린 것이기도 했다.

"나도 같이 갈게."

율리아가 말했다.

"나도 예전엔 잠수를 꽤 했었거든."

로버트는 충격을 받은 표정으로 율리아를 쳐다보았다.

"너희들이 지금 계획하고 있는 일에 대해 난 책임 못 져. 이 사실을 학장님께 알리겠어."

알렉스는 안색이 창백해졌다.

"동맹 어쩌고 할 땐 언제고 지금은 또 꼰지르겠다고요?"

크리스가 비아냥거렸다.

"우린 선배들을 꼰지르지 않았어요. 그러니까 우리 계획에 대해서도 입 다물어요."

***

율리아의 결정은 즉흥적으로 내린 것이었다. 꼭 안젤라의 손에 있던 그 물체를 찾기 위해서만은 아니었다.

그랬다, 갑자기 어떤 극한의 행동을 해야 할 것만 같은 필요성을 느껴서였다.

그녀는 자신을 삶과 죽음의 사투에 내던져보고 싶었다. 그리고 예전에 잠수를 꽤 했었다는 말은 거짓이 아니었다. 그녀는 잠수 연맹의 일원이었고 국제 대회에도 참가한 적이 있었다. 그녀는 물속의 수압을 견뎌내기 위해 수년간 특별훈련을 받아왔었다. 비록 지금은 아니지만.

그들은 다음 날 아침 6시에 안젤라 파인더의 시체를 발견했던 다리 위에서 다시 만났다. 그 시간대라면 누군가로부터 목격당할 위험은 거의 없었다.

호수 아래로 내려가서야 율리아는 물속으로 잠수한다는 게 어떤 의미인지 깨달았다. 그곳의 수심은 카티의 말대로 10미터 정도밖에 되지 않았다. 하지만 그곳의 경사가 매우 급하다는 걸 간과하고 있었다. 낮은 수온에 천천히 적응할 방법이 없었다. 물에 발을 담그자마자 곧바로 온몸을 던져야 했다. 하지만 어제까지만 해도 물은 그다지 차지 않았다. 따라서 괜한 걱정을 하는 걸 수도 있었다.

율리아는 옆에 있는 카티를 힐끔 쳐다보았다. 그녀 역시 율리아처럼 트레이닝용 수영복을 입고 있었다. 차가운 새벽바람에 몸이 덜덜 떨렸다. 기온은 높아봐야 10도를 넘지 않을 것 같았다. 하늘은 구름이 잔뜩 껴 우중충했지만 구름 사이로 햇살이 비쳤다. 마치 오늘의 날씨를 화창하게 만들지 말지 고민이라도 하고 있는 것 같았다.

"진짜 자신 있어?"

크리스가 나지막이 물으며 율리아의 어깨에 손을 올렸다.

"응, 자신 있어!"

시선을 주고받자 크리스가 고개를 끄덕였다. 율리아는 자신을 말리지 않는 그가 왠지 고마웠다.

"이제 들어가자!"

카티가 먼저 물속으로 뛰어들었다.

율리아는 가슴이 뛰기 시작했다.

그녀도 곧 카티의 뒤를 따랐다.

어제의 경험에도 불구하고 율리아는 물이 아주 찰 거라고 예상했었다. 하지만 전혀 차갑지 않았다. 아니면 혹시 지난 몇 달간 고통에 둔감해진 걸까? 마치 방어층이 두꺼워지기라도 한 것처럼.

그녀는 다시 한 번 수면 위로 올라와 숨을 들이마신 후 눈을 감고 아래로 내려갔다.

고요함이 그녀를 감쌌고 냉기도 서서히 느껴졌다. 눈을 떴을 때 처음엔 아무것도 알아볼 수가 없었다.

그녀는 물고기처럼 유연하게 아래로 내려가기 시작했다. 그때 누군가가 그녀의 어깨를 잡았다. 카티의 눈이 놀란 듯 그녀를 쳐다보고 있었다.

율리아는 카티에게 고개를 끄덕여 보였다. 괜찮다는 신호였다. 그녀는 할 수만 있다면 '난 행복해!'라고 말하고 싶었다. 실제로 그랬으니까.

물속은 모든 게 달랐다. 너무 친숙했다. 조금은 집에 온 듯한 기분이랄까. 율리아의 잠수 기록은 2분 43초였다. 하지만 이번엔 그보다 훨씬 더 오래 견딜 수도 있을 것 같았다.

그녀는 주위를 둘러보았다. 호수 바닥은 경사가 심했다. 누군가 안젤라를 휠체어와 함께 물속으로 밀었다면 장애가 있는 그녀는 돌덩이처럼 그저 가라앉을 수밖에 없었을 것이었다.

그 생각을 하자 율리아는 머리가 어지러워졌다. 아니면 산

소가 부족한 탓이었을까?

집중해, 율리아!

팔다리를 좀 더 힘차게 젓자 곧 호수 바닥이 보였다. 수초도 물고기도 없었고, 대신 돌멩이들뿐이었다. 전체적으로 황량하고 우울하고 휑했다. 그녀는 산속 호수들의 바닥이 사막과 비슷하다는 걸 잠수 전문 서적에서 읽은 적이 있었다. 이곳도 마찬가지인 것 같았다.

율리아는 공기가 점점 희박해지는 걸 느꼈다.

당연하지. 뭘 바랐어?

잠수를 하지 않은 지 수개월이 지났다. 그녀는 다시 수면 위로 올라가야 하는 시간을 계산하면서 얼른 바닥을 스캔하듯이 훑었다.

오래된 페트병. 포장지 한 개.

그런데 카티는 어디 있지? 벌써 숨을 쉬러 위로 올라갔나?

율리아는 계속해서 찾았다.

여기 분명 뭔가가 있을 거야! 안젤라의 흔적이!

가슴이 죄어들고 숨쉬기가 점점 더 힘들어지는 걸 느끼면서도 그녀는 포기하지 않았다.

그 순간 누군가가 위에서 그녀의 팔을 잡아당겼다. 율리아는 팔을 뿌리쳤다.

진실을 찾아야 해! 이 일을 샅샅이 파헤쳐야 한다고!

율리아는 바위를 더듬다가 무심코 돌덩이 사이에 손을 집어넣었다. 그런데 뭔가가 잡혔다.

목걸이?

율리아는 그 물체를 끄집어내려 했지만 돌멩이에 걸려 나오질 않았다. 그녀는 다시 한 번 잡아당겼다. 목걸이가 어딘가에 걸려 있었다. 그녀는 있는 힘을 다해 다시 한 번 잡아당겼고 드디어 목걸이를 손에 넣었다. 안젤라가 언젠가 잃어버린 물건이 틀림없어 보였다. 율리아는 아무 생각 없이 목걸이를 수영복 속에 집어넣었다.

카티가 다시 율리아의 어깨를 잡았지만 율리아는 이번에도 뿌리쳤다.

왜 뿌리친 걸까?

율리아도 자기 자신을 이해할 수 없었다. 스스로 통제할 수 없는 뭔가가 있었다. 마치 자신이 원하는 데에 도달한 것 같은 느낌이랄까. 물속에선 거짓말을 할 필요도, 자신을 속일 필요도, 또 자신에게 뭔가를 기대하는 사람들의 얼굴을 볼 필요도 없었다. 마치 고통스러웠던 시간이 지나간 것처럼, 마치 이젠 그냥 놔버릴 수 있을 것처럼.

어쩌면 안젤라도 여기서 죽은 게 그리 나쁘지 않았을지도 몰라.

사실 익사는 그리 끔찍한 죽음은 아니지 않을까? 어쩌면 죽음 그 자체는 흔히 말하듯 무시무시한 게 아니라 지금 느끼는 바로 이런 방식의 평화가 아닐까?

율리아는 서서히 팔다리에 힘이 풀리는 걸 느꼈다. 몸이 둥둥 떠 있는 느낌. 그녀는 지난 몇 달간 안간힘을 쓰며 쥐고 있었던 어떤 것을 놔버렸다. 결코 돌아오지 않을 어떤 것을.

그녀의 과거.

엄마.

아빠.

그리고 충격.

율리아는 누군가 자기를 끌어당기고 있다는 걸 알았다. 부르는 소리, 비명. 물 위로 끌어올려지는 느낌. 그녀는 뿌리치지 않았다. 눈을 감았는데도 강렬한 햇빛에 눈이 부셨다. 그녀는 생각했다. 이건 모두 꿈이라고.

그녀를 부르는 목소리가 들렸다.

"숨 쉬어! 제길, 숨을 쉬란 말이야, 율리아!"

누군가 율리아의 상체를 짓이기듯 누르고 있었다. 갈비뼈가 마디마디 부러질 것처럼 아팠다.

"숨을 쉬어야 해!"

뭣 하러?

율리아의 머리가 뒤로 젖혀지고 입이 벌려지더니 낯선 이의 입술이 닿았다. 그 입술은 딱딱했고 단호했다. 다음 순간 공기가 쓰나미처럼 온몸을 훑고 지나갔고 마침내 그녀는 눈을 떴다. 그리고 자신을 누르고 있던 사람이 데이비드라는 걸 알았다.

그는 몹시 화가 난 듯 보였다!

"너 미쳤어?"

목소리들, 얼굴들. 율리아는 어떤 목소리가 누구의 것인지 확실히 구분할 수가 없었다.

"무슨 짓이야? 4분! 물속에 4분이나 있었다고! 일부러 죽으려고 그랬던 거야?"

로버트의 창백한 얼굴과 안경알 너머의 큰 눈이 시야에 들어왔다. 슬픔과 경악이 뒤엉킨 오묘한 표정에 율리아는 충격을 받았다. 그리고 또 하나의 충격.

로버트는 알고 있었다.

그는 자신의 누나가 왜 그리 물속에 오래 있었는지 알고 있었다. 잠시였지만, 아주 잠시 동안 흔적도 없이 분해되어 호수 바닥에서 쉬고 싶어 했었다는 걸.

"난…… 괜찮아."

그녀가 더듬거리며 말했다. 하지만 숨을 들이마시려고 입을 벌리자 이가 저절로 딱딱 맞부딪혔다. 몸도 사시나무처럼 떨렸다.

"괜찮아, 정말이야. 저 아래서 아무 문제도 없었어, 전혀."

로버트의 눈빛만 보고도 율리아는 그가 자신의 말을 전혀 믿지 않는다는 걸 알 수 있었다. 하지만 그는 아무 말도 하지 않았다. 반면 데이비드는 계속 저주의 말을 퍼부었다. 정확히 말하자면 그는 이렇게 말하고 있었다.

"이 빌어먹을 계곡과 호수!"

그는 마치 율리아가 자신의 생명을 위태롭게 했던 그 순간에 대한 책임이 모두 자연에게 있는 것처럼 저주를 퍼부었다.

"어떻게 됐어? 그 아래에서 뭐 찾아낸 거 없어?"

데비만이 율리아가 죽을 뻔한 상황에서도 태연했다.

율리아는 여전히 폐 속으로 충분한 공기가 들어가도록 정신을 집중하면서 고개를 저었다. 그러다가 수영복 안에 있는 목걸이가 떠올랐다. 작은 펜던트가 달린 목걸이.

"이것밖에 없던데."

카티가 작게 말했다. 손에 톱니처럼 특이하게 생긴 금속 물체를 들고 있었다.

"그게 뭐야?"

"등산용 아이젠."

카티가 환하게 웃었다. 기분이 좋아 보였다. 카티를 알게 된 이후로 그런 모습은 처음이었다.

그때까지 아무런 말도, 반응도 보이지 않은 건 크리스뿐이었다. 그는 조금 옆에 떨어져 앉아 두 손으로 얼굴을 가리고 있었다. 율리아는 어깨 너머로 그가 있는 쪽을 보았다. 바로 그 순간 그가 고개를 들었다. 그의 눈이 어두웠다. 아니, 거의 검었다.

***

나중에 어떻게 왔는지도 모르게 학교로 돌아온 율리아는 로비에 있는 공중화장실로 달아났다. 아침에 호수 밑에서 뭘 겪고 느꼈는지는 아무에게도 말할 수가 없었다. 그녀는 가능한 한 평소처럼 행동하려 노력했고 자신이 그러기 위해 무진장 애를 쓰고 있다는 걸 다른 사람들이 모르길 바랐다. 하지만 그녀가 4분이 넘도록 물속에 있었다는 것에 대해 감탄하는 말을 들을 때마다 몹시 힘들었다.

그녀는 목걸이를 응시했다.

은 펜던트는 제법 묵직했다.

일주일이 넘도록 물속에 있었다는 걸 알아볼 만한 흔적은 전혀 없었다.

왜 그걸 아무에게도 보여주지 않았는지에 대해선 율리아 자신도 설명할 수 없었다. 아니, 사실은 그 이유를 알고 있었다. 로버트를 제외하고는 대학에 있는 어느 누구도 믿을 수 없기 때문이었다. 진짜 제대로 믿을 수 있는 사람이 없기 때문이었다.

하우스메이트들이나 다른 신입생들, 그리고 상급생들은 더더욱 그랬다. 떠나기 전 그녀는 아무도 믿어선 안 된다는 말을 귀에 못이 박히도록 들었다.

그러니까 크리스도?

그래, 크리스도.

아무래도 그와 너무 가까워졌어.

너무.

그녀는 숨을 깊이 들이마시곤 펜던트를 열었다. 기적처럼 펜던트 안에는 물이 한 방울도 스며들지 않았다. 펜던트 안은 멀쩡했다. 그녀는 며칠간 물속에서 멀쩡하고 안전하게 살아남은 펜던트 안의 검은 물체를 빼냈다.

처음엔 그게 뭔지 전혀 알 수가 없었다. 하지만 곧 깨달았다. 그녀의 손에 든 검은 물체는 여태껏 본 것 중 가장 작은 USB 메모리였다. 그뿐만이 아니었다. USB 메모리는 인조 보석으로 장식되어 있었다.

패스워드

미러 호 밑바닥까지 잠수해 들어갔던 일은 율리아에게 적지 않은 후유증을 남겼다. 일요일 저녁 율리아는 목이 따끔거리고 아파서 침대에 누워 있어야 했다. 온몸이 으슬으슬 추웠고 묵직했던 관자놀이는 다음 날 새벽이 되자 쿡쿡 찌르는 두통으로 변했다.

조짐이 좋질 않아.

오전 8시쯤 문 두드리는 소리가 들리더니 크리스가 들어왔다. 그는 의자에 앉지 않고 침대 맡에 잠자코 서 있었다. 그의 회색빛 눈동자가 침통하게 그녀를 응시했다.

"같이 영화 감상실 갈래?"

"아니, 피곤해."

그녀가 대답했다.

"오늘은 쉴래. 어제 좀 무리했나봐."

와! 난 역시 대단해. 이런 상황에서도 웃는 얼굴을 보일 수 있다니.

하지만 크리스는 별다른 반응을 보이지 않았다. 그러더니 입술에 힘을 주곤 씹어 뱉듯이 말했다.

"다신 그런 짓 하지 마."

거의 협박이나 다름없었다.

"뭐라고?"

율리아는 그 말뜻을 잘 알면서도 물었다.

"네 목숨 갖고 장난치지 말라고."

"알았어. 그런 짓 안 해. 내가 바보인가, 뭐."

그녀가 대답했다.

"글쎄. 내가 보기엔 그런 것 같은데?"

"그렇게 말해줘서 고마워!"

율리아는 또다시 명랑하고 새침한 척 연기를 했다. 하지만 이번엔 완전히 실패했다. 쉰 듯한 불안정한 고음 때문에 오히려 처량하게 들렸던 것이다.

"물속에서 그렇게 오랫동안 뭐했어?"

크리스는 면도를 안 한 까슬까슬한 턱을 쓸며 물었다.

"시계가 없어서 몇 분이나 지났는지 몰랐어. 게다가…… 참, 너 면도해야겠다."

"지금 그 얘기를 하던 게 아니잖아."

그의 얼굴이 '화제 돌리지 마'라고 말하고 있었다.

좋아!

지금 표면으로 드러나 있는 것은 분명 율리아의 예전 자아였다. 아마도 자신의 진짜 자아를 억누른 채 실제로 되어본 적이 없는 다른 사람의 역할을 영원히 해낼 순 없는 것 같았다. 방금 전 그 모습은 다른 사람이 조롱하면 그냥 참는 대신 반박하고 오히려 상대방을 약 올리곤 했었던 율리아의 예전의 자아가 틀림없었다. 결코, 한 번도 율리아는 자신감 없는 모습을 다른 사람에게 들켜본 적이 없었다.

"남자들의 경우 수염이 갑자기 자라는 건 스트레스를 받고 있다는 신호라던데, 네 생각도 그래? 여드름처럼 말이야. 테스토스테론이 갑자기 많이 분비되어서인가?"

율리아가 놀리듯이 물었다.

"그만해, 율리아!"

크리스가 주먹을 불끈 쥐며 말했다. 하얀 손목에 퍼렇게 선 핏줄이 보였다.

"제발 연기 좀 그만하라고!"

그의 갑작스러운 분노에 율리아는 깜짝 놀랐다. 그는 마치 그녀의 생각을 읽기라도 한 것처럼 입술에 힘을 주고 이렇게 말했다.

"넌 입을 열 때마다 거짓말만 하고 있어. 뭔가를 숨기기 위해서겠지. 넌 날 믿지 못하는 거야. 네 말, 네 행동들 그리고 너의 눈빛, 모든 게 증명하고 있어."

그녀는 그를 빤히 쳐다보았다. 심장이 오그라드는 것 같았다. 그녀는 눈빛과 표정으로 자신의 마음을 드러내려고 애썼다. 마음 같아선 '나도 널 믿고 싶어'라고 소리치고 싶었다.

내가 뭘 원하는지는 전혀 중요하지 않아! 내가 널 믿으려면 너 역시도 날 믿을 수 있는 근거가 있어야 하잖아! 하지만 그건 불가능해. 왜냐하면 내 삶 자체가 몽땅 거짓이니까.

그녀가 무슨 생각을 하고 있는지 그는 알아챘을까?

그녀가 가진 절망감을 그는 느꼈을까?

모든 걸 마음으로 얘기하고 싶은 그녀의 소원을 감지했을까?

한순간의 침묵. 기다림. 마치 똑딱거리는 시계가 앞으로의 사건을 결정해주기라도 하듯.

"제발 나한테 말해줘."

갑자기 그가 속삭이는 목소리로 말했다. 그는 그녀의 침대 곁에 무릎을 꿇고 앉아 그녀의 뺨을 쓰다듬었다.

율리아의 눈에서 눈물이 흘렀다. 그녀는 얼굴을 벽 쪽으로 돌리곤 고개를 저었다.

그가 일어서는 소리가 들렸다.

"알았어. 그렇다면 여기 더 있을 이유가 없겠네."

문 쪽으로 걸어가는 그의 발소리가 들렸다. 그러더니 잠시 멈췄다. 그녀의 마음이 바뀌기를 기다리기라도 하는 것처럼.

"크리스!"

율리아가 다시 그를 향해 돌아누워선 꽉 잠긴 목소리로 그를 불렀다.

"응!"

그는 기대에 찬 눈빛으로 그녀를 바라보았다.

실망시켜서 미안해.

"노트북 좀 빌려줄 수 있어?"

이제 그는 그녀를 때리거나 아니면 아무 말 없이 이 방에서 나간 뒤 다시는 그녀를 상대하지 않을 것이었다. 그런다 해도 그녀는 원망할 수 없었다.

"내 방에 있어."

그의 목소리에는 어떤 감정도 묻어 있지 않았다.

어쩌면 사랑이란 상대방이 거짓말을 하는 줄 알면서도 믿어주는 것일 테다.

율리아는 크리스를 바라보았다. 그의 시선 역시 그녀를 향해 있었다.

"고마워."

그녀가 작게 말했다.

"내 패스워드가 뭔지 궁금하지 않아, 율리아?"

그가 물었다.

***

그날 밤도 그레이스 계곡의 여느 밤과 다름없이 적막했다. 고스트 산봉우리 위로 달이 높게 떠 있었고 자연은 실제 같지 않은 검푸른 빛 속에 잠겨 있었다. 율리아는 밤의 냄새를 맡을 수 있었다. 그건 숲과 흙, 물의 냄새였다. 그리고 안젤라 파인더의 죽음의 냄새.

율리아는 떨었다.

율리아가 본 중 가장 어두운 밤이었고 또 하늘의 별이 가장 아름다운 밤이기도 했다. 산들이 바람 한 점 없는 고요한 한밤 호수 위에 떠 있었다. 초승달이 떠 있었고 별들도 반짝거렸다. 까만 하늘에 깨알처럼 작은 다이아몬드. 고스트 산 위에는 은하수가 넓게 펼쳐져 있었고 카시오페이아자리와 그 오른쪽으로 페가수스자리도 보였다. 별자리들 중에는 일정한 간격으로 밝기가 바뀌기 때문에 악마의 별 또는 사막의 악령이라 불리는 알골이란 별도 있다고 로버트가 설명해준 적이 있었다.

저 위 어딘가에서 누군가는 그녀의 운명을 예견할 수 있을지도 모른다. 그는 그녀의 운명을 결정할 수도 있을 것이다. 하지만 그녀의 과거는 그녀의 것이었고 그녀 자신이 지켜내야만 했다.

율리아는 계곡에 온 후 처음으로 이런 적막감을 알게 되었다. 어릴 때 그녀는 늘 빌딩들이 군집해 있는 도시에서 살았었고 교통 체증과 술 취한 거지들, 도로를 질주하는 소방차들, 경찰차의 사이렌 소리, 잦은 파티에 익숙했었다. 쿵쿵거리는 1970년대의 록 음악. 가끔 거리에 있는 나무 몇 그루를 제외하곤 식물은 찾으려야 찾아볼 수 없는 곳. 어쩌면 그 나무들조차 인조 나무일지도 몰랐다. 어쨌거나 그 나무들은 1년 내내 색깔이 거의 변하지 않았으니까.

그래, 인조 나무였을 것 같아.

아, 동물들도 있었지! 중성화된 개들과 길고양이들.

곰곰이 생각해보면 그녀의 고향이었던 그 도시를 실제로 지배했던 것은 자동차들이었던 것 같았다.

"생각이란 완결되는 것이 아니라 진행되는 과정이란다. 따라서 그 방향을 조종하는 법을 배워야 해."

율리아의 아빠는 늘 이렇게 말하곤 했었다.

"넌 너무 감성적이야."

엄마는 또 "로버트를 잘 돌보렴"이라고 했었다.

부모님은 두 분 다 돌아가셨다. 하지만 남매는 아빠가 어떤 일에 연루되어 있었는지 전혀 몰랐다. 그저 엄마는 아빠가 정당함을 위해 목숨을 걸었을 뿐이라고만 했다. 하지만 그로 인해 가족들까지 목숨의 위협을 느껴야 했다. 아빠는 단 한 번도 그 일에 대해 가족들에게 동의를 구하지 않았다.

빌어먹을! 왜? 왜? 왜?

율리아는 갑자기 눈물이 쏟아졌다. 과거는 이리도 짧게만 느껴지고 빙하는 어둠과 함께 너무나 천천히 녹아내린다.

율리아는 벌떡 일어났다. 방으로 들어가 발코니 문을 닫았다. 그와 함께 어둠도.

영화를 보러 모두 아래층으로 내려갔는지 확인해보려고 율리아는 거실로 나갔다. 하우스메이트들의 방에선 아무 소리도 들리지 않았다. 그럼에도 불구하고 이상한 긴장감이 느껴졌다.

1층으로 내려가는 길에 율리아는 복도 끝에서 바람이 불어오는 걸 느꼈다. 너덜너덜한 카펫이 깔린 갈색 바닥들이 예전보다 더 낡아 보였다. 시대에 뒤떨어진 것 같아 보였다. 혹은 그 반대로 과거의 일부가 현재까지 계속되고 있는 건 아닐까?

율리아는 얼른 크리스의 방에서 노트북을 갖고 나와 자기 방으로 돌아갔다. 그녀는 전등 대신 책상 앞에 달린 스탠드만 켰다. 그리고 노트북을 열어 전원 버튼을 눌렀다.

그녀는 로버트와 달랐다.

어떤 문제를 캐기 위해 서른 권이나 되는 브리태니커 백과사전 속 지식을 모두 끄집어내는 게 로버트에게 있어선 삶의 가장 큰 즐거움이었다. 하지만 율리아는 늘 애써 잊어버리고 생각하지 않는 데 익숙해 있었다. 그래서 사실은 지금도 고물 같은 노트북이 부팅되길 기다리기보단 차라리 달아나고 싶었다.

게다가 머릿속에 오만 가지 생각들이 떠올랐다.

지금 이 짓을 대체 왜 하는 건지.

호수 밑바닥에서 무엇을 발견했는지 왜 아무에게도 말하지 않았던 걸까.

다음 순간 스크린의 약한 불빛이 방을 밝혔고 그녀는 말없는 기술의 고요한 무생명력 앞에서 몸을 떨었다.

두 손이 덜덜 떨리고 진땀이 났다. USB 메모리를 꽂는 자리를 찾는 데도 한참이 걸렸지만 그걸 꽂는 데는 더 오랜 시간이 걸렸다.

그리고 마침내 실행 시스템이 열렸다.

불과 이삼 초 만에 패스워드를 입력하라는 메시지가 떴다. 율리아는 패스워드를 입력했다.

'율리아 프로스트.'

사라진 증거

율리아의 눈은 노트북 화면에 고정되어 있었다. 인조 보석으로 장식된 USB 메모리에 저장되어 있는 정보를 알아내기까지는 몇 초 걸리지 않았다.

안젤라 파인더는 지구 상에 존재하는 그 어떤 비밀 조직들보다 더 악랄했다. 그리고 그 어떤 사설탐정보다 더 수단이 뛰어났고 독일의 비밀 요원들보다 더 치밀했으며 CIA보다 더 교묘했다.

USB 메모리에는 대학 전체의 데이터 뱅크가 담겨 있었다. 모든 교사와 직원들, 학생들의 신상 정보가 다 들어 있었던 것이다. 심지어 학장인 발덴의 정보까지.

목록은 한눈에 알아보기 쉽게 정리되어 있었다.

17번 방갈로: 사야카 키투브, 안젤라 파인더, 엘리자 우드.
213호 기숙사: 카티 베스트, 데보라 빌더, 로즈 가드너, 율리아 프로스트.

이미 예상했던 건데도 율리아는 자신의 이름을 보자 심장이 얼어붙는 것만 같았다.

한동안 율리아는 가만히 앉아 화면만 응시했다. 그녀는 마우스를 향해 천천히 손을 뻗는 자신을 지켜보았다. 그리고 자기 이름에 커서를 갖다놓고 가운데 손가락으로 클릭하는 자신을 지켜보았다. 프로그램이 작동해서 데이터가 열리기까진 수만 년이 걸릴 것 같았다. 그녀는 마비된 듯 꼼짝도 하지 않고 그 페이지를 응시했다.

화면에 나타난 건 율리아의 과거 사진이 담긴 앨범이었다. 율리아의 부모님이 살던 집. 그녀의 사진들, 가족사진. 그녀 혼자 찍은 독사진. 로버트. 베를린에 위치한 그녀가 다녔던 학교. 그녀가 참가했던 잠수 대회에 관한 신문 기사. 성적표들.

분명 다 없앴다고 확신했었는데. 경찰은 다시는 누군가 그들에게 접근하지 못하도록 하겠다고 율리아에게 약속했었다.

하지만 아빠가 늘 경고하지 않았던가? 아빠는 항상 일단 인터넷에 올린 정보는 절대로 소멸되지 않는다고 거의 협박에 가까운 주의를 주곤 했었다. 그런데 그녀는? 아빠의 말을 진지하게 받아들이지 않았었다.

갑자기 속이 울렁거렸다. 위가 뒤집힐 듯 경련이 일어났다. 눈앞이 아득해졌다. 아슬아슬하게 겨우 화장실로 달려가 변기에 머리를 박은 채 게워내고 또 게워냈다.

사진을 보는 동안 그녀를 엄습한 것은 억누르고 있던 기억에 대한 두려움이었다. 그녀는 쓰디쓴 위액이 나올 때까지 가슴속 깊은 곳에 있는 것까지 모두 쥐어짜냈다.

그리고 부들부들 떨면서 타일 벽에 기진맥진한 채 기대섰다. 그리고 잠시 아무 생각도 하지 않았다.

하지만 곧 다시 기억이 되살아났다. 노트북이 떠올랐다. 그리고 USB 메모리에 저장되어 있던 것도. 그녀는 일어나 세면대에서 얼굴을 씻고 칫솔로 가볍게 이를 닦은 후 후들거리는 다리로 주방에 들어가 냉장고에서 물을 꺼냈다.

바로 그 순간 무슨 소리가 났다. 아주 작고 조용한 소리였지만 율리아는 복도로 나가는 문을 조심스럽게 닫는 소리라는 걸 금세 알아차렸다.

그녀는 단숨에 주방에서 나왔다. 현관에는 아무도 없었다. 현관문을 열었다. 문 너머로 어둠 속에 긴 복도가 있었다. 하지만 사람의 그림자는 보이지 않았다.

작게 벨 소리가 들렸다.

엘리베이터!

율리아는 재빨리 달려갔지만 이미 늦었다. 모퉁이를 도는 순간 문이 닫혀버린 것이었다. 커다란 숫자가 층수를 나타내고 있었다. 3, 2, 1, 0, B1, B2.

율리아는 다시 방으로 돌아갔다. 방에서 들려오는 유일한 소리는 크리스의 노트북에서 나는 기계음뿐이었다. 그녀는 아무 키나 눌렀다. 화면이 다시 켜졌다.

손가락이 키보드 위를 재빠르게 날았다.

조마조마한 마음으로 목록을 클릭했다.

'G 드라이브가 존재하지 않습니다.'

노트북 옆에 꽂혀 있던 USB 메모리를 더듬어 찾았다.

없었다.

정보가 사라져버린 것이었다.

안젤라 파인더의 펜던트도 마찬가지였다.

반지의 제왕

로버트는 중앙 건물 지하에 위치한 숨 막히는 영화 감상실에 앉아 있었다. 지하실은 암반 깊은 곳에 자리하고 있었다. 그래서 영화 감상실뿐만 아니라 지하실에 있는 모든 공간들에 창문이 없었고 복도에는 형광등이 눈이 시릴 정도로 환하게 켜져 있었다. 로버트는 지하실에 머물 때마다 숨이 막혀 죽을 것만 같았다.

주변 여기저기서 팝콘 봉지가 부스럭거리거나 작게 소곤거리는 소리가 들려왔다. 스크린에는 〈반지의 제왕 I〉이 나오고 있었다. 로버트는 이 영화가 왜 그렇게 많은 사람들을 매료시켰는지에 대해 생각하고 있었다. 영화 속에서 일어나는 일들은 전혀 사실적으로 보이지 않았다. 동화, 판타지에 가까웠다.

그래, 당연하지. 톨킨은 천재였으니까.

심지어 그는 고유의 언어를 발명했었는데 로버트도 그 언어를 배우기 위해 꽤 오랜 시간을 쏟아부었었다. 하지만 이제는 그 영화의 장면들과 말들이 혼란스럽고 무섭게 느껴졌다.

"이 숲은 위험해. 너희들은 돌아갈 수 없어. 사람들은 이 숲에 위대한 마법사가 살고 있다고들 말하지."

이 대사가 그의 머릿속을 끊임없이 맴돌면서 우울하게도 현실과 연결되었다.

왜 계곡이 그에게는 이리도 섬뜩하게 느껴지는 걸까?

그를 둘러싼 이 숲속에는 대체 어떤 수수께끼와 위험들이 있는 걸까? 그는 왜 호수가 이상하다는 느낌을 떨칠 수가 없을까?

호수.

그는 보트하우스에서의 파티 이후로 유난히 호수가 신경 쓰였다. 저 아래 뭔가가 있었다. 그 기이한 물의 흐름과 위험한 소용돌이의 원인이 되는 뭔가가.

어쩌면 바닥 아래 개울이 있을지도 모른다고 생각한 적도 수백 번이었다. 미러 호에 물을 공급하는 지하 샘 같은 것말이다.

그리고 곧 어느 문헌에도 실제 호수의 깊이에 대해선 나와 있지 않았다는 생각이 들었다.

그건 로버트 자신이 직접 경험한 것이기도 했다. 그날 저녁 소용돌이치는 물속에서, 그때 마치 발아래가 바닥이 없는 심연처럼 느껴졌다.

그리고 연속적으로 불행한 사건들이 터졌다.

거기에도 이유가 있을까? 아니면 모든 게 그저 우연일까?

율리아와 그를 돌봐주었던 경찰관은 이렇게 말했었다.

"너희 아버지는 영웅이란다."

아빠가 실제로 영웅인지 아닌지 로버트는 알 수 없었다. 하지만 한 가지만은 확실히 알게 되었다. 영웅이 되기 위해선 시험에 붙어야만 했다. 목숨을 건 시험에. 로버트는 이 모든 게 벌써 수년은 지난 일처럼 느껴졌다.

아버지를 영웅으로 여긴다고 해서 로버트의 마음이 괜찮아지진 않았다. 차라리 그 당시에 대해서 진실을 말해준다면, 상세하게 뭐가 어떻게 된 건지 알려준다면 더 위로가 될 텐데…….

로버트는 옆에 앉아 있던 로즈가 벤저민이 지나갈 수 있도록 길을 터주려고 갑자기 일어서는 바람에 생각에서 깼다.

"너도 콜라 한 잔 갖다줄까?"

벤저민이 작은 목소리로 물었다.

로버트는 고개를 젓곤 다시 스크린에 집중하려고 애썼다.

그런데 얼마 지나지 않아 또 어디선가 부스럭대는 소리가 났다. 이번에는 앞쪽 자리에서 누군가 일어나더니 문 쪽으로 사라졌다. 그가 착각한 게 아니라면 그건 데비였다. 거북처럼 목을 어깨 사이로 움츠린 모습이 영락없는 데비였다.

그러더니 마침내 조용해졌다. 스크린에선 마침 프로도와 샘을 쫓고 있는 흑기사가 보였다. 로버트는 눈을 감았다.

왜 죽음은 한 사람을 자연스럽게 영웅으로 만드는 거지?

학장인 리처드 발덴은 로버트가 처음 생각했던 것처럼 추도식을 열진 않았지만 추모 깃발을 내걸고 중앙 홀에 안젤라 파인더의 사진을 걸어놓게 했다. 방명록도 있었다. 로버트는 학생들이나 교수 중 누가 방명록에 이름을 적었는지 확인해보지 않았다. 그가 아는 건 휠체어를 타고 있던 여학생의 죽음을 애도하는 사람이 그리 많지 않다는 한 가지 사실뿐이었다.

상급생들 중 누구는 그녀를 '뻔뻔한 빈대'라 불렀고 심지어 이사벨은 그녀를 '들쥐'라 불렀다. 벤저민은 안젤라를 몹시 거슬려했다. 아니, 사실은 안젤라가 벤저민을 싫어했던 것일지도 몰랐다. 하지만 로버트는 파티 전날 저녁 여기 지하실에서 함께 있는 두 사람을 목격했었다. 안젤라는 벤저민을 설득하고 있는 것처럼 보였다. 그리고 그 후 율리아로부터 벤저민이 그레이스 학보사에 지원했다가 안젤라에게 퇴짜를 맞았었다는 얘기를 들었다.

게다가 데비도 있었다. 데비는 하루가 멀다 하고 안젤라에 대해 새로운 소문들을 퍼뜨리고 다녔는데 그 소문들은 종종 서로 앞뒤가 맞질 않았다. 그녀가 맹수라는 둥, 사실은 휠체어가 전혀 필요 없다는 둥 또는 그녀가 오직 자신한테만 비밀을 모두 털어놓았다는 둥…… 하지만 누군가 소문에 대해 자세히 캐물으려 하면 데비는 고개를 저으며 어깨를 으쓱할 뿐이었다.

데비는 로버트가 다른 사람의 생각을 읽을 수 있는 능력을 지녔다고 굳게 믿었기 때문에 로버트를 볼 때마다 두려운 눈빛을 보냈다. 로버트는 데비의 모습을 떠올리자 등줄기가 서늘해졌다.

하지만 그런 순진한 생각이 참으로 데비답긴 했다. 마치 로버트가 진짜 미래를 점칠 수 있기라도 한듯이. 하지만 그 자신조차 그 능력을 믿지 않았다. 그저 그는 다른 사람들보다 더 자신의 느낌과 직감을 강하게 믿는 것뿐이었다. 가끔 그는 자기 안에서 일어나는 일을 통제할 수 있으면 하고 바랐다. 그랬다. 그는 자신의 이성이 로켓 방어 시스템처럼 발달해 주변 사람들이 보내는 신호를 모두 잡을 수 있었으면 좋겠다고 생각했다.

하지만 그 순간 또다시 마음속에서 쫓기는 듯한 익숙한 느낌이 들었다. 그건 아빠가 자신의 차 트렁크에서 발견되었던 그날 밤 그가 느꼈던 그 갑작스러운 공포감과 같았다.

로버트는 자리에서 일어났다.

그 순간 동시에 두 개의 사실이 생각났다. 하나는 〈반지의 제왕〉은 율리아가 제일 좋아하는 영화 중 하나임에도 불구하고 율리아가 영화 감상실에 오지 않았다는 것. 그리고 크리스 역시 영화 감상실에 없다는 사실이었다.

얼음처럼 차가운 목소리

율리아는 몇 분간 노트북 화면을 마주하고 앉아 가만히 귀를 기울였다.

그녀는 그 일이 끝나길, 모든 것이 끝나길 바랐다. 기숙사의 적막감, 컴퓨터의 웅웅거리는 소리, 두려움, 질문들, 두통, 몸속의 열기 그리고 오한. 그녀는 더는 아무것도 하고 싶지 않았다. 더는 용감해지려고도, 로버트를 보호하려고도 하지 않았다. 또 더는 의심하려거나 감히 믿으려 하지도 않았다.

그 순간 그녀는 아무것도 아니고 싶었다.

피곤했다.

공허했고 모든 것이 아팠다.

특히 눈이 아팠다.

하지만 또 그만큼이나 싫은 게 한 가지 있었다. 누군가 그녀로 하여금 이토록 공허한 느낌을 갖게 만드는 것.

그녀는 포기하고 싶은 순간을 스스로 결정하고 싶었다.

엘리베이터는 지하 2층에서 멈췄다. 그 층엔 영화 감상실과 미디어실 그리고 컴퓨터실과 서버 룸이 있었다. 서버 룸에는 그레이스 대학과 학생들에 관한 모든 데이터들이 있었다.

저 아래층에 가면 내 과거를 가져갔던 그 사람들이 있을까?

율리아는 어깨가 축 늘어진 채로 일어섰다.

그녀는 누군가 자신의 진짜 이름을 알아내도록 그냥 내버려두지 않을 것이었다. 맹세코 아무도 로버트가 한때 '랄프'라는 이름으로 세례를 받았다는 사실을 알아선 안 됐다.

율리아는 엘리베이터를 타고 지하로 내려가는 동안 누구와도 마주치지 않았다. 엘리베이터 문이 조용히 열리고 그녀는 긴 복도로 나갔다.

지하실 복도는 창문이 없고 바닥엔 나무 대신 우중충한 리놀륨이 깔려 있다는 점 외엔 위층 복도와 별반 다를 게 없었다. 게다가 녹색빛이 도는 절전 전구 때문에 공간 전체가 차갑고 으스스해 보였다. 마치 시체들이 진열되어 있는 긴 복도에서 길을 잃고, 어느 구석에서 무시무시한 좀비가 튀어나올 때까지 마냥 기다려야 하는 공포 영화의 한 장면처럼.

율리아는 전등 스위치를 찾으려고 손을 뻗으면서 전등이 깜빡거릴 거라고 예상했지만 불을 켜자마자 복도는 환해졌다. 그래도 마음은 전혀 편해지지 않았다. 여전히 건축 설계사는 지하실을 공포의 장소로 만들 의도를 갖고 있었던 것 같았다.

복도를 통해 〈반지의 제왕〉의 대사가 들려왔다. 어떤 장면이 나오는 중인지 율리아는 음악으로 쉽게 알 수 있었다.

머리가 울렸지만 그건 영화 소리 때문이 아니었다.

벌겋게 달군 침 두 개가 양쪽 관자놀이를 뚫고 들어오는 것 같았다. 손을 얹자 이마가 뜨거웠다.

그녀는 얼른 발걸음을 옮겨 복도를 따라 걸어갔다. 먼저 컴퓨터실이 나왔다. 문이 살짝 열려 있었다.

여전히 전투 장면 배경음이 들렸다. 마침 상영 중인 영화가 〈반지의 제왕〉이라는 게 천만다행이었다. 코미디나 멜로 영화 음악이 나왔더라면 이런 용기가 나지 않았을지도 몰랐다.

그녀는 천천히 컴퓨터실 문을 열었다.

율리아는 거기서 누구를 만나게 될 거라고 짐작했음에도 불구하고 막상 진짜 마주치자 믿을 수가 없었다.

***

카티였다.

카티 베스트가 컴퓨터 앞에 앉아 있었다. 그리고 율리아는 화면에 떠 있는 목록을 한눈에 알아보았다.

한국계 학생은 율리아를 쳐다보았다.

"왔어?"

그녀는 율리아를 보고도 전혀 동요하지 않았다.

율리아는 헛기침을 했다. 목에 뭔가가 걸린 듯해서 침을 삼키기가 어려웠다.

"여기서 뭐해?"

율리아는 변해버린 자기 목소리가 어색했다.

"알면서 뭘 물어?"

카티가 태연하게 대답했다.

"넌 좀 더 똑똑할 거라고 생각했는데."

율리아는 대답하지 않았다. 할 말을 잃었다. 아니, 머릿속에 떠오르는 말이 너무 많아서 그냥 입을 다물었다. 고집스럽게 침묵을 지켰다.

"호수에서 이 목걸이를 발견했던 거지? 이 펜던트도?"

카티가 물었다.

율리아의 시선이 USB 메모리로 향했다. 인조 보석이 박힌 메모리는 너무 작고 무해해 보였다. 하지만 실제로는 많은 이에게 고통을 줄 만큼 막강한 힘을 갖고 있었다.

"안젤라 파인더가 너에 대해 뭘 알고 있었던 거야?"

율리아가 물었다.

"아무것도."

카티는 대답과 함께 스핑크스 같은 묘한 웃음을 지었다.

"나에 대해 아는 건 전혀 없었어."

"거짓말 마! 안젤라 파인더가 널 협박했잖아."

"그녀가 그런 짓을 왜 해?"

혼란 아니면 감탄? 그것도 아니면 협박? 율리아는 카티의 목소리에서 정확한 감정을 읽을 수가 없었다.

"너 그녀에게 무슨 짓을 한 거야?"

"내가 그녀한테 무슨 짓을 했느냐고?"

카티의 시선이 모니터로 향했다.

"아무 짓도 안 했어. 네가 착각한 거야."

"난 너의 이야기를 알아!"

율리아는 전에 읽은 대로 말했다.

"안젤라가 너한테 보낸 이메일에 적혀 있던 문장이잖아."

그제야 카티는 분명한 반응을 보였다. 안색이 창백해졌던 것이다. 율리아는 그때를 놓치지 않았다.

"안젤라가 말한 게 대체 무슨 이야기였어?"

"그런 것 없대도!"

카티는 두 주먹을 불끈 쥐었다.

"아무도 날 협박하지 못해. 아무도!"

카티의 표정에 율리아는 겁이 났다. 카티는 천천히 일어서더니 율리아 쪽으로 돌아서선 위협적으로 버티고 섰다.

"모든 건 내 일이야. 다른 사람은 상관할 바가 아니라고, 알았어?"

그녀의 가는 검은 눈에서 불꽃이 튀었다.

"너 그 얘기, 누군가한테 했다간 각오해. 그땐……."

카티는 말을 맺는 대신 갑자기 율리아의 오른팔을 잡더니 바닥으로 끌어내렸다.

"숙여! 얼른!"

그녀가 다급한 목소리로 속삭였다.

"단 한 마디라도 했다간 내가 정말로 후회하게 만들어줄 거야, 진짜!"

카티는 그렇게 말함과 동시에 율리아를 끌고 가서 컴퓨터실 제일 끝 벽 쪽에 몰아넣고 바닥에 앉혔다.

율리아는 이가 맞부딪힐 정도로 온몸이 사시나무처럼 떨렸다. 카티는 딴사람이 된 것 같았다. 매초, 매 순간마다 카티의 눈은 더욱 가늘어지고 광대뼈는 밑으로 내려왔으며 입은 더 넓어져 마치 추악한 괴물처럼 보였다.

그녀가 손을 번쩍 들어 올리자 율리아는 눈을 질끈 감아버렸다. 주먹이 날아올 거라 예상했는데 그게 아니었다. 다시 눈을 떠서 보니 카티가 자기 옆에 웅크리고 앉아 손가락을 입술에 갖다 댔다.

딸깍- 하고 문이 열리더니 누가 걸어 들어오는 소리가 들렸다.

***

띵—

누군가 앞쪽 컴퓨터 자리에 앉아 윈도우를 실행시킨 모양이었다. 키보드 두들기는 소리가 들려도 카티는 여전히 꼼짝하지 않았다.

카티가 USB 메모리를 도로 뺐을까? 설마 아직 컴퓨터에 꽂혀 있는 건 아니겠지?

다시 문이 열리는 소리가 났다.

"아직 일할 게 남았어요?"

의심의 여지 없이 데비였다. 그런 목소리를 가진 건 데비 말곤 없었다. 상대방은 대답하지 않았다.

"아님 영화가 전혀 재미없었어요?"

"어."

대답은 아주 짧았다. 율리아는 그 목소리의 주인 역시 단번에 알 수 있었다.

"나도요. 나한테는 선배가 있는데 올랜도 블룸 따윈 필요없죠."

데비가 찢어지는 듯한 목소리로 웃었다.

율리아 옆에 쪼그린 채 앉아 있던 카티가 무슨 일이 벌어지고 있나 보려고 앞으로 한 발자국 나갔다. 율리아는 그 틈을 타 어정쩡한 자세를 고치려고 했다. 그러자 카티가 얼른 그녀의 팔을 잡으며 눈을 부라렸다. 손가락은 여전히 입술에 대고 있었다.

도대체 뭐가 어떻게 돌아가는 거지?

카티는 대체 왜 이러는 걸까?

율리아는 여전히 이 모든 상황을 이해할 수가 없었다.

"선배를 찾고 있었어요."

"그래?"

데비의 말에 그가 심드렁하게 대꾸했다.

"안젤라에 대해 할 말이 있어서요."

아무 대답이 없었다.

"안젤라가 선배 일을 도와줬었죠, 그렇죠? 그녀는 영리했잖아요, 정말 영리했어. 하지만 그런 일을 할 수 있는 사람이 그녀만 있었던 건 아니라고요."

"다른 애들하고 같이 영화나 보지그래?"

"난 판타지 영화 같은 거 안 좋아해요."

데비는 평소처럼 투덜거리는 말투로 돌아왔다.

"내 이야기는 내가 직접 만들어요."

데비는 혼자 키득키득 웃었다.

"참, 아까 하던 얘기 마저 해요. 선배도 우리 아버지가 누군지 알고 있죠? 우리 아버지는 꽤 영향력 있는 사람들을 많이 알고 있어요. 그러니까 선배를 도와줄 수도 있다고요."

두통으로 쿵쿵 울리던 머리는 이제 뱅글뱅글 돌 지경이었다.

영향력 있는 사람들을 알다니, 재가 지금 도대체 무슨 얘길 하는 거야? 그리고 카티는 왜 날 여태껏 붙들고 있는 거지?

"그만 가줘."

그 소리는 멀리 앞쪽에서 들려왔다.

"나는 너희 아버지 얘기도 또 안젤라에 대한 황당무계한 얘기도 전혀 듣고 싶지 않아. 영화가 재미없으면 방에 가서 잠이나 자."

"나 혼자서요?"

데비는 유혹적으로 들리려고 한 말 같았지만 실제로는 형편없는 삼류 영화에 나오는 대사 같았다.

"설마, 진심은 아니죠? 내가 선배를 얼마나 좋아하는지 잘 알잖아요."

"너 지금 뭐 하는 거야? 이거 놔!"

"선배도 날 좋아한다는 거 알아요. 느낌으로 다 알 수 있다고요!"

"너 미쳤어?"

"호숫가에서 선배가 나한테 언제든지 찾아와도 좋다고 했잖아요."

"그건 네가 수업을 못 따라가겠다고 징징거리니까 그랬던 거지."

율리아는 문득 자신도 모르게 데비가 곧 그의 옷을 벗기겠구나 하는 생각이 들었다. 그런 생각이 채 끝나기도 전에 무섭게 고함치는 소리가 들렸다.

"이거 놔!"

"선배도 이걸 원하잖아요."

데비가 징징거렸다.

"그게 아니면 왜 며칠 전 밤에 날 걱정해줬어요?"

"미쳤어? 너 같은 비겟덩어리랑 하느니 차라리 이케가 낫겠다!"

웃음소리가 들리더니 데비의 목에서 정체를 알 수 없는 소리가 튀어나왔다. 우는 것 같기도 하고 으르렁거리는 것 같기도 한 이상한 소리였다.

"너무해요! 진짜 너무해!"

데비가 작게 말했다.

의자가 굴러가는 것 같은 소리가 나더니 곧 책상에 쾅! 하고 부딪쳤다.

"난 선배를 위해서라면 무슨 짓이든 할 수 있어요."

잠시 조용해지더니 또다시 평소 데비의 목소리와는 전혀 다른 소리로 변했다.

"안젤라의 일처럼!"

정적—

카티는 움직이지 않았다. 너무 놀라 동공이 커져 있었다.

"선배를 사랑해요. 내 맘 모르겠어요?"

데비는 악을 썼다.

"선배를 진심으로 사랑한다고요!"

또다시 의자가 굴러갔다.

그리고 냉정하고 찬, 얼음처럼 차가운 목소리가 들렸다.

"꺼져, 데비. 이제 더는 못 참아. 좋은 저녁 시간 보내라. 멋진 인생도. 나 없이!"

그러자 데비의 목소리에서 한탄이나 절박함이 단숨에 사라져버렸다.

"내가 선배라면 날 이렇게 쫓아 보내지 않을 텐데요."

그녀는 마치 일기예보를 하듯이 느긋하게 말했다.

"안젤라가 선배한테 시험문제 답안지를 구해줬다는 거, 난 다 알고 있었어요."

"지금 네가 무슨 소릴 지껄이고 있는지 전혀 모르겠는데."

"안젤라가 문제 은행의 슈퍼컴퓨터를 해킹했잖아요. 입학시험에 나온 문제지 말예요. 그런 일쯤은 안젤라한테 식은 죽 먹기였겠죠."

율리아는 카티의 얼굴에 경련이 이는 걸 보았다.

이제야 조금씩 이해가 갔다. 안젤라는 그도 협박했던 것이었다.

컴퓨터실 앞쪽에서 요란한 소리가 들리기 시작했다.

"아야, 아파요!"

"당연히 아파야지. 지금 당장 그 주둥이 닥치지 않으면 지금보다 몇 배는 더 아프게 해줄 거야."

"안젤라를 호수에 떠밀었을 때도 그렇게 말했나요?"

율리아는 숨이 멎을 것만 같았다.

그가? 설마, 그럴 리 없어!

"데비! 넌 지금 살얼음 위를 걷고 있다는 거 명심해! 그 얼음은 언제 깨질지 몰라!"

협박이었다.

"그런가요?"

데비는 겁먹기는커녕 오히려 그를 조롱하고 있었다.

"하지만 내 생각은 좀 다른데 어쩌죠? 왜냐하면 난 선배가 지금 여기서 뭘 하고 있는지 잘 알거든요. 지금 안젤라의 비밀 정보들을 찾고 있잖아요, 안 그래요? 그래야 선배가 살 수 있을 테니까. 그런데 어쩌죠, 암호로 꽁꽁 숨겨져 있을 텐데. 그 암호는 안젤라처럼 해킹 전문가나 풀 수 있는 거라고요, 이를테면 나 같은!"

녹아웃

분노에 찬 고함 소리가 들리더니 곧 숨이 끊어질 듯 헉헉거리는 소리로 변했다. 카티는 앞으로 고개를 뺐고 율리아 역시 똑같이 했다.

이동식 벽 때문에 데비의 몸이 보이진 않았지만 율리아는 그녀의 목을 거머쥐고 있는 두 손을 볼 수 있었다. 잠시 데비의 머리가 공중으로 붕 뜨는가 싶더니 곧 어마어마한 힘으로 책상의 철재 다리에 처박혔다.

데비는 움직이지 않았다.

얼굴이 시체처럼 하얬다. 그리고 뺨에 선명한 피가 흘러내리고 있었다.

율리아는 몸이 너무 뜨거웠다. 그녀는 카티가 신발을 벗고 몸을 구부린 채 살금살금 이동식 벽 그림자 사이로 빠져나가는 걸 멍하니 보고만 있었다.

하지만 그녀는 꼼짝할 수 없었다. 갑자기 기억 속의 장면들이 홍수처럼 밀려와 머릿속의 모든 판단들을 밀어냈고 보호체제를 망가뜨렸기 때문이다.

신음 소리.

득득 긁는 듯한 소리.

로버트는 그 당시 상황을 이렇게 설명했었다.

그날 밤 그녀는 집으로 돌아왔을 때 책상 뒤에 있던 엄마의 손을 보았다.

손톱에 맺힌 끔찍한 피멍과 핏자국들. 그게 피였다는 걸 알아채기 전까지 율리아는 매니큐어 색인 줄로만 알았다.

크리스티안과 보낸 처음이자 마지막이었던 밤.

왜, 왜 하필이면 그날 밤 그녀는 외박을 했던 걸까? 왜 하필 그날 저녁 아빠와 지독하게 싸우고 집을 나가버려야 했을까?

왜 빌어먹을 운명 아니면 하느님, 아니면 다른 어느 누구라도 그녀에게 위험을 경고해주지 않았을까?

율리아의 아빠는 경찰이었다.

그것도 지극히 평범한.

자신의 아빠 마크 드 빈센츠가 정보원이었다는 사실을 알기 전까지 적어도 율리아는 그렇게 믿었었다. 그는 베를린에서 유럽 시장을 조종하고 있었던 중국 마피아들을 검거하기 위해 헤로인을 사고파는 마약 밀매업자로 위장했었다.

하지만 일은 실패로 끝났다. 누군가 아빠의 정체를 알아낸 뒤 배신하고 적들에게 고발했던 것이었다. 남자들이 율리아의 부모가 있던 방갈로로 침입해 그녀의 엄마를 총으로 쏴 죽였다. 그런 다음 율리아의 아빠의 작업실을 쑥대밭으로 만들었다. 그들은 그녀의 아빠를 포박해 질질 끌고 가선 차 트렁크에 헤로인과 함께 쑤셔 넣었다. 그 후 그는 총을 맞고 트렁크에서 죽었다. 그리고 시체가 실린 차를 포츠담 광장에 있는 경찰서 앞에 세워두었다. 아빠의 시체를 찾아낸 건 그다음 날이었다.

배신은 또 다른 배신을 부른다.

거짓말은 또 다른 거짓말을.

비밀은 새로운 비밀을 만든다.

로버트는 그날 밤 집에 있었다. 그는 자기 방에 숨어서 모든 상황을 엿들어야만 했다. 로버트는 유일한 증인이었다. 남자들이 로버트를 찾아내지 못한 건 거의 기적이나 다름없었다.

***

율리아는 데비가 불과 10여 미터 떨어진 곳에 여전히 의식 없이 누워 있다는 걸 알면서도 꼼짝할 수가 없었다. 선처럼 가는 핏줄기가 점점 굵어졌다. 머리에 난 상처에서 피가 얼굴로 줄줄 흘러내리고 있었다.

율리아는 유연하게 빠져나가는 카티의 뒷모습을 지켜보았다. 벽에서 다음 벽으로 이동해가는 동안 정말 아무 소리도 들리지 않았다. 카티는 데비가 있는 곳까지 거의 다다랐다. 뭘 하려는 건지 전혀 짐작할 수 없었지만 그저 믿는 수밖에 없었다.

그 순간, 율리아가 그만 실수를 저지르고 말았다. 카티를 따라가려다가 의자에 부딪쳐 소리가 났던 것이다.

그 즉시 급하게 컴퓨터실을 가로질러 다가오는 발소리가 들렸다.

운동화, 정확히 말하면 검은색 나이키 운동화였다.

그녀는 차마 위를 올려다볼 수가 없었다.

그가 그녀 바로 뒤에 서서 그녀를 내려다보고 있었다.

알렉스.

아니, 그는 더 이상 알렉스가 아니었다.

겉모습은 그럴지 모르지만 그가 아니었다.

그의 눈은 가늘고 검었다. 그의 얼굴 윤곽이 컴퓨터실의 밝은 형광등 아래서 하얗게 드러났다. 하지만 그런 무시무시한 표정은 생전 처음 보았다. 알렉스의 얼굴이 주체할 수 없는 분노로 온통 일그러져 있었다. 그랬다. 튜터이자 상급생인 미스터 플로리다의 균형 잡힌 이목구비, 전도유망한 예일대 예비입학생의 지적인 얼굴이 흉측한 괴물로 변해 있었다.

그녀가 뭐라고 말을 하거나 행동을 하기도 전에 그의 손이 벌써 그녀의 머리를 움켜잡고 바닥에 짓누르는 바람에 율리아는 더러운 리놀륨 바닥에 입술을 대고 말았다.

"무슨 짓이든 해! 저항하란 말이야! 엄마 아빠처럼 가만히 있지 말고!"

머릿속과 가슴속이 온통 소용돌이칠 때 한 장면이 스쳤다.

"그때 왜 부모님은 저항하지 않으신 걸까요?"

율리아, 아니 그 당시 이름으로 라우라가 수사반장인 페터 바우어 씨에게 물었을 때 그는 이렇게 답했다.

"어차피 가망이 없다고 생각하셨던 거지."

그래도 가능성은 늘 있는 것 아닌가?

카티? 카티는 어디 있지?

율리아는 다른 사람의 손아귀에 있는 느낌이 너무 싫었다. 바닥에 엎드려 있는 것도, 더러운 바닥에 입술을 대고 있는 것도. 좋은 거라곤 오직 리놀륨 때문에 이마가 시원하다는 것뿐이었다.

그때 알렉스가 갑자기 뒤를 돌아보느라 율리아의 어깨를 붙들고 있던 손이 잠시 느슨해졌다.

그녀는 마음 같아선 그의 얼굴에 대고 소리라도 지르고 싶었지만 몸이 극도로 굳어 있었다. 율리아는 전신의 힘을 오직 두 다리에 쏠리도록 집중했다. 그리고 두 발로 있는 힘껏 그를 걷어찼다.

그래, 바로 지금이야!

저음의 목소리. 낮은 비명 소리.

하지만 금세 다시 무겁고 축축한 손이 그녀의 입을 막았고 그녀의 얼굴은 또다시 바닥으로 내동댕이쳐졌다. 넘어지면서 책상다리에 입을 부딪치는 바람에 입술이 터져 피가 났다. 쇠맛이 느껴졌다.

근처 어딘가에서 데비가 큰 소리로 신음하고 있었다.

율리아는 생각할 수가 없었다. 말을 할 수도 없었다.

숨을 쉴 수가 없었다.

질식해서 죽을까봐 겁이 났다.

무서운 목 졸림.

녹아웃.

***

잠시 의식을 잃었던 게 틀림없었다. 율리아는 덜거덕거리는 소리에 다시 정신을 차렸다. 누군가 급하게 컴퓨터 키보드를 두들기고 있었다. 거친 숨소리와 낮게 욕설을 내뱉는 소리도 들렸다.

율리아는 몸에 아무런 감각이 없었다. 이상하게 팔에도 다리에도 힘을 줄 수가 없었다. 마치 공중에 떠 있는 것처럼. 새털처럼 가벼운 우주인이 된 느낌이랄까. 그녀가 있는 곳은 컴퓨터실 뒤편이 아니었다. 알렉스가 그녀를 앞쪽으로 끌어다 놓은 게 분명했다.

율리아가 힘겹게 고개를 옆으로 돌렸다. 그녀 옆에는 데비가 누워 있었다. 그녀의 얼굴은 마치 분칠을 해놓은 것처럼 하얬다. 그 하얀 바탕 한가운데로 가로지른 빨간 선은 데비의 얼굴을 더욱더 끔찍해 보이게 했다.

그런데 카티는? 그녀는 예전에도 그랬듯이 연기처럼 사라져 버렸다.

율리아는 고개를 들어 몸을 일으켜보려고 했다.

"빌어먹을!"

머리 위에서 알렉스가 욕하는 소리가 들렸다.

잠시 후 의자 끄는 소리가 나더니 알렉스가 율리아 앞에 무릎을 꿇고 앉아 그녀를 가만히 바라보았다. 그의 얼굴은 가면처럼 어떤 동요도 없이 냉랭했고 굳어 있었다.

"왜 그랬어요……?"

율리아가 힘없이 물었다. 그녀가 입 밖으로 낼 수 있는 유일한 말이었다. 그녀 스스로 생각해도 자신이 처량했다.

"쓸데없이 호기심만 많아서는!"

그의 목소리가 귀 바로 옆에서 들렸다.

"내가 제일 싫어하는 게 뭔지 말해줄까? 바로 호기심이야. 날 지켜보거나 염탐하거나 미행하거나 뒤쫓거나 하는 사람들. 내가 지금까지 쌓아올린 모든 걸 한순간에 무너뜨리려고 하는 사람들."

율리아는 그가 무슨 말을 하는지 이해할 것 같았다.

베를린에 있던 수사관, 그는 율리아와 로버트에게 이런 말을 한 적이 있었다.

"안다는 건 권력을 의미한다. 누군가 너희들이 어디 있는지 알게 되면 너희 목숨은 위험해져. 그러니까 아무도 믿지 말거라, 알았지? 아무도. 오직 너희의 비밀을 지킬 수 있는 건 너희 자신들뿐이다."

알렉스의 손이 율리아의 기도를 꽉 누르고 있어 그녀는 거의 목소리가 나오질 않았다.

"……하지만 난 아무것도 몰라요."

"네가 여기 왜 왔는지 내가 모를 것 같아? 네가 한밤중에 내 사무실을 뒤진 거, 그리고 갈색 우편 봉투를 훔쳐간 걸 모르는 줄 아느냐고. 처음엔 그 멍청한 데비가 그러더니 이젠 너까지. 내가 그걸 모를 거라고 생각했어? 그렇다면 착각이야! 난 모두 알고 있었어, 너희들을 다 꿰뚫어 보고 있었다고. 네가 원하는 것도 오로지 그것뿐이었잖아, 안 그래? 그러니까 목숨 걸고 호수에 뛰어들어놓고도 펜던트에 대해 단 한 마디도 안 했지. 너도 다른 계집애들이랑 똑같아."

알렉스의 목소리는 쇳소리처럼 들렸다.

"너도 결국엔 날 협박하려고 했던 거였어!"

"아니에요, 내가 한 행동은 당신과 아무 상관 없어요."

율리아가 힘겹게 말했지만 알렉스는 전혀 듣지 않았다.

"안젤라도 내 미래를 뺏을 수 있을 거라고 믿었었지, 하지만 그녀가 틀렸어."

그는 짧게 웃었다.

"너희들은 모두 잘못 생각했어. 내 인생은 내 거야, 알아들어? 나 혼자만의 것이라고! 더러운 너희 계집들 것이 아니라! 날 좀 가만히 내버려둘 수 없었던 거야. ……어쨌든 이젠 너무 늦었어."

갑자기 알렉스의 목소리가 울먹이는 듯 떨렸다. 최소한 그의 팔이 좀 느슨해져서 율리아는 약간이나마 움직일 수 있게 되었다.

"데비. 데비를 도와줘야 해요."

율리아는 몸을 돌려보려고 했다.

그러자 알렉스가 다시 율리아의 목을 거머쥐었다.

"그 자리에 가만있어."

"나 비밀 잘 지킬 수 있어요."

율리아는 절망적인 심정으로 말했다.

"그리고 내가 데비도 입단속시킬게요. 정말요, 맹세해요."

"아하, 이제 심리학 단계를 밟을 차례인가? 넌 내가 미쳤다고 생각하고 있지? 아무것도 모르면서. 그게 바로 너희 신입생들의 문제지. 너희들이 여기서 일어나는 일을 이해하기까지는 너무 시간이 오래 걸리거든. 천만에. 난 안 미쳤어. 난 철저한 현실주의자야! 넌 계곡을 이해 못 했어, 안 그래?"

계곡을 이해 못 했다고? 무슨 뜻이지?

"그게 무슨 뜻이죠?"

"아무것도 못 느끼겠어? 우리는 이곳에서 서서히 변해가고 있어. 계곡이 우리한테 영향을 주고 있다고. 여기에 처음 왔을 때의 나는 지금과 전혀 다른 사람이었어. 그땐 뭐든 할 수 있다고 생각했었지. 그런데 시간이 지나면서 알게 됐어. 이곳에선 과거는 모두 사라지고 자기 속에 갇혀버리게 된다는 걸 말이야."

율리아는 점점 더 숨이 막혀왔지만 알렉스는 아랑곳하지 않고 계속 말했다.

"나 말곤 아무도 이해 못 해, 계곡 밖에 있는 것들과 영영 작별해야 한다는 걸. 이곳은 원시림 속에 있는 실험실과 같지. 이곳을 벗어나려면 자신의 길을 찾아야만 해."

그는 진짜 미친 것 같았다. 안젤라가 그를 무엇으로 협박했건 그녀는 뛰어난 지능의 소유자였음에도 불구하고 알렉스 쿠퍼를 과소평가했고 미치광이에게 걸려들었다는 걸 몰랐었던 것이다.

"바깥세상의 법칙이 이곳에선 분해되어버려, 알아들어? 그중에서도 제일 기가 막힌 게 뭔 줄 알아? 우리 모두가 각자 해내야 할 과제를 갖고 있다는 거야."

마치 누군가 세상의 흐름을 정지시킨 것처럼 잠시 기이한 침묵이 흘렀다. 율리아는 알렉스의 말뜻에 대해 생각했다. 그리고 그 순간이 지나자 그녀는 다시 현실이라는 궤도 속으로 돌아왔다.

그녀의 목을 누르고 있던 손이 떨렸다.

몸을 움직여봐도 될까?

아냐! 아직은 너무 일러! 알렉스가 모든 걸 통제하고 있다는 느낌을 갖도록 해야 해!

그가 말하도록 내버려둬. 말하도록. 너와 얘기하도록 해. 그러면 너한텐 아무 짓 안 할 거야.

"제가 알고 싶은 건 한 가지뿐이에요. 그 일이 안젤라가 죽어야 할 만큼 그렇게 중요했었어요?"

"넌 그 앨 몰라! 그녀는 동정심을 이용했어. 휠체어로 위장했지만 사실은 기생충이었어, 내 인생에서 기생충 같은 존재였다고."

그가 갑자기 옆에 있던 데비를 발로 밟았다.

"이 계집도 마찬가지고! 이것들이 기생충처럼 내 삶에 흠집을 내려고 했단 말이야. 난 안젤라한테 잘해줬어, 알아? 늘 친절하고 상냥하게 대했다고. 그런데도 그년은 내 뼈와 머리까지 다 먹어버리려고 했어!"

율리아는 자신뿐만 아니라 알렉스 역시 열에 들떠 있다는 느낌이 들었다. 하지만 그는 말하기를 멈추지 않았다.

"그녀는 날 봐주려고 하지 않았어! 나한테 고작 작은 호의 하나를 베풀었다는 이유로. 그것 때문에 날 맘대로 해도 된다고 생각해? 내 사랑을 받을 자격이 있다고? 입학시험 답안지를 구하는 것쯤은 그녀한텐 식은 죽 먹기였다고! 애들 장난에 불과했어!"

"답안지라니……."

설마 그레이스 대학교 입학시험 답안지는 아니겠지?

율리아는 머리가 지끈지끈 아파서 잠깐 동안 무슨 말인지 도무지 이해할 수 없었다. 그러다가 번뜩 뭔가가 떠올랐다.

예일 대학의 전체 장학금!

알렉스는 추천인 명단에 올라가 있었어! 거기에 오르기까지 모든 게 그의 순수한 실력만은 아니었던 거지.

안젤라가 도와준 거야! 지금까지 왜 그 생각을 못 했을까?

알렉스의 손에 힘이 좀 더 빠졌다. 하지만 율리아는 여전히 빠져나올 용기가 나질 않았다.

"내가 어디 출신인지 알아?"

알렉스는 답을 기다리지 않고 말을 이었다.

"이름도 없는 아주 작은 시골에서 왔어! 난 존재조차 없었던 놈이라고! 정말 아무것도 아닌 사람이었지! 하지만 이 계곡에 오면서 마침내 모든 게 달라졌어."

지금이야! 기다리던 순간이 왔어!

아무것도 아닌 사람에게 저항하는 게 뭐 그리 어렵겠어!

율리아는 무릎을 굽혔다가 있는 힘을 다해 오른쪽 무릎으로 그를 걷어찼다. 그리고……

쾅! 하는 소리.

마치 총소리처럼 들렸다.

그리고 이어서 비명 소리도 들렸다.

내가 낸 소리인가?

그때 머리 위의 형광등이 산산조각 나 소원을 비는 별똥별처럼 우두두 떨어졌다.

그리고 누군가 명령했다.

"그녀를 놔줘! 당장!"

등줄기가 서늘해질 만큼 깨끗한 목소리.

별똥별의 빛이 사그라지고 율리아는 컴퓨터실 한가운데 서 있는 카티를 보았다. 그녀는 손에 권총을 들고 있었다. 장난감 총처럼 작은 총을. 하지만 율리아는 그것의 치명적인 힘을 믿어 의심치 않았다. 카티의 한 마디 한 마디를 모두 믿었다.

"다음번엔 형광등이 아니라 당신을 쏠 거야."

그럴 일은 없었다. 능력을 증명해 보일 필요가 굳이 없었던 것이었다.

그사이 남자 둘이 컴퓨터실 안으로 뛰어 들어왔기 때문이었다. 그들도 권총을 갖고 있었고 그들 뒤로 로버트가 따라 들어왔다.

율리아는 알렉스의 얼굴을 쳐다보았다. 처음엔 깜짝 놀라는 것 같더니 점점 주체할 수 없고 이해할 수도 없으며 희망이 사라진 절망적인 눈빛으로 바뀌었다.

그리고 눈앞이 까매지며 율리아는 정신을 잃었다.

우리만 아는 비밀

로버트는 왜 갑자기 영화 감상실에서 나오고 싶은 마음이 들었는지 설명할 수 없었다. 그는 그런 현상을 풀리지 않고 어떤 답도 찾을 수 없는 방정식 같은 거라고 불러왔다. 그는 시간이 지날수록 율리아를 아주 가깝게 느낌과 동시에 율리아가 자신으로부터 점점 멀어지고 있는 걸 알아챌 수 있었다. 바로 그 순간 그는 그녀가 위험에 처해 있는 걸 알고 보안대에 신고했던 것이었다.

"그게 다야?"

카메라로 로버트의 진술을 촬영하던 벤저민이 물었다.

"소재가 필요하다고, 이해하겠어, 롭? 소재가 필요해. 난 이 산꼭대기에서 꼭 다큐멘터리 한 편을 찍을 거야. 널 주인공으로 하는!"

"진짜 그게 다야."

로버트가 고개를 저었다.

"더는 나도 설명할 길이 없어. 나도 내 안에서 무슨 일이 일어나고 있는지 잘 모르겠어. 너희들이 말하는 그 예지력이라는 게 어디서 나오는지. 어쩌면 이 모든 게 다 엉터리일지도 몰라."

"맞아, 엉터리야!"

카티가 끼어들었다.

"너 때문에 내가 지금 아주 곤란하게 됐거든. 내가 율리아를 구했더라면 아무도 불법 무기 소지 어쩌구 하는 얘기는 안 했을 거 아냐. 난 영웅이 됐을 거라고, 알아? 그런데 난 영웅이 되긴커녕 재판을 받게 되거나 학교에서 퇴학당할 지경에 처했어."

친구들은 율리아가 폐렴으로 입원 중인 병원에 모여 있었다.

염증은 벌써 2주나 지난 끔찍했던 그날 저녁, 뼈로 전이됐다. 아마도 호수에 잠수했던 후유증인 것 같았다. 그래도 율리아는 캠퍼스 내에 있는 병원에서 치료를 받았지만 데비는 헬리콥터에 실려 큰 대학 병원으로 이송되었다. 의사가 들어왔을 때 데비는 발작에 가까운 히스테리를 일으켰고 심지어 신경안정제조차 듣지 않았다. 상처는 보기보단 그리 심각하지 않았다. 병원은 뇌진탕과 외상이라는 진단을 내렸다.

하지만 데이비드와 함께 데비의 병문안을 갔었던 로즈의 말에 따르면 데비는 두개골 골절이라 우기고 있다고 했다. 전체적으로 그날 밤 사건에 대한 데비의 진술은 율리아의 진술과는 사뭇 달랐다. 그녀는 로버트보다 더 먼저 자신의 단짝인 율리아가 위험에 처했단 느낌이 들어 그녀를 구하러 컴퓨터실에 갔었다고 주장했다.

카티와 율리아는 경찰의 신문을 받았지만 두 사람 다 그 사건에서 데비의 역할이나 몇 가지 다른 세부 사항에 대해선 입을 다물었다.

경찰에 체포된 후로 알렉스 쿠퍼가 쉴 새 없이 떠들어대고 있었기 때문에 따로 수사를 할 필요가 없어 보였다. 그는 안젤라를 살해한 걸 부인하지 않았을 뿐만 아니라 계곡에 대한 이상한 이야기와 기이한 소문들을 퍼뜨렸는데 그 이야기가 너무 황당무계해서 재판받는 날까지 정신병원에 감금되어 있어야만 했다.

"솔직히들 말해봐."

벤저민이 말했다. 그는 카메라를 내려놓고 기지개를 켰다.

"알렉스는 처음부터 좀 이상했어, 안 그래? 꼭 머리 좋은 사이코패스처럼 행동했다니까. 왜 영화에 보면 멋쟁이 써니보이로 보이는데 실제로는 연쇄살인범인 그런 사람 있잖아."

율리아는 등에 받치고 있던 쿠션의 위치를 바꿔 편하게 앉았다. 숨을 쉴 때마다 여전히 통증이 느껴졌지만 그래도 며칠

전보단 훨씬 나아졌다.

“사실대로 말하자면 난 한참 동안 너도 이 일과 관계가 있다고 생각했었어.”

율리아가 벤저민을 보며 미안한 표정을 지었다.

“내가?”

“그래. 식당에서 안젤라와 싸웠잖아. 게다가 그레이스 학보사에서도 떨어졌고.”

율리아는 고개를 저으며 말했다.

“정말 미안해.”

벤저민은 입술을 깨물더니 평소와 달리 진지한 목소리로 천천히 입술을 뗐다.

“그럴 필요 없어. 사실은 나도 어떤 점에서 이 일에 연루되어 있었다고 볼 수 있으니까.”

그러자 율리아뿐만 아니라 다른 친구들도 모두 눈을 동그랗게 뜨고 벤저민을 쳐다보았다.

“아니, 그렇다고 너희들이 생각하는 그런 건 아니고.”

그가 화들짝 놀라 손사래를 쳤다.

“내가 파티에서 찍었던 다큐멘터리 영화 말이야, 톰이 플로어 앞에서 쇼를 했을 때. 사실 그건 안젤라의 아이디어였거든. 아니 정확히 말해 그녀가 시킨 일이었지.”

“안젤라가 시킨 일이라고?”

크리스가 믿을 수 없다는 듯이 고개를 저었다.

"그건 왜?"

벤저민은 자신의 이마를 쓰다듬었다.

"그녀는 그 살인자 미스터리 파티의 목적을 정확히 알고 있었던 거야. 나도 시간이 지나면서 차츰 그녀가 이 영화로 뭘 하려고 했는지 알겠더라고. 그러니까 알렉스를 협박할 목적으로 더 많은 자료를 모으려고 했던 거지. 또는 다른 학생들에 대한 자료까지."

그는 잠시 침묵했다가 다시 말을 이었다.

"안젤라는 죽기 전날 밤 내게 거래를 제안했었어. 파티 장면을 찍어달라고 말이야. 심지어 카메라로 언제 솔로몬 바위를 찍어야 할지 시간까지 종이에 적어줬다니까."

"그런데도 넌 이유를 물어보지 않았어?"

율리아가 놀라서 물었다.

"그레이스 대학 신문을 위한 영화를 만들게 해준다는데 그런 건 알아서 뭐해."

벤저민은 어깨를 으쓱했다.

"그런데 어쨌거나 계획이 실패했지. 보트 데크 위에서 결정적인 순간에 그 두 여학생이 날 밀치지만 않았어도 이사벨이 솔로몬 바위에서 뛰어내리는 장면을 카메라에 담았을 텐데. 라이브로 말이야."

잠시 침묵이 흐른 뒤 크리스가 헛기침을 했다.

"너희들은 그게 무슨 뜻인지 알겠어?"

그의 목소리는 그 어느 때보다 더 쉰 듯했다.

"안젤라 파인더는 결국 자기도 모르는 사이에 자신의 죽음에 관한 영화를 부탁한 거야."

율리아는 잠시 눈을 감았다. 손가락으로 목에 걸려 있는 목걸이 줄을 꽉 거머쥐었다. 그 목걸이에는 부모님의 반지가 매달려 있었다.

안 돼! 제발 이번만은.

그녀는 자신의 귀를 믿을 수가 없었다. 갑자기 모두가 가줬으면, 혼자 있었으면 하는 마음이 간절해졌다. 모두 떠났으면, 크리스만 빼고.

하지만 그 누구도 그녀의 조용한 소망을 듣지 못하는 것 같았다.

"그런데, 난 아직도 이해가 안 가는 게 하나 있어."

창틀에 앉아 있던 로즈가 흥분한 목소리로 대화에 끼어들었다.

"알렉스도 파티에 있었잖아. 그건 너희들도 봤을 거야. 그리고 로버트가 물속으로 뛰어들자마자 보안 요원을 부르러 갔던 사람도 바로 알렉스였잖아."

"아냐."

로버트의 진지한 목소리가 병실에 맑게 울렸다.

"왜 아니라는 거야?"

"첫째……."

율리아는 눈을 감고 있었지만 로버트가 벌써 상급 수학의 교수가 된 듯한 자세를 취하고 있는 게 훤히 보였다.

"알렉스는 보안 요원을 부르지 않았어. 파티가 들통날까봐 부르지 않았다더라고. 그리고 둘째, 내가 물속에 뛰어들었을 때 그가 진짜 파티장에 있었는지 누구 본 사람 있어?"

"하지만 톰이 나한테 알렉스가 도움을 요청하러 갔다고 했었는데."

로즈가 대답했다.

"바로 그거야!"

로버트의 목소리에 승자의 쾌감이 배어 있었다.

"내가 톰한테 물어봤지. 그랬더니 알렉스가 전화로 보안 요원을 부르겠다고 말했다는 거야. 이게 무슨 뜻인지 알겠어? 알렉스는 처음부터 이 모든 걸 예상하고 있었던 거야. 그는 이사벨이 언제 물속으로 뛰어들지 알고 있었다고! 바로 그 시각에 그는 예일대 진학 문제로 자신을 압박하고 있던 안젤라와 만나기로 약속했던 거지. 그녀는 절대로 혼자 힘으로 그곳에 올라갈 수 없었어. 그런 다음 그는 안젤라를 물속으로 밀어버렸고 그녀는 불과 몇 초 만에 가라앉고 말았지."

율리아는 두 눈을 더욱 질끈 감았다. 마음 같아선 귀를 틀어막고 싶었다.

왜들 안 가지? 제발 그 얘기 좀 그만할 수 없어?

로버트까지도 마치 수학의 증명 문제를 풀듯이 안젤라의

죽음에 대해 이야기하고 있었다. 마치 사람의 생명이 아니라 간단한 계산식을 다루듯이.

아니면 자기 자신의 트라우마에 대한 반응일까?

살인자가 있어서 안심이 되는 걸까, 증거가 있어서?

증거를 찾는 게 불가능했기에 살인자가 여전히 바깥 세계 어딘가에 돌아다니고 있는 부모의 경우와 달라서?

율리아는 눈을 뜨고 크리스를 올려다보았다. 그는 침대 바로 옆에 앉아 있었다. 그녀는 그의 손을 더듬어 찾았다.

그가 눈을 마주 보았다. 그녀의 마음을 알아차린 것 같았다.

"그건 영원히 알 수 없어."

크리스가 힘차게 말했다.

"그리고 사실 난 그런 거 별로 알고 싶지도 않아. 그건 그렇고 너흰 이제 그만 가는 게 좋겠어. 병문안이 너무 길어."

"우리만 보내고 넌 더 있으면서 헌신적인 간병인 역할을 하려는 셈인가보지?"

벤저민은 짓궂게 히죽거리면서도 다른 친구들처럼 얌전히 일어났다. 로버트와 카티가 마지막으로 율리아와 크리스에게 작별 인사를 했다.

카티는 문으로 막 나가려다가 돌아서선 율리아를 보고 웃었다. 율리아도 마주 웃어주었다.

두 사람은 지난날 컴퓨터실에서 실제로 무슨 일이 있었는지 아무에게도 말하지 않았다. 데비가 알렉스에게 사랑 고백을 했지만 그는 그녀를 손톱의 때만큼도 여기지 않았다는 걸 말이다.

카티가 왜 입을 다물고 있는지 율리아는 알지 못했다. 율리아는 그런 민망한 이야기를 차마 입에 올릴 자신이 없어서 잠자코 있을 뿐이었다.

그녀의 예전 자아, 라우라 드 빈센츠라면 틀림없이 데비를 사람들의 웃음거리로 만들었을 것이다. 하지만 율리아가 된 지금 그녀는 실제로 모든 사람의 사랑을 받는 착한 아이가 되어버린 것 같았다. 그리고 그 율리아는 사랑하는 사람에게 사랑받지 못하는 것보다 세상에서 더 끔찍한 일은 없다는 걸 알고 있었다.

그녀는 컴퓨터실에서 보안대와 로버트가 들어온 다음 잠시 의식이 돌아왔던 순간을 회상했다. 아주 짧은 순간 동안 출퇴근 시간대의 베를린의 쿠담 지하철역이나 또는 런던의 피커딜리 서커스처럼 많은 사람들이 컴퓨터실을 꽉 채웠었다.

정말 짧은 순간이었다.

그 순간 아무도 카티에게 신경을 쓰지 않았다.

오직 율리아만 그녀가 컴퓨터에서 몰래 USB 메모리를 뽑아 바지 주머니에 넣는 걸 보았다. 그리고 그들 둘 외엔 아무도 그 사실에 대해 알지 못했다.

율리아는 카티가 어떤 사연을 숨기고 있는지 알 수 없었다. 카티 역시 그녀에게 묻지 않았다. 실제로 말을 한 적은 없지만 두 사람 다 각자 자신의 비밀을 간직하기로 동의한 것이었다.

그들 외 어느 누구도 펜던트에 대해 알지 못했다.

또 알렉스를 제외하곤 아무도 USB 메모리의 존재에 대해 몰랐다.

그리고 여전히 아무도 안젤라 파인더가 서버 어딘가에 숨겨 놓은 데이터를 찾아내지 못했다. 그건 해결되지 않은 비밀이었지만 율리아는 비밀을 지키는 데 이미 익숙했다.

카티는 다시 한 번 그녀에게 윙크를 하고 조용히 문을 닫았다. 방 안의 정적이 율리아를 이불처럼 덮었다.

크리스가 신발을 벗고 침대 위로 올라가더니 그녀 옆에 누워 그녀와 팔짱을 꼈다.

"고마워."

율리아가 먼저 입을 뗐다.

"인내심이 한계에 달했었거든."

그가 그녀를 향해 싱긋 웃었다.

"율리아 프로스트, 잘 지냈어?"

"탬버린을 삼킨 것처럼 폐에서 요란한 소리가 나."

그 말에 크리스는 웃더니 그녀의 머리카락을 만지작거리며 아름답고 환상적인 눈으로 그녀를 바라보았다.

율리아는 저항할 수가 없었다. 그저 그의 눈 속으로 깊이 빠져들 수밖엔. 하지만 잠수라면 누구보다 더 자신 있었다. 그녀가 열정적으로 했던 일이니까.

"율리아 프로스트, 언젠가는 너에 대한 진실을 꼭 알아낼 거야."

그의 입술이 그녀의 입술에 가까이 다가오기 직전에 크리스토퍼 비숍이 한 말이었다.

***

진실…….

그날 밤 카티를 만나기 위해 몰래 침대에서 빠져나오면서 율리아는 생각했다.

진실이란 끝없고 불가해한 거야.

두 사람은 율리아가 학교에 온 첫날 밤 소니 휴대전화를 물속에 던져버렸던 바로 그 자리에서 만났다.

USB 메모리를 들고 있던 건 카티였다. 두 사람은 어둠 속에서 한참 동안 반짝거리는 USB 메모리의 인조 보석을 쳐다보았다. 그제야 율리아는 인조 보석이 안젤라의 첫 글자인 알파벳 A 모양으로 박혀 있는 걸 알았다.

"후회 안 하겠어?"

율리아가 카티에게 물었다.

"그럼 넌 이러지 말았으면 좋겠어?"

"아니, 해!"

"좋아! 이게 뭐 장례식도 아니고 사실 이 속엔 숫자와 글자

말곤 아무것도 없어."

카티는 팔을 뒤로 젖힌 후 검은 플라스틱 조각을 힘껏 호수에 던져버렸다.

USB 메모리는 눈 깜짝할 사이에 물속으로 사라졌다.

율리아의 과거도 함께.

율리아는 이제 자신이 더는 라우라 드 빈센츠가 아니라는 데 적응해야만 했다. 사실 그녀는 드 빈센츠로서의 정체성을 버린 지 오래였다. 한 가지 점에선 알렉스가 옳았다. 계곡에 도착하기 전까지 율리아는 오직 문서로만 존재했었다. 하지만 계곡은 한 사람을 바꿔놓았고 이곳에서 라우라 드 빈센츠는 율리아 프로스트가 되었다.

그녀가 원했던 건 아니었다. 하지만 〈슈피겔〉 신문사와의 인터뷰 후로 율리아의 엄마가 살해되던 시점에 로버트가 집 안에 있었다는 사실을 누구든지 조간신문에서 읽을 수 있게 되었다. 살인자들을 본 유일한 목격자가 로버트였던 것이다. 그 후로 남매는 극도로 위험한 상황에 처했고 그래서 그 순간부터 라우라 드 빈센츠와 랄프 드 빈센츠로 살아갈 수가 없었다.

그들은 그것을 '증인 보호 프로그램'이라고 불렀다. 그리고 그건 이전까지의 모든 걸 다 포기해야 한다는 걸 의미했다. 독일 경찰은 누나인 라우라 드 빈센츠에게 출생증명서와 성적표, 다시 말해 다른 여자의 일생을 부여했다. 1991년 12월 24일

런던에서 태어났으며 1년 전 자동차 사고로 남동생과 함께 죽었던 여자. 그 여자가 바로 율리아 프로스트였는데 프로스트 남매가 선택된 이유는 바로 빈센츠 남매가 엄마 덕분에 영어를 유창하게 할 수 있었기 때문이었다.

그들은 율리아에게 이 모든 게 장기 기증과 비슷하다고 설명했다. 누군가 죽으면 다른 사람이 그 죽은 이의 신장이나 폐 또는 심장을 갖고 계속 살아간다. 예상하지 못한 일이 발생하기 전까지…… 그랬다. 확실성이라는 단어는 율리아에게 더 이상 존재하지 않았다.

하지만 계곡으로 온 건 그들 남매의 결정이었다. 그들과 연락을 취했던 그 공무원은 율리아의 제안을 받아들였다. 심지어 좋은 생각이라고 말했었다. 그는 멀리 떠날수록 더 좋다고 했었다.

하지만 그는 '브리티시 컬럼비아 주의 그레이스 계곡에 위치한 그레이스 대학'이라고 쓰인 편지에 대해선 아무것도 몰랐다. 그 편지 안에는 율리아와 로버트가 그레이스 대학교의 학생이 된 걸 환영한다는 내용이 들어 있었던 것이다.

그리고 그가 몰랐던 게 한 가지 더 있었다. 그건 라우라와 랄프는 물론이고 율리아와 로버트 중 어느 누구도 그레이스 대학에 입학원서를 낸 적이 없었다는 사실이었다.

카티는 율리아의 어깨를 쓰다듬고는 돌아서서 아무 말 없이 학교 쪽으로 돌아갔다. 잠시 후 율리아 역시 병실로 돌아갔다.

침대에 누웠을 때야 비로소 몰래 외출한 동안 숨쉬기가 어려웠던 적이 한 번도 없었고 가슴 통증도 느끼지 않았었다는 사실을 깨달았다.

에필로그

그로부터 3주 후.

자정이 조금 지난 시각 컴컴한 숲 사이로 횃불이 파닥거렸다. 그건 율리아의 아이디어였다.

"뭘 하려는 거야?"

율리아의 오른쪽에서 터벅터벅 걸어가던 크리스가 물었다.

"곧 알게 될 거야!"

율리아는 대답하고 돌아서서 벤저민을 불렀다.

"카메라 갖고 왔지?"

"응!"

"배터리도 충전했고?"

"했다니까. 게다가 여분의 배터리도 하나 더 갖고 왔어!"

"도대체 얼마나 더 갈 작정이야? 난 이런 험한 데서 길 잃고 싶지 않아."

로즈가 소리쳤다.

"이제 거의 다 왔어."

뾰족한 솔잎이 발아래서 바스락거렸다. 어둠 속에서 나뭇가지가 타닥타닥 소리를 냈고 한 줄기 바람이 율리아가 들고 있던 횃불에 불어왔다. 율리아는 불이 꺼지면 어떡하나 잠시 걱정이 되었다.

하지만 하늘에는 창백한 빛으로 밤하늘을 아름답게 바꿔 놓은 보름달이 아직 떠 있었다.

"여기 어디쯤이었던 것 같은데…… 그렇지, 카티?"

"뭐가?"

"양지, 그리고 돌."

횃불 아래서 율리아는 카티가 그녀의 말을 이해했다는 걸 알 수 있었다.

"비석 말이구나!"

"맞아!"

"너희들, 뭐에 대해서 얘기하는 거야?"

데비가 투덜거렸다. 데비는 다시 예전 모습으로 돌아왔다. 아니, 사실대로 말하자면 더 나빠졌다.

"저기 있다!"

율리아가 손가락을 뻗었다. 달빛이 그들 앞에 있는 공간을 바로 비추고 있었다. 추모비가 달빛을 받아 하얗게 빛났다. 횃불 빛에도 담쟁이덩굴에 휘감긴 비석이 선명하게 보였다. 그 앞에는 꽃이 놓여 있었다.

"이게 뭐야?"

로즈가 놀란 표정으로 물었다.

"너희들도 그 이야기 알 거야. 1970년대에 흔적도 없이 사라진 학생들에 관한 이야기."

"난 지어낸 이야기인 줄 알았는데."

몇 주 사이에 로즈의 머리카락이 거의 1센티미터가량 자라 있었다.

"아냐, 실제로 있었던 일이야!"

데비가 흥분하며 눈을 반짝거렸다.

"옛날 신문 스크랩에서 봤어."

"어쩌면 그들은 사라진 게 아니라 계곡을 탈출하는 데 성공한 건지도 모르지."

벤저민이 웃으며 말했다.

"너희들, 그거 알아?"

"그거라니?"

율리아가 묻자 데이비드가 그녀를 뚫어지게 쳐다봤다.

"우린 모두 여덟 명이야."

로버트가 말하며 율리아 옆으로 다가갔다.

"여덟 명이 뭐 어쨌다고?"

로즈가 묻자 카티가 답했다.

"그때도 사라진 학생은 모두 여덟 명이었어."

잠시 그들은 가만히 서서 횃불이 비석 위에 기이한 모양과 문양을 만드는 모습을 지켜보았다.

"누가 여기에 꽃을 갖다놓았어!"

데이비드가 놀라서 외치자 율리아가 말했다.

"내가 갖다놓은 거야."

"왜?"

벤저민이 물었다.

"이건 추모비니까. 그러니까 우리가 돌봐야지."

지금까지 아무 말도 하지 않은 건 크리스뿐이었다.

벤저민은 횃불을 비석에 바싹 갖다대더니 실망한 투로 말했다.

"뭘 알아볼 수가 있어야지! 글씨가 비바람에 다 지워져버렸어."

"네 카메라 어디 있어?"

율리아가 묻자 그는 배낭을 바닥에 내려놓고 비디오카메라를 꺼냈다.

"렌즈를 비석에 바로 갖다대봐."

어둠 속에서 카메라의 줌이 작동했다.

"글씨를 알아볼 수 있을 만큼 확대할 수 있을까?"

"운이 좋으면."

"엑스레이가 더 낫겠다."

로버트가 말했다.

"맞아, 우리의 영웅이신 헤라클레스가 이 비석을 어깨에 메고 필즈로 가서 방사선 기계를 직접 산 다음 FBI로 가져가는 거지."

벤저민은 말하면서 저 혼자 배꼽을 잡고 웃었다.

"그런 말이 아니야. 하지만 필름을 내게 주면 그런 일을 전문적으로 하는 기관에 우편으로 보내면 돼."

로버트가 느긋하게 말했다. 그는 누가 뭐라 하건 약 올라 하는 법이 없었다.

"싫어, 난 내 필름 절대로 남한테 안 줘. 물론 대가를 지불한다면 얘긴 다르지만."

"대가라니, 어떤 거?"

데비가 날카로운 눈빛으로 그를 째려보았다.

"당연히 돈이지, 현금으로!"

"다른 방법도 있어. 낮에 이 음각을 베끼는 거지. 투사할 수 있으면 더 확실하고."

"좋은 생각이야."

로즈의 아이디어에 율리아가 동의했다.

"그런데 율리아, 그게 대체 왜 궁금한 거야?"

데이비드가 또다시 물었지만 그녀는 대답하지 않았다.

"다른 방법을 써보자."

데이비드가 손전등을 꺼냈다.

"횃불을 조금만 뒤로 치워봐. 인공적인 불빛이 윤곽을 더 잘 비출 수 있을지도 모르니까."

율리아는 추모비 가까이 바싹 다가갔다. 정말 데이비드의 말대로 훨씬 더 알아보기가 쉬웠다.

"그걸로 뭘 어쩌려고 그래?"

크리스가 물었다. 그의 목소리에서 긴장감이 느껴졌다.

"그건 죽은 사람들의 이름일 뿐이잖아."

율리아는 심장이 터질 듯이 격렬하게 뛰었다.

"제일 아래. 마지막 이름 말이야."

"그건 알아볼 수도 있을 것 같은데. 물론 확실한 건 아니지만. 그런데 이름이 좀 이상해."

벤저민이 소리쳤다.

"어서 말해봐."

율리아가 불안하게 재촉했다.

"그러니까, 어디 보자, 이름은 마크인 것 같아. 그리고 그다음은 드…… 그리고 빈…… 드 빈스인가, 아님 빈츠……."

벤저민이 마침내 자리에서 일어났다.

"그래, 마크 드 빈센츠. 특이한 이름이네, 안 그래?"

횃불이 바람에 흔들렸다.

잠시 로버트의 얼굴이 환해졌다. 하지만 사실은 시체처럼 창백해진 거였다.

율리아는 속으로 비명을 질렀다.

역시 그랬어!

아빠의 이름이야! 우리 아빠!

그녀가 속았다. 과거는 버릴 수가 없었다. 그냥 뒤에 남겨두고 문을 닫아버린다고 사라지는 게 아니었다. 운명이란 언젠가 다시 찾아와 닫혀 있던 문을 있는 힘껏 열어젖히고 만다.

고인 명단

안젤라 파인더

마크 드 빈센츠

옮긴이 강혜경

1970년에 태어나 연세대학교 독어독문학과를 졸업하고, 독일 프라이부르크 대학에서 독어독문학 석사 과정, 연세대학교에서 박사 과정을 수료했다. 현재 프리랜서 번역가로 활동 중이다. 옮긴 책으로는 아스트리드 린드그렌의 『바다 건너 히치하이크』『아름다운 나의 사람들』『베네치아의 연인』, 페트라 함메스파의 『위증』, 산도르 마라이의 『이혼 전야』, 율리아 프랑크의 『친구와 연인』, 울리히 룰레의 『음악에 미쳐서』, 롤란트 크나우어 등 저 『내일 아침 99℃』 등이 있다.

THE VALLEY 1: 편집된 1초의 영상

초판 1쇄 인쇄 2017년 6월 22일
초판 1쇄 발행 2017년 6월 28일

지은이 크리스티나 쿤
옮긴이 강혜경
펴낸이 김선식

경영총괄 김은영
책임편집 윤세미 **디자인** 심아경 **책임마케터** 최혜진
콘텐츠개발3팀장 이상혁 **콘텐츠개발3팀** 이은, 윤세미, 김수나, 심아경
마케팅본부 이주화, 정명찬, 최혜령, 최혜진, 최하나, 김선욱, 이승민, 이수인, 김은지
전략기획팀 김상윤
경영관리팀 허대우, 권송이, 윤이경, 임해랑, 김재경
외부스태프 이진솔 (표지 일러스트)

펴낸곳 다산북스 **출판등록** 2005년 12월 23일 제313-2005-00277호
주소 경기도 파주시 회동길 357 3층
전화 070-7606-7446(기획편집) 02-6217-1726(마케팅) 02-704-1724(경영관리)
팩스 02-322-5717 **이메일** dasanbooks@dasanbooks.com
홈페이지 www.dasanbooks.com **블로그** blog.naver.com/dasan_books
종이 한솔피엔에스 **출력·인쇄** 민언프린텍 **제본** 에스엘바인텍 **후가공** 평창 P&G
ISBN 979-11-306-1314-7 (04850)
979-11-306-1313-0 (세트)

- 책값은 뒤표지에 있습니다.
- 파본은 구입하신 서점에서 교환해드립니다.

- 이 도서의 국립중앙도서관 출판시도서목록(CIP)은 서지정보유통지원시스템 홈페이지(http://seoji.nl.go.kr)와 국가자료공동목록시스템(http://www.nl.go.kr/kolisnet)에서 이용하실 수 있습니다. (CIP제어번호 : CIP2017013686)